SUSANNE RUBIN

Die Erben von Gut Lerchengrund

Roman

WILHELM HEYNE VERLAG
MÜNCHEN

Verlagsgruppe Random House FSC® N001967

Originalausgabe 10/2020
Copyright © 2020 dieser Ausgabe
by Wilhelm Heyne Verlag, München,
in der Verlagsgruppe Random House GmbH,
Neumarkter Str. 28, 81673 München
Redaktion: Christiane Wirtz
Printed in Germany
Umschlaggestaltung: Nele Schütz Design unter
Verwendung von Richard Jenkins; Stefan Ziese; shutterstock/Irina Mos
Satz: KompetenzCenter, Mönchengladbach
Druck und Bindung: GGP Media GmbH, Pößneck
ISBN: 978-3-453-42386-2

www.heyne.de

Für meine Jungs,
weil Liebe immer der Schlüssel ist.

Durch das Schweigen des Waldes
Zog es dich zu mir,
Ein Lied voll Seufzen und Sehnsucht
Das schrie und rief nach dir.

(aus dem Gedicht »Seufzen und Sehnsucht«
von Hermann Löns, 1866–1914)

Prolog

Das laute Klacken der Pferdehufe war einem dumpfen Klopfen gewichen, doch das machte die Situation für Gerlinde kaum erträglicher. Seit sie Hamburg mit seinen vertrauten Kopfsteinpflasterstraßen hinter sich gelassen hatten, gestaltete sich die Fahrt zwar leiser, aber auch deutlich holpriger. Die großen Räder ruckelten knirschend über eine unebene Sandpiste, und sie war heilfroh darüber, dass die Bänke in der Kutsche ihres Vaters weich gepolstert waren. Dennoch konnte sie dieser kleinen Reise nichts Gutes abgewinnen. Ihre Laune war an einem Tiefpunkt angelangt, und das Wetter spielte die passende Melodie dazu. Ein heftiger Regen prasselte unablässig auf das Kutschendach, und der Ausblick aus den Fenstern war alles andere als abwechslungsreich. Wenn sie durch Hamburg fuhren, gab es immer etwas zu sehen, doch hier, außerhalb der Stadtgrenzen, war das anders. Seit einer halben Stunde fuhren sie nun schon auf den vom Regenwasser aufgeweichten Sandwegen durch eine karge Heidelandschaft. Zwar blühte die Heide hier und da, doch die dunklen Wolken am Himmel ließen kaum Freude daran aufkommen; zumindest bei Gerlinde nicht. Viel lieber wäre sie jetzt in ihrem gemütlichen Zuhause und würde mit einer

Freundin plaudern, heiße Schokolade trinken und Konfekt naschen.

»Nun mach nicht so ein störrisches Gesicht, mein Engel«, sagte ihre Mutter ungewohnt sanft, beugte sich vor und tätschelte leicht ihre Hand. »Dein umsichtiger Vater will uns schließlich nur vor dieser grauenvollen Epidemie in Sicherheit wissen.«

»Ach, ich weiß, Mama, aber muss er uns deshalb gleich ins Nirgendwo schicken?«

Mathilde Behrens schüttelte den Kopf und seufzte leise. »So viele Menschen sind schon an der Cholera gestorben, Kind. Ich bin jedenfalls froh, dass du und ich eine Weile aus der Stadt herauskommen. Außerdem schickt dein Vater uns nicht ins Nirgendwo, sondern auf das Gut eines seiner Geschäftsfreunde. Wir sind doch kaum zwei Stunden von zu Hause entfernt.« Ihre Mutter hob ein wenig ihr Kinn an, so wie sie es immer tat, wenn sie ihrer Meinung nach gerade etwas sehr Bedeutsames von sich gab oder jemanden in die Schranken wies, was ziemlich häufig vorkam. »Baron von Grootenlohe ist ein wirklich honoriger Mann. Dein Vater ist seit Jahren mit ihm befreundet und hält unendlich viel von ihm. Wir können also dankbar sein, dass der Baron uns beide bei sich aufnimmt, bis die furchtbare Epidemie hoffentlich bald ein Ende findet.«

Gerlinde lehnte sich zurück und schnaufte unwillig. In Gedanken sah sie ihn schon vor sich, den *alten* Geschäftsfreund ihres Vaters. Wahrscheinlich hatte er einen dicken Bauch, würde die ganze Zeit nur über die Landwirtschaft oder das Wetter reden und war insgesamt ein Hinterwäldler erster Güte. So sind diese Leute vom Land doch meistens, dachte sie missmutig, obwohl eine Stimme in ihrem Kopf sie gleichzeitig ermahnte, dass solche Gedanken höchstwahrscheinlich ungerecht und sicher nicht angebracht waren.

»Ich werde mich dort zu Tode langweilen.«

»Das glaube ich kaum. Auf dem Gutshof gibt es jede Menge Pferde. Du magst doch Pferde, nicht wahr?«

»Ja, schon ...«

»Siehst du, Engelchen, du wirst dich sicherlich nicht langweilen, glaub mir. Ach ja, bei der Gelegenheit möchte ich dich noch ermahnen, dich von den Stallburschen fernzuhalten. Mach uns ja keine Schande, Kind.«

»Oh, Mama, bitte.«

»Du weißt, dass du viel ...« Ihr Blick glitt vielsagend über Gerlindes bereits ausgereiften Körper. »Nun ja ... älter wirkst als fünfzehn. Versprich mir also, dich einwandfrei zu benehmen und darauf achtzugeben, dass du niemals allein auf dem Gut unterwegs bist.«

»Versprochen, Mama.«

Ihre Mutter nickte kurz und sah aus dem Fenster. Offenbar war das Thema damit für sie beendet. »Wir werden bald da sein, denke ich.«

Kurz bevor sie Gut Lerchengrund erreichten, riss wie durch Zauberhand die Wolkendecke auf, und als sie wenig später das gusseiserne Tor passierten, war der Himmel bereits herrlich blau. Die letzten Regentropfen auf den Blättern der Büsche und Bäume glitzerten im Sonnenschein wie Diamanten. Etwas weiter entfernt erblickte Gerlinde einige lang gezogene Stallgebäude, weiß getünchte Gatter und schmale Reitpfade, die in alle Himmelsrichtungen führten. Vielleicht war es dieser Moment, in dem in ihr die Neugierde und erstaunlicherweise sogar ein Anflug von Vorfreude erwachten.

Der Kutscher bog auf eine breite Zufahrt ein, vorbei an uralten Pappeln und Eichen, bis er endlich direkt vor dem Gutshaus die Pferde zügelte. Kaum, dass sie die Kutsche verlassen hatte, erkannte Gerlinde, wie wunderschön und friedlich dieser Ort war. Das Gutshaus mit seiner kurzen, dennoch doppelläufigen und leicht geschwungenen Außentreppe erschien ihr riesig. Der dunkelrote Backstein des Gebäudes war zu einem großen Teil mit Efeu bewachsen, und die schneeweißen Fensterrahmen boten dazu einen ansprechenden Kontrast. Sie spürte ein leichtes Ziehen in ihrer Brust, das sich seltsamerweise angenehm anfühlte.

Sie war so von dem Anblick gefangen gewesen, dass sie leicht zusammenschrak, als ihre Mutter sie ansprach. »Das ist wirklich ein wunderschönes Haus, nicht wahr?«

Gerlinde kam gar nicht erst dazu, ihrer Mutter zu antworten, denn auf dem breiten Treppenabsatz vor der Haustür erschien in diesem Moment der Gutsherr persönlich, um sie zu begrüßen.

»Willkommen auf Gut Lerchengrund, liebe gnädige Frau und … liebes Fräulein Behrens.«

Es schien Gerlinde, als würde Baron von Grootenlohe kurz stutzen, bevor er auch sie begrüßte, aber vielleicht täuschte der Eindruck, denn schließlich hatte er sie ja beide erwartet. Wie es ihr ihre gute Erziehung gebot, deutete sie einen Knicks an, während sie ihm die Hand reichte. Der Baron war das genaue Gegenteil von der gräulichen Vorstellung, die sie sich von ihm gemacht hatte. Vor ihr stand ein schlanker und hochgewachsener Mann mit auffallend hellen Augen und vollem dunkelblondem Haar. Sie fühlte sich etwas eingeschüchtert von seiner aristokratischen Ausstrahlung. Das passierte ihr mit ihrem ausgeprägten Selbstbewusstsein nur sehr selten, und sie wunderte sich über das ungewohnte Gefühl der Unsicherheit. Als die Begrüßungsfloskeln schließlich ausgetauscht waren und sie ihrem Gastgeber ins Haus folgten, fühlte sie einen Anflug von Erleichterung.

Selbst wenn es für ihren Geschmack insgesamt ein wenig düster eingerichtet war, gefiel Gerlinde auch das Innere des Gutshauses ausgesprochen gut. Ihre Mutter und sie bekamen sehr gediegen eingerichtete Gästezimmer, die direkt nebeneinanderlagen. Sie waren durch eine Tür miteinander verbunden und teilten sich ein Badezimmer, das jeden Komfort bot. Die hohen Fenster der Zimmer ermöglichten einen Blick in den wunderschönen Garten des Anwesens.

Eigentlich hatte Gerlinde nicht herkommen wollen, doch nun verschwand der letzte Rest ihres Unwillens endgültig. Schon bei dem ersten Blick auf das herrliche Himmelbett in ihrem Zimmer musste sie sich eingestehen, wie froh sie war, hier sein zu dürfen. Das Gutshaus von Lerchengrund beeindruckte sie tief.

Erst beim Abendessen lernten sie auch die Baronin kennen. Gerlinde wusste nicht so recht, was sie von der wortkargen und blassen Person halten sollte. Eine Frau von Adel, noch dazu mit einem so augenfällig gut aussehenden Ehemann, hatte sie sich strahlend schön, wundervoll gekleidet und frisiert, vor allem aber äußerst selbstbewusst und eloquent vorgestellt. Doch Hannelore von Grootenlohe war vollkommen anders. Die Baronin war noch keine dreißig Jahre alt, das wusste Gerlinde, da ihre Mutter es erst vor Kurzem erwähnt hatte, doch sie wirkte deutlich älter. Ihr mittelbraunes Haar war streng zurückgekämmt und im Nacken zu einem festen Knoten verschlungen, der von einem Haarnetz gehalten wurde. Winzige Perlenohrringe waren der einzige Schmuck, den sie trug. Ihr dunkelblaues, hochgeschlossenes Kleid war schlicht und unterstrich insgesamt das matte und unauffällige Erscheinungsbild dieser Frau. Schon bald nach dem Essen zog sich die Baronin mit einer gemurmelten Entschuldigung in ihre Gemächer zurück. Es war ihr offensichtlich vollkommen egal, dass sie Gäste hatte. Das war für ihre Kreise ganz und gar ungewöhnlich, das wusste Gerlinde sehr genau. Heinrich von Grootenlohe gab ihnen gegenüber weiterhin den galanten Gastgeber, doch sie spürte deutlich, wie unangenehm ihm das Verhalten seiner Ehefrau war.

»Meine Gattin ist gesundheitlich leider nicht so auf der Höhe«, versuchte er, die Situation zu erklären.

»Das tut uns sehr leid. Hoffentlich geht es der Baronin bald besser«, sagte ihre Mutter und lächelte ihren Gastgeber strahlend an.

So unnachgiebig Mathilde Behrens üblicherweise auch sein mochte, so besaß sie doch das kostbare Talent, äußerst diplomatisch zu reagieren, wenn es die Situation erforderte. Gerlinde hatte sie schon oft dafür bewundert.

Der Baron nickte und erwiderte das Lächeln, wenn auch deutlich verhaltener. »Ich hoffe, Sie und Ihre reizende Tochter«, sein Blick huschte kurz zu Gerlinde, dann sah er wieder ihre Mutter an, »sind mit Ihrer Unterbringung zufrieden.«

»Die Zimmer sind ganz und gar zauberhaft, vielen Dank, Herr Baron.«

»Das freut mich. Sollte es Ihnen dennoch an irgendetwas fehlen, lassen Sie es mich bitte wissen. Wir haben übrigens Karla, eines der Dienstmädchen, ganz für Sie beide abgestellt.

Sie brauchen nur zu läuten, dann wird sie zu Ihnen kommen. Karla ist vollends vertraut mit den üblichen Aufgaben einer Zofe. Morgen werde ich Ihnen beiden dann mit Freuden das Gut zeigen. Sie sollen sich ja bei uns zurechtfinden.«

»Es ist so freundlich von Ihnen, uns bei sich aufzunehmen«, erwiderte ihre Mutter lächelnd. »Wir werden uns bemühen, unkomplizierte Gäste zu sein.«

In den kommenden Wochen hatte Gerlinde oft das Gefühl, dass aus ihr nach und nach ein völlig neuer Mensch wurde. Jeden Morgen gleich nach dem Frühstück schlüpfte sie in ihr Reitkostüm und konnte es kaum erwarten, aus dem Haus zu kommen. Am frühen Abend wurde ihr meist ein Bad gerichtet, und nicht selten fiel sie schon kurze Zeit nach dem Abendessen todmüde ins Bett, um dann in aller Frühe wieder aufzuspringen und sich auf den Tag zu freuen. Das Gut und seine Umgebung boten so viel Schönes, das es zu entdecken galt. Ihre Tage auf Lerchengrund flogen nur so dahin. Sie verbrachte unendlich viel Zeit in den Ställen und verbesserte ihre Reitkünste deutlich. Obwohl sie Pferde immer gemocht hatte, war sie bisher nur selten zum Reiten gekommen. In der Stadt bot sich kaum die Gelegenheit dazu. Doch hier auf Lerchengrund saß sie jeden Tag auf dem Rücken eines Pferdes, und sie liebte es.

Oft unterrichtete der Baron sie selbst, das fand sie besonders schön. Dann ritten sie stundenlang gemeinsam an Feldern und Weiden entlang. Sie schätzte seine ruhige und vornehme Art, wenn er ihr etwas erklärte. Vor allem aber mochte sie es, dass er sie nicht wie ein kleines Kind behandelte, so wie sie es von ihren Eltern gewohnt war. Er schien sich sogar sehr gerne mit ihr zu unterhalten, und schon bald wusste sie eine Menge über seine Familiengeschichte und erfuhr einiges über das Leben und die Arbeit auf dem Gut. Während ihre Mutter ihre Tage überwiegend im Haus mit Handarbeiten und Lesen verbrachte, genoss Gerlinde ihre Zeit draußen auf dem Gut in vollen Zügen und lernte dabei den Gutsherrn von Tag zu Tag besser kennen.

So fand sie, dass er im Grunde ein humorvoller und herzensguter Mensch war, doch es gab auch eine andere Seite. Wenn ihr Gastgeber sich unbeobachtet fühlte, wirkte er oft nachdenklich und blickte furchtbar besorgt, wenn nicht sogar unglücklich drein. Schon als Kind hatte Gerlinde es wahrgenommen, wenn es Menschen in ihrer Umgebung nicht besonders gut ging, und Heinrich von Grootenlohe – mochte er sich noch so freundlich, edelmütig und besonnen geben – ging es überhaupt nicht gut, daran hatte Gerlinde nicht den geringsten Zweifel.

Es dauerte nicht lange, bis sie zu dem Schluss kam, dass seine Frau der Grund für sein Unglück sein musste, denn es war offensichtlich, wie sehr er seine Arbeit und das Gut liebte. Die Baronin hingegen blieb während ihres gesamten Aufenthalts nahezu unsichtbar. Gerlinde und ihre Mutter sahen sie nur äußerst selten, auch zum Abendessen kam sie nicht mehr herunter, und ihr Gatte hatte seine liebe Mühe damit, jedes Mal aufs Neue eine Entschuldigung zu formulieren. Auf dem Gut wurde nur selten über die Baronin gesprochen. Es hieß, dass sie schon seit Jahren eine angeschlagene Gesundheit habe. Mehr erfuhr man nicht.

Der Baron tat Gerlinde leid, und so gab sie sich jeden Tag Mühe, ihn zum Lachen oder wenigstens zum Lächeln zu bringen, sobald sie mit ihm zu tun hatte.

Sie blieben fast drei Monate auf dem Gut. Als schließlich ihr Vater nach Lerchengrund kam und sie kurz darauf wieder in ihre Kutsche stiegen, um nach Hamburg zurückzukehren, erschien es Gerlinde, als würde sie ihr Zuhause für ein anderes eintauschen müssen. Gut Lerchengrund war ihr in der kurzen Zeit so sehr ans Herz gewachsen, dass der Abschied einen Schmerz in ihrer Brust auslöste, der noch lange anhalten sollte. Sie hatte einige Dinge dort gelernt und nahm die Gewissheit mit, dass sie eines Tages zurückkehren würde.

Teil 1

Schuld und Verrat

1. Kapitel

Gut Lerchengrund, vor den Toren Hamburgs,
im Oktober 1898

Es war Gerlinde von Grootenlohe nicht entgangen, dass ihr Ehemann Sorgen hatte, und der Gedanke ließ ihr keine Ruhe mehr. Schon seit Tagen zermarterte sie sich den Kopf darüber, was es nur sein könnte, das Heinrich so belastete. Natürlich hatte er abgewinkt, sobald sie nachhakte, doch sie kannte ihn inzwischen gut genug, um zu erkennen, wenn ihn etwas umtrieb. Gerlinde befürchtete, dass die Grübeleien ihres Ehemanns mit dem Besitz zu tun hatten. Heinrich von Grootenlohe lebte für sein Land, den Gutshof, die Pferdezucht und seine Traditionen.

Ein leiser Seufzer entglitt ihr, während sie ihre Handarbeit beiseitelegte, sich aus dem Sessel erhob und nachdenklich hinüber zu einem der Fenster des Salons ging. Sie schob die schwere Spitzengardine beiseite und sah hinaus in den herbstlichen Garten, der heute, nach einem langen Regentag, allerdings nicht sehr einladend wirkte.

Ja, Heinrich liebte das alles aus tiefstem Herzen. Selbstverständlich war ihr bewusst, dass er auch sie liebte. Daran ließ er niemals einen Zweifel aufkommen. Stets war er darauf bedacht, dass es ihr an nichts fehlte. Noch immer war er davon überzeugt, dass es ihr anfangs schwergefallen war, dem Drängen ihres strengen Vaters nachzugeben und den Baron zu ehelichen. Das mochte auch ein Grund dafür sein, warum er so darauf achtete, sie glücklich zu machen. Sie hatte beschlossen, dass es keinen Schaden anrichtete, ihn in diesem Glauben zu lassen. Zwar hatte sie tatsächlich gezögert, doch das war wohlüberlegt gewesen, denn sie ahnte schon damals, was es für den Baron bedeutete, wenn sie in eine Heirat mit ihm einwilligte.

Heinrich war viel zu früh und kinderlos Witwer geworden. Zudem war er ein erfahrener Mann, und natürlich hatte sie es ihm nicht zu leicht machen wollen. Der Altersunterschied hatte ihr einen nachvollziehbaren Grund geliefert, ihn ein klein wenig zappeln zu lassen – schließlich war er gut zwanzig Jahre älter als sie.

Die Wahrheit aber war, dass sie sich schon im Alter von fünfzehn Jahren heimlich gewünscht hatte, eines Tages die Herrin auf Gut Lerchengrund sein zu dürfen. Damals, als ihr Vater sie und ihre Mutter hierhergeschickt hatte, um seine Familie vor der großen Choleraepidemie in Sicherheit zu wissen. Schon zu jener Zeit, kurz nach ihrer Ankunft auf Gut Lerchengrund, fühlte Gerlinde oft die Blicke des Barons auf sich ruhen, doch sein Interesse hatte sie noch nicht einordnen können, dafür war sie noch viel zu jung und unerfahren gewesen. Dennoch hatte sie wahrgenommen, dass sie ihn auf eine gewisse Art irritierte. Sie konnte sich noch gut daran erinnern, dass Heinrich sie und ihre Mutter stets zuvorkommend und freundlich behandelt hatte, während sie die Baronin kaum zu Gesicht bekommen hatte. Die wahre Bedeutung seiner intensiven Blicke war ihr tatsächlich erst viel später klar geworden, doch da war sie bereits viele Monate wieder zurück in Hamburg gewesen.

Als sie schließlich vom Freitod seiner Frau erfuhr, hatte sie oft an ihn denken müssen. Später hatte sie sich dann immer häufiger gefragt, ob sie sich schon damals ein wenig in ihn verliebt hatte. In das Gut jedoch, da war sie sich sicher, hatte sie sich auf den ersten Blick verliebt. Als Heinrich von Grootenlohe dann ein Jahr nach dem Tod seiner Frau bei ihrem Vater vorsprach und um die Erlaubnis bat, ihr den Hof machen zu dürfen, war es ihr vorgekommen, als würde ein lang gehegter Traum in Erfüllung gehen.

Gerlinde ließ die Gardine wieder sinken, ging zurück zu ihrem Platz und setzte sich.

Ja, dachte sie und seufzte erneut, sie hatte bewusst gezögert, der Heirat mit ihm zuzustimmen, auch wenn der Wunsch, ihrem allzu konventionellen Elternhaus zu entkommen, zu der Zeit schon lange übermächtig gewesen war. Ein paar Wochen würden nun auch nichts mehr ausmachen, hatte sie sich damals gesagt. Ein zukünftiger Ehemann, der eine Weile um ihre Gunst bangen musste, war ihr lieber, denn so würde er ihr Ja sicherlich noch mehr zu schätzen wissen. Das machte den Reifeunterschied ein wenig wett, fand sie. Und nein, in ihrem tiefsten Inneren hatte sie keine Sekunde gezögert und sofort gewusst, dass sie in die Ehe mit dem Baron einwilligen würde. Schließlich würde das Märchenschloss ihrer Träume damit zu ihrem neuen Zuhause werden, und Heinrich von Grootenlohe war ein außergewöhnlich anziehender und freundlicher Mensch.

Natürlich war auch die Aussicht auf einen festen Platz in der Welt des Adels nicht ohne Reiz gewesen. Gut, ein Baron war kein Fürst, aber hier auf Lerchengrund fühlte sie sich fast wie eine Königin. In die Ehe mit ihm einzuwilligen war sicherlich die beste Entscheidung ihres bisherigen Lebens gewesen, denn inzwischen war sie leidenschaftlich verliebt in ihren wunderbaren Mann.

Doch wenn sie jetzt die Sorgenfalten auf Heinrichs Stirn sah, wurde ihr ein wenig bang ums Herz. Gerlinde hoffte inständig, dass ihr bisher so komfortables Leben nicht etwa in Gefahr geriet. Deshalb würde sie der Sache auf den Grund gehen müssen, beschloss sie. Schließlich ging es hier auch um ihr Leben, und sie wollte wissen, wenn ihr vielleicht etwas Unangenehmes bevorstand. Besonders jetzt, da sie endlich, ein gutes Jahr nach ihrer Hochzeit, das von Heinrich so lang ersehnte Kind und damit den Erben von Gut Lerchengrund erwartete.

Heinrich traf erst kurz vor dem Abendessen ein. Wie immer ließ er sie wissen, dass er nun zu Hause war, bevor er noch einmal nach oben verschwand, um sich frisch zu machen und zum Essen umzukleiden. Kasimir, sein großer und langmütiger Jagdhund, kam zu ihr, um sie voller Wiedersehensfreude kurz zu begrüßen und sich dann für den Rest des Abends und der Nacht auf seinen Platz vor dem Kamin zurückzuziehen. Während er sich auf seiner alten dunkelgrauen Satteldecke niederließ, stieß er Laute aus, die nach Erleichterung klangen und die Gerlinde jedes Mal aufs Neue lächeln ließen.

Als Heinrich einige Minuten später zu ihr ins Esszimmer kam, saß sie bereits an ihrem gewohnten Platz. Mit einem Lächeln auf den Lippen kam er zu ihr und hauchte ihr einen Kuss auf die Wange, bevor er sich ebenfalls setzte. Gleich nach ihrer Hochzeit hatte sie dafür gesorgt, dass sie während des Essens gemeinsam an einem Ende des Tisches saßen. Natürlich nur, wenn sie keine Gäste hatten. Eigentlich war es für Ehepaare ihres Standes üblich, jeweils die beiden Stirnplätze zu belegen, die am weitesten voneinander entfernt lagen, aber das hatte sie schon immer albern und äußerst unpraktisch gefunden. Zudem war es wenig hilfreich für vernünftige Gespräche, die man ihrer Meinung nach ganz wunderbar während des Abendessens führen konnte. Zu dieser Zeit war das Tagewerk vollbracht, und Ruhe kehrte ein. Es war zu einer lieben Gewohnheit geworden, dass Heinrich ihr zunächst von den Neuigkeiten auf dem Gut berichtete, wenn er, so wie heute, den ganzen Tag draußen zu tun gehabt hatte und sie selbst wegen des anhaltend schlechten Wetters das Haus gar nicht verlassen hatte. Manchmal entwickelten sich sehr lebendige Unterhaltungen, die sie üblicherweise nach dem Essen im Salon fortführten, bis es Zeit wurde, schlafen zu gehen.

Gerlinde hörte ihrem Mann gerne zu. Sie fand es äußerst angenehm, dass er ihre Meinung schätzte und sie auf dem Laufenden hielt. Heinrich gehörte nicht zu den Männern, die ihre Frauen aus allem, was mit dem Geschäft zu tun hatte, heraushielten. Auch dafür war sie äußerst dankbar. Vielleicht war gerade deshalb das Gefühl in ihr so präsent, dass er ihr im Augenblick etwas sehr Wichtiges verschwieg.

Sie wartete ab, bis er seinen Bericht beendet hatte und das Geschirr abgeräumt worden war. Erst als sie kurz darauf zusammen vor dem Kamin im Salon saßen, beschloss sie, dass es an der Zeit war, ihm ein weiteres Mal auf den Zahn zu fühlen. So wie jeden Abend stand vor ihr eine Tasse mit heißer Schokolade auf dem kleinen Kaffeetisch, während ihr Ehemann einen Cognac genoss.

»Du hast nicht sehr viel gegessen, mein Herz. Ich hoffe doch, es geht dir gut?«, wollte Heinrich wissen.

»Wenn du meine Schwangerschaft meinst, brauchst du dir keine Sorgen zu machen, Liebster. Alles verläuft ganz wunderbar, und die Zeit der Übelkeit ist auch überstanden. Ich kann also nicht klagen.«

»Das freut mich«, erwiderte er, und sie bemerkte, dass sein Blick kurz über ihren Körper wanderte. »Man sieht noch immer nichts.«

»Glaub mir, ich spüre sehr wohl schon Veränderungen«, gab sie lachend zurück.

Gerlinde nippte an ihrer Schokolade, tupfte sich die Lippen mit einer Serviette ab und atmete noch einmal durch. »Heinrich, ich merke doch, dass dich etwas umtreibt. Ich bitte dich eindringlich, sprich endlich mit mir darüber. Du lässt mich doch sonst auch an deinen Sorgen teilhaben, und du weißt auch, wie wichtig mir das ist.«

Eine kleine Ewigkeit lang sah er sie an, dann holte er geräuschvoll Luft und erhob sich. Er ging hinüber zum Kamin, legte seinen rechten Unterarm auf den Sims und starrte ins Feuer. Sie sah auf seinen breiten Rücken und wartete geduldig ab. Ihre Hoffnung wurde nicht enttäuscht.

»Du hast recht, mein Schatz, da ist etwas, aber dieses Mal ist es anders. Ich kann darüber nicht mit dir sprechen.«

»Aber Heinrich …«

»Es geht nicht, Gerlinde, glaub mir.« Er wandte sich ihr wieder zu. Sein Blick wirkte plötzlich sehr müde.

»Hat es etwas mit dem Gutshof zu tun? Sind wir in Schwierigkeiten?«

»Nein, das ist es nicht. Darüber brauchst du dir keine Sorgen zu machen. Wir kommen gut zurecht, und unsere Rücklagen könnten selbst unsere Enkel noch ernähren. Finanziell stehen wir gut da.«

Das beruhigte sie zwar ein wenig, nahm ihr jedoch nicht die Sorge um ihren Gatten. »Geht es noch immer um den Hengst, den Wilhelm Brodersen dir bei der Auktion vor der Nase weggeschnappt hat?«, fragte sie. »Ich weiß, dass du deswegen furchtbar erzürnt warst.«

»Nein, damit hat es nichts zu tun. Ich gebe zu, es war durchaus ärgerlich, dass mich gerade in den entscheidenden Minuten ein Unwohlsein zwang, die Auktion zu verlassen, mehr aber auch nicht. Das war einfach Pech.«

Sie konnte nicht verhindern, dass sie ein unwilliges Schnauben ausstieß. »Mein Liebster, du solltest inzwischen doch wissen, dass ich nicht zu den Frauen gehöre, die vor lauter Empfindsamkeit stets geschont werden wollen. Heinrich, ich bitte dich, sag mir endlich, was dich so sehr bewegt, dass du kaum noch du selbst bist und fast jede Nacht stundenlang wach liegst. Glaube ja nicht, dass ich das nicht bemerkt habe.«

Er hob seine dichten dunklen Brauen und begegnete nun unverwandt ihrem Blick. »Du kennst mich einfach zu gut«, bemerkte er. Schließlich kam er zurück und setzte sich wieder in seinen Sessel. »Gut, aber wir besprechen das, sobald wir oben sind, in Ordnung?« Heinrich senkte die Stimme: »Ich möchte vermeiden, dass uns jemand vom Personal belauscht.«

Erstaunt sah sie ihn an. »Es ist also wirklich so schlimm?«

Heinrich griff nach seinem Cognacschwenker und leerte ihn in einem Zug. »Sagen wir, es ist ziemlich … delikat.«

»Oh.«

»Ja.« Er räusperte sich leise und stellte sein Glas wieder ab. »Lass uns austrinken und alsbald nach oben gehen, solange ich noch den Mut aufbringe, mit dir darüber zu sprechen.«

»Ich muss ein bisschen ausholen«, erklärte er ihr, als sie eine halbe Stunde später allein in Gerlindes Schlafzimmer waren.

Sie hatten zunächst das Personal in den Feierabend geschickt, sich dann für die Nacht zurechtgemacht und saßen nun auf ihrem Bett. Heinrich nutzte sein eigenes Schlafzimmer ohnehin kaum. Eigentlich schliefen sie nur dann getrennt, wenn sich einer von ihnen nicht wohlfühlte. Ihre Ehe war geprägt von inniger Zuneigung und außerordentlicher Vertrautheit, und sie wusste, dass Heinrich diese Intimität sehr schätzte, da er sie aus seiner ersten Ehe nicht kannte.

Gerlinde zog die Bettdecke über ihre Beine, drückte sich ein Kissen im Rücken zurecht und setzte sich so hin, dass sie ihn direkt ansehen konnte.

»Das macht mir nichts«, erwiderte sie. »Hauptsache, ich erfahre endlich, was dich belastet.«

Nach seiner Andeutung unten im Salon hatte sie bereits erwartet, dass er noch eine Weile brauchen würde, um die richtigen Worte zu finden. Sie gab ihm die Zeit und wartete geduldig ab.

Heinrich hüstelte leise und atmete mehrere Male tief durch. Sein Blick wirkte eine Weile unstet, doch dann sah er sie endlich wieder an.

»Du erinnerst dich sicherlich an unsere letzte Fahrt nach Hamburg?«, fragte er.

»Natürlich. Das war im Sommer, und das Wetter war herrlich. Ich habe es sehr genossen, im Alsterpavillon Kaffee zu trinken und Apfelkuchen mit Sahne zu essen.« Bei der Erinnerung an diesen schönen Tag musste sie lächeln. »Ich gestehe, es hat mir sogar gefallen, den Tag und sogar noch den Abend mit meinen Eltern zu verbringen«, fügte sie schmunzelnd hinzu.

»Am Abend, im Theaterfoyer, trafen wir die Brodersens, weißt du noch?«

Gerlinde nickte. »Natürlich erinnere ich mich daran. Wir haben noch darüber gescherzt, dass wir uns in der Stadt begegnen, wo wir hier doch praktisch Nachbarn sind und uns trotzdem seit Monaten nicht mehr gesehen hatten. Therese wirkte ein bisschen angeschlagen. Sie hatte eine Erkältung, wenn ich mich richtig erinnere.«

»Es war sehr freundlich von deiner Mutter, die beiden für den nächsten Abend zum Essen einzuladen.«

»Ja, aber ich fand es sehr schade, dass Therese wegen ihrer Unpässlichkeit dann doch im Hotel bleiben musste. Ich war an dem Abend ein bisschen verärgert«, gab sie zu. »Vor allem weil ihr Männer nach dem Essen noch Karten spielen wolltet. Du bist jedenfalls erst im Morgengrauen ins Bett gekommen.«

»Jetzt sind wir an dem Punkt angelangt, wo alles seinen Lauf nahm.« Heinrich zog die Stirn kraus. »Wilhelm fand kein Ende, obwohl er ständig verlor und mir aus früheren Spielrunden im Dorfkrug ohnehin schon Geld schuldete. Zunächst gewann dein Vater fast jedes Spiel, doch dann wendete sich das Blatt zu meinen Gunsten. Du weißt ja, dass ich kein großer Kartenspieler bin, doch an diesem Abend hatte ich wirklich Glück. Vielleicht hat mich das beflügelt, keine Ahnung. Trotzdem boten wir Wilhelm mehrere Male an, das

Spiel zu beenden, doch er weigerte sich. Er war richtig verbissen und erhöhte ständig seinen Einsatz. Nun ja, um es auf den Punkt zu bringen: Wilhelm verlor eine große Summe an mich. Natürlich hatte er nicht so viel Geld dabei, deshalb schrieb er mir einen Schuldschein aus. Dein Vater unterzeichnete als Zeuge.«

Gerlinde wartete einen Moment darauf, dass er weitersprach, doch das tat er nicht. Sein Blick wich dem ihren erneut aus und wanderte im halbdunklen Zimmer hin und her. Instinktiv rutschte sie ein wenig näher zu ihm hin und legte ihm ihre Hand auf den Unterarm.

Wenn Wilhelm Brodersen ihm Geld schuldete, erklärte das noch lange nicht seine anhaltende Besorgnis. Da musste noch mehr sein.

»Wie viel schuldet er dir?«, fragte sie leise.

»Zusammen mit seinen vorherigen Spielschulden sind es jetzt rund zwanzigtausend Mark«, antwortete er mit rauer Stimme.

Sie stieß ein gedämpftes Geräusch aus, das ihre Fassungslosigkeit angesichts dieser immensen Summe zum Ausdruck brachte, und erst nach einer Weile bemerkte sie, dass sie ihn mit offenem Mund anstarrte.

»Pardon, aber ich bin völlig sprachlos«, brachte sie endlich hervor. »Wie kann man nur so viel Geld verspielen?«

Seit er hier mit seiner Frau saß, fühlte sich Heinrich von Minute zu Minute besser, und sein Herz wurde tatsächlich leichter, genauso wie Gerlinde es vorausgesagt hatte. Es war keine Frage, dass es nicht einfach sein würde, das eigentliche Problem in Worte zu fassen, aber er hatte sich nun einmal dazu entschieden, sie einzuweihen, und würde auch an seinem Entschluss festhalten.

Im vergangenen Jahr hatte er sehr schnell lernen müssen, dass Gerlinde vollkommen anders war als seine erste Frau Hannelore, die eher froh gewesen war, wenn er sie mit allem, was der Alltag auf dem Gut so mit sich brachte, in Ruhe ließ. Inzwischen konnte er sich ohne jede Bitterkeit eingestehen, dass Hannelore höchstwahrscheinlich am glücklichsten gewesen war, wenn er überhaupt nicht mit ihr gesprochen hatte. Auch wenn er durchaus um Lore getrauert hatte, so war sie ihm bis zu ihrem Tod doch seltsam fremd geblieben.

Gerlinde hingegen unterhielt sich gerne mit ihm, und sie wollte immer alles wissen, was ihn beschäftigte. Zunächst hatte er das irritierend gefunden, doch schon nach kurzer Zeit hatte er bemerkt, wie beeindruckend förderlich gute Gespräche für das Zusammenleben waren. Er genoss jede einzelne Minute, die er mit seiner jungen Frau verbrachte. Gerlinde forderte seinen Geist, verstand es, seine Seele zu streicheln, und schaffte es allein durch ihre bloße Anwesenheit, sein Begehren wachzuhalten.

Sein Begehren, ja, das war die erste Empfindung für sie gewesen. Noch heute dachte er recht häufig daran. Damals, als sie gerade erst dem Kindesalter entwachsen war, hatte das unangebrachte Gefühl ihn nachts wach gehalten und gequält. Das schlechte Gewissen war allgegenwärtig gewesen. Doch nun war Gerlinde seine Frau, und das Glück, das er empfand, konnte kaum größer sein.

Er spürte ihren Blick und sah sie an, betrachtete das dunkle, fast schwarze Haar, das ihr nun in weichen Wellen über die Schultern floss. Er liebte es, wenn sie abends all die Klammern herauszog, die tagsüber dafür sorgten, dass die seidige Fülle in häufig sehr kunstvollen Frisuren verharrte.

»Es tut mir leid, dass ich mich ein bisschen schwertue, aber es ist nicht so einfach, mit dir darüber zu reden«, sagte er.

»Lass dir Zeit«, antwortete sie. »Ich kann mir schon denken, dass ein Gewinn von zwanzigtausend Mark nicht der Grund für deine anhaltende Nachdenklichkeit ist.« Sie lachte leise.

»Das hast du sehr gut erkannt, aber wie ich schon sagte, musste ich ein bisschen ausholen, damit du weißt, warum ...« Er musste sich räuspern. »Ich hatte also jetzt drei volle Monate mehrere Schuldscheine in meiner Schreibtischschublade liegen, aber Wilhelm hat sich deshalb noch nicht gerührt. Wir trafen uns sogar schon mehrmals im Dorf, aber er hat seine Spielschulden nie mehr erwähnt.«

»Hm, das passt eigentlich nicht zu ihm. Ich kenne ihn nur als sehr ehrenhaften Mann.«

»Genau. Ich wunderte mich über sein Verhalten und beschloss deshalb, ihn persönlich aufzusuchen, um die Sache endlich zu klären. Du musst nämlich wissen, dass ich gerade jetzt das Geld sehr gut gebrauchen könnte.«

Er sah, dass ihre Augen sich weiteten. »Vorhin sagtest du, wir hätten keine finanziellen Nöte.«

»Nein, die haben wir auch nicht, Lindi. Um unser Auskommen musst du dir auch in Zukunft keine Sorgen machen. Ich würde nur sehr gerne unsere Ländereien weiter vergrößern, und dafür könnte ich das Geld wirklich gut gebrauchen. Ich müsste für die Landkäufe unsere Reserven nicht angreifen, verstehst du?«

Gerlinde nickte. »Du erwägst sicherlich, den Bauernhof

Lüdecke zu kaufen, nehme ich an. Lüdecke ist vor zwei Monaten verstorben, und ich habe gehört, dass die Nachkommen keinerlei Interesse daran haben, den Hof weiter zu bewirtschaften.«

»Ich habe die klügste Frau von allen«, erwiderte er. Heinrich griff nach ihrer Hand und hob sie an seine Lippen. »Die klügste und schönste Frau von allen«, fügte er noch hinzu und meinte es auch so.

»Schmeichle mir nicht, mein Lieber, erzähl bitte weiter. Was hat Wilhelm Brodersen gesagt?«

»Nicht so schnell, dazu komme ich noch. Vor ein paar Tagen bin ich allein mit dem Einspänner rübergefahren, doch ich traf zunächst nur Therese an. Natürlich erwähnte ich nicht den wahren Grund meines Besuchs, ich konnte ja nicht wissen, ob Wilhelm seine Frau eingeweiht hatte.«

»Das war klug. Nicht alle Ehen sind wie unsere«, warf sie lächelnd ein.

Er nickte. »So ist es, mein Herz. Ich sagte ihr, dass ich Wilhelm in einer geschäftlichen Angelegenheit sprechen müsse. Sie meinte, er sei wahrscheinlich irgendwo in der Nähe der Pferdeställe zu finden, und ich entschloss mich daraufhin, dorthin zu spazieren, um ihn zu suchen. Das Wetter war herrlich, und ich hatte es nicht besonders eilig. So ließ ich den Einspänner vor dem Haus stehen, bedankte mich bei Therese und marschierte los.«

»Und? Nun sag schon!«

Wieder musste er sich räuspern. »Als ich bei den Ställen ankam, war niemand zu sehen, und auch Wilhelm schien nicht dort zu sein.«

»Niemand war dort? Das ist doch eigenartig, oder nicht?

Bei uns herrscht tagsüber stets ein reges Treiben vor und in den Ställen.«

»Ja, bei uns ist das anders, aber Wilhelms Hof ist auch kleiner. Auf Gut Brodersen gibt es nur zwei kurze Stallgebäude. Normalerweise reichen ihm ein oder zwei Stallburschen, um die Tiere zu versorgen.« Ein weiteres Mal hielt er kurz inne und suchte für das, was er jetzt erzählen wollte, nach einer Formulierung, die ihn und sie nicht allzu sehr in Verlegenheit bringen würde. Wie so oft, schien Gerlinde seine Gedanken zu lesen.

»Sag es einfach freiheraus, Heinrich. Du weißt, ich bin nicht zimperlich. Hast du Wilhelm etwa mit einer anderen Frau dort angetroffen? Also ... in einer verfänglichen Situation?«

Ihr besonderes Gespür für gewisse Zusammenhänge erstaunte ihn immer wieder aufs Neue. »Nicht mit einer Frau«, griff er den Faden dankbar auf, den sie ihm bereitgelegt hatte, und betonte dabei das letzte Wort seines Satzes.

Sichtbar nachdenklich sah sie ihn einen Moment lang an, doch dann zog sie ihre dunklen Augenbrauen in die Höhe. »Oh.«

»Ich wollte gerade nach Wilhelm rufen, als ich Stimmen aus einem abgetrennten Bereich des Stalls hörte. Ich ging darauf zu, und dann sah ich ihn zusammen mit ... nun ja, es wird wohl einer der Stallburschen gewesen sein, nehme ich an.« Er hörte, wie Gerlinde leise nach Luft schnappte. »Die Situation war in der Tat eindeutig«, fügte er noch rasch hinzu, um ihr eine entsprechende Nachfrage zu ersparen, denn er kannte ihre Gründlichkeit. »Ich gehe einmal davon aus, du weißt, dass es ... so was gibt?«

»Ich habe schon davon gehört, ja. Das ist … Oh, mein Gott, die arme Therese«, stieß Gerlinde leise hervor. Dann sah sie ihn an. »Hat Wilhelm dich gesehen?«

»Er nicht, aber sein … ähm … Stallbursche. Ich habe mich allerdings wortlos auf dem Absatz umgedreht und bin regelrecht geflüchtet. Ja, so könnte man es wohl ausdrücken.«

»Dann wird auch Wilhelm wissen, dass du da warst.«

»Davon muss ich ausgehen.«

»Das treibt dich also die ganze Zeit um.«

»Ja, die Tatsache an sich und alles, was damit zusammenhängt oder zusammenhängen könnte. Zudem mag ich mir ein Wiedersehen mit ihm gar nicht vorstellen.«

»Glaubst du etwa, dass Wilhelm dich auf den peinlichen Vorfall ansprechen könnte?«, fragte sie weiter.

»Grundgütiger! Das wäre doch für uns beide eine äußerst unangenehme Situation, nicht wahr?«

Gerlinde nickte. »Ja, da hast du recht.«

Eine Weile blieben sie beide stumm, doch dann schob Gerlinde plötzlich die Decke weg, rutschte vom Bett und ging barfüßig auf dem dicken Teppich, der davorlag, hin und her. Er beobachtete sie dabei und wusste, dass sie gerade angestrengt nachdachte.

»Wenn irgendjemand davon erfahren würde, wäre Wilhelms Ruf ruiniert, richtig?«, fragte sie schließlich.

»Richtig. Und zwar auf der ganzen Linie. Deshalb mache ich mir ja auch solche Sorgen. Er wäre gesellschaftlich und geschäftlich erledigt und würde seine gesamte Familie mit in diese Katastrophe reißen. Glaub mir, ich frage mich schon die ganze Zeit, warum er dieses Risiko überhaupt eingeht. Nun ja, ich kenne mich allerdings mit derartigen … Dingen auch nicht besonders aus. Ich weiß nicht, wie sehr diese Empfindungen ihn ... ähem ... beherrschen.«

»Selbst wenn es nicht so war, wie du es gerade ausgedrückt hast, so hat er zudem auch zwanzigtausend Mark einfach verspielt. Wahrscheinlich ist Wilhelm Brodersen viel leichtfertiger, als wir dachten.«

»Ich kenne den Mann schon einige Jahre, und ich gebe offen zu, ich hatte durchaus meine Probleme mit ihm, weil mir seine Selbstdarstellung mehr als einmal auf die Nerven ging, doch ich habe ihn niemals anders als rechtschaffen und anständig erlebt.«

»Er kann von Glück sagen, dass du es warst, der ihn erwischt hat.«

»Das ist allerdings wahr.«

»Sicherlich wird ihm der unangenehme Vorfall eine Lehre sein. Wir dürfen niemandem davon erzählen. Denk nur an Therese und die Kinder, Heinrich. Ich möchte wirklich nicht erleben, dass Therese ohne jede Schuld alles verliert und in den gesellschaftlichen, vielleicht sogar finanziellen Ruin abgleitet. Gut, sie ist Österreicherin und manchmal etwas seltsam, aber ich mag sie trotzdem.«

Ihre Besorgnis und ihr Liebreiz ließen ihn lächeln. Er sah sie an, wie sie da vor ihm stand, mit nackten Füßen und dem schneeweißen Nachthemd aus zartem Batist. Der durchscheinende Stoff lenkte seine Aufmerksamkeit nun doch unweigerlich auf ihren sanft schwellenden Leib.

»Komm in meine Arme, du wundervolle Frau.«

Während des Frühstücks brachte Gerlinde noch einmal die heikle Geschichte zur Sprache. Sie hatte in der vergangenen

Nacht nicht viel geschlafen und deshalb genug Zeit gehabt, in Ruhe über die Angelegenheit nachzudenken.

»Geht es dir heute Morgen ein wenig besser, mein Lieber?« Mit dieser Frage blieb sie vage genug, um ihm die Entscheidung zu überlassen, über das Thema zu sprechen.

»Ja«, antwortete er lächelnd. »In der Tat, ich fühle mich befreiter. Es ändert zwar nichts an der Sache an sich, aber es tat mir gut, mit dir darüber zu reden. Es ist immer wieder eine Bereicherung für mich, zu spüren, wie vertraut wir uns sind. Du bist wie ein rettender Engel in mein Leben gekommen, mein Herz.«

»Ich danke dir. Es ist lieb, dass du das sagst.«

»Das ist keine leere Floskel, Gerlinde.« Er senkte leicht den Kopf, griff nach seiner Kaffeetasse, trank aber nicht, sondern hielt sie nur in der Hand. »Allerdings habe ich noch immer nicht mit Wilhelm über seine Spielschulden gesprochen. Das steht mir noch bevor.«

»Heinrich, du wirst einer Begegnung mit ihm sowieso nicht lange ausweichen können, das weißt du doch. Wir sind Nachbarn und …«

»Natürlich«, unterbrach er sie und nickte. »Du hast recht.«

»Von meinem Vater habe ich gelernt, dass man die unangenehmen Dinge lieber sofort anpacken sollte.«

Seine Stirn legte sich in Falten. »Du meinst also, ich sollte noch einmal rüberfahren?«

»Schick besser jemanden mit einer Nachricht und bitte Wilhelm, nach Lerchengrund zu kommen. Hier bist du auf eigenem Terrain. Und ich meine damit keine große Einladung, sondern einfach nur die Bitte um ein Gespräch.«

»Deine Weitsicht lässt mich immer wieder staunen, Lindi.«

Seine offene Bewunderung ließ sie noch ein wenig mutiger werden. »Letzte Nacht habe ich im Zusammenhang mit den Spielschulden und … ähm … Jedenfalls habe ich darüber nachgedacht.«

»Ach ja?«

Sie senkte ihre Stimme. »Wir sind uns doch einig, dass Wilhelm Brodersen, so wie wir ihn kennen, nicht zu den Männern gehört, der eine Ehrenschuld ungewohnt lange auf sich sitzen lassen würde, oder?« Gerlinde wartete sein zustimmendes Nicken ab, bevor sie fortfuhr. »Vielleicht ist Wilhelm zurzeit … na, sagen wir mal, nicht solvent genug.«

»Das wäre allerdings ärgerlich.« Heinrichs Augenbrauen zogen sich über der Nasenwurzel zusammen. »Aber wenn ich es mir recht überlege, könntest du mit deiner Vermutung gar nicht so falschliegen. Er ist tatsächlich nicht der Mann, der mit einer Schuld gut leben kann. Es muss also einen Grund dafür geben, dass er noch immer nicht gezahlt hat.«

»Und er hat auf der Auktion diesen teuren Zuchthengst gekauft, den du so gerne ersteigert hättest.«

»Stimmt. Außerdem hat er einiges an Kapital in die Erneuerung seiner Stallgebäude gesteckt, wie ich weiß. Du könntest also wieder einmal recht haben mit deiner Einschätzung. Aber worauf willst du hinaus, mein Herz?«

Sie zögerte nur einen winzigen Moment, dann sprach sie aus, was ihr seit der letzten Nacht nicht mehr aus dem Sinn gehen wollte. »Vorausgesetzt, die Lage ist für Wilhelm tatsächlich so ernst, könnten dir die Vorkommnisse auf Gut Brodersen den Weg bereiten, doch noch an den Hengst und zugleich auch an mehr Land zu kommen. Das ist es doch, was du eigentlich ersehnst.«

Eine Weile hingen ihre Worte zwischen ihnen in der Luft. Gerlinde betrachtete Heinrichs nachdenkliche Miene und erahnte bereits, was in diesem Augenblick in seinem Kopf vorging. Er war ein kluger Mann. Sie brauchte nicht viel mehr zu sagen. Den Rest würde er sich erschließen. Also löste sie ihren Blick von ihm und schenkte sich abwartend eine weitere Tasse Kaffee ein.

»Das würde in letzter Konsequenz bedeuten, dass ich einen guten Nachbarn, ja, man könnte fast sagen, einen Freund, mit meinem Wissen erpresse«, konstatierte er schließlich.

»Ich würde es eher so sehen: Du zeigst ihm nur eine Möglichkeit auf, seine Schulden zu begleichen, ohne dass dabei ein weiterer Schaden für ihn und seine Familie entsteht. Was er letztlich aus dieser Möglichkeit macht, bleibt ihm allein überlassen. Außerdem hieße es ja nicht, dass du Wilhelms Geheimnis nicht trotzdem für dich behalten könntest, sollte er nicht auf deinen Vorschlag eingehen, aber das kann Wilhelm ja nicht wissen.«

Heinrich schüttelte leicht den Kopf. »Es wäre dennoch nicht ehrenhaft, den Anschein zu erwecken, ich könnte ihn verraten, denke ich.«

»Spielschulden nicht bezahlen zu können ist auch keine ehrenhafte Angelegenheit, mein Lieber. Von Wilhelms … ähm … Geheimnis einmal ganz abgesehen.«

»Ich werde darüber nachdenken«, sagte er. »Die Folge wäre indes das Ende einer langjährigen nachbarschaftlichen Verbundenheit, die einer Freundschaft schon sehr nahekam.«

»Nun, ich meine, eure Beziehung hat bereits in dem Augenblick Schaden genommen, als du sehen musstest, was niemand sehen sollte. Zudem wissen wir ja noch gar nicht sicher, ob Wilhelm tatsächlich in finanziellen Nöten steckt«, warf sie ein. »Es könnte auch immer noch sein, dass er das Geld mitbringt, wenn er hierherkommt. Damit wäre die Sache erledigt, und du kannst deinen ursprünglichen Plan in die Tat umsetzen, den Hof von Lüdecke zu kaufen, und Wilhelms Geheimnis ein für alle Mal vergessen.«

»Richtig, allerdings muss ich zugeben, dass für den anderen Fall dein Vorschlag für uns einige Vorteile mit sich brächte.« Er räusperte sich leise, nahm seine Serviette, faltete sie ordentlich zusammen und legte sie bedächtig neben seinen Teller. »Mit Aramis, das ist der Zuchthengst, wird Brodersen in absehbarer Zeit zu einem echten Konkurrenten werden, das ist auch ein Teil der Wahrheit. Bisher hatte Wilhelm keine Chance darauf, an die Qualität unserer Pferde heranzureichen, doch das wird sich mit diesem Hengst ändern. Das war mir von Anfang an klar, und es war auch ein Grund, warum ich dieses Pferd unbedingt besitzen wollte. Hinzu kommt noch, dass der Wald von Wilhelm, der genau an unsere Ländereien stößt, viel wertvoller wäre als der Lüdecke-Hof. Ich bin davon überzeugt, dass man auf längere Sicht gesehen mit Bäumen gutes Geld verdienen kann. Der Holzhandel hat Zukunft, das steht außer Frage.«

Gerlinde fühlte, wie ihr Herz mit einem Mal schneller schlug. »Du meinst, weil die Städte wachsen?«

»So ist es. Hamburg wird von Tag zu Tag größer, und ich habe bereits jetzt einflussreiche Geschäftspartner dort, die mir sicherlich einige Türen öffnen würden, sobald ich in den Holzhandel einsteigen kann.«

»Aber wäre das nicht zu viel des Guten, Heinrich? Ich meine, all die zusätzliche Arbeit, die damit einhergehen würde. Du hast mit der Gutsverwaltung bereits jetzt genug zu tun.«

Sein Lächeln wirkte nachsichtig. »Mach dir darüber mal keine Sorgen, mein Herz. Ich habe ohnehin vor, im Süden ein weiteres Vorwerk einzurichten. Dann hätten wir zwei ausgelagerte Höfe, die eigenständig geleitet werden können. Die Landwirtschaft wäre damit nahezu ausgelagert. Ich habe auch schon einen unserer besten Landarbeiter dafür ins Auge gefasst. Lars Fender ist klug und lernbegierig genug, um das zu schaffen. Er ist jung, fleißig und sehr loyal. Außerdem habe ich mitbekommen, dass er gerne heiraten würde. Fender wäre also äußerst dankbar für eine solche Gelegenheit. Schließlich würde ihm das Vorwerk eine sichere Zukunft für eine eigene Familie gewähren.«

»Wenn ich das richtig verstehe, hast du vor, ihm freie Hand zu lassen?«

Heinrich nickte zustimmend. »Sobald alles seinen Gang geht, würde ich mich darauf beschränken, in regelmäßigen Abständen dort vorbeizuschauen und natürlich die Bücher zu prüfen, so wie ich es auch schon seit einigen Jahren erfolgreich bei unserem anderen Vorwerk handhabe. Übrigens hat Fender bereits bewiesen, dass er eigene Ideen entwickeln kann. Er hat großes Interesse an der Schafzucht, und das wäre ein Bereich, dem wir uns bisher noch nicht weiter gewidmet haben. Lars Fender traue ich zu, gute Ideen auch in die Tat umzusetzen.«

Heinrich trank seinen Kaffee aus, bevor er weitersprach: »Auch ich habe einiges von meinem Vater gelernt, Gerlinde. Zum Beispiel riet er mir, nie zu vergessen, dass die meisten Menschen es zu schätzen wissen, wenn sie möglichst eigenverantwortlich arbeiten und handeln können. Wenn man jemandem Vertrauen entgegenbringt, wird es seine Loyalität stärken, denn er bekommt das gute Gefühl, dass er ein wichtiger Teil des großen Ganzen ist.«

Er hatte kaum ausgesprochen, da klopfte es. Eines der Dienstmädchen trat ein, schloss die Tür hinter sich und knickste.

»Entschuldigen Sie die Störung, Herr Baron, aber Herr Brodersen ist hier. Er fragt an, ob Sie einen Moment Zeit für ihn erübrigen könnten.«

Gerlinde entwich ein leises Geräusch des Erstaunens. Sie tauschte einen bedeutsamen Blick mit ihrem Mann, der sich aber sogleich wieder dem Mädchen zuwandte. »Bitte Herrn Brodersen in die Bibliothek, serviere ihm Kaffee und sag ihm, dass ich gleich bei ihm sein werde, Katrin«, ordnete er an.

Das Mädchen senkte leicht den Kopf und knickste erneut, bevor es sich wieder zurückzog.

»Nun ja, das erspart mir wohl die Einladung. Ich muss zugeben, es nötigt mir einiges an Respekt ab, dass er freiwillig herkommt und ein Gespräch sucht«, sagte er.

Gerlinde nickte. »Nun, offensichtlich hat auch er ein paar Tage gebraucht, um die Sache zu überdenken und diesen Entschluss zu fassen.« Ihr Blick ruhte warm auf ihm. »Du solltest ihn nicht länger warten lassen, Heinrich. Ich werde hier auf dich warten und noch in aller Ruhe meinen Kaffee zu Ende trinken.«

Heinrich ließ sich Zeit, blieb in der Halle stehen und versuchte, sich innerlich zu wappnen. Normalerweise hatte er gute Nerven, doch nun verspürte er ein leichtes Kribbeln in der Magengegend. Das Gespräch war unumgänglich, da brauchte er sich nichts vorzumachen. Und Gerlinde hatte mit allem recht, was sie eben gesagt hatte, auch das war ihm bewusst. Seit er sich mit ihr über die Sache ausgetauscht hatte, fühlte er sich durchaus erleichtert, doch ihre Überlegungen und Argumente hatten auch etwas ins Rollen gebracht, mit dem er niemals gerechnet hätte. Ja, es brodelte etwas in ihm, und seine Gedanken schlugen nun eine Richtung ein, die ihm einerseits zwar nicht gefiel, ihn andererseits jedoch geradezu magisch anzog.

Gut Lerchengrund war für ihn nicht einfach nur ein Stück Land, das er von seinem Vater geerbt hatte und das ihn, seine Angehörigen und seine Angestellten ernährte. Das Gut war sein Leben. Er hatte es zu dem gemacht, was es jetzt war, und er würde alles dafür tun, diesen Besitz in eine sichere Zukunft zu führen. Vor allem jetzt, da endlich ein Erbe das Licht der Welt erblicken würde.

Seine Freundschaft zu Wilhelm war so oder so nicht mehr zu retten, auch damit hatte Gerlinde den Nagel auf den Kopf getroffen.

Sein eigenes Seufzen riss ihn aus der gedankenvollen Erstarrung. Automatisch kontrollierte er noch einmal den Sitz der Revers an seinem Gehrock, dann hielt er mit festem Schritt auf die Tür zur Bibliothek zu und öffnete sie.

Wilhelm Brodersen saß auf einem der drei Sessel vor dem Fenster, doch nun erhob er sich sofort. »Guten Morgen, Heinrich. Ich hoffe, ich störe so früh nicht allzu sehr, aber ich dachte, um diese Uhrzeit bist du auf jeden Fall noch hier im Haus zu erreichen.«

»Guten Morgen, Wilhelm. Keine Sorge, wir waren gerade

mit dem Frühstück fertig«, antwortete er. Er deutete auf die Sesselgruppe. »Bitte, nimm doch wieder Platz. Was führt dich zu mir?«

Wilhelm Brodersen hüstelte leise und ließ sich wieder zurück in den Sessel sinken. »Nun, ich denke, das liegt auf der Hand.«

»Ich nehme an, du möchtest mit mir über die Begleichung deiner Spielschulden sprechen«, sagte Heinrich fast beiläufig, während er sich ebenfalls setzte.

»Ja, natürlich. Darüber auch.«

Heinrich bemerkte erst jetzt, dass Wilhelm ziemlich blass war und übernächtigt wirkte. »Ich höre.«

Brodersen stieß erneut ein verhaltenes Husten aus. »Nun, Heinrich, ich hoffe in diesem Fall auf dein Wohlwollen.«

Heinrich wartete einige Momente ab. Der innere Kampf und das Unwohlsein waren seinem Gegenüber deutlich anzusehen. »Bist du hier, um mir zu sagen, dass du die Schulden nicht begleichen kannst?«, half er aus, denn nun war es geradezu offensichtlich, dass Gerlinde auch mit dieser Einschätzung richtiggelegen hatte.

Wilhelm nickte und atmete hörbar aus. »Es tut mir leid, Heinrich, aber ich muss dich diesbezüglich um ein wenig Aufschub bitten.«

Heinrich wusste, dass die nächsten Minuten dieses Gesprächs entscheidend waren. Er schlug sich leicht auf die Oberschenkel und erhob sich. Dann ging er einige Male auf dem rot gemusterten Teppich der Bibliothek auf und ab, als müsste er intensiv nachdenken. Erst danach sah er seinen Nachbarn wieder an.

»Mir tut es ebenfalls leid, Wilhelm, aber ich muss leider auf die sofortige Begleichung deiner Schulden bestehen. Für mich stehen einige Investitionen an, und du weißt sehr gut, dass ich im Grunde schon seit mehr als drei Monaten auf das Geld warte. Ich kann dir den Aufschub leider nicht gewähren.«

Brodersen wurde noch eine Spur bleicher. »Aber ... Heinrich, ich kann es schlichtweg nicht. Mir fehlt das ... nötige Barvermögen, ich ...«

»Natürlich bin ich davon ausgegangen, dass du als Ehrenmann nur Kapital einsetzt, das dir auch zur Verfügung steht. Ich muss dich wohl kaum daran erinnern, dass Spielschulden durchaus mit einer Ehrenschuld gleichzusetzen sind.«

»Nein ... nein, das musst du nicht. Ich werde die Schulden ja auch begleichen, sobald ich es kann.«

Nun war es an Heinrich, sich zu räuspern. Er war froh, dass seine gewohnte Selbstsicherheit wieder zurückgekehrt war. Doch da war zudem eine völlig neue, nie da gewesene Empfindung: Er fühlte sich stark und sogar ein wenig übermächtig – ein seltsames Gefühl, das ihn auf eine fast schon anstößige Art erregte.

»Ich würde behaupten, dass du nach dem für uns beide äußerst unangenehmen Vorfall vor ein paar Tagen gar keine andere Wahl hast, als deine Schulden umgehend zu begleichen, mein lieber Wilhelm.« Ein angenehmer Schauer rieselte durch ihn hindurch, nachdem er den Satz ausgesprochen hatte und sah, wie sich zunächst Verwirrung, dann Verstehen und schließlich Bestürzung auf Wilhelms Miene abzeichneten.

»Du ... du willst mich tatsächlich mit deinem Wissen erpressen?«

»Sagen wir doch lieber, mir liegt vor allem daran, deine Reputation und deine Familie zu schützen.«

Einige Augenblicke blieb es bedrückend still in der Bibliothek, doch schließlich erhob auch Brodersen sich.

»Heinrich, ich bitte dich inständig, mir das nicht anzutun. Bitte!«, presste er hervor. »Ich liebe meine Frau und meine Kinder. Ich will sie nicht verlieren.«

Heinrich spürte eine Spur Mitleid in sich aufsteigen, doch das mächtige Gefühl der Überlegenheit beherrschte ihn. Es versetzte ihn in eine Art Rauschzustand, und der leise Anflug von Bedauern verschwand so schnell, wie er gekommen war.

»Wie ich schon sagte, Wilhelm, es tut mir leid.« Er sah zu, wie Brodersen vor seinen Augen regelrecht in sich zusammensackte. Sein Besucher machte zwei Schritte zurück und fiel zurück auf den Sessel.

»Was du da gesehen hast ...«, flüsterte Brodersen. »Es ist ...«

»Ich weiß genau, was ich gesehen habe.«

»Ich komme nicht dagegen an, Heinrich. Ich ...«

»Das ist allein dein Problem«, unterbrach er Wilhelm hastig. »Ich will gar nicht wissen, was dich dazu antreibt, mit deinem Stallburschen ... ähem.«

»Ich habe ihn entlassen. Er ist fort. Ich habe ihm eine Stellung auf einem Hof in der Nähe von Braunschweig verschafft.« Wilhelms Stimme drohte, zu kippen.

»Nun ja, das ist vielleicht keine schlechte Entscheidung gewesen. Der Mann könnte nicht nur deiner Ehe den Todesstoß versetzen, er könnte dir auch gesellschaftlich den Hals brechen, falls du verstehst, was ich meine.«

»Jetzt kannst nur noch du das tun.«

»Solange wir uns einig werden, habe ich es nicht vor.«

Wieder blieb es einige Sekunden lang still. Heinrich verharrte an Ort und Stelle und beobachtete Wilhelm, der sichtlich mit sich rang.

»Du willst Aramis, richtig?« Es erstaunte Heinrich nicht wenig, dass Brodersen in diesen Minuten so klare Schlüsse ziehen konnte, das musste er zugeben.

»Ja, aber das ist noch nicht alles.«

Das leise Seufzen klang fast schon ergeben. »Was noch?«

»Das Pferd, das Waldstück, das an mein Land grenzt, und das Weideland nördlich davon. Du kannst also direkt hinter deinen Stallgebäuden in gerader Linie einen neuen Grenzzaun setzen lassen.«

Brodersen schnappte entsetzt nach Luft. »Damit nimmst du mir einen nicht unerheblichen Teil meines Besitzes, Heinrich. Zudem würde das die Summe meiner Spielschulden bei Weitem übertreffen. Zumindest wenn man die Gewinne einschließt, die mir dadurch verloren gehen.«

»Das ist mir bewusst, aber wir sind uns doch einig, dass es hier nicht allein um deine Schulden geht. Dir bleibt noch dein schönes Haus. Nicht zu vergessen die Felder, die Ställe und die großen Wiesen im Süden. Wenn ich mich nicht irre, kannst du damit weiterhin ein auskömmliches Leben führen.«

»Wie soll ich das nur Therese erklären?«

»Nun, ich würde bei der Wahrheit bleiben und ihr gestehen, dass du leichtsinnigerweise den Hengst und das Land beim Kartenspiel eingesetzt und an mich verloren hast. Alles andere muss sie nicht wissen. Dir wird wohl ein ausgewachsener Ehekrach ins Haus stehen, aber das ist immer noch besser als die andere Möglichkeit, oder? Therese ist dir treu ergeben, und sie liebt dich, wenn ich das als Außenstehender richtig einschätze. Wenn du ausreichend zu Kreuze kriechst, wird sie dir vergeben und dir vermutlich noch das Versprechen abnehmen, das Kartenspiel künftig zu unterlassen. Aber mehr wird sicherlich nicht passieren.«

Brodersen schwieg, schien sich dann jedoch zu sammeln, nickte schließlich und erhob sich. »Ich werde die nötigen Papiere aufsetzen«, sagte er. »Du kannst noch heute jemanden schicken, der den Hengst abholt.«

»Gut. Sobald das erledigt ist, wären deine Schulden beglichen, und dein Geheimnis ist für alle Zeiten bei mir sicher. Du hast mein Wort.«

Heinrich musste sich räuspern. Erst jetzt wurde ihm bewusst, dass sein anfänglicher Überschwang von einem dumpfen Gefühl in der Magengegend verdrängt worden war, doch es war längst zu spät, um jetzt noch einen Rückzieher zu machen.

»Und bleib zukünftig, verdammt noch mal, im Bett deiner Ehefrau!«, presste er hervor.

Brodersens Blick wirkte leer. »Ein Wort noch. Ich möchte, dass du weißt, dass ich dir das niemals verzeihen werde, Heinrich von Grootenlohe. Von nun an kann es keine gute Nachbarschaft mehr zwischen uns geben.« Er räusperte sich. »Ja, und ich sage das durchaus in dem Bewusstsein, dass dir das völlig egal sein kann. Du bist jetzt unangefochten der größte Landbesitzer weit und breit, und damit sind Macht und Reichtum auf deiner Seite.«

2. Kapitel

Gut Brodersen, einige Tage später

Manchmal, wenn auch nur noch sehr selten, sehnte sich Therese Brodersen zurück nach Wien. Dann fehlten ihr plötzlich die Leichtigkeit die Aufgeschlossenheit und Eleganz der Wiener Gesellschaft, und, ja, sie vermisste sogar den Dialekt, der immer ein wenig arrogant klang und doch so voller Liebenswürdigkeit war. Hier in Norddeutschland war das Leben völlig anders, und sie wünschte … *Nein!* Therese gebot ihren eigenen Gedanken Einhalt. Sie liebte ihr schönes Zuhause, die norddeutsche Natur und die Menschen hier. Vor allem aber hatte sie den Mann heiraten dürfen, den sie liebte, und das war ein großer Luxus in der heutigen Zeit. Sie hatte sich damals sofort in Wilhelm Brodersen verliebt und war ihm nur allzu gern in seine Heimat gefolgt, doch inzwischen fragte sie sich immer häufiger, ob sie ihn wirklich kannte. Von Zeit zu Zeit gestaltete es sich schwierig, seine Gemütszustände einzuordnen. Üblicherweise war Wilhelm ein äußerst eloquenter und humorvoller Mann, gesegnet mit einem einnehmenden Lächeln und der Fähigkeit, Menschen im Handumdrehen für sich zu gewinnen, doch es gab auch Tage, da schien er sich hinter einer dunklen Maske zu verbergen, und Therese fühlte sich dann jedes Mal aufs Neue überfordert und hilflos.

Therese entglitt ein leises Seufzen, denn sie befürchtete, dass heute wieder einer dieser Tage war.

Wilhelm, der ihr gegenübersaß, hatte sein Abendessen kaum angerührt. Ein düsterer Ausdruck lag auf seinem Gesicht, und sein Blick wirkte seltsam leer.

»Hast du keinen Hunger?«, fragte sie, so sanft es ihr möglich war.

Er sah sie an, und ein Lächeln, das seine Augen nicht erreichte, umspielte kurz seine Lippen. »Keinen rechten Appetit«, antwortete er knapp.

»Geht es dir gut?«

»Nein, das tut es nicht, Herrgott noch mal!«

Sie hatte noch nie zuvor erlebt, dass er auf diese Art seine Stimme erhob. Schon gar nicht, wenn er mit ihr sprach.

Sie erschrak bis ins Mark, und ihr Herz pochte laut in ihrer Brust. Nicht nur, weil er so ungewohnt heftig reagierte, sondern, weil er dazu auch noch ruckartig aufsprang.

»Um Gottes willen, Wilhelm«, wisperte sie.

Zu ihrem Erstaunen kam er mit festem Schritt um den Esstisch herum und setzte sich auf den Stuhl neben ihr. Ein wenig beruhigte es sie, dass er nach ihren Händen griff und sie mit den seinen umschloss.

»Ich habe einen großen Fehler gemacht, Resi. Einen sehr großen Fehler, und ich hoffe, du wirst ihn mir verzeihen können.«

Seine Stimme war belegt, und es klang fast wie ein Schluchzer, als er tief einatmete.

Ein beklemmendes Angstgefühl stieg in ihr auf. »Was ist denn nur passiert?«, fragte sie bang.

Noch einmal atmete er tief durch, sein Blick suchte den

ihren. »Ich habe wieder gespielt«, sagte er leise. »Ich weiß, ich hatte dir im letzten Jahr versprochen, dass das nicht mehr vorkommen wird, aber ...«

»Ist etwa unsere Existenz in Gefahr?«, unterbrach sie ihn sofort, denn sie fühlte, dass es dieses Mal mehr sein musste als ein hoher Geldbetrag, der zwar sicherlich an anderer Stelle fehlen würde, ihr Leben ansonsten aber nicht schwerwiegend beeinträchtigte.

Als er zögernd den Kopf schüttelte, atmete sie erleichtert auf.

»Aber es ist viel, sehr viel.«

»Nun rede schon«, entfuhr es ihr. Sein Zögern machte sie wütend, doch die aufkeimende Wut half gegen das bange Gefühl in ihrer Brust. Ihr wurde klar, dass sie jetzt Stärke beweisen musste, auch wenn es eigentlich gegen ihre Natur war und sie enorm anstrengte.

»Ich habe den Wald verspielt. Einen Teil des Weidelands ... und den neuen Zuchthengst.«

Einige Sekunden lang sah sie ihn ungläubig an, doch er wich ihrem Blick aus und schaute auf ihre Hände.

»Den ... gesamten Wald?«, fragte sie. Er nickte stumm. »Dann kommt wohl nur Heinrich von Grootenlohe infrage, richtig?«

Wieder nickte er. »Ja, das alles gehört nun Grootenlohe. Die Papiere sind bereits unterschrieben.«

Therese entzog ihm ihre Hände und erhob sich. Während sie langsam vor dem großen Esstisch auf und ab ging, versuchte sie, sich zu sammeln, und fühlte seinen Blick auf sich ruhen. Schließlich hielt sie inne und sah ihn wieder an.

»Das heißt, dass wir nicht mehr ganz so reich sind wie vorher«, stellte sie mit möglichst ruhiger Stimme fest. »Wir werden weiterhin unser Auskommen haben, aber …«

»Ich werde niemals wieder spielen, Resi, das verspreche ich dir hoch und heilig. Sogar auf deine Bibel, wenn es sein muss. Dieses Mal halte ich mein Wort.«

Langsam ging sie zu ihm, dann atmete sie tief durch, bevor sie ihre nächsten Worte wohlbedacht formulierte. »Solltest du noch einmal dein Versprechen brechen, werde ich dich verlassen, Wilhelm Brodersen. Darauf kann *ich* gerne einen Eid schwören, denn ich würde es tun, bei Gott. Du bringst mit diesem unseligen Kartenspiel das Auskommen und die Existenz unserer Familie … unserer Kinder in Gefahr, und solltest du das noch einmal tun, werde ich dir das nicht verzeihen können.«

»Ich weiß«, erwiderte er. »Du kannst dich von nun an auf mein Wort verlassen.«

»Eine andere Möglichkeit sehe ich auch nicht. Du hast eine Verantwortung als Ehemann und Vater. Damit ist wohl alles gesagt.«

In dieser Sekunde erklangen die hellen Stimmen ihrer Kinder in der Halle, und Therese räusperte sich leise, ging zurück zu ihrem Platz und setzte sich. Automatisch strich sie dabei ihren Rock glatt und atmete einmal tief durch, um möglichst entspannt zu wirken.

Frederike und Carl nahmen ihr Abendbrot stets in der Küche und unter den strengen Blicken ihrer österreichischen Gouvernante zu sich, die ihnen bei dieser Gelegenheit die gesellschaftlichen Sitten und Gebräuche einbläute. Die Kinder durften erst zu ihren Eltern ins Esszimmer, wenn sie gegessen hatten und gewaschen waren. Eine halbe Stunde blieb die Familie dann noch beisammen, bevor das Kindermädchen kam, um die beiden für die Nacht zurechtzumachen.

Es war kein Geheimnis, dass ihr Mann diese Vorgehensweise etwas übertrieben fand, doch sie war ebenfalls so aufgewachsen, und jetzt, da sie selbst Mutter war, wusste sie die Vorteile dieser Regelung sehr zu schätzen. Einmal abgesehen davon, dass es so überwiegend in der Verantwortung der Gouvernante lag, den Kindern den nötigen Schliff zu verleihen, konnte sie auf diese Weise jeden Abend ihr Essen in aller Ruhe genießen und mit Wilhelm ein paar Worte wechseln, ohne ständig auf die Kinder, besonders auf ihre Tochter, einreden zu müssen, die offenbar liebend gern aus der Reihe tanzte.

Carl und Frederike hätten unterschiedlicher nicht sein können. Ihr Ältester war für seine zehn Jahre schon sehr vernünftig und zudem mit einer freundlichen und aufgeschlossenen Art gesegnet. Das Lernen bereitete ihm nie Probleme, und die rehbraunen Augen und seine meist etwas verwuschelten dunkelblonden Locken ließen ihn zudem zauberhaft aussehen. Carl fiel es leicht, die Menschen für sich einzunehmen.

Für seine zwei Jahre jüngere Schwester war das ungleich schwerer. Auch sie hatte die braunen Augen ihres Vaters geerbt, doch ihre glitzerten eher vor Wut und Trotz statt vor Fröhlichkeit und Begeisterung.

Therese kam zunehmend schwerer mit ihrer Tochter klar, denn Frederike war meistens störrisch und oft schlecht gelaunt. Zudem war es kein Geheimnis, dass sie der Gouvernante oder dem Kindermädchen das Leben nicht gerade leicht machte. Allein ihrem Vater schenkte Frederike dann und wann ein strahlendes Lächeln. Sie vergötterte Wilhelm, während sie ihre Mutter meist ignorierte. Für Thereses Mutterherz war es nicht immer leicht hinzunehmen, dass sie ihrer Tochter offensichtlich eher wenig bedeutete. Manchmal fühlte es sich an, als würde sie gegen eine Mauer aus purer Widerspenstigkeit kämpfen, wenn sie einmal mehr auf Frederike einreden musste, um sie in ihre Schranken zu weisen. Das Mädchen konnte eine Sturheit an den Tag legen, die schon jeden im Haus einmal an die Grenzen der Geduld gebracht hatte.

»Rieke bereitet mir ein wenig Sorgen«, sagte sie wenig später, nachdem die Kinder wieder vom Kindermädchen abgeholt worden waren.

Wilhelm sah von seiner Abendzeitung auf und legte den Kopf leicht schief, so wie er es immer tat, wenn er über etwas nachdachte.

»Hm, ich würde sagen, sie ist ein bisschen eigenwillig und vielleicht im Augenblick eine Spur zu rebellisch, aber das wird sich auch wieder legen«, sagte er lächelnd. »Das meintest du doch, nicht wahr?«

»Nun, ich bin inzwischen leider davon überzeugt, dass diese … Eigenwilligkeit, wie du es nennst, zu ihrem Charakter gehört, Wilhelm.«

»Ich halte sie für sehr klug.«

»Das sehe ich genauso. Vielleicht mache ich mir ja auch gerade deshalb Sorgen.« Ein Seufzen entglitt ihr. »Carl ist so anders. Auch er hat einen klugen Kopf, ist dabei aber sanft und mitfühlend. Rieke dagegen hält sich oft für den Nabel der Welt, wie mein Vater sagen würde.« Bevor sie weitersprach, drückte sie ein wenig ihr Rückgrat durch. »Wie auch immer, ich möchte noch einmal auf unser Gespräch von vorhin zurückkommen.«

Sie bemerkte, dass sich über seiner Nasenwurzel eine steile Falte bildete, aber es war ihr einerlei, dass es für ihn unangenehm war, ein weiteres Mal auf das unliebsame Thema angesprochen zu werden. Sicherlich hatte er darauf gehofft, sich nicht mehr damit auseinandersetzen zu müssen.

»Ich habe dir doch versprochen ...«

»Darum geht es nicht, Wilhelm. Ich sagte dir vorhin schon, dass ich das sowieso nicht noch einmal hinnehmen werde, und dabei bleibt es auch.« Sie neigte sich leicht vor und nahm einen kleinen Schluck aus ihrer Teetasse, bevor sie erneut seinen Blick suchte. »Ich habe ein paar Fragen an dich, und ich hoffe, du wirst sie mir wahrheitsgemäß beantworten.«

Erneut zog er die Stirn kraus. »Worum geht es dir also?«

»Mir ist da vorhin ein Gedanke gekommen, während du den Kindern vorgelesen hast«, sagte sie. »Was meinst du, Wilhelm? Wäre es nicht vielleicht doch besser, wir würden zurück nach Hamburg gehen?«

Seine Augen weiteten sich. »Nein, das glaube ich nicht, Resi. Ich habe meinen Anteil an der Reederei meinem Bruder verkauft, weil es stets mein Traum war, ein Landgut zu besitzen und Pferde zu züchten, aber das weißt du doch.«

»Ja, schon, aber du bist mit der Reederei deines Vaters aufgewachsen, hast sogar eine Weile dort sehr erfolgreich gearbeitet. Du könntest doch noch einmal mit deinem Bruder reden. Ich bin davon überzeugt, dass er dir deine Anteile sehr gerne zurückgeben würde, wenn du ihn darum bittest. Theo war ohnehin nicht begeistert davon, die Reederei ohne dich weiterführen zu müssen.«

»Das ist mir bewusst. Jeder andere wäre wohl froh über meine Entscheidung gewesen, aber Theo hätte die Verantwortung sehr gerne mit mir geteilt. Er war eine Zeit lang sogar richtig böse auf mich.« Wilhelm schüttelte den Kopf. »Nein, Resi. Zurück nach Hamburg zu gehen und wieder in die Reederei einzusteigen kommt für mich nicht infrage. Ich wollte raus aus der Stadt und habe schon immer von einem eigenen Gutshof geträumt. Hier fühle ich mich wohl. Das Leben als Reeder ist überhaupt nichts für mich. Ich bin nicht so geschäftstüchtig und abgehärtet, wie mein Vater es war und Theo es ist. Die meiste Zeit des Tages habe ich in einem Kontor gesessen und kaum den Himmel gesehen. Hinzu kam noch, dass Schiffe und Frachtpapiere mich seit jeher zu Tode gelangweilt haben. Hier habe ich meine Ruhe und kann mit meinen geliebten Tieren und in der Natur arbeiten. Mehr will ich gar nicht.«

»Gut, dann wäre das geklärt, aber ich habe noch eine weitere Frage.«

»Ja?«

»Bist du glücklich, Wilhelm?« Ihr entging nicht, dass nun er sich in seinem Sessel gerader hinsetzte. In ihrem Magen kribbelte es. »Ich meine, bist du eigentlich glücklich mit *mir*?«

Sie hörte ihn geräuschvoll einatmen, bevor er ihr antwortete. »Natürlich bin ich das, mein Schatz.«

»Wirklich und wahrhaftig?«

»Selbstverständlich. Warum stellst du mir nur so eine Frage?«

»Weil ich manchmal das Gefühl habe, dass es nicht so ist«, erwiderte sie. »Du bist oft so still und wir ...« Sie stockte und suchte einigermaßen verzweifelt nach den richtigen Worten. Es fiel ihr äußerst schwer, das Thema anzusprechen, aber sie zwang sich dazu, denn es belastete sie seit Langem. »Und wir beide … also …« Ihre Kehle wurde eng, und sie fühlte die Hitze auf ihren Wangen, doch dann sah sie ihm direkt in die Augen. »Ich finde, wir sind nur sehr selten … zusammen. Ich meine, auf die Art, wie es Eheleute sein sollten«, brachte sie endlich hervor.

Seine Miene blieb unverändert, aber sie bemerkte das Flackern in seinen Augen.

»Verzeih, aber ich denke nicht, dass eine Ehefrau dieses Thema ansprechen sollte«, erwiderte er.

Seine Stimme klang belegt, und sein Blick wurde starr. Zu ihrer Überraschung erhob er sich.

»Entschuldige mich bitte, Resi. Ich habe noch zu arbeiten.« Im Vorübergehen hauchte er ihr einen Kuss auf die Wange. »Ich wünsche dir eine gute Nacht.«

Fassungslos sah sie zu, wie er zur Tür des Salons ging und ohne ein weiteres Wort verschwand. Er hatte sich ihr schlicht entzogen. Wieder einmal.

Wilhelm hatte seine Ehefrau angelogen, denn in Wahrheit war er zutiefst unglücklich. So unglücklich, wie ein Mann nur sein konnte. Bis in den letzten Winkel seiner Seele fühlte er den Schmerz, der ihn seit Tagen fest in seinen grausamen Krallen hielt. Es war nicht allein das Land, das Heinrich von Grootenlohe ihm genommen hatte, noch nicht einmal der Hengst oder der Schaden, den sein Stolz und seine Würde genommen hatten.

Nein, die allerschlimmste Pein bereitete ihm der Verlust

seines Liebsten. Die einfachsten Dinge des Lebens fielen ihm plötzlich schwer, so sehr vermisste er ihn. Jasper Hansen war nicht einfach nur eine lustvolle Begegnung gewesen; er war sein Seelenverwandter. Sie hatten sich geliebt, verzweifelt ob der Aussichtslosigkeit dieser Liebe, doch voller Tiefe und Leidenschaft.

Nun war Jasper fort. Er selbst hatte ihn fortschicken müssen, nachdem Grootenlohe sie im Stall entdeckt hatte. Ihm war nichts anderes übrig geblieben, doch es war das Schlimmste, was er jemals hatte tun müssen. Unter allen Umständen musste er seine Familie schützen, aber auch Jasper und nicht zuletzt sich selbst. Die Gesellschaft, in der er lebte, konnte grausam sein, wenn es um etwas ging, das sie nicht verstand, geschweige denn nachvollziehen und akzeptieren konnte. Dennoch war die Sehnsucht nach Jasper furchtbar, und Thereses drängende Fragen machten alles noch viel schlimmer, denn sie zerrten heftig an seinen ohnehin stark angeschlagenen Nerven.

Natürlich empfand er tiefe Zuneigung für seine Ehefrau. Sie war die Mutter seiner Kinder, und dafür würde er ihr für alle Zeiten dankbar sein. Zudem bewunderte er ihre Eleganz und schätzte ihr liebevolles Wesen. Vor allem aber wusste er, dass sie ihn aufrichtig liebte. Sie war wie ein Schutzengel und machte sein Leben leichter, doch ihre Liebe zu ihm war andererseits auch der Grund dafür, sie in dem Glauben zu lassen, dass er ihre Gefühle in gleichem Maße erwiderte.

Als er Therese einen Antrag gemacht hatte, war sie gerade achtzehn Jahre alt gewesen, und schon wenige Monate später waren sie in Wien getraut worden. Sie hatte so bezaubernd, zart und äußerst schüchtern auf ihn gewirkt. Damals war er davon überzeugt gewesen, dass ein Leben mit ihr leicht und unbeschwert sein würde. Er hatte sich vorgenommen, sie zu formen und zu seiner perfekten und ihm ergebenen Ehefrau zu machen. Doch schon im zweiten Jahr, kurz nach Riekes Geburt, hatte Therese begonnen, sich anders zu entwickeln, als er es erwartet hatte. Bezaubernd und wunderhübsch war sie noch immer, doch sie war erwachsen geworden und hatte ein eigenes Selbstbewusstsein entwickelt, das ihn oft staunen ließ und von Tag zu Tag stärker zu werden schien. An ihrer rückhaltlosen Liebe zweifelte er dennoch nicht, das würde er niemals tun.

Wilhelm schloss kurz die Augen und gestattete sich ein tiefes Seufzen. Im Augenblick hatte er nicht die geringste Ahnung, wie er sich jemals wieder aus dieser tiefen Traurigkeit befreien sollte.

Hinzu kam die Erkenntnis, dass er von nun an ein absolut untadeliges Leben führen musste, um nicht doch noch in große Schwierigkeiten zu geraten. Es war immer einer Gratwanderung gleichgekommen, seine wahren Bedürfnisse zu verstecken, doch schon lange, seit der Schulzeit, wusste er, dass er damit nicht allein dastand. Es gab viele, die so waren wie er. Trotzdem musste er nun erst recht alles daransetzen, dass auf ihn niemals ein Verdacht fiel. Das stand außer Frage. Damit hatte Heinrich von Grootenlohe nicht falschgelegen.

Heinrich …

Er musste zugeben, dass die Enttäuschung, die er empfand, immens war. Er hatte diesen Mann geschätzt, ja, sogar bewundert. Noch vor wenigen Wochen hätte er jeden Eid geschworen, dass sich langsam, aber sicher eine echte Freundschaft zwischen ihnen entwickelte. Doch nun hatte Heinrich mit einem Schlag sein Lebensglück zerstört und ihm dazu auch noch die Würde genommen. Sie würden sich niemals wieder unbelastet begegnen können, auch daran gab es keinen Zweifel.

Wie sollte es nur weitergehen? Er hatte eine Frau, die er bis zu seinem Ende belügen musste, Kinder, die sich für ihren Vater schämen würden, wenn sie über ihn Bescheid wüssten. Bitterkeit, aber auch ein unbändiges Gefühl von Ungerechtigkeit stiegen in ihm auf.

Unvermittelt fiel ihm ein Rat seiner verstorbenen Mutter ein. Wenn dich etwas belastet, und du kannst mit niemandem darüber reden, schreib es auf, und alles wird ein wenig leichter werden, hatte sie oft zu ihm gesagt. Wahrscheinlich hatte sie tief in ihrem Herzen bereits geahnt, vielleicht sogar gewusst, dass er anders war. Mütter hatten einen untrüglichen Instinkt für ihre Kinder, das hatte er mal irgendwo gelesen.

Wilhelm zog einen Bogen seines Briefpapiers aus der obersten Schublade des Schreibtischs, griff nach dem Federhalter und starrte eine Weile auf das leere Blatt. Es fiel ihm schwer, seine seelische Qual in Worte zu fassen. Letztlich schrieb er nur wenige Sätze, doch besser fühlte er sich dadurch nicht. Im Gegenteil. Fast schien es ihm, als würden die Worte, die er soeben mehr schlecht als recht zu Papier gebracht hatte, sein Elend nur noch greifbarer machen. Er war versucht, den Bogen einfach zu zerreißen, doch etwas in seinem Inneren hielt ihn davon ab.

Gedankenverloren faltete er ihn schließlich zusammen, schob ihn in seine Hosentasche und erhob sich. Im Haus war es inzwischen vollkommen still geworden, und die Zeiger der großen Standuhr seines Arbeitszimmers bewegten sich bereits auf Mitternacht zu. Wilhelm wusste schon jetzt, dass ihm eine weitere schlaflose Nacht bevorstand, deshalb widerstrebte es ihm, überhaupt ins Bett zu gehen. Doch es war wichtig, dass er so schnell wie nur möglich zu einem einigermaßen normalen Leben zurückfand. Vielleicht würde es seinen Kopf klarer machen, wenn er noch ein wenig an die frische Luft ging.

Einige Minuten später fand er sich in einem der Pferdeställe wieder. Langsam ging er an den offenen Abteilen vorbei, in die sich die Tiere zurückziehen konnten, wenn sie es denn wollten. Er musste daran denken, dass er diese Art der Stallhaltung zuerst auf Lerchengrund gesehen hatte und sofort begeistert gewesen war. Heinrich von Grootenlohe hatte ihm damals erklärt, dass Pferde sich am wohlsten fühlten, wenn sie sich im Stall frei bewegen konnten und nicht ständig von ihren Artgenossen getrennt waren, denn schließlich lebten sie auch in der freien Natur stets in Gruppen zusammen. Heinrichs Argumente waren so einleuchtend gewesen, dass auch er seine Ställe entsprechend hatte umbauen lassen. Die offenen Abteile waren lediglich durch halbhohe Holzwände voneinander getrennt, und es gab kaum noch geschlossene Boxen, denn die wurden nur noch für den einen oder anderen Hengst genutzt, der ansonsten die Stuten zu sehr bedrängen würde.

Auf seinem Weg streichelte Wilhelm weiche Nüstern und hübsche Blessen, bevor er schließlich am Ende des Stalls stehen blieb. Hier gab es zwei abgeteilte Stände. Der eine war für Aramis reserviert gewesen, der andere lag ganz am Ende des Gebäudes und war eigentlich zu klein für ein ausgewachsenes Pferd. Deshalb wurde der Stand als eine Art Abstellkammer genutzt und war der Einzige, der eine halbhohe Türklappe hatte, um die Pferde davon fernzuhalten. Neben den üblichen Rechen und Bürsten lagerten hier ein paar Heuballen und Futtersäcke. Gleich daneben, über einer Stange an der Wand, hingen diverse alte Satteldecken und altes Zaumzeug, das wahrscheinlich schon seit Jahrzehnten nicht mehr benutzt worden war.

In dieser Box hatte er sich immer mit Jasper getroffen, sobald alle anderen gegangen waren. Hier hatten sie auch fast täglich hinter einem losen Brett ganz in der hinteren Ecke kleine Mitteilungen füreinander versteckt.

Wilhelm öffnete die Tür, ging hinein und setzte sich auf einen der Heuballen. Die dunklen Wolken, die seine Seele einhüllten, verdichteten sich noch mehr, und er fragte sich, wie es Jasper wohl gerade ging. Der Gedanke daran, dass er den Geliebten niemals wiedersehen würde, bereitete ihm Schmerzen in der Brust. Aus einem Impuls heraus zog er den zusammengefalteten Bogen Briefpapier aus seiner Hosentasche und steckte ihn hinter das lose Brett.

Eine letzte Mitteilung, eine kleine Erinnerung an seine glücklichste Zeit, dachte er wehmütig und kummervoll.

Therese saß allein am Frühstückstisch. Wie immer aß sie eine kleine Scheibe Rosinenbrot mit Butter und trank zwei bis drei Tassen Kaffee dazu. Sie hatte kaum geschlafen, fühlte sich übermüdet und war äußerst schlecht gelaunt. Natürlich war es ihr nicht entgangen, wie spät Wilhelm ins Bett gegangen war. Es war schon weit nach Mitternacht gewesen, als sie seine Schritte auf der Treppe und anschließend die Geräusche aus dem Nebenzimmer gehört hatte. Die Sorge um ihn brachte auch sie um den Schlaf, und so langsam wusste sie nicht mehr weiter.

Sie verstand nicht, warum er so vehement dagegen war, wieder zurück nach Hamburg zu gehen, wenn er hier doch offensichtlich so unglücklich war. Am Anfang ihrer Ehe hatten sie, wenn auch nur für eine kurze Zeit, in der Stadt gelebt, und es hatte ihr dort gefallen. Natürlich hatte sie schon damals gewusst, dass sie eines Tages außerhalb von Hamburg leben würden. Wilhelm hatte den Landsitz bereits erworben, aber zu der Zeit waren an dem alten Gutshaus noch umfangreiche Renovierungsarbeiten nötig gewesen, bevor sie endgültig einziehen konnten.

Im Großen und Ganzen fühlte sie sich hier auch wirklich wohl. Die Stadt mit ihren gesellschaftlichen Zerstreuungen war gut zu erreichen, und das Haus war wunderschön und bot viel Komfort. Ihre Kinder konnten hier völlig unbeschwert aufwachsen, und auch an der notwendigen Ausbildung fehlte es ihnen nicht. Wilhelm bezahlte eine Gouvernante mit untadeligem Ruf und einen Hauslehrer, der sogar mit Rieke wunderbar zurechtkam. Therese legte großen Wert auf eine ordentliche Ausbildung für ihre Tochter, und zum Glück sah Wilhelm das ebenso.

Nach einer Weile des Grübelns kam sie zu dem Schluss, dass es wahrscheinlich doch nur die Spielschulden waren, die ihn so belasteten. Zudem war es ihm sicherlich nicht leichtgefallen, ihr die enormen Verluste zu gestehen. Das schlechte Gewissen wird ihn furchtbar gequält haben. Bei all seiner Sensibilität war Wilhelm doch auch ein sehr stolzer Mann.

Therese schob sich den letzten Bissen ihres Rosinenbrots

in den Mund und schenkte sich noch einmal Kaffee nach. Es war an der Zeit, ihn wieder zu stärken und ihm zu versichern, dass sie zu ihm stand, was auch immer geschehen war, damit seine Seele wieder ins Lot geriet.

Sie hatte den Gedanken kaum zu Ende gebracht, als ihr Ehemann das Esszimmer betrat. Wie immer gab er ihr einen schnellen Kuss auf die Wange und wünschte ihr einen guten Morgen, bevor er sich auf seinen Platz setzte. Sie war meistens vor ihm wach. So war es schon immer gewesen.

»Du hast nicht besonders viel geschlafen, oder?«, fragte sie ihn, nachdem er seinen ersten Kaffee getrunken hatte.

Sie wusste aus Erfahrung, dass er morgens immer etwas Zeit und mindestens einen Kaffee brauchte, um vernünftig denken zu können.

Er nickte, während er nach der Kanne griff und seine Tasse erneut füllte. »Leider.«

»Ich auch nicht«, erwiderte sie. »Wilhelm, du sollst wissen, dass ich dir nichts nachtrage und fest daran glaube, dass du dein Versprechen von nun an einhältst.«

»Ich danke dir, mein Schatz.« Ein leichtes Lächeln umspielte seine Lippen.

»Du solltest dich nicht mehr grämen, mein Lieber. Wir haben noch immer ein gutes Auskommen, nicht wahr? Das Pferd werden wir beizeiten doch sicherlich ersetzen können. Einen guten Zuchthengst kannst du auch noch im nächsten Frühjahr erstehen, sobald wir wieder ausreichend liquide sind. Und der Wald … Mein Gott!« Geräuschvoll zog sie die Luft ein. »Es kann doch nicht ganz so schlimm sein, so ein unnützes Stück Land zu verlieren.«

Wilhelms Blick wirkte müde, aber das verwunderte sie

nicht. »Der Wald war mein Besitz, und es schmerzt mich, dass ich ihn verloren habe. Ich habe ihn auch nie für nutzlos gehalten. Im Gegenteil. Ich denke, dass das Holz uns über kurz oder lang gute Erträge eingebracht hätte. Das weiß auch Heinrich sehr genau, Resi. Mit dem neu dazugekommenen Stück besitzt er jetzt an die fünfhundert Hektar Wald.«

»Hm.« Sie empfand seinen Ton als etwas herablassend, doch sie gab sich Mühe, nicht eingeschnappt zu wirken. »Natürlich. Ich wollte dir ja auch nur sagen, dass diese dumme Geschichte nichts daran ändern wird, dass ich selbstverständlich voll und ganz zu dir stehe, mein Liebster.«

Eine kleine Weile sah er sie nur an, doch es fiel ihr schwer, die Gefühle hinter seinem Blick zu deuten.

»Du bist mir stets eine liebevolle und zuverlässige Gattin gewesen, Resi. Ich habe nie daran gezweifelt, dass du das auch weiterhin sein wirst.«

Nicht wenig erleichtert, nickte sie und trank ihren Kaffee aus. »Dann sind wir uns ja einig.«

»Sind die Kinder bereits im Schulzimmer?«, wechselte er das Thema.

»Ja, schon seit einer Stunde. Sie werden bis in den Nachmittag hinein zu tun haben, weil Herr Kohler sie heute noch in einigen Fächern prüfen wird.«

Therese sah, dass Wilhelm leicht den Kopf schüttelte. »Meine Güte, die beiden sind gerade acht und zehn Jahre alt. Der soll es mal nicht übertreiben.«

»Ich begrüße seine stringenten Methoden sehr, Wilhelm. Er ist ein erfahrener Mann, und ich bin wirklich froh, dass er Rieke so gut im Griff hat. Das kann nicht jeder von sich behaupten.« Sie lächelte und zwinkerte ihm zu.

Natürlich spielte sie mit ihrer Bemerkung darauf an, dass Wilhelm seiner geliebten Tochter häufig viel zu viel durchgehen ließ. Aber sie hoffte auch, mit dieser liebevollen Stichelei endgültig die Stimmung zwischen ihnen wieder zu entspannen.

Offenbar verstand er ihren Hinweis.

»Ich finde meine Tochter nun einmal großartig«, gab er schmunzelnd zu.

»Na, ich ja auch«, erwiderte sie. »Im Gegensatz zu dir bin ich nur nicht so nachsichtig mit ihrem oft ungezügelten Temperament, mein lieber Wilhelm.«

»Wie gesagt, sie ist erst acht Jahre alt. Das wird sich noch auswachsen, wie meine Mutter immer zu sagen pflegte. Außerdem bin ich fest davon überzeugt, dass es für die Kinder gesünder ist, wenn sie viel Zeit an der Luft verbringen, anstatt Stunde um Stunde im Studierzimmer zu hocken. Aber wie immer überlasse ich die Entscheidung darüber gänzlich dir.« Er erhob sich. »So, nun sollte ich aber an die Arbeit gehen. Ich muss dem neuen Stallmeister noch auf die Finger schauen.«

Sie nickte. »Ich finde es immer noch schade, dass Herr Hansen uns verlassen hat.«

»Ja«, sagte er. »Ich auch.«

Kurz bevor er den Raum verließ, wandte er sich ihr noch einmal zu. Seine Miene wirkte ernst und auch ein wenig nachdenklich.

»Ich würde heute Nacht gerne bei dir schlafen, Resi. Ist dir das recht?«

Ein heftiges Gefühl der Vorfreude erweckte ein lange nicht da gewesenes Kribbeln in ihrer Magengegend.

»Natürlich ist mir das recht«, brachte sie wispernd hervor.

In diesem Moment war sich Therese sicher, dass sie genau das Richtige gesagt und getan hatte.

3. Kapitel

Im April 1899

Der Tag, an dem Gerlinde von Grootenlohe zum ersten Mal ihren Sohn in den Armen hielt, veränderte sie für immer. Sie sah in die wunderschönen Augen ihres Kindes, und ihre Welt stand kopf. War es nicht erst gestern gewesen, dass sie ihren Hochzeitstag oder ihre ersten Stunden als Gutsherrin für die schönsten und prägendsten Erlebnisse ihres Lebens gehalten hatte? Sie hatte sich geirrt. Rein gar nichts ließ sich mit dem Gefühl vergleichen, das sie jetzt empfand. Niemals würde etwas wieder so groß, so wichtig und so vollkommen sein wie die Liebe zu ihrem Kind.

Die Geburt war schwierig gewesen. Sie hatte viele Stunden in den Wehen gelegen, und die besorgten Blicke der Hebamme, die alsbald nach einem Arzt geschickt hatte, waren ihr nicht entgangen. Doch nun waren die Schmerzen und die Angst um ihr Kind vergessen, auch wenn sie noch so furchtbar gewesen sein mochten. Sanft strich sie ihrem Sohn über das dunkle, watteweiche Haar, nahm zum wiederholten Mal seine kleine Hand in ihre und küsste jeden einzelnen Finger.

»Bleiben wir bei dem Namen, den wir besprochen haben?«, fragte Heinrich, der auf einem Stuhl neben ihrem Bett saß und ebenfalls voller Stolz seinen Stammhalter betrachtete.

Der Blick aus seinen feucht schimmernden Augen war voller Liebe.

»Ja«, sagte sie. »Jonas Heinrich. Du bist doch damit einverstanden, dass Jonas sein Rufname sein wird, oder? Ich finde den Namen so schön, und es ist der zweite Vorname meines Vaters.«

»Aber ja. Alles, was du willst.« Er legte seine Hand auf ihre. »Du hast mir das schönste Geschenk gemacht, mein Liebes. Ein lang gehegter Wunsch geht heute für mich in Erfüllung.« Sein strahlendes Lächeln berührte sie tief. »Wie geht es dir? Hast du all die Anstrengungen gut überstanden?« Er räusperte sich. »Ich habe dich gehört, es war … beängstigend.«

Seine Besorgnis rührte sie. »Alles ist jetzt gut, Liebster. Mir könnte es kaum besser gehen.« Wieder glitt ihr Blick über das kleine Gesicht ihres Sohnes. »Sieh ihn dir an. Er ist so wunderschön. Ich glaube, ich habe noch niemals zuvor ein so schönes Kind gesehen.«

Er lachte kurz auf. »Meinst du nicht, dass alle frischgebackenen Eltern davon überzeugt sind, dass ihr Kind das schönste auf der ganzen Welt ist?«

Auch sie musste lachen. »Aber bei uns stimmt es doch.«

»Ich hoffe nur, dass ich noch so lange leben darf, um ihn aufwachsen zu sehen«, bemerkte er und wurde mit einem Mal wieder ernst.

»Was redest du denn da?«, fragte sie erschrocken. »Du weißt doch, dass ich so was nicht hören mag.«

»Nun ja …«

»Natürlich wirst du ihn aufwachsen sehen, Heinrich«, unterbrach sie ihn. »Hör sofort auf, so etwas zu sagen.«

»Ich bin über zwanzig Jahre älter als du, Lindi. Du solltest dich zumindest mit dem Gedanken befassen, dass ich dich irgendwann verlassen muss, bevor es für dich an der Zeit ist.« Er zwinkerte ihr zu. »So, und nun lächle wieder. Heute ist wahrlich kein Tag für ernste Gesichter oder Gedanken an den Tod.«

Sie unterließ es, ihn darauf hinzuweisen, dass eigentlich er es gewesen war, der das ernste Thema zur Sprache gebracht hatte, doch letztlich hatte Heinrich recht. Nichts und niemand würde ihr diesen wundervollen Tag verderben können.

»Nun solltest du aber die Ratschläge von Dr. Büchner befolgen und dich tüchtig ausruhen. Das Kindermädchen wird gleich wieder bei dir sein, um dir den Kleinen abzunehmen, dann kannst du ein paar Stunden schlafen.«

»Er wird bald Hunger haben, das warte ich noch ab.«

»Ganz wie du es möchtest, meine Liebste. Lass mich nur wissen, wenn ich etwas für dich oder unseren Sohn tun kann.«

Am folgenden Nachmittag fühlte sich Gerlinde bereits so wohl, dass sie es fast schon albern fand, den größten Teil des Tages im Bett zu verbringen. Dennoch hörte sie auf die Hebamme und den Arzt und hielt noch weitere drei Tage strikte Bettruhe. Dann jedoch war ihre Geduld am Ende, und sie stand auf.

Nachdem sie mit der Hilfe ihrer Zofe ein kurzes, aber wunderbar belebendes Bad mit Kamillenblüten genommen hatte, zog sie ein leichtes Baumwollkleid an und machte es sich in einem der bequemen Korbsessel in der kleinen Orangerie auf der Rückseite des Gutshauses gemütlich. Der April zeigte sich heute von seiner sonnigen Seite, und Gerlinde genoss die wärmenden Strahlen, vor allem aber den Blick auf ihren Sohn, der in einer hübschen Wiege lag und friedlich schlief. Durch die zarte Baumwollspitze des Wiegenhimmels fiel gebrochenes Sonnenlicht auf seinen dunklen Haarschopf, sodass goldene Sterne darauf zu funkeln schienen.

Gerlinde lehnte sich zurück, schloss für einen Moment die Augen und erfreute sich daran, hier und da das Wiehern der Pferde von draußen zu hören. Sie liebte dieses Geräusch, denn es war so typisch für ihr Zuhause. Stets löste es ein wohliges Empfinden in ihr aus.

Als sie Schritte hörte, öffnete sie die Augen. Es war eines der Dienstmädchen.

»Frau Brodersen ist hier, gnädige Frau. Sie möchte Ihnen zur Geburt Ihres Sohnes gratulieren und fragt, ob Sie sich schon stark genug fühlen, um sie zu empfangen.«

»Aber natürlich, Katrin. Führe Frau Brodersen doch bitte direkt hierher.«

»Sehr gerne«, antwortete das Mädchen lächelnd, nicht ohne einen schnellen Blick in die Wiege geworfen zu haben. »Wenn ich es anmerken darf ... Er ist wirklich zauberhaft, gnädige Frau, und das gesamte Personal ist völlig hingerissen von ihm.«

»Ich danke dir für die lieben Worte«, antwortete Gerlinde freundlich. »Aber nun wollen wir doch Frau Brodersen nicht mehr länger warten lassen, nicht wahr?«

Gerlinde erhob sich, als wenige Augenblicke später Therese lächelnd auf sie zukam. »Therese, wie schön, dich zu sehen«, begrüßte sie ihre Nachbarin herzlich.

»Und ich bin froh, dass du munter und wohlauf bist, meine Liebe«, antwortete Therese. »Du siehst schon wieder wunderschön aus. Wie machst du das nur? Ich fühlte mich nach den Geburten jedes Mal wochenlang wie erschlagen.«

Gerlinde musste lachen. »Du bist sehr lieb zu mir, aber gib dir keine Mühe, ich weiß sehr genau, dass ich noch recht blass um die Nase bin.«

Therese winkte schmunzelnd ab und beugte sich sogleich über die Wiege. »Himmel, was für ein hübsches Kind«, rief sie aus. »Auf dem ganzen Kopf so volles dunkles Haar. Ich gratuliere dir von Herzen.«

»Danke dir. Ich finde ihn auch bildschön, aber Heinrich ärgert mich und sagt, alle Eltern würden ihre Nachkommen für die wundervollsten und schönsten halten.«

Sie lachten beide.

»Nun komm, setz dich zu mir. Ich habe Jonas gerade gestillt, und er wird jetzt einige Zeit schlafen. Wie wäre es mit einer schönen Tasse Tee? Was meinst du?«

Gerlinde läutete nach dem Mädchen.

»Oh ja, sehr gerne«, antwortete Therese. Sie nahm ihr Schultertuch ab, faltete es ordentlich zusammen und ließ sich in dem zweiten Korbsessel nieder.

Wenige Minuten später saßen sie bei Tee und Gebäck zusammen und plauderten über dies und das. Therese erzählte von ihren Kindern, was Gerlinde immer äußerst amüsant fand.

»Ich hoffe doch, ich kann dir schon bald auch so herrliche Anekdoten über Jonas liefern«, sagte sie lachend.

»Glaub mir, das kommt schneller, als du denkst. Die Zeit eilt nur so dahin, und plötzlich wird er jeden Morgen sofort hinaus ins Freie rennen, und du fragst dich, wo nur dein süßes Baby geblieben ist.« Therese nahm einen Schluck von ihrem Tee und räusperte sich leise. »Die Geburtsanzeige war heute Morgen in der Hamburger Zeitung. Wilhelm hat sie mir gleich gezeigt. Ach, ich habe mich so für euch gefreut. Deshalb musste ich auch sofort herkommen«, erklärte sie. »Ich hoffte so sehr, dass du mich schon empfangen kannst.« Sie zögerte einen Moment, und ihre Miene wurde ernst. »Weißt du, ich wollte ... sowieso mal mit dir sprechen.«

»Du wolltest mit mir sprechen?«

»Ja, wenn ich ehrlich bin, schon seit Wochen, aber mit Rücksicht auf deine fortgeschrittene Schwangerschaft, nun ja ...«

»Ich verstehe«, erwiderte Gerlinde und verspürte leichte Nervosität.

»Wilhelm hat mir von den Spielschulden erzählt, und ich nehme an, du bist auch darüber informiert«, sagte Therese, und Gerlinde fühlte sofort eine gewisse Erleichterung.

Für eine Sekunde hatte sie befürchtet, dass die arme Therese herausgefunden haben könnte, was ihr Ehemann mit dem Stallburschen getrieben hatte. Aber dann hätte das Gespräch anders begonnen, da war sie sich sicher.

»Natürlich. Heinrich berichtete mir davon.«

»Versteh mich nicht falsch«, fuhr Therese fort. »Ich mache Heinrich überhaupt keine Vorwürfe. Er kann ja nichts dafür, dass er gewinnt, und Spielschulden sind Ehrenschulden, so ist es schon immer gewesen. Wilhelm ist derjenige, der es in der Hand hatte, rechtzeitig aufzuhören, aber das hat er nicht getan.«

»Und worüber wolltest du mit mir sprechen, Therese?«, hakte Gerlinde nach, nachdem Therese eine Weile geschwiegen hatte. »Das Ganze ist doch nun schon ein halbes Jahr her.«

Therese nickte. »Ich brauche deinen Rat, meine Liebe. Wir leben hier doch recht abgeschieden und haben weder eine Schwester noch eine wohlmeinende Mutter oder Großmutter in der Nähe. Ich dachte mir, dass wir unser Verhältnis unbedingt vertiefen sollten. Wir zwei Frauen … haben doch nur uns, nicht wahr?«

»Ich weiß, was du meinst.« Gerlinde musste schlucken.

Sie hoffte noch immer, dass Therese ahnungslos war, was ihren Ehemann betraf. Diese Frau ist viel zu zart und nicht stark genug, um so etwas zu verdauen, dachte sie beklommen. Therese Brodersen würde daran zerbrechen, da war Gerlinde sich sicher.

»Meine Großmutter stand mir sehr nahe. Sie hat oft gesagt, dass man mit jemandem reden sollte, wenn die Seele belastet ist, damit man im Herzen nicht krank wird. Ich glaube, sie hatte wohl recht damit, denn ich fühle einen Druck auf der Brust, der immer stärker wird«, fuhr Therese fort. »Ich brauche dich als Freundin, Gerlinde, und ich verspreche dir feierlich, dass auch ich für dich da sein werde, falls du einmal Beistand brauchen solltest.«

Gerlinde versuchte sich an einem aufmunternden Lächeln und nickte. Thereses kurze Rede rührte sie. »Ich bin für dich da, du Liebe. Erzähl mir, was dich so bedrückt.«

Es brauchte noch einige Sekunden der Stille, bevor Therese ebenfalls nickte und dann offenbar ohne große Umwege direkt auf den Punkt kam. »Wilhelm macht mir Sorgen … Und ich meine, er macht mir *wirklich* Sorgen, denn er scheint ernsthaft unter einer Schwermut zu leiden, die unser ganzes Leben beeinträchtigt.«

Gerlinde atmete tief durch. Sie war zwar erleichtert, dass es nicht doch um Wilhelms Fehltritt ging, aber was Therese da sagte, klang nicht weniger beunruhigend.

»Schwermut? Kannst du das genauer erläutern?«

»Nun ja, er isst kaum und schläft wenig. Außerdem trinkt er seit Monaten zu viel Alkohol. Er scheint sich regelrecht damit betäuben zu wollen. Inzwischen gibt es keinen Tag mehr, an dem er nicht schon am frühen Mittag betrunken ist. Gesprächen mit mir weicht er aus, und Antworten auf meine Fragen bekomme ich keine.« Gerlinde sah, dass eine Träne langsam über die bleiche Wange ihrer Freundin lief. »Wenn ich ehrlich bin, bekomme ich ihn kaum noch zu Gesicht, und wenn ... ist er ... also, dann ist er meist sturzbetrunken. Auch wenn ich mir die größte Mühe gebe, lässt es sich kaum noch vor den Kindern und dem Personal vertuschen. Ach, alles ist so schwierig geworden.«

Jetzt liefen die Tränen unaufhaltsam. Gerlinde erhob sich und ging um den kleinen Tisch herum zu Therese. Sie setzte sich auf die Stuhllehne und nahm ihre Freundin kurzerhand in den Arm, wiegte sie leicht wie ein Kind, das Kummer hatte und dringend Trost brauchte.

»Sch ... sch... Beruhige dich, meine Liebe«, flüsterte sie. »Wir werden gemeinsam versuchen, eine Lösung zu finden.«

»Aber wie nur?«, fragte Therese, nachdem sie sich wieder einigermaßen im Griff hatte. »Ich weiß wirklich nicht mehr, was ich tun soll, Gerlinde. Nicht einmal die Kinder kommen noch an ihn heran. Und du weißt, wie sehr er sie liebt.«

»Ja, das war immer offensichtlich.«

»Besonders Rieke steht ihm nah. Aber selbst sie scheint bei ihm auf Granit zu beißen. Und meine Tochter ist ein starker Charakter. Sie gibt nicht so leicht auf.«

Gerlinde ging zurück zu ihrem Platz und schenkte Tee nach. »Möchtest du zur Beruhigung einen kleinen Likör?«

Therese winkte ab. »Danke. Ich kann derzeit keinen Alkohol mehr riechen, glaub mir.«

»Wann hat das angefangen? Ich meine, seit wann benimmt sich Wilhelm so?«

»Du bist immer so pragmatisch und umsichtig, Gerlinde. Ich wusste, dass es gut ist, mit dir darüber zu reden.« Therese bedachte sie mit einem Blick voller Dankbarkeit, bevor sie die Frage beantwortete. »Es hat irgendwann vor ein paar Monaten begonnen. Wilhelm hatte auch in der Vergangenheit immer seine Zeiten, in denen er sich zurückzog. Ich kenne das schon, deshalb fiel mir der Übergang zunächst gar nicht so auf. Normalerweise dauerte seine Melancholie ein, höchstens zwei Tage an, dann war alles wieder in Ordnung. Doch dieses Mal scheint er sich nicht mehr davon zu erholen.«

Sie seufzte leise, nahm einen Schluck von ihrem Tee und stellte die Tasse behutsam wieder ab. »Es muss irgendwann im letzten Herbst angefangen haben, vielleicht auch im Winter. Fest steht jedoch, dass es nach und nach immer schlimmer geworden ist. Deshalb fällt es mir sicher auch so schwer, den Grund auszumachen. Es ist nur eine Annahme von mir, dass es mit den Spielschulden angefangen haben könnte, denn ein anderes Ereignis will mir nicht einfallen.«

Gerlinde horchte auf, versuchte aber möglichst neutral zu reagieren. »Das war sicherlich nicht leicht für ihn.«

»Nein, das war es nicht. Er hing sehr an dem Hengst und wahrscheinlich auch an dem Wald, aber ich hätte nicht gedacht, dass er sich diesen Verlust so stark zu Herzen nimmt. Wir nagen schließlich nicht am Hungertuch.«

»Spielt er noch?«

Therese schüttelte heftig den Kopf. »Er hat mir das Versprechen gegeben, es nicht mehr zu tun. Außerdem weiß er, dass … Also, ich habe ernsthaft damit gedroht, ihn zu verlassen, falls er dieses Versprechen brechen sollte.«

»Das hast du wirklich getan?«

Gerlinde war tatsächlich überrascht. Sie hätte dieser zarten Frau wahrlich nicht zugetraut, gegenüber ihrem Ehemann eine derartige Drohung auszusprechen. Vielleicht hatte sie Therese doch unterschätzt.

»Natürlich. Er könnte uns alle, mich und die Kinder, in den Ruin treiben. Ich habe das absolut ernst gemeint, und Wilhelm weiß das. Er weiß jedoch auch, dass mich meine Familie in einem solchen Fall sofort mit offenen Armen empfangen würde, ich also nicht gänzlich auf ihn angewiesen bin. Mein Vater war nie besonders glücklich damit, dass ich Wien verlassen habe. Sicher, eine Scheidung ist ein äußerst unerfreulicher Umstand, aber ich würde es tun, um vor allem die Kinder vor weiterem Ungemach zu bewahren, nicht wahr?«

»Ich denke, du hast recht, meine Liebe.« Gerlinde warf einen prüfenden Blick in die Wiege, dann nahm auch sie ihre Tasse und trank aus. »Darf ich dir noch einmal nachschenken?«, fragte sie.

»Sehr gerne. Der Tee schmeckt wunderbar und tut gut.« Therese hielt Gerlinde ihre leere Tasse hin. »Du weißt auch keinen Rat, oder?«

»Nun, wäre ich an deiner Stelle, würde ich wahrscheinlich auf ein klärendes Gespräch pochen. So etwas hilft bei Heinrich und mir eigentlich immer.«

»Er redet nicht mehr mit mir. Egal, wie ich auch vorgehe.

Wie gesagt, er weicht mir aus. Seit er sich so verändert hat, essen wir noch nicht einmal mehr gemeinsam. Die Kinder bekommen ihn auch kaum noch zu Gesicht. Einerseits ist das erleichternd, andererseits bedenklich.«

»Oh, das klingt wirklich nicht gut.«

Gerlinde dachte einen Moment nach und entschied dann, ihr Wissen um Heinrichs Entdeckung zu verdrängen und so normal wie möglich zu reagieren, als wüsste sie nichts davon.

»Ist er viel unterwegs? Könnte es sein, dass er eine Affäre hat? Entschuldige die direkte Frage.«

»Du brauchst dich nicht zu entschuldigen, der Gedanke kann einem schon kommen, aber so ist es nicht. Noch im vergangenen Jahr ist Wilhelm recht häufig nach Hamburg gefahren, doch seit es ihm so schlecht geht, bleibt er eigentlich immer auf dem Gut. Nein, eine Affäre würde ich ausschließen.«

»Und wenn du noch einmal damit drohst, ihn zu verlassen, sollte sich nichts ändern? Oder besser noch, sag ihm deutlich, dass du es so nicht aushältst, ob er nun antwortet oder nicht. Seine Ohren kann er ja nicht verschließen. Dann beginne zu packen und deinen Umzug zu planen, damit Wilhelm endlich aus seiner Melancholie gerissen wird. Vielleicht benötigt er eine Art Schock. Er sollte erkennen, dass du so nicht länger mit ihm leben willst und kannst.«

Wieder füllten sich Thereses Augen mit Tränen. »Vielleicht muss ich das wirklich tun, um ihn wachzurütteln. So kann es jedenfalls nicht weitergehen.«

»Ich könnte auch mit Heinrich sprechen, vielleicht kann er ein Gespräch von Mann zu Mann mit ihm …«

»Oh nein, Gerlinde, verzeih mir, dass ich dich so barsch

unterbreche, aber das wäre keine gute Idee. Seit der Sache mit den Spielschulden lässt er kein gutes Haar mehr an Heinrich, leider. Es ist fast so, als würde er deinem Mann die Schuld an dem Verlust geben.«

Gerlinde bemühte sich darum, möglichst ruhig zu bleiben. »Das ist ... lächerlich. Heinrich versicherte mir, dass es Wilhelm war, der nicht zu spielen aufhören wollte.«

»Glaub mir, ich weiß das alles und sehe es auch ganz klar. Wilhelm ist ein erwachsener Mann. Ich würde Heinrich niemals etwas vorwerfen. Letztlich war es sein gutes Recht, die Begleichung der Spielschulden einzufordern.«

»Ich bin erleichtert, dass du es auch so siehst.«

In diesem Moment begann das Baby, im Schlaf leise zu schmatzen, und sie mussten beide lachen. Das entspannte die Situation.

»Jetzt, da du selbst Mutter bist, kannst du sicherlich nachvollziehen, wie wichtig es mir ist, meine Kinder vor Schaden zu bewahren«, sagte Therese.

»Natürlich kann ich das. Aber das hätte ich vor seiner Geburt nicht anders so empfunden. Unsere Kinder sind doch die Spuren, die wir hinterlassen, wenn wir einmal gehen müssen, nicht wahr? Ohne uns wären sie nicht auf der Welt, und jedes Kind trägt ein großes Stück von uns in die Zukunft, auch wenn wir selbst schon lange nicht mehr da sind. Ich glaube sogar, die Liebe zu unseren Kindern ist die größte, die wir jemals empfinden können.«

»Das hast du schön gesagt. Genauso empfinde ich das auch. Frederike ist kein einfaches Kind, aber mein Carl ist ein so lieber Junge.«

»Ja, Carl ist bezaubernd. Macht Rieke dir etwa Kummer?«

»Hm, ich könnte dir jetzt kein Beispiel nennen. Es ist mehr ihr auffallend starker Charakter, der mir Sorge bereitet. Manchmal denke ich, dass es für sie besser gewesen wäre, als Junge auf die Welt zu kommen, falls du weißt, was ich meine.«

Gerlinde nickte. »Ich denke schon.«

»Wenn sie nicht irgendwann lernt, dass sich nicht immer alles nur um sie dreht, wird meine Tochter es in ihrem Leben nicht leicht haben.« Therese stieß ein hörbares Seufzen aus. »Unsere Gouvernante und der Hauslehrer versuchen wirklich alles, um ihr das klarzumachen, aber auch sie stoßen bei ihr oft an ihre Grenzen. Wilhelm hat sie sehr verwöhnt und ihr viel zu viel durchgehen lassen. Ich habe das stets für einen Fehler gehalten, aber man möchte bei seinen Kindern auch nicht dauernd als die Person dastehen, die ewig nur meckert und ermahnt. Na ja, im Augenblick läuft sowieso alles anders.«

Je länger dieses Gespräch dauerte, desto klarer wurde Gerlinde, dass ihre Freundin es nicht unbedingt leicht hatte. »Ich würde dir gerne besser helfen können.«

»Oh nein, so darfst du nicht denken. Du hast mir sogar sehr geholfen, Gerlinde. Es ist schon eine große Erleichterung für mich, über all das mit jemandem sprechen zu können. Mir geht es jetzt besser, und ich werde Wilhelm noch einmal tüchtig auf den Zahn fühlen.«

»Das finde ich gut und richtig. Und denk immer daran, wir beide sind doch kaum eine Viertelstunde mit der Kutsche voneinander entfernt. Von nun an werden wir füreinander da sein, nicht wahr?«

»Ich danke dir, meine liebe Freundin.«

»Nein, ich muss dir danken, dass du den Weg zu mir gefunden hast. Wir Frauen brauchen einander, damit hattest du vollkommen recht.«

Am späten Abend, als Gerlinde endlich in ihrem Bett lag, dachte sie noch einmal über das Gespräch mit Therese nach.

Es ist gut, dachte sie, dass wir unsere Beziehung durch diese Unterhaltung vertieft haben.

Von ihren Ehemännern einmal abgesehen, fehlte es ihnen hier tatsächlich an entsprechenden Möglichkeiten, sich über die alltäglichen Dinge des Lebens auszutauschen. Sie kannte Therese noch nicht allzu lange, und vielleicht hatte sie die zarte Person wirklich unterschätzt. Jetzt jedoch hatte sie eine echte Zuneigung für sie entwickelt, und sie hoffte für ihre neue Freundin, dass sich die Sache mit Wilhelm wieder zum Guten wenden würde.

Natürlich machte es Gerlinde zu schaffen, dass sie vielleicht nicht ganz unschuldig an Wilhelms derzeitigem Zustand war. In der letzten Zeit hatte sie sich immer häufiger gefragt, ob es richtig gewesen war, Heinrich die Möglichkeiten in dieser Sache so deutlich aufzuzeigen. Vielleicht hätte Heinrich seinen Nachbarn anderenfalls gar nicht so sehr unter Druck gesetzt und seine Entdeckung einfach verdrängt und niemals wieder erwähnt, um Wilhelm nicht in Verlegenheit zu bringen und das gute nachbarschaftliche Verhältnis nicht zu gefährden. Jedenfalls hätte eine solche Vorgehensweise zu ihrem anständigen Ehemann gepasst.

Was Therese ihr heute über Wilhelm erzählt hatte, klang wirklich beklemmend. Inzwischen konnte sich Gerlinde gut vorstellen, dass es für Brodersen enorm belastend sein musste, mit dieser Geschichte zu leben. Natürlich hatte sie früher über derartige Dinge niemals nachgedacht, doch seit dem Vorfall mit Wilhelm musste sie sich eingestehen, dass die Dinge nicht immer nur schwarz oder weiß waren. Nun fragte sie sich, wie es sein musste, seine wahren Bedürfnisse ständig verstecken und verleugnen zu müssen, und allein die Vorstellung fand sie bedrückend. Ja, es war für sie durchaus verständlich, dass Wilhelm Brodersen ein sehr unglücklicher Mann war.

»Kannst du nicht schlafen?« Heinrichs Stimme durchbrach ihre Gedanken.

»Mir geht so viel im Kopf herum.«

»Ist etwas mit Jonas nicht in Ordnung?«, fragte er hörbar besorgt.

»Oh nein, dem Jungen geht es hervorragend.« Sie drehte sich auf die Seite und wandte sich ihm zu, auch wenn sie ihn in der Dunkelheit kaum erkennen konnte. »Therese war heute hier, um mir zu Jonas' Geburt zu gratulieren.«

»Das ist aber nett. Geht es ihr gut?«

»Eigentlich nicht. Sie macht sich große Sorgen um Wilhelm und um ihre Ehe.«

Sie hörte, wie er sich leise räusperte. »Was ist mit Wilhelm? Er hat doch nicht etwa …?«

»Nein«, unterbrach sie ihn schnell. »Egal, was du gerade sagen wolltest, er hat weder gespielt noch … na, du weißt schon. Therese ist zum Glück völlig ahnungslos, was das Letztere betrifft.«

»Na, Gott sei Dank.«

»Ja.«

Sie atmete tief durch und hoffte, dass sie das Vertrauen ihrer Freundin nicht verletzte, wenn sie Heinrich von dem

Gespräch erzählte. Allerdings hatte ihr Therese diesbezüglich auch kein Versprechen abgenommen, und Gerlinde war es einfach gewohnt, mit ihrem Mann über alles zu sprechen, was sie beschäftigte. Heinrich würde immer ihr engster Vertrauter bleiben.

»Wilhelm ist offenbar seit Monaten äußerst schwermütig«, sagte sie und atmete tief durch. »Er zieht sich zurück, trinkt zu viel und macht es seiner Familie im Augenblick insgesamt nicht gerade leicht.«

»Hm, das klingt besorgniserregend.«

»Ja, das finde ich auch.«

»Soll ich mal mit ihm reden?«

»Das habe ich auch angeboten, aber Therese will das auf gar keinen Fall. Sie meint, dass Wilhelm seit der Sache mit den Spielschulden nicht mehr gut auf dich zu sprechen sei. Natürlich kann sie sich das nicht erklären und findet es unangebracht, aber es ist nun einmal so.«

»Ehrlich gesagt, würde es mir an seiner Stelle nicht anders ergehen«, murmelte Heinrich. »Ich kann seine Abneigung durchaus nachvollziehen.«

»Tut es dir leid, Liebster?«

»Manchmal denke ich, man hätte anders handeln müssen, aber es ist nun einmal passiert, und ich kann es kaum rückgängig machen. Es fällt mir nicht leicht, das zuzugeben, meinem männlichen Stolz würde es schwer zu schaffen machen. Aber du kennst mich gut, mein Herz, manchmal quält mich deshalb mein Gewissen.«

Gerlinde schob ihre Hand auf seinen Oberarm. »Du könntest ihm vielleicht ein Angebot machen, das ihn wieder versöhnt«, sagte sie leise.

»Was sollte das sein?«

»Nun, sag ihm das erste Hengstfohlen von Aramis zu. Das wäre doch eine gute Geste. Du könntest es ihm schenken, als Zeichen der Beilegung eures Zwists.«

»Wilhelm hat mir selbst gesagt, dass er mir das niemals verzeihen wird. Ich glaube also nicht, dass das im Hinblick auf unser Verhältnis etwas bewirken würde.«

»Versuch es, Heinrich. In einem solchen Fall sollte man alle Möglichkeiten ausschöpfen, die einem zur Verfügung stehen.«

»Ich werde darüber nachdenken, Liebste, aber nun lass uns endlich schlafen.«

Sie kuschelte sich noch ein wenig enger an seine Seite. »Ja, es ist spät. Ich bin übrigens sehr froh, dass du wieder neben mir liegst, auch wenn wir noch nicht wieder …«

»Ich schlafe einfach besser, wenn du da bist«, sagte er, und sie spürte seine Lippen auf ihrer Stirn. »Gute Nacht, mein Engel.«

»Gute Nacht, Liebster.«

Heinrich von Grootenlohe gehörte zu den Menschen, die einen festen Tagesablauf benötigten, um sich wohlzufühlen. Solange ihn kein Termin nach Hamburg oder zu einer Pferdeauktion rief, stand er stets im Morgengrauen auf, ließ sich einen starken Kaffee in sein Arbeitszimmer bringen und erledigte bereits zu dieser frühen Stunde einige notwendige Schreibarbeiten. Sobald auch Gerlinde erschien, nahmen sie zusammen ihr Frühstück ein, und er las die *Hamburger Zeitung*, die ihm jeden Morgen direkt aus der Stadt gebracht wurde. Natürlich machte der Bote auf seinem schnellen Pferd die Zeitung fünfmal teurer, doch er wollte nicht darauf verzichten, jeden Morgen die wichtigsten Neuigkeiten aus Politik und Gesellschaft zu erfahren. Oft las er Gerlinde einige Artikel vor – denn das liebte sie –, bevor er sich schließlich von ihr verabschiedete und nach dem Hund pfiff, um seine tägliche Runde über das Gut zu machen.

Meist führte ihn sein Weg zunächst zu den Ställen. Dort sprach er länger mit Peer Stellbrink, seinem Stallmeister, um sich auf den neuesten Stand bringen zu lassen und Zuchtpläne und Verkäufe zu erörtern. Später ließ er sich dann ein Pferd satteln. Heinrich ritt jeden Tag einen anderen Teil seines Besitzes ab. Diese Tätigkeit liebte er besonders. Manchmal besuchte er eines der beiden Vorwerke, ein anderes Mal ritt er einfach an den großen Weiden entlang und kontrollierte die Begrenzungen. Anfallende Gespräche oder Termine legte Heinrich gerne in den späteren Nachmittag.

Bis vor wenigen Monaten war sein Hund ihm überall hin gefolgt, doch nun schaffte Kasimir das nicht mehr. Inzwischen war der Hund einfach zu alt, um den ganzen Tag hinter ihm herzulaufen. Er blieb in der Nähe der Ställe, sobald Heinrich auf sein Pferd stieg, und wartete dort geduldig, bis sein Herrchen zurückkam. Das betagte Tier hatte selbst entschieden, dass es an der Zeit war, die verbliebenen Kräfte sorgsam einzuteilen.

»Ich sollte wohl beizeiten über einen neuen Hund nachdenken«, sagte Heinrich am Frühstückstisch zu Gerlinde.

Er faltete die Zeitung ordentlich zusammen und legte sie beiseite. Er war sich darüber im Klaren, dass auch Gerlinde sehr an Kasimir hing. Er sah, dass ihr Blick sofort zu dem Hund glitt, der neben dem Tisch auf dem Boden lag und geduldig darauf wartete, dass es nach draußen ging und der Tag für ihn richtig begann.

»Ach, nein. Kasimir ist doch noch da. Er …«

»Er ist alt geworden, Lindi. Er bleibt schon jetzt den ganzen Tag bei Stellbrink, weil er einfach nicht mehr mithalten kann, wenn ich ausreite. Kasimir kann seinen Lebensabend ja in Ruhe genießen, aber ich bin es nun einmal gewohnt, dass mir ein Hund folgt, wenn ich auf dem Land unterwegs bin. Ich vermisse das, und für die Jagd ist er ohnehin nicht mehr geeignet.«

»Du warst seit Jahren nicht mehr auf der Jagd, mein Lieber«, erwiderte sie schmunzelnd. »Das hast du mir selbst erzählt.«

»Du weißt, was ich meine. Jeder Gutshof braucht einen guten Jagdhund.«

Auch er musste sich jetzt ein Lächeln verkneifen, denn er wusste, dass sie im Grunde recht hatte. Die Jagd war nichts für ihn. Das Töten von Tieren, egal aus welchen Beweggründen, hatte ihn noch nie begeistern können.

»Bedenke, dass ein neuer Hund auch Arbeit mit sich bringen wird. Du musst ihn erst ausbilden und vernünftig erziehen.«

»Du machst dir immer viel zu viele Sorgen. Davor schrecke ich nicht zurück. Es wird mir Spaß machen, und Kasimir wird mir sicherlich gerne dabei helfen.«

Sie lachten beide, als der Hund sofort aufsprang und heftig mit der Rute wedelte, so als hätte er jedes Wort verstanden.

»Ich denke, das ist mein Zeichen, dass der Arbeitstag beginnen sollte«, entschied Heinrich und erhob sich.

Die Sonne schien, und es war ungewohnt warm für einen

Aprilmorgen. Der grobe Kies knirschte unter den festen Sohlen seiner Reitstiefel, während er sich gemächlich auf den Weg hinüber zu den Stallgebäuden machte. Oft waren es diese wenigen Minuten des Tages, die in ihm ein wohliges Gefühl hervorriefen, eine gesunde Mischung aus Stolz und Glück.

Er ließ den Blick schweifen. Die alten Pappeln und Eichen, die schon seit ewigen Zeiten die Auffahrt fast bis zum Haus säumten, raschelten leise im Frühlingswind. Neben dem üblichen Gezwitscher der Singvögel drang der typische Schrei eines Bussards an sein Ohr, und ab und zu erklang das Wiehern eines Pferdes. Es waren die Geräusche seiner Heimat, und er liebte jedes davon.

»Guten Morgen, Herr Baron!«, rief ihm schon von Weitem Peer Stellbrink zu, der gerade einen neuen Stallburschen einwies. Der junge Stallbursche deutete eine Verbeugung an und verschwand sofort im Inneren des Gebäudes, als Heinrich näher kam.

»Moin, Stellbrink«, antwortete Heinrich. Er deutete mit dem Kopf in die Richtung des Gebäudes, in das der Junge soeben verschwunden war. »Wie macht der Neue sich?«

»Gut. Ich kann nicht über ihn klagen. Mit den Tieren kommt er großartig klar, und er ist lernwillig.«

»Gibt es sonst etwas zu berichten?«

»Jo, der Verdacht hat sich bestätigt, Herr Baron. Bethania ist trächtig.« Die unverhohlene Freude war dem Stallmeister deutlich anzusehen. »Aramis hat seine Arbeit getan, könnte man sagen.«

»Das sind großartige Neuigkeiten. Sie hatten recht, dass es mit den beiden auf Anhieb klappen könnte. Gut gemacht, Stellbrink.«

»Nun, wie gesagt, die eigentliche Arbeit hatte der Hengst, aber er scheint endlich seine Zurückhaltung abzulegen. Es war gut, ihn ein paar Monate in Ruhe zu lassen, damit er sich einleben kann. Bethania war genau die Richtige, um ihm endgültig zu zeigen, dass ihm hier nichts passiert. Sie ist ein Seelchen. Ich führe ihn gerade an Hammonia heran. Sie steht jetzt meist im Stand neben ihm. Das Mädchen ist zwar deutlich temperamentvoller und hat ihren eigenen Kopf, könnte aber ein wirklicher Glücksgriff werden, denke ich.«

»Eine gute Entscheidung. Hammonia ist die stärkste Stute, die wir haben, und bildschön.«

»So ist es, Herr Baron.«

In dieser Minute kam der neue Bursche mit Heinrichs fertig gesatteltem Wallach Optimist aus dem Stall.

Heinrich hatte eigentlich vorgehabt, das Vorwerk der Fenders zu besuchen, doch dann entschied er sich anders und hielt auf den Wald zu, der in der entgegengesetzten Richtung lag. Der Grenzzaun war bereits seit einigen Monaten verschwunden, aber bisher hatte er den neuen Teil seines Besitzes noch nicht erkundet. Es war einfach zu viel zu tun gewesen.

Kurz nachdem Wilhelm Brodersen das Land gekauft hatte, war Heinrich von ihm zur Jagd eingeladen worden, doch das lag schon mehrere Jahre zurück und war noch vor seiner Hochzeit mit Gerlinde gewesen. Er konnte sich noch gut daran erinnern, dass er das heutige Gut Brodersen, das im Westen an Lerchengrund grenzte, gerne selbst erstanden hätte, doch damals hatten seine Finanzen es nicht zugelassen, und er hatte seinen Besitz nicht durch einen im Grunde unnötigen und viel zu hohen Bankkredit in Gefahr bringen wollen. Das wäre unvernünftig gewesen, und Unvernunft war ihm fremd.

Zufrieden ließ er die Zügel locker und Optimist im Schritt gehen. Während er gemächlich einen schmalen Reitweg entlangritt, schloss sich langsam das Blätterdach über seinem Kopf. Plötzlich wurde ihm die einzigartige Atmosphäre dieses Ortes bewusst. Er genoss die Stille, die keine war und doch so erholsam auf seine Sinne wirkte. Vögel sangen, ein Specht klopfte, und irgendwo in der Ferne hörte er ein weiteres Mal den Bussard schreien. Obwohl es ein Mischwald war, dominierte der Duft der verschiedenen Nadelbäume alle anderen Gerüche. Heinrich atmete tief ein und beschloss, dass der Ritt durch den Wald von nun an zu seiner täglichen Runde gehören würde.

Unwillkürlich dachte er an Gerlinde und seinen Sohn. Gerlinde, die er schon begehrt hatte, als sie noch ein junges Mädchen gewesen war, hatte seinem Leben und seinem Besitz endlich einen Sinn geschenkt. Er hatte einen Sohn. Sein Glück war vollkommen.

4. Kapitel

Gut Brodersen, im Dezember 1899

»Ich bin unendlich froh, dass du wieder bei mir bist, Resi.« Wilhelm neigte sich ihr zu und legte über die Sessellehne hinweg seine Hand auf ihren Unterarm. Durch den feinen Wollstoff ihres Kleides fühlte sie die Wärme seiner Haut. »Die Monate ohne dich waren mir eine Qual.«

»Du solltest nicht vergessen, dass ich vor allem wieder hier bin, weil die Kinder in Wien nicht besonders glücklich waren.«

Sie musste sich räuspern, weil ihre Kehle wie zugeschnürt war, denn in Wahrheit hatte sie ihn und ihr Zuhause so sehr vermisst, dass sie oft geglaubt hatte, vor lauter Sehnsucht sterben zu müssen.

»Außerdem hat dein Bruder mir einen Brief geschrieben, in dem er mich inständig bat, die Trennung noch einmal gründlich zu überdenken.«

»Theo hat dir geschrieben?«

»Ja, er hat sich wirklich Sorgen um dich gemacht ... wie wir alle«, fügte sie noch hinzu. »Hättest du keine Unterstützung durch den Stallmeister und Herrn Meyer gehabt, wäre hier wohl alles verkommen. Das zeichnete sich ja bereits ab, als ich dich verlassen habe.«

»Ich weiß, und es tut mir unendlich leid, dass ich mich so sehr habe gehen lassen«, sagte er. »Ich hatte Glück, dass Theo mir Ronald Meyer geschickt hat.« Er machte eine kleine Pause und sah sie eindringlich an. »Ich werde versuchen, mich zu ändern, Resi.«

»Das hast du mir schon oft versprochen.«

»Mein Versprechen, nicht mehr zu spielen, habe ich gehalten.«

»Na, das will ich doch hoffen.« Sie musste lächeln, das entspannte die Lage etwas.

»Von nun an werde ich mir jeden Morgen vornehmen, dich glücklich zu machen, meine Liebste.«

»Wir werden sehen. Die Kinder sind jedenfalls glücklich, dass sie wieder hier sein dürfen. Besonders Rieke hat das hier alles sehr vermisst.«

»Rieke ist das geborene Landmädchen«, erwiderte er leise lachend. »Sie kommt ganz und gar nach mir.«

»Das stimmt wohl.« Sie sah zu, wie er ihnen Rotwein nachschenkte, nahm ihr Glas und nippte kurz daran. »Ich habe dennoch ein paar Bedingungen, Wilhelm.«

»Alles, was du willst.«

»Du wirst keinen starken Alkohol mehr konsumieren, und ich möchte, dass du dir deiner Verantwortung als Vater und Ehemann bewusst bist und bleibst. Niemals wieder möchte ich erleben, dass du dich so sehr von uns zurückziehst.«

»Ich sagte doch, ich werde es versuchen.« Sein Gesichtsausdruck wirkte zweifelnd auf sie, und das machte sie nervös.

»Was ist es nur, das dich immer so schwermütig macht?«

Sie hatte ihm diese Frage schon unzählige Male gestellt, aber das war ihr egal. Hier ging es auch um ihr Lebensglück.

»Du sagst, es hat nichts mit mir zu tun und auch nicht mit dem Gut. Was ist es dann?«

»Ach, meine Liebe, ich kann dir diese Frage nicht beantworten. Ich würde es gerne, glaub mir. Es ist, als würde ohne ersichtlichen Grund in meinem Kopf alles düster werden. Kein Sonnenstrahl kann mich erfreuen, kein Lachen dringt dann noch zu mir durch. Und diese dunkle Phase hat dieses Mal eben sehr lange angehalten. Jetzt geht es mir wieder besser, und ich bin fest entschlossen, dass das auch so bleibt.«

»Deine Seele scheint ernsthaft krank zu sein, Wilhelm. Im letzten Jahr ist es viel schlimmer geworden. Meiner Meinung nach solltest du einen entsprechenden Arzt aufsuchen.«

»Damit der mich dann womöglich in eine Anstalt steckt? Nein, das Risiko würde ich niemals eingehen. Das darfst du nicht von mir verlangen, Resi.«

Sie nahm einen weiteren kleinen Schluck von ihrem Wein, stellte dann das Glas ab und lehnte sich in die weichen Kissen ihres Sessels zurück.

»Jetzt, wo du wieder einigermaßen zugänglich bist, solltest du dir klarmachen, dass ich nicht noch einmal zurückkommen werde. Mir ist bewusst, dass die Kinder mich dafür hassen würden, aber letztlich obliegt mir als Mutter die Verantwortung, sie vor weiterem Leid zu beschützen und dafür Sorge zu tragen, dass sie ein möglichst unbelastetes Leben führen können. Solltest du also wieder in so eine Phase rutschen und nichts dagegen unternehmen, werde ich wieder fortgehen, und dann wird es für immer sein.«

Er nickte nur, blieb aber stumm. Sie hatte keine Ahnung, ob sie die richtigen Worte gewählt hatte, um ihm begreiflich zu machen, dass es ihr wirklich ernst damit war.

Die Entscheidung zu gehen war ihr wahrlich nicht leichtgefallen, und sie hatte sie immer wieder Woche um Woche verschoben, doch Wilhelms Gemütszustand hatte sich nicht gebessert, und sie entfernten sich immer mehr voneinander. Irgendwann war ihr aufgefallen, dass auch die Kinder darunter zu leiden begannen, das war nicht mehr zu übersehen gewesen. Frederike war stiller geworden und hatte nicht mehr vernünftig gegessen, und Carl, ihr geliebter Junge, war ohnehin empfindsamer als seine Schwester und hatte viel geweint in der Nacht.

Dann war der Sommer gegangen und sie ebenfalls, weil sie zu dem Zeitpunkt schon völlig ausgelaugt und am Ende gewesen war. Sie hatte gepackt, ihre Kinder genommen und war in Hamburg in einen Zug gestiegen. In Wien, bei ihrer Familie, hatte sie sich nur langsam erholt.

Ihre Rückkehr nach Gut Brodersen war eine zweite Chance, die sie Wilhelm und ihrer Ehe geben wollte. Allerdings würde sie sein Benehmen nie wieder hinnehmen, das musste er einfach verstehen. Zwei ganze Monate war sie fort gewesen, und auch wenn sie unter der Trennung von ihm gelitten hatte, wusste sie doch, dass sie es letztlich überstehen würde, wenn sie ihn endgültig verließ.

»Vielleicht sollten wir in der nächsten Zeit in einem Zimmer schlafen, um wieder richtig zueinanderzufinden. Was meinst du?«, fragte sie schließlich, um die unangenehme Stille zwischen ihnen zu unterbrechen. Sie hoffte, dass er sie verstand.

»Ja, das sollten wir wohl.«

»Ich bin der Meinung, du solltest auch darauf achten, was *dich* glücklich macht, Wilhelm. Geh in die Natur, sei bei deinen Tieren und kümmere dich um das Land.«

Er nickte. »Ich habe Meyer übrigens fest als Verwalter an-gestellt«, teilte er ihr mit. »Ich habe ihm oben im Gästetrakt zwei Zimmer zur Verfügung gestellt. Dort hat er seinen eige-nen Wohnbereich und auch ein separates Badezimmer. Es hat mir widerstrebt, ihm ein einfaches kleines Zimmer im Ge-sindehaus zuzumuten. Als Gutsverwalter hat er ja durchaus eine höhere Stellung als die anderen Angestellten, und so ist ihm auch stets der Zugang zu den Papieren und den Büchern möglich, wenn es notwendig ist. Er fühlt sich hier wirklich sehr wohl, und mir war der ganze Papierkram, der mit der Leitung des Guts zusammenhängt, schon immer lästig, wie du weißt. Auch Theo war damit einverstanden, dass Ronald Meyer hier auf dem Gut bleibt. Er lässt ihn zwar ungern ge-hen, wie er sagte, aber für die Reederei lässt sich eine Lösung finden, um Meyer zu ersetzen.«

»Wenn es dir hilft, dass der Mann bleibt, ist das auch für mich in Ordnung.«

»Es hat mir schon geholfen. Er ist ein sehr anständiger Mann und ein äußerst angenehmer Gesprächspartner, der viel vom Geschäft versteht.«

»Dann ist alles so, wie es sein sollte.« Sie erhob sich und strich ihren Rock glatt, so wie sie es immer tat. »Ich werde mich jetzt zurückziehen. Ich bin doch sehr müde von der langen Fahrt.«

»Dann schlaf gut, meine Liebe. Ich komme gleich nach.«

Sie war schon fast an der Tür, da wandte sie sich ihm noch einmal zu. »Ich warte in meinem Zimmer auf dich.«

Kaum waren Thereses Schritte in der Halle verklungen, atmete Wilhelm geräuschvoll aus und sackte in sich zusammen. Er bedeckte das Gesicht mit den Händen und beugte sich vor, bis seine Stirn die Knie berührte. Ein leises Schluchzen löste sich aus seiner Kehle. Es war einer fast übermenschlichen Anstrengung gleichgekommen, sich vor seiner Frau zusammenzureißen, und nun löste sich der Druck.

Er war so froh, dass sie die Kinder wieder hierher, in ihr Zuhause, gebracht hatte. Das Gefühl der Erleichterung hatte für mehrere Stunden die Oberhand gewonnen. Er hatte seine Familie wirklich vermisst. Doch schon während des Gesprächs mit Therese hatte er bemerkt, dass er sich etwas vorgemacht hatte, was ihn selbst und seinen Gemütszustand betraf.

In der Zeit, in der Jasper bei ihm gewesen war … ja, da war er wirklich glücklich gewesen. Doch so würde sein Leben niemals wieder werden, das wusste er. Mit Jasper war sein größtes Glück für alle Zeiten aus seinem Leben verschwunden. Seine Familie würde diese Wunde in seinem Herzen niemals schließen können, sosehr er sie auch liebte.

Er blieb noch eine Viertelstunde in seinem Sessel sitzen, doch schließlich erhob er sich schwerfällig wie ein alter Mann, um nach oben zu seiner Ehefrau zu gehen. Sie war nach Hause gekommen, und er musste sich zusammenreißen, damit sie blieb, ermahnte er sich selbst.

Als er sich wenig später zu ihr legte, zog sie ihn sofort an sich. In ihren Armen zu liegen spendete ein wenig Trost, und so schaffte er es erneut, eine weitere Nacht zu überstehen.

Erstaunlicherweise fühlte er sich am nächsten Morgen deutlich besser. Nach dem Frühstück stellte er Ronald Meyer und Therese einander vor, danach ließ er sich ein Pferd satteln und machte einen langen Ausritt. Es war wirklich eine große Erleichterung für ihn, dass er sich nicht mehr mit den Verwaltungsaufgaben des Gutes befassen musste, dachte er zum wiederholten Mal. Einmal in der Woche prüfte er die Bücher, mehr brauchte er nicht zu tun. Er hatte schnell bemerkt, dass er sich auf Meyer voll und ganz verlassen konnte, deshalb schrieb er seinem Bruder nach dem Ausritt einen langen Brief, in dem er noch einmal seine Dankbarkeit zum Ausdruck brachte. Abends aß er wieder zusammen mit seiner Familie, erfreute sich am Lachen der Kinder und dem glücklichen Ausdruck in den Augen seiner Frau.

Erst zwei Wochen später, wenige Tage vor dem Weihnachtsfest, erwachte erneut die Schwermut in ihm. Die Dunkelheit in seinem Kopf war noch wabernd und unstet, deshalb schaffte er es auch, sie bis zum Jahreswechsel im Zaum zu halten. Doch kaum war der Januar angebrochen, erwischte er sich selbst dabei, wie er viel zu lange die blau gestreiften Tapeten in seinem Schlafzimmer anstarrte, ohne dass er hätte sagen können, was dabei in seinem Kopf vor sich ging. Da war nichts als Leere und ein dunkler, unheilvoller Sog, der ihm Angst einjagte, aber zugleich unfassbare Erleichterung versprach.

In diesen Tagen war er froh darüber, dass Therese kaum auf ihn zu achten schien. Zunächst beschäftigte sie sich überwiegend mit der Organisation der Feiertage, später dann plante sie eine Renovierung der unteren Räume im Haus, und zwischendurch fuhr sie gerne hinüber nach Lerchengrund, um mit Heinrichs Ehefrau Zeit zu verbringen.

Er war nicht wenig erstaunt gewesen, als Therese ihm mitteilte, dass zwischen ihr und Gerlinde unterdessen eine enge Freundschaft entstanden war. Offenbar hatten die beiden

Frauen sich sogar regelmäßig geschrieben, während Therese sich in Wien aufgehalten hatte. Natürlich gefiel es ihm nicht, dass sie Zeit auf dem Nachbargut verbrachte, dafür war sein Groll gegen Heinrich noch immer viel zu groß.

Zudem fand er es recht beunruhigend, dass sie den kleinen Einspänner stets selbst nach Lerchengrund fuhr. Er hatte überhaupt nicht mitbekommen, wann Therese gelernt hatte, die Chaise zu lenken. Einmal war er ihr sogar heimlich ein gutes Stück nachgeritten und musste dabei überrascht erkennen, wie sicher sie das kleine Gefährt beherrschte.

Therese hatte sich in den vergangenen Monaten verändert, und er fragte sich, ob das mit ihrer Freundschaft zu Gerlinde von Grootenlohe zu tun haben könnte. Die junge Frau seines Nachbarn war ihm immer außergewöhnlich selbstbewusst und klug erschienen. Schon kurz nachdem er sie kennengelernt hatte, war ihm der Unterschied zu anderen Frauen, auch zu Therese, aufgefallen. Neben der außergewöhnlichen Schönheit von Gerlinde war es wahrscheinlich genau das, was Heinrich an der viel jüngeren Frau faszinierte, da war sich Wilhelm sicher.

Heute war Therese nicht mit dem kleinen Einspänner unterwegs, sondern mit der großen Familienkutsche, die natürlich von seinem Kutscher gelenkt wurde. Zusammen mit den Kindern war sie nach Hamburg gefahren, um einige wichtige Besorgungen zu machen. Die Kinder brauchten neue Kleidung, und Therese wollte bei ihrer Hamburger Schneiderin vorbeifahren, um auch sich selbst für das kommende Frühjahr neu auszustatten. Das machte sie mindestens zweimal im Jahr, denn es war ihr wichtig, immer gut auszusehen.

Wilhelm verstand das gut, und er mochte es, dass Therese

stets nach der neuesten Mode gekleidet war, auch wenn sie nicht mehr ganz so oft wie früher zusammen in die Stadt fuhren, um ins Theater zu gehen oder an der Alster zu flanieren. Früher hatten sie das viel häufiger getan.

Er stand vor dem Haus, sah der Kutsche nach und genoss für einen Moment die Stille. Am liebsten wäre er heute einfach im Bett geblieben. So war es immer, wenn die Dunkelheit ihn mehr und mehr einhüllte. Sein Verstand hatte ihr nicht nachgeben wollen, doch dieser Widerstand wurde nun schwächer und schwächer. Es wurde Zeit, die notwendigen Schritte zu unternehmen, damit er endlich Ruhe fand. Heute war ein wichtiger Tag, und es gab noch einiges zu erledigen.

Eine gute Stunde später machte er sich schließlich unter großer Anstrengung auf zu den Pferdeställen. Der dunkle Drang wurde stärker. Es gab kein Entkommen.

Therese hatte den Tag in Hamburg genossen. Nun saß sie wieder in der Kutsche und betrachtete zufrieden die rotwangigen Gesichter ihrer Kinder. Das sanfte Ruckeln der Kutsche und die Erschöpfung nach dem aufregenden Tag in der Stadt hatten dafür gesorgt, dass beide schon nach wenigen Minuten eingenickt waren.

Fräulein Strobel, die Gouvernante, saß neben den Kindern. Carls Kopf lag auf ihrem Schoß, und sie lächelte Therese zu. »So sind sie die reinsten Engelchen, nicht wahr?«

Therese nickte. »Ehrlich gesagt, bin ich auch ganz schön erschöpft.« Sie lachte, wenn auch verhalten, um die Kinder nicht zu wecken. Die Ruhe war herrlich. »Und die Füße tun mir weh.«

»Mir auch«, gab Fräulein Strobel mit gedämpfter Stimme

zurück. »Machen Sie doch auch für ein paar Minuten die Augen zu, gnädige Frau. Wir sind sicherlich noch eine Dreiviertelstunde unterwegs.«

»Ich glaube, Sie haben recht.«

Dann schwiegen sie wieder. Therese folgte dem Rat der Gouvernante und schloss die Augen, dachte dabei an das herrliche Ballkleid aus violetter Seide, das sie, neben drei anderen Kleidern, heute bei ihrer Schneiderin in Auftrag gegeben hatte.

Es wird Zeit, dachte sie schon im Halbschlaf, dass Wilhelm und ich mal wieder eine Festlichkeit besuchen. *Oder vielleicht sollten wir selbst … sobald der Winter vorbei ist …*

Plötzlich ließ sie etwas aufschrecken. Sie sah, dass Fräulein Strobel inzwischen auch an der Seitenwand der Kutsche lehnte und ein Nickerchen machte. Die Kutsche ruckelte nach wie vor in normalem Tempo vor sich hin, und Therese fragte sich, was sie so erschreckt haben könnte. Das Herz klopfte ihr bis zum Hals, und in ihrer Magengegend fühlte sie einen leichten Druck. Sie war sicher, dass sie noch nicht richtig geschlafen hatte, deshalb schloss sie aus, dass ein schlechter Traum sie aufgerüttelt hatte. Eine innere Unruhe erfasste sie und machte ihr das Durchatmen schwer.

»Ist alles in Ordnung, gnädige Frau?«, hörte sie die Stimme der Gouvernante. »Sie sind plötzlich weiß wie eine Wand.«

Therese winkte ab. »Nein, nein, Fräulein Strobel, es ist alles in Ordnung. Ich bin nur aus dem Schlaf geschreckt. So was passiert ja mal«, winkte sie ab, um nicht auch noch die Gouvernante zu beunruhigen.

Sie versuchte sich an einem Lächeln und sah aus dem Fenster, doch das ungute Gefühl blieb, bis sie endlich die Einfahrt zum Gut passierten. Als sie schließlich vor dem Haus ankamen und Therese die Kutschentür öffnete, entdeckte sie Ronald Meyer, der vor der Eingangstür stand und sofort zu ihr kam, um ihr aus dem Landauer zu helfen. Sie ergriff seine Hand und sah ihm ins Gesicht.

Da wusste sie, dass etwas Furchtbares passiert sein musste. Das ohnehin schon scharf geschnittene Gesicht des Verwalters wirkte nun noch härter, und sein Blick sprach Bände.

»Was ist passiert?«, fragte sie atemlos.

Meyer drückte ihre Hand ein wenig fester und neigte sich ihr leicht zu. »Vielleicht sollten die Kinder zunächst ins Haus gebracht werden«, raunte er.

Therese nickte und warf Fräulein Strobel einen, wie sie hoffte, eindringlichen Blick zu. »Würden Sie …?«

»Natürlich«, erwiderte die Gouvernante und wandte sich sofort den Kindern zu, die inzwischen wach geworden waren, aber noch etwas benommen wirkten. »Kommt, Kinder, ab nach oben. Ich lass euch ein feines Bad richten.«

Mit bangem Herzen sah Therese den Kindern nach. Ronald Meyer gab dem Kutscher ein Zeichen, woraufhin sich der Landauer wieder in Bewegung setzte.

Erst in diesem Moment bemerkte Therese, dass sie noch immer die Hand ihres Verwalters umklammert hielt, und ließ sie erschrocken los. »Entschuldigung …«

»Kommen Sie, gnädige Frau, wir gehen ins Haus, damit Sie sich setzen können.«

Es ist also sehr schlimm, dachte sie beklommen, sonst würde er das so nicht sagen. Sie spürte, dass ihre Knie zitterten.

»Würden Sie …?« Sie musste sich räuspern. »Würden Sie mir Ihren Arm reichen, Herr Meyer?«

Wortlos und mit ernster Miene folgte er ihrem Wunsch, und sie legte ihre Hand auf seinen dargebotenen Unterarm. Nun fühlte sie sich etwas sicherer. Eines der Dienstmädchen stand mit geneigtem Kopf hinter der Tür, als sie eintraten, und es war auffallend still im Haus.

Alles in Therese fühlte sich plötzlich taub an, und sie ahnte bereits, was der Verwalter ihr gleich mitteilen würde. Dennoch blieb da ein letzter Hoffnungsschimmer, dass sie sich irrte.

»Lass bitte Tee in den Salon bringen«, hörte sie Meyer im Vorbeigehen zu dem Mädchen sagen, dann fand sie sich auch schon auf dem Sofa vor dem brennenden Kamin wieder. Sie hatte noch nicht einmal mitbekommen, dass er ihr unterdessen ihr pelzbesetztes Wintercape abgenommen hatte. Jedenfalls lag es nun über einer der Sessellehnen.

»Es ist etwas mit Wilhelm …« Ihre Stimme brach. »Mit meinem Mann, nicht wahr?«

Meyer nickte. »Gnädige Frau, ich …«

»Lassen Sie die gnädige Frau jetzt mal weg«, unterbrach sie ihn ungeduldig.

»Wenn Sie gestatten, sag ich frei heraus, wie es ist.«

»Ich bitte darum, Herr Meyer.«

»Einer der Stallburschen fand Ihren Gatten im hinteren Bereich des Pferdestalls.« Meyer hüstelte leise, bevor er fortfuhr. »Er hat sich erhängt, gnä…«

Noch während Meyer sprach, fühlte Therese eine eisige Kälte in sich aufsteigen.

»Oh nein«, flüsterte sie fassungslos.

Ihr schlimmster Albtraum war damit Wirklichkeit geworden. Seit Monaten hatte sie Angst davor gehabt, Wilhelm könnte sich etwas antun. Dieser grausame Gedanke hatte sie auf Schritt und Tritt verfolgt, auch wenn sie ständig versucht hatte, ihn zu verdrängen.

Sie erhob sich, und sofort stand auch der Verwalter auf und war bei ihr, um sie zu stützen, falls sie den Halt verlor. Ihre Knie waren weich, und sie griff erneut nach seinem Arm.

»Einer der Stallburschen …?«, fragte sie. »Wann?«

»Schon kurz nachdem ich fort war.« Sein Blick wirkte mitfühlend. »Ähm … Sie müssen wissen, dass auch ich heute in Hamburg war. Ihr Mann schickte mich zur Bank, um ein wichtiges Schriftstück abzugeben, auf das der Bankier bereits wartete. Ich verließ das Gut ungefähr eine Stunde nach Ihnen.«

»Er schickte Sie also zur Bank?«

»Ja, wie sich herausstellte, handelte es sich bei dem Schriftstück um eine Vollmacht, die ich vor Ort als Zeuge unterzeichnen sollte.« Ihre Hand ruhte noch immer auf seinem Arm, und er legte seine andere Hand über ihre. Sie empfand das als tröstlich. »Bitte, gnä… Frau Brodersen, nehmen Sie doch besser wieder Platz. Das muss alles furchtbar für Sie sein.«

»Ja, und mir ist so … furchtbar kalt.«

In Wahrheit hatte sie sich noch nie im Leben grauenvoller gefühlt. Aber sie folgte seinem Rat und setzte sich erneut auf das kleine Sofa.

Ronald Meyer ging zurück zu seinem Sessel, schob ihn ein Stück näher zu ihr und nahm ebenfalls wieder seinen Platz ein. In dieser Minute klopfte es an der Tür, und eines der Mädchen brachte den Tee.

»Stellen Sie das Tablett nur ab, ich kümmere mich darum«, sagte Meyer.

Das Mädchen tat wie geheißen und war nach wenigen Sekunden verschwunden.

Meyer schenkte ihnen ein und reichte ihr eine Tasse. »Trinken Sie, das wird Ihnen guttun.«

Therese stellte die Tasse vor sich ab, ohne den Tee angerührt zu haben, und sah ihn an. »Um was für eine Vollmacht handelte es sich?«

Sie sah das Erstaunen in seinem Blick, aber dieses Wort Vollmacht wirbelte in ihrem Kopf herum, seit er es ausgesprochen hatte.

»Ihr Mann hat eine Vollmacht für Sie ausgestellt, Frau Brodersen.«

»Was heißt das?«

»Sie können jetzt vollkommen eigenständig über sämtliche Konten und Geschäftsabläufe bestimmen. Herr Claasen, das ist der Bankier, hat mir noch ein Schreiben mitgegeben, das Sie nun unterzeichnen müssen, bevor ich es zurück nach Hamburg bringe. Ein Notar war ebenfalls anwesend, damit hat Herr Brodersen sozusagen zwei Fliegen mit einer Klappe geschlagen. Offenbar war das alles vorher bereits zwischen Claasen, dem Notar und ihrem Gatten so abgesprochen worden.«

»Oh.«

Im Augenblick war sie mit dieser Mitteilung etwas überfordert. Sie nahm ihre Tasse wieder auf und nippte nun doch an dem Tee. Eine Weile blieben sie beide stumm, dann stellte sie die Tasse ab und sah ihn wieder an.

»Haben Sie das vorher gewusst, Herr Meyer? Ich meine,

bevor mein Mann Sie zu unserer Hamburger Bank geschickt hat? Wussten Sie, um was für ein Schriftstück es sich handelte?«

Er schüttelte den Kopf. »Nein. Herr Brodersen gab mir nur die Anweisung, es zu überbringen und in der Bank als Zeuge zu unterzeichnen. Dass es sich um eine Vollmacht handelte, erfuhr ich erst dort. Das Schriftstück befand sich in einem verschlossenen Umschlag, den nur der Bankier im Beisein des Notars öffnen durfte. Ich wunderte mich dann allerdings, dass Ihr Gatte nicht selbst nach Hamburg gefahren war. Die Herren dachten – das ergab sich im Gespräch –, dass Herr Brodersen am heutigen Tag andere dringende Verpflichtungen hätte und deshalb mich schickte. Da ich nichts von anderen Terminen wusste ... nun ja, wie gesagt, ich wunderte mich, behielt das aber natürlich für mich.«

»Das heißt, dass Wilhelm das alles geplant hat«, entfuhr es ihr leise.

»Gnädige Frau ...«

»Wo ist er?« Sie musste schlucken. »Wo ist mein Mann jetzt?«

»Ich habe ihn in sein Schlafzimmer bringen lassen.«

»War Dr. Büchner schon hier?«

»Ja. Der ... Das entsprechende Papier liegt auf dem Schreibtisch im Arbeitszimmer. Ich soll Ihnen noch sein tief empfundenes ...«

»Danke, Herr Meyer.«

»Sehr gerne, gnädige Frau. Wenn ich sonst irgendetwas für Sie tun kann, lassen Sie es mich bitte wissen. Jederzeit.« Er erhob sich, und sie tat es ihm nach. »Möchten Sie, dass ich Sie nach oben begleite?«

Dankbar sah sie zu ihm auf. »Das wäre wirklich nett.«

In diesem Moment wurde ihr bewusst, dass sie noch keine einzige Träne vergossen hatte. Wieder legte sie ihre Hand auf seinen Arm.

»Es tut mir leid«, sagte sie. »Ich bin wie betäubt.«

»Sie müssen sich für rein gar nichts entschuldigen, gnädige Frau.«

Es war ihr egal, dass er trotz ihrer Bitte wieder die höflichere Anrede benutzte. Wahrscheinlich hielt er es selbst für angebrachter, und sie wollte ihn nicht in Verlegenheit bringen. Im Augenblick war sie nur froh, dass er überhaupt da war.

»Ich muss es den Kindern sagen«, flüsterte sie, während sie nebeneinander nach oben gingen. »Ich weiß nicht, wie das gehen soll.«

»Das wird sich ergeben. Sie können später zu ihnen gehen.«

»Ja, Sie haben recht.« Dann standen sie vor der Tür zu Wilhelms Schlafzimmer.

»Sind Sie bereit?«, fragte er sanft.

»Nein«, flüsterte sie. »Dafür kann man niemals bereit sein, oder?«

Ronald Meyer öffnete die Tür. Er legte eine Hand an ihren Rücken und schob sie sanft in den Raum. »Ich bin genau hier, wenn Sie mich brauchen.«

Dann war sie plötzlich allein mit ihrem toten Mann. Wilhelm sah aus, als würde er schlafen, aber das hatte sie auch erwartet. Sein Gesichtsausdruck wirkte friedlich, und sie meinte sogar, ein leichtes Lächeln auf seinen schönen Lippen zu erkennen. Korrekt angezogen wie immer, lag er auf der dunkelblauen Tagesdecke. Jemand hatte ihm die Hände über dem Bauch zusammengelegt. Erst als sie näher an das Bett trat, sah sie die dunkelroten Striemen an seinem Hals, die von dem blaugrünen Krawattentuch nur teilweise verdeckt wurden.

Sie stand da und betrachtete das attraktive Gesicht des Mannes, den sie vom ersten Augenblick an geliebt und trotzdem nie wirklich gekannt hatte. Fast zwölf Jahre lang war sie an seiner Seite gewesen, und nun war er einfach gegangen, hatte sie verlassen, auf seine Weise.

Sie musste schlucken. Endlich kamen die Tränen, und es fühlte sich an, als würde ihr ganzer Körper in dieser Sekunde in tausend Stücke zerspringen. Sie schaffte es gerade noch, aus dem Zimmer zu stürzen. In den Armen von Ronald Meyer brach sie endgültig zusammen.

Sie weinte noch die halbe Nacht. Dann war sie irgendwann so erschöpft, dass sie tatsächlich für einige Stunden in einen tiefen und traumlosen Schlaf fiel.

Im Morgengrauen stand sie auf, kühlte ihr Gesicht lange mit kaltem Wasser und machte sich schließlich mithilfe eines der Dienstmädchen für den Tag zurecht. Nachdem das Mädchen gegangen war, stand sie noch eine Weile vor dem großen Ankleidespiegel in ihrem Schlafzimmer. Sie hatte sich ihr blondes, immer leicht widerspenstiges Haar zu einem festen Knoten frisieren lassen. Die strenge Frisur, aber auch die sichtbare Traurigkeit in ihren Augen und das schlichte schwarze Kleid betonten die auffallende Blässe ihres Teints.

Die Frau, die sie da im Spiegel sah, wollte so gar nicht zu dem Bild passen, das sie eigentlich von sich hatte. Der Anblick erschien ihr nicht vertraut und schon gar nicht richtig. Wilhelms Tod hatte sie verändert. Er hatte *alles* verändert, das wurde ihr in diesem Augenblick bewusst. Vielleicht würde ihr

Leben niemals wieder die Leichtigkeit haben, die sie eigentlich so liebte.

Doch dann ging ein Ruck durch ihren Körper, und sie rief sich selbst zur Ordnung. Es gab unendlich viel zu tun. Sie trug nun die alleinige Verantwortung für ihre Kinder und für ihren Besitz. Sie musste Pläne machen, und es war das Beste, wenn sie sofort damit begann.

Therese hatte schon damit gerechnet, dass das Gespräch mit ihren Kindern eine Herausforderung darstellen würde, die nicht leicht zu bewältigen war. Nun saßen ihr Carl und Rieke im Salon gegenüber und sahen sie mit großen Augen an. Wahrscheinlich spürten sie bereits, dass etwas Schreckliches passiert sein musste, denn Carls Blick wirkte ängstlich. Unruhig rutschte er auf dem Sofa hin und her. Rieke jedoch blieb nur kurz sitzen, dann stand sie wieder auf, verschränkte ihre dünnen Arme vor der Brust und sah Therese aus zusammengekniffenen Augen an.

»Ich muss euch etwas sehr Schlimmes mitteilen«, begann Therese. Sie fühlte, wie die Tränen in ihren Augen brannten, aber sie hielt sie noch zurück, um die Kinder nicht noch mehr zu ängstigen. Angestrengt kämpfte sie gegen den dicken Kloß in ihrem Hals an. »Euer Vater ist jetzt im Himmel …«, begann sie zögerlich.

»Er ist also tot?«, hakte Rieke mit fast schon sachlich klingender Stimme nach.

Therese atmete durch, so gut es ihr möglich war, und nickte.

»Ja, mein Schatz, euer Papa ist tot.«

Carl begann, zu weinen. Er kam zu ihr, und sie zog ihn in ihre Arme. Als wäre er noch ein Kleinkind, setzte er sich auf ihren Schoß und barg seinen Kopf in ihrer Halsbeuge. Therese verwunderte das nicht.

»Papa... kommt... niehie wiehie...der?«, fragte er schluchzend.

»Nein, mein Liebling, er kommt nicht wieder. Von nun an müssen wir ohne ihn zurechtkommen«, antwortete sie, so sanft es ihr möglich war, und strich ihm dabei über die dunkelblonden Locken.

Carl war ein sehr gefühlvoller Junge. Therese war immer froh darüber gewesen, dass er sich seiner Emotionen nie geschämt hatte, doch nun brachte sie seine Verzweiflung an die Grenze ihrer Selbstbeherrschung.

»Warum ist er tot?« Riekes Stimme klang gespenstisch fest und seltsam erwachsen. Ihre Miene blieb nahezu unbewegt.

»Er war krank, Riekeschatz. Furchtbar krank.«

»Hast du ihn krank gemacht, Mama?«

Für einen Moment blieb Therese fast die Luft weg, so sehr schockierte sie die Frage ihrer Tochter.

»Natürlich nicht, Frederike. Wie kommst du nur darauf, mir so eine Frage zu stellen? Dein Vater und ich haben uns sehr lieb gehabt.«

Frederike schüttelte nur den Kopf, dann setzte sie sich still auf das Sofa und starrte eine Weile vor sich hin. Noch immer lief keine einzige Träne über ihr schmales Gesicht.

»Dann ist das jetzt so«, sagte sie schließlich. Es klang entschieden, vielleicht sogar ungerührt.

Der harte Klang in der Stimme ihrer erst neunjährigen Tochter machte es Therese unmöglich, ihre Tränen noch länger zurückzuhalten. Mit ihrem Sohn im Arm ließ sie ihnen freien Lauf.

Erst eine Stunde später hatte sie gefrühstückt und ließ nach Ronald Meyer schicken. Kurz darauf trafen sie sich im kleinen Salon, wo er ihr am Tag zuvor die grausame Nachricht überbringen musste.

Sein Blick wirkte besorgt, als er sie begrüßte, das berührte sie. Wilhelm hatte mit seiner Einschätzung recht gehabt, sagte sie sich. Ronald Meyer war offensichtlich ein äußerst anständiger Mann.

»Ich hoffe, Sie konnten ein paar Stunden schlafen, gnädige Frau«, sagte er, nachdem er sich gesetzt und sie ihm Kaffee eingeschenkt hatte, den er dankbar entgegennahm.

»Ja, irgendwann habe ich geschlafen. Ich denke, wir sollten uns so früh wie möglich darüber unterhalten, wie es jetzt weitergeht, damit alles so reibungslos läuft wie bisher. Ich weiß, dass das Wilhelm wichtig gewesen wäre.«

»Der Meinung bin ich auch, aber ich achte auf alles. Sie brauchen sich keine Sorgen zu machen. Wir müssen das nicht sofort angehen.«

»Vielleicht kommt Ihnen das ungewöhnlich vor, aber ich möchte es trotzdem gerne tun. Ich denke, es würde mir auch ... helfen, mit der neuen Situation umzugehen, falls Sie verstehen, was ich meine.«

»Ich denke schon.« Er deutete ein Lächeln an.

»Dann unterrichten Sie mich, Herr Meyer. Was sollte ich als Erstes wissen? Und wie gehen wir jetzt vor?«

Er nahm einen Schluck von seinem Kaffee und dachte einen Moment nach. Sie wartete geduldig.

»Ich würde vorschlagen, dass Sie zunächst die Papiere unterzeichnen, die in Hamburg erwartet werden, damit Sie sämtliche Befugnisse erhalten.«

Sie nickte. »Das ist ein guter Anfang. Würden Sie denn auch weiterhin für mich arbeiten?«, fragte sie.

Sie hörte, dass ihre Stimme etwas zitterte. Wilhelm hatte Meyer vertraut, und es war ihr wichtig, dass er blieb.

»Sehr gerne, gnädige Frau. Es ist mir eine Ehre, ja sogar ein Bedürfnis.«

»Ich bin froh und erleichtert, das zu hören«, gab sie zu. »Sind Sie mit allem hier zufrieden? Mit Ihrer Unterbringung und der Entlohnung?«

Wieder lächelte er. »Es ist alles wunderbar«, sagte er. »Ich fühle mich hier insgesamt ausgesprochen wohl. Die Zimmer, die ihr Mann mir zur Verfügung gestellt hat, sind sehr angenehm.«

»Glauben Sie, dass es Gerede geben könnte, wenn Sie weiterhin hier im Haus wohnen? Ich habe mir vorher niemals darüber Gedanken gemacht, aber ...«

»Wenn Sie möchten, kann ich auch ins Nebengebäude ziehen. Neben der kleinen Wohnung von Fräulein Strobel ist noch ein großes Zimmer frei.«

Sie dachte einen Augenblick über seinen Vorschlag nach, doch dann winkte sie ab. »Nein, das wäre wirklich unsinnig. Sie können von nun an frei über das Arbeitszimmer meines verstorbenen Mannes verfügen. Wann immer Sie es für nötig halten, steht Ihnen alles zur Verfügung. Ich möchte allerdings, dass Sie mich über sämtliche Vorkommnisse auf dem Gut unterrichten, Herr Meyer. Bringen Sie mir bitte alles bei, was ich wissen muss, damit ich verstehe, was hier vor sich geht und was ich beizeiten zu unterzeichnen und zu verantworten habe. Versprechen Sie mir das?«

»Sie haben mein Ehrenwort, gnädige Frau. Und ich möchte

noch einmal betonen, dass ich es als Ehre empfinde, Ihnen zur Seite stehen zu dürfen.«

»Das freut mich sehr, aber denken Sie bitte immer daran, dass Sie sich mir gegenüber nicht verpflichtet fühlen müssen. Sie können jederzeit gehen, falls Ihnen die Verantwortung für den Besitz über den Kopf wachsen sollte. Ich würde es verstehen«, erwiderte sie.

Dann ging ihr eine Frage durch den Kopf, und bevor sie noch länger darüber nachdenken konnte, ob sie zu indiskret daherkam, war sie auch schon heraus.

»Lassen Sie denn keine Familie in Hamburg zurück? Und fehlt Ihnen die Stadt nicht mit all ihren Zerstreuungen oder Ihre Arbeit in der Reederei?«

»Hier auf dem Gut gestaltet sich das Leben doch oft sehr einsam. Ich lebe allein und habe keine familiären Verpflichtungen«, sagte er lächelnd. »Als Herr Brodersen … also Ihr Herr Schwager, mich bat, hier eine Weile nach dem Rechten zu sehen, kam mir das sehr entgegen. Die Stadt wäre ja leicht zu erreichen. Sollte mir beispielsweise mal nach einem Theaterbesuch sein, müsste ich nur ein wenig mehr Zeit einplanen, aber das wissen Sie ja selbst. Ich fühle mich hier wirklich wohl, und ich verspreche, dass ich sofort zu Ihnen kommen werde, falls sich daran jemals etwas ändern sollte.«

»Gut, jetzt bin ich einigermaßen beruhigt«, sagte sie und schenkte Kaffee nach.

»Soll ich mich um alles kümmern, was jetzt zu tun ist, Frau Brodersen? Die Beisetzung und die Anzeige in der Zeitung. Ich organisiere auch gerne die Benachrichtigung seiner Familie in Hamburg und der Nachbarn, wenn Sie mir entsprechende Notizen und Informationen zur Verfügung stellen.«

»Das wäre mir sehr recht«, sagte sie erleichtert. »Diese Dinge stehen mir bevor.«

»Das denke ich mir.«

»Ich ahne schon, Sie sind ein wahrer Glücksgriff, Herr Meyer.«

Bei all der Trauer um ihren Mann musste Therese schon wenige Wochen später feststellen, dass ihr die Verantwortung für den Besitz guttat, ja ihr sogar Freude und eine nie gekannte Befriedigung bescherte. Zunächst rief dieses angenehme Gefühl einen Anflug schlechten Gewissens in ihr hervor, doch schon bald sagte sie sich, dass sie schließlich nur die Aufgabe erfüllte, die Wilhelm ihr hinterlassen hatte.

Ronald Meyer brachte ihr nach und nach alles bei, was sie wissen musste. Verlässlich und unerschütterlich wie ein Fels in der Brandung begleitete er sie auch zu den notwendigen Terminen bei der Bank und dem Notar. Sogar ihre erste Pferdeauktion besuchte sie zusammen mit ihm. Woche um Woche arbeitete sie jedes Buch aufmerksam durch, das Meyer ihr ans Herz legte. Sie las unendlich viel über Pferde und lernte noch mehr über die Landwirtschaft.

Therese war so sehr mit all diesen neuen Dingen beschäftigt, dass sie kaum zur Kenntnis nahm, welch deutliche Veränderung ihr Körper in dieser Zeit durchmachte – eine Veränderung, die ihr eigentlich vertraut war. Erst drei Monate nach Wilhelms Tod erkannte sie schließlich, dass sie wieder schwanger war. Natürlich hätte sie damit rechnen müssen, denn seit sie aus Wien zurückgekehrt war, hatten Wilhelm und sie fast jede Nacht in einem Bett geschlafen und sich mehrere Male geliebt. Dennoch war es ein Schock, als sie es herausfand.

Dieses Baby würde seinen Vater niemals kennenlernen, und das fand sie unendlich traurig. Schon jetzt nahm sie sich vor, alles für das Kind zu tun, was in ihrer Macht stand. Als sie schließlich einige Monate später ihre kleine gold gelockte Elise Therese in ihren Armen wiegen durfte, wusste sie, dass dieses zauberhafte Wesen das Glück zurück in ihre Familie bringen würde.

5. Kapitel

Gut Lerchengrund, im Frühsommer 1905

Jeden Tag erfreute sich Gerlinde an den großen und kleinen Fortschritten, die ihr Sohn machte. Inzwischen kam mehrmals in der Woche ein Hauslehrer aus Hamburg angereist und unterrichtete Jonas für einige Stunden. Der Kleine war jetzt sechs Jahre alt, und sie wusste selbst, wie wichtig eine gute Bildung war. Schon kurz nach seinem fünften Geburtstag hatte Jonas damit begonnen, sich selbst das Lesen beizubringen. Als sie es bemerkte, unterstützte sie ihn und bat Heinrich, sich schon jetzt nach einem passenden Lehrer umzuschauen. An den Tagen, an denen der Hauslehrer nicht nach Lerchengrund kam, übernahm sie selbst den Unterricht ihres Sohnes. In diesen gemeinsamen Stunden versuchte sie nebenbei und ganz spielerisch, ihm das Wissen zu vermitteln, das sie für wichtig hielt, um einen gut ausgebildeten Mann aus ihm zu machen. Oft brauchte sie nicht viel mehr zu tun, als ihm die passende Lektüre zu geben, denn das Lesen war seine liebste Beschäftigung, und selbst schwierigere Texte machten ihm keinerlei Probleme mehr. Anschließend sprach er dann von ganz allein mit ihr über das jeweilige Thema. Manchmal las sie ihm vor, denn Jonas mochte auch das sehr, und es war schön, zu sehen, wie sehr er Pferde liebte.

Ihr Sohn war auffallend klug und wissensdurstig, wenn auch insgesamt ein eher stilles Kind, ohne dabei verschlossen oder gar verschüchtert zu sein. Gerlinde war unglaublich stolz auf ihn, und sie wusste, dass es Heinrich ebenso erging. Sie war glücklich mit ihrem Leben und noch immer rasend verliebt in ihren Mann, der ihr jeden Tag aufs Neue bewies, dass er ihre Liebe voller Leidenschaft erwiderte. Eine Weile hatte sie darunter gelitten, dass sie kein weiteres Mal schwanger geworden war, doch inzwischen gelang es ihr, diese belastenden Gedanken einfach beiseitezuschieben. Sie hatten Jonas, und Gerlinde wusste, dass Heinrich so oder so glücklich mit ihr war.

Heute war der Lehrer im Haus und Jonas nun für einige Stunden beschäftigt. Heinrich war wie üblich irgendwo draußen unterwegs, und Gerlinde nutzte die Zeit, um in der Orangerie, ihrem Lieblingsplatz im Haus, ein Buch über die Pferdezucht zu lesen. Sie bediente sich gerne an Heinrichs Fachliteratur, denn es gestaltete ihre Gespräche so viel interessanter, wenn sie über seine Arbeit und die Dinge, die ihn beschäftigten, Bescheid wusste. Sie genoss es sehr, die Bewunderung in Heinrichs Augen zu sehen, wenn er einmal mehr erkannte, wie viel Wissen sie unterdessen angesammelt hatte. Außerdem wollte sie gut vorbereitet sein, wenn sie Jonas etwas vermittelte.

Doch heute fand sie zum Lesen einfach nicht die nötige Ruhe. Erst riss sie ein lauter Knall aus ihrer Lektüre, dann hörte sie das Geräusch von Hufen und Rädern direkt vor dem Haus. Sie ahnte bereits, dass es Therese war, die da vorfuhr, denn sie hatte ihre Freundin schon einige Tage nicht gesehen.

Es war stets eine Freude für Gerlinde, wenn sie mit Therese

zusammentraf. Ihre Freundschaft hatte sich mit der Zeit immer mehr vertieft. Besonders in den vergangenen Jahren, nachdem Therese so unerwartet Witwe geworden war.

Kurz darauf begrüßten sie sich herzlich, wie sie es immer taten. Gerlinde ließ Tee und Gebäck servieren, denn das war ihnen beiden bei ihren Treffen zu einer lieben Gewohnheit geworden. Schließlich war in der Orangerie von Lerchengrund bei Tee und Gebäck ihre Freundschaft entstanden.

»Hast du vorhin auch den Knall gehört, kurz bevor du gekommen bist?«, fragte Gerlinde. »Es klang fast wie ein Schuss.«

»Ja, das war ja nicht zu überhören. Das Pferd hat sich auch erschrocken. Ich hatte meine liebe Mühe, es wieder zu beruhigen.«

»Wie geht es dir?«, wechselte Gerlinde das Thema.

»Mir geht es gut. Sehr gut sogar. Manchmal habe ich deshalb noch immer ein schlechtes Gewissen.«

»Ach, das ist doch Blödsinn, Resi. Das Leben geht weiter, und es ist jetzt schon einige Jahre her. Wilhelm würde schließlich auch wollen, dass es dir und den Kindern gut geht.«

»Das weiß ich doch selbst. Die Gedanken sind halt manchmal da. Sie kommen wie aus dem Nichts und ohne Anlass, aber zum Glück verschwinden sie auch schnell wieder. Nein, uns geht es wirklich gut. Dank Ronald Meyer läuft das Gut wie am Schnürchen. Es ist genug Geld für Anschaffungen da, und die Kinder sind gesund und munter.«

Gerlinde war wirklich erleichtert, das zu hören. »Das freut mich. Das klingt alles sehr beruhigend. Eine Weile habe ich mir Sorgen um dich gemacht, aber das weißt du ja.«

Therese nickte. »Du hast immer verstanden, wie furchtbar

es für mich war, Wilhelm zu verlieren. Ich habe ihn so sehr geliebt. Die ersten zwei Jahre nach seinem Tod waren unbeschreiblich schwer. Ich konnte einfach nicht verstehen, dass er freiwillig aus dem Leben gegangen ist und mich und die Kinder einfach so zurückgelassen hat.«

»Du hast inzwischen so viel gelernt und niemals aufgegeben, meine Liebe. Wilhelm wäre sehr stolz auf dich, da bin ich mir sicher.«

»Ja, weil Heinrich, du und vor allem Ronald Meyer mich immer unterstützt habt. Ihr seid immer da gewesen, wenn ich euch gebraucht habe. Der Zuchthengst, den Heinrich mir im vergangenen Jahr praktisch geschenkt hat, war ein Glücksgriff.«

»Das ist doch selbstverständlich unter Freunden. Was machen die Kinder?«, fragte sie.

»Nun, es gibt Neuigkeiten. Letzte Woche war ich in Hamburg und habe meinen Schwager besucht. Bei der Gelegenheit habe ich mit Theo abgesprochen, dass Carl im nächsten Jahr nach Hamburg geht. Er soll auf einem Gymnasium die Reifeprüfung ablegen. Danach geht er in die Reederei und wird das Geschäft von der Pike auf lernen. Es ist das Beste so, denn er bringt noch immer keinerlei Interesse für das Gut auf.«

»Das ist schade. Ich will mir gar nicht vorstellen, wie das für Heinrich wäre, wenn es sich mit Jonas irgendwann auch mal so entwickeln würde.«

»Das kann ich mir kaum vorstellen.« Therese winkte ab. »Euer Jonas ist zwar noch klein, aber seine Interessen gehen doch in die richtige Richtung. Bei Carl war das immer anders. Übrigens hat alles zwei Seiten. Theo ist wirklich froh, dass er Carl ausbilden kann. Er selbst hat zwei Töchter, und erst eine davon ist verlobt. Allerdings ist der Auserwählte ein junger Senator, der außerdem noch eine eigene Anwaltskanzlei betreibt. Ein zweiter Schwiegersohn ist noch nicht in Sicht. Carl könnte also das alte Familienunternehmen fortführen. Theo setzt sogar fest darauf.«

»Also wird es mit dem Gut wohl auf Rieke hinauslaufen, nicht wahr?«

»Alles deutet darauf hin, ja. Es ist allerdings beruhigend für mich, zu sehen, dass sie es auch gar nicht anders haben will. Sie ist jetzt fast sechzehn, und ihre ganze Liebe gehört dem Hof. Ich glaube, sie möchte damit vor allem das Andenken an ihren Vater hochhalten und sein Lebenswerk fortführen. Aber in der Tat ist sie auch wie geschaffen dafür.«

»Nun, dann muss sie sich also später nur noch den passenden Mann suchen.«

»Hach, das erzähl ihr mal.« Therese lachte kurz auf. »Meine Große legt keinerlei Wert auf hübsche Kleider oder irgendwelchen Zierrat. Sie sagt immer, das sei Mädchenkram, der sie nicht interessiert, und heiraten komme für sie schon mal gar nicht infrage. Sie sagt ganz offen, dass sie sich keinem Mann unterordnen will. Stell dir vor, als wir das letzte Mal in der Stadt bei meiner Schneiderin waren, hat sie darauf bestanden, sich diese weiten Hosenröcke anfertigen zu lassen, damit sie im Männersattel reiten kann. Sie trägt kaum noch etwas anderes, weil sie es praktisch findet.«

»Oha, mir scheint, deine Tochter ist ein Mädchen mit tüchtig Selbstbewusstsein.«

»Sie hatte von klein auf ihren eigenen Kopf.«

Gerlinde beugte sich vor, um Tee nachzuschenken, dann nahm sie sich ein Stück von dem köstlichen Buttergebäck.

»Und die Kleine? Wie geht es deiner Lütten?«, fragte sie, bevor sie von dem Keks abbiss.

»Ach, Elise ist ein wahres Zuckerschnütchen. Sie ist so unglaublich süß und so lustig. Sie lacht eigentlich immer und sorgt stets für gute Laune. Wir lieben sie alle heiß und innig.«

»Das glaub ich«, sagte Gerlinde. »Als ich sie das letzte Mal sah, hätte ich sie am liebsten mitgenommen und behalten. So ein süßes Sonnenkind. Sie wird bald vier, oder?«

»Ja, in ein paar Wochen, im August. Die Zeit rennt so schnell, man kann es kaum glauben. Ich …«

Das Klopfen an der Tür unterbrach Therese. Beide Frauen sahen erstaunt, fast schon erschrocken auf, als ohne Aufforderung ein offensichtlich sehr aufgeregtes Dienstmädchen völlig außer Atem eintrat.

»Gnädige Frau … Sie müssen sofort … mitkommen … bitte!«, brachte das Mädchen mehr schlecht als recht hervor.

»Was ist nur los heute, große Güte?«, erwiderte Gerlinde, während das Mädchen mit den Armen gestikulierte, als wollte es seine Herrin zur Eile antreiben. »Entschuldige mich einen Moment«, wandte sie sich an Therese, dann folgte sie dem aufgeregten Mädchen.

Schon in der Halle vernahm Gerlinde die Unruhe vor dem Haus. Als sie durch die Tür hinausging und einen kurzen Moment auf dem oberen Absatz der Außentreppe verharrte, konnte sie zunächst nicht einordnen, wo das Problem lag. Sie sah Peer Stellbrink, den Stallmeister, und einen der Stallburschen, der ein Pferd am Zügel hielt, das offenbar sehr unruhig war. Erst auf den zweiten Blick erkannte sie, dass es sich bei dem Pferd um Heinrichs alten Wallach Optimist handelte.

Sofort stieg Angst in ihr auf. Optimist war das ausgeglichenste Pferd, das sie kannte. Wahrscheinlich hatte sie den Wallach deshalb nicht sofort erkannt, denn so aufgeregt sah er vollkommen anders aus. Das Tier rollte mit den Augen und warf ständig den Kopf hoch, als wollte er aufsteigen, was äußerst ungewöhnlich für ihn war.

»Ist das Heinrichs Pferd?«, hörte sie Therese fragen.

Gerlinde hatte nicht mitbekommen, dass die Freundin ihr gefolgt war und direkt hinter ihr stand. Doch nun war sie froh darüber, sie an ihrer Seite zu haben.

»Ja, das ist …« Sie atmete einige Male tief durch, während sie die wenigen Stufen hinter sich brachte. »Was ist passiert?«, fragte sie den Stallmeister. Ihre Stimme klang heiser. »Ist der Baron etwa verletzt?«

»Optimist kam allein zurück. Wie Sie sehen, ist er sehr aufgebracht und ziemlich verschwitzt.«

»Wo ist der Baron, Stellbrink?«

Der Stallmeister räusperte sich, bevor er antwortete. »Ich weiß es noch nicht, gnädige Frau.«

Gerlinde verspürte einen leichten Schwindel. Das Pferd schnaufte laut, und ihr Herz trommelte in ihrer Brust. Beides zusammen und ihre rastlosen Gedanken ängstigten sie fast zu Tode und machten ihr das Atmen schwer.

»Suchen Sie ihn, Herrgott!«

»Ich habe bereits ein paar von den Jungs losgeschickt«, erwiderte Stellbrink mit ruhiger Stimme. »Wir können jetzt nur abwarten, gnädige Frau.« Er wandte sich dem Burschen zu, der das Pferd am Zügel hielt. »Sieh zu, dass das Tier vernünftig versorgt wird, Bruno.«

Der Stallbursche nickte und führte das Pferd fort, das sich nun langsam zu beruhigen schien.

Gerlinde spürte die Hand von Therese, die sich auf ihren Arm legte. Sie war wirklich froh, dass ihre Freundin in diesem Moment da war.

»Bringen Sie der Frau Baronin ein Schultertuch«, hörte sie Therese zu einem der Mädchen sagen.

Erst jetzt bemerkte Gerlinde, dass sich praktisch das gesamte Hauspersonal auf dem Treppenabsatz vor der Tür versammelt hatte.

»Du zitterst am ganzen Körper«, wandte sich Therese nun an sie. »Komm mit rein, meine Liebe, du solltest dich setzen.«

»Ich will mich nicht setzen!« Sie drehte sich um und sah ihrer Freundin in die Augen. »Oh mein Gott, Therese. Bitte ... nein.«

Irgendjemand hatte einen breiten Wollschal gebracht, den Therese ihr nun um die Schultern legte. Geistesabwesend hüllte sie sich darin ein. Trotz der Wärme dieses frühen Sommertages war ihr eiskalt.

»Das sind die Nerven«, flüsterte Therese ihr zu, als hätte sie ihre Gedanken gelesen. »Ich kenne das. Bleib ruhig, es steht noch gar nichts fest, Gerlinde. Sicher wird alles wieder gut.«

»Ja, du hast wahrscheinlich recht«, antwortete sie tonlos, doch eine furchtbare Gewissheit fraß sich bereits in ihr Herz.

Sie hatte die Worte kaum ausgesprochen, da sah sie die Männer aus der Richtung des Waldes kommen. Zu dritt trugen sie Heinrichs Körper, und noch während sie näher kamen, bestätigte sich, dass ihr Leben von heute an eine neue Wendung nehmen würde. Auf Heinrichs Brust war ein großer dunkler Fleck zu erkennen, der nichts Gutes verhieß.

»Oh nein«, flüsterte Therese hinter ihr. Sie spürte noch die

Hände der Freundin an ihren Oberarmen, dann wurde alles um sie herum schwarz.

Als sie wieder zu sich kam, lag sie auf einer Chaiselongue im kleinen Salon. Therese saß neben ihr und kühlte ihre Stirn mit einem feuchten Tuch, so als hätte sie Fieber.

»Da bist du ja wieder«, flüsterte Therese. Gerlinde versuchte, sich langsam aufzusetzen, doch sie fühlte sich tatsächlich seltsam schwach, und es dauerte einen Moment, ehe sie es in eine sitzende Position schaffte.

»Ist er …?«

Thereses Augen füllten sich mit Tränen. Sie nickte. »Ja.«

Die letzte Hoffnung war dahin, und in ihr wütete augenblicklich ein wilder Sturm aus purem Schmerz.

»Wie soll ich das nur überleben?«, flüsterte Gerlinde. »Wie um Gottes willen soll ich das überleben?«

»Du wirst es schaffen. Ich habe es auch geschafft, und du bist viel stärker als ich, meine Liebe.«

Therese erhob sich, ging hinüber zu einem kleinen Tisch, auf dem mehrere Kristallkaraffen bereitstanden. Gerlinde beobachtete wie durch einen Nebel, wie ihre Freundin, ohne zu zögern, nach der erstbesten Flasche griff und zwei Likörgläser befüllte.

»Keine Ahnung, was das ist, aber wir brauchen das jetzt«, sagte sie. Sie kam zurück zu Gerlinde und reichte ihr ein Glas. »Hier, trink das, und wenn es nötig ist, trinken wir noch einen hinterher. Ich habe einen deiner Stallburschen zu mir nach Hause geschickt, um dort Bescheid zu geben. Heute Nacht werde ich bei dir bleiben, Gerlinde. Ich lass dich nicht allein.«

Gerlinde trank den Inhalt des Glases in einem Zug aus,

schmeckte süßen Kirschlikör und fühlte kurz darauf die Wärme, die sich in ihrem Magen ausbreitete.

»Auf seiner Brust ...« Sie musste husten. »Auf seiner Brust war Blut«, sagte sie und reichte Therese das leere Glas. »Es sah nach sehr viel Blut aus.«

»Man hat ... also, jemand hat auf Heinrich geschossen. Stellbrink hält es für einen Überfall. Heinrichs Taschenuhr ist verschwunden. Es wurde bereits jemand in die Stadt geschickt, um die Polizei zu informieren.«

Die Taschenuhr war ihr völlig egal. »Jemand hat ihn erschossen?« Der Schmerz in ihren Eingeweiden war kaum noch zu ertragen. »Der Knall ... vorhin.«

»Ja, daran habe ich auch schon gedacht.«

»Mein Leben ist vorbei. Ohne ihn will ich nicht weiterleben.«

»Du darfst so etwas nicht sagen! Du hast noch Jonas. Dein Junge braucht dich jetzt mehr denn je. Du hast ... Verpflichtungen, Gerlinde. Das Gut, die Leute, die hier ihr tägliches Brot verdienen. Sie alle brauchen dich jetzt, hörst du!« Therese atmete tief durch. »Denk dran, ich weiß, wovon ich rede.«

»Im Augenblick kann ich gar nicht denken.«

»Ich weiß. Das wird sich schon bald wieder ändern, glaub mir.«

»Komm jetzt nicht mit diesen unsäglichen Floskeln daher. Diese Wunde kann die Zeit niemals heilen, das weiß ich, Resi.«

»Ich habe meinen Mann auch geliebt, und ich lebe immer noch. Inzwischen sehr gut sogar, wenn ich ehrlich bin. Erinnerst du dich? *Du* warst es, die mir vorhin noch gesagt hat, dass das auch in Ordnung ist.« Therese erhob sich, um erneut ihre Gläser zu füllen. »Für heute ruhst du dich aus. Ich habe Anweisungen gegeben, dass man sich gut um Jonas kümmert, damit der Junge vorerst nichts merkt. Das hat bei mir damals auch ganz gut geklappt. Du kannst morgen mit ihm sprechen, das ist früh genug, und bis dahin hast du wieder ein bisschen mehr Kraft gesammelt. Am besten ist es, du legst dich jetzt hin und versuchst, ein paar Stunden zu schlafen. Danach kannst du vielleicht wieder besser denken. Morgen früh sehen wir weiter. Ich habe bereits darum gebeten, dass man mir eines der Gästezimmer herrichtet.«

Gerlinde nickte. Ihr war alles recht, solange sie sich mit ihrem lähmenden Schmerz zurückziehen konnte. »Wenn du meinst. Aber es ist noch heller Nachmittag. Erwartet man nicht …?«

»Niemand erwartet heute noch irgendetwas von dir, und es ist vollkommen gleichgültig, dass es noch nicht Abend ist. Ich bringe dich jetzt nach oben in dein Schlafzimmer und helfe dir beim Ausziehen. Ich kümmere mich hier um alles, und morgen sieht die Welt vielleicht noch nicht besser, aber schon wieder etwas klarer aus. Vertrau mir, Gerlinde.«

Ihre Freundin sollte recht behalten. Nach einer Nacht, in der Gerlinde unsagbar viele Tränen vergossen, aber noch viel mehr versucht hatte, ihre wirren Gedanken zu ordnen, schien sich der wattige Nebel in ihrem Kopf tatsächlich etwas zu lichten. Dennoch fühlte sich jede ihrer Bewegungen an, als würde jemand an unsichtbaren Fäden ziehen, während sie sich wusch und in das einzige schwarze Kleid schlüpfte, das sie besaß. Es war schon einige Jahre alt und weit entfernt von der neueren Mode, aber darauf kam es nicht an.

So, als hätte sie keine anderen Sorgen, dachte sie darüber nach, dass sie spätestens morgen in die Stadt fahren musste, um einige schwarze Kleider in Auftrag zu geben. Im Augenblick konnte sie sich kaum vorstellen, dass sie jemals wieder eine andere Farbe tragen würde.

Sie saß vor ihrer Frisierkommode und beobachtete im Spiegel, wie die Zofe ihr das Haar hochsteckte und mit einigen Klammern befestigte. Sogar das Mädchen sieht verweint aus, dachte sie und schloss kurz ihre rot geschwollenen Lider, bis die letzte Haarnadel saß. Schließlich knickste das Mädchen und verschwand wortlos.

Als Gerlinde kurz darauf ins Frühstückszimmer kam, saß Therese bereits am Tisch. Die Freundin belästigte sie nicht mit unnötigen Fragen nach ihrem Befinden, das nahm Gerlinde dankbar zur Kenntnis. Natürlich brachte sie kaum etwas hinunter. So blieb es bei zwei kleinen Bissen von einem Butterbrot und mehreren Tassen Kaffee.

»Ist Jonas schon wach?«, schaffte sie es endlich, zu fragen.

Es half nichts, sie musste sich den anfallenden Aufgaben stellen, und die erste davon war es, ihrem Sohn mitzuteilen, dass sein Vater ums Leben gekommen war.

»Ja, er war früh wach und hat dann bei der Haushälterin in der Küche gefrühstückt. Ich hatte gestern Abend noch darum gebeten, dass man mich gleich informiert, sobald er auf ist. Deine Haushälterin und ich haben abgesprochen, dass sie ihn bei sich behält, bis du so weit bist, um mit ihm zu reden. Er wollte natürlich raus, aber ich hatte Bedenken, er könnte dort irgendetwas aufschnappen.«

»Das war richtig. Danke, Therese. Ich halte es für wichtig, dass er es von mir erfährt.«

»Ja, ich auch.« Therese trank ihren Kaffee aus und schob ihre Tasse beiseite.

»Soll ich ihn holen?«

»Das wäre lieb.«

Kurz darauf war sie mit ihrem Sohn allein. Er saß auf dem Stuhl neben ihr und sah sie mit den großen hellgrauen Augen seines Vaters aufmerksam an. Gerlinde kannte ihr Kind gut und ahnte, dass er bereits spürte, dass etwas Schlimmes passiert war.

»Wir beide müssen jetzt ganz stark sein, mein Sohn.«

»Ist etwas mit Vater?«, fragte er leise und mit zittriger Stimme. »Ich habe ihn heute Morgen noch nicht gesehen, und alle hier schauen traurig und sind so still. Tante Therese war die ganze Nacht hier. Sie hat mich gestern Abend zu Bett gebracht und mir gesagt, dass es dir nicht so gut geht. Ich habe genau gesehen, dass sie geweint hat.«

Gerlinde musste heftig schlucken. »Ja, es ist etwas Furchtbares passiert, Jonas.« Sie schluckte erneut, um die bedrohliche Enge in ihrer Kehle in Schach zu halten, bis dies hier überstanden war. »Dein Vater ist gestern überfallen worden. Jemand hat ihn ausgeraubt und …«

»Er ist tot, nicht wahr, Mama?«

Sie nickte, und nun liefen ihr auch wieder die Tränen über die Wangen. Es verwunderte sie nicht, dass der Junge seine Schlüsse gezogen hatte. Jonas wuchs auf einem Gut auf, deshalb wusste er natürlich, was es bedeutete, wenn ein Lebewesen starb. Die Endgültigkeit des Todes war ihm vertraut.

»Es tut mir so leid, dass du das jetzt ertragen musst«, schluchzte sie.

Auch Jonas begann nun, zu weinen. Er stand auf und legte

seine Arme um ihren Hals. Sie drückte ihn an sich, wiegte ihn sanft hin und her, während sie beide weinten und einander hielten, so fest sie konnten.

»Ich bin bei dir, Mama«, hörte sie ihn schluchzend sagen. »Ich bin bei dir und werde dich beschützen. Immer.«

»Ach, mein süßer Schatz«, brachte sie hervor.

Er klang viel reifer, als es seinem Alter entsprach, aber auch das kannte sie schon von ihm.

»Wir beide werden aufeinander aufpassen, nicht wahr?«

Es war dieser Moment, der Gerlinde erkennen ließ, dass Therese mit allem recht hatte. Natürlich würde und musste ihr Leben weitergehen. Sie hatte Verpflichtungen gegenüber dem Gut und seinen Menschen. Vor allem aber oblag ihr die Verantwortung für dieses wunderbare Kind, das ihr geschenkt worden war. Sie musste Jonas auf seine Aufgaben vorbereiten, denn irgendwann würde er der Herr auf Lerchengrund sein und das Lebenswerk seines Vaters fortführen, wie sie hoffte.

Doch zunächst musste sie sich nun selbst um alles kümmern. Zum Glück war sie seit Jahren mit den Aufgaben der Gutsverwaltung vertraut. Seit Jonas auf der Welt war, hatte Heinrich sie an allen Entscheidungen teilhaben lassen und jedes Geschäft mit ihr besprochen. Von Beginn an hatte er sich Sorgen um ihren Altersunterschied gemacht, und es war ihm wichtig gewesen, dass sie allein mit allem zurechtkam, falls Jonas noch nicht alt genug war, wenn er starb. Im Gegensatz zu Therese brauchte sie sich also nicht erst in die Abläufe einzuarbeiten, und sie besaß ohnehin sämtliche Vollmachten. Bereits kurz nach ihrer Hochzeit hatte Heinrich alles Nötige in die Wege geleitet. Gerlinde würde keinen Verwalter benötigen und das auch gar nicht wollen. Sie kannte sich gut genug aus.

Die Menschen hier, allen voran Peer Stellbrink, würden ihr ohnehin fest zur Seite stehen, da war sie sich sicher. Der Mann war loyal und mit jeder Faser ein ehrlicher und verlässlicher Kerl. Heinrich hatte unendlich viel von ihm gehalten. In den vergangenen Jahren hatte er ihn sogar als seinen einzigen Freund bezeichnet.

Gerlinde atmete tief ein, sah ihrem Sohn fest in die Augen und umfasste seine schmalen Schultern. Wenn Jonas nach seinem Vater kam, würden sie in den nächsten Jahren sehr breit werden, dachte sie in diesem Moment.

»Wir beide werden alles schaffen, was wir wollen. Du und ich, Jonas Heinrich von Grootenlohe. Dein Vater wird aus dem Himmel zu uns herabschauen und stolz auf uns sein, das verspreche ich dir.«

Die Polizei kam innerhalb kürzester Zeit ebenfalls zu dem Schluss, dass es sich um einen Überfall gehandelt haben musste, da die goldene Taschenuhr des Barons verschwunden blieb.

Gerlinde überstand die ersten Tage nach Heinrichs Tod besser, als sie es sich zunächst vorgestellt hatte. Es war einfach zu viel zu tun, um ständig den Tränen freien Lauf lassen zu können. Das tat sie meist erst, sobald sie abends in ihrem Bett lag, überwältigt von dem Gefühl unendlicher Einsamkeit.

Die Trauer war immens. Heinrich fehlte ihr so sehr, dass ihr Körper Schmerzen litt. Und doch stand sie jeden Morgen auf und machte sich aufs Neue an ihre Aufgaben. Sobald die Verzweiflung doch einmal ihre Kehle zuzuschnüren drohte, rief sie sich das Versprechen, das sie Jonas gegeben hatte, ins

Gedächtnis zurück. So verging der erste Monat schneller, als sie es für möglich gehalten hätte.

Eines Morgens – sie hatte gerade gefrühstückt, und Jonas war bereits im Schulzimmer – ließ Peer Stellbrink anfragen, ob sie einen Moment Zeit für ihn hätte. Eines der Dienstmädchen führte ihn zu Gerlinde ins Frühstückszimmer. Nachdem sie sich einen guten Morgen gewünscht hatten, forderte sie ihn auf, sich zu setzen, und schenkte ihm Kaffee ein.

»Was gibt es denn, Herr Stellbrink?«

»Zunächst muss ich Ihnen leider mitteilen, dass Kasimir in der letzten Nacht für immer eingeschlafen ist.«

»Oh«, sagte sie. »Das tut mir leid, aber ich denke, es wurde auch Zeit für ihn, die letzte Ruhe zu finden, meinen Sie nicht? Er hat sehr getrauert und kaum noch gefressen.«

»Das sehe ich genauso. Er ist die meiste Zeit im Stall geblieben, seit der Baron …«

»Er ist nur noch ein einziges Mal ins Haus gekommen. Wahrscheinlich, weil er ihn suchen wollte. Es war sehr berührend.« Sie seufzte. »Trotzdem wird mir der alte Hund fehlen.«

»Ja, mir auch.«

»Sie haben noch etwas auf dem Herzen, Herr Stellbrink?«

»Das stimmt leider. Ich habe ein Problem, über das ich mit Ihnen sprechen möchte, Frau Baronin. Es ist eigentlich recht persönlich, und unter normalen Umständen würde ich Sie nur ungern damit belästigen, aber ich stoße gerade an meine Grenzen und weiß nicht so recht weiter.«

»Legen Sie los, nur keine Hemmungen.«

»Wie Sie wissen, starb meine Frau bei der Geburt unserer Tochter.«

»Ja, natürlich. Wir alle waren furchtbar traurig. Die Kleine lebt doch seither bei ihren Schwiegereltern in Hamburg, nicht wahr?«

Er nickte. »Genau da liegt das Problem. Meine Schwiegermutter ist inzwischen selbst viel zu krank, um sich ausreichend um meine kleine Vera kümmern zu können. Ich muss das Kind also endlich zu mir holen. Im Grunde wollte ich das ohnehin bald tun, denn ich sehe sie viel zu selten, und das bereitet mir schon lange Kummer.«

»Ah, ich verstehe. Ich hoffe doch nicht, dass Sie mir gerade mitzuteilen versuchen, dass Sie Lerchengrund verlassen wollen?«

»Natürlich nicht. Darüber brauchen Sie sich wirklich keine Gedanken zu machen, gnädige Frau. Lerchengrund ist auch mein Zuhause.« Er seufzte leise. »Schon kurz nach dem Tod meiner Frau bin ich aus dem Familientrakt des kleineren Gesindehauses ausgezogen. Nachdem ich Vera zu meinen Schwiegereltern gebracht hatte, habe ich damals, natürlich nach Rücksprache mit dem Herrn Baron, eines der üblichen Zimmer im größeren Gebäude bezogen und die Wohnung im Familientrakt für Walter Müller freigemacht.«

Gerlinde nickte. »Ja, ich erinnere mich. Müller ist einer unserer Landarbeiter. Er ist schon seit einigen Jahren auf dem Gut.«

»Richtig. Dann wissen Sie sicherlich auch, dass er und seine Frau drei Kinder haben. Walter kam jeden Tag aus einem Dorf in der Heide, das war doch sehr umständlich. Jedenfalls konnte er dann endlich seine Familie hierherbringen.« Stellbrink hielt einen Moment inne, bevor er weitersprach. »Jetzt kommen wir zu meinem Problem. Ich wohne eigentlich sehr gerne im großen Gesindehaus, aber, wie gesagt, ich habe dort nur noch ein Zimmer für mich, mal ganz abgesehen davon, dass im Haus auch die Stallburschen wohnen. Wie gesagt, für mich ist das vollkommen in Ordnung, aber es ist wohl kaum der richtige Ort für ein kleines Mädchen.« Er seufzte. »Um es kurz zu machen: Ich habe bereits vergeblich nach einem Kindermädchen gesucht, doch selbst wenn ich noch eines finden sollte, bräuchte ich eine neue Unterkunft mit mindestens drei Zimmern, einer vernünftigen Küche und fließendem Wasser. Ich weiß im Augenblick nicht weiter. Ich wollte Sie deshalb fragen, ob Sie mir irgendwie helfen könnten.«

»Ah, ich verstehe Ihr Dilemma, und es ist gut, dass Sie zu mir gekommen sind, Herr Stellbrink.«

Gerlinde dachte einen Moment nach. Die Tochter ihres Stallmeisters war schon einige Male zu Besuch auf dem Gut gewesen, und bei diesen Gelegenheiten war auch sie ihr begegnet. Die Kinder hatten ebenfalls schon zusammen gespielt und sich wunderbar verstanden. Vera war ein bezauberndes und wohlerzogenes Mädchen. Stellbrinks Frau hatte Gerlinde kaum gekannt, doch allein schon die Vorstellung, dass Vera ohne Mutter würde aufwachsen müssen, hatte schon damals ihr tiefes Mitgefühl geweckt.

»Was halten Sie davon, wenn Sie Ihre Kleine erst einmal zu mir ins Gutshaus bringen? Wir könnten in den nächsten Wochen das kleine Haus am Waldrand für Sie beide herrichten lassen. Es liegt nur wenige Schritte vom Gutshaus entfernt, und es ist noch immer hübsch anzusehen.«

»Das alte Jagdhaus?«, hakte er nach und zog die Stirn kraus. »Aber das steht schon seit Jahren leer.«

»Ja, ich weiß. Nicht einmal mein Mann wusste, wann dort zuletzt jemand gewohnt hat.« Sie versuchte sich an einem

Lächeln. »Dennoch ist es ein richtiges kleines Steinhaus und nicht verfallen, nicht wahr? Sogar das Dach ist noch völlig in Ordnung, und einen kleinen Garten gibt es auch, wenn er inzwischen auch etwas verwildert ist. Der Baron hat mir das Haus einmal gezeigt, weil ich neugierig war. Ich weiß noch, dass es sogar zwei Kamine dort gibt. Wir hatten uns schon einmal vorgenommen, das Gebäude renovieren zu lassen. Ich fand immer, dass es ein gutes Gästehaus abgeben würde, aber mein Mann meinte immer, wir hätten genug Gästezimmer im Haus, falls uns tatsächlich mal jemand besuchen sollte. Ich fand trotzdem, dass das hübsche Haus etwas Besseres verdient hätte, als mit den Jahren einfach immer mehr zu verfallen.«

»Da haben Sie recht. Eigentlich ist es schade, dass das Haus leer steht.«

»Wenn alle tüchtig mit anpacken, haben Sie in kürzester Zeit ein richtig schönes Zuhause für sich und Ihre Tochter, Herr Stellbrink. Bei der Gelegenheit können wir dort gleich einen neuen Ofen für die Küche und ein vernünftiges Badezimmer einbauen lassen. Ein paar passende Möbel finden wir sicherlich auch noch. Was halten Sie davon?«

Gerlinde sah, dass die Augen des Mannes glänzten. Offensichtlich war er gerührt. »Das wäre ganz wunderbar.«

»Ja, und ein eigenes Kindermädchen brauchen Sie doch gar nicht. Die Kleine kommt morgens einfach hierher und kann mit Jonas zusammen lernen und beaufsichtigt werden, solange Sie Ihrem Tagewerk nachgehen. Das wäre doch auch für die Kinder eine wirkliche Bereicherung, denke ich. Sie hätten immer jemanden zum Spielen und könnten gemeinsam lernen und zusammen aufwachsen. Wie finden Sie meinen Vorschlag?«

»Ich weiß nicht, was ich sagen soll, gnädige Frau.«

»Wir müssen jetzt alle zusammenhalten, Herr Stellbrink.«

»Da haben Sie wohl recht.«

Jetzt strahlte er regelrecht, und Gerlinde bemerkte zum ersten Mal, dass Peer Stellbrink eigentlich ein sehr gut aussehender Mann war. Sie fand es ungewöhnlich, dass er nun schon so lange allein lebte. Vor allem da sie wusste, dass er erst Mitte dreißig war.

»Mir ist es wichtig, dass Sie sich wohlfühlen. Sie sind jetzt der wichtigste Mann auf dem Gut, und ich werde noch sehr häufig Ihren Rat brauchen. Es war ja ohnehin nicht richtig, dass Sie in Ihrer Stellung bei den Burschen im Gesindehaus wohnen.« Sie schenkte Kaffee nach und nickte. »Dann ist es abgemacht. Bis das Haus fertig ist, bekommt Vera hier im Gutshaus ein schönes Zimmer und wird gut versorgt werden. Machen Sie sich keine Sorgen.«

»Ich danke Ihnen von Herzen.«

»Wie gesagt, das müssen Sie nicht. Und sobald Sie ein richtiges Zuhause haben, Herr Stellbrink, könnten Sie vielleicht auch wieder über eine neue Ehe nachdenken. Das wäre doch wunderbar.«

Sie hatte es ausgesprochen, ohne lange darüber nachzudenken, doch jetzt fragte sie sich erschrocken, ob ihre Bemerkung vielleicht zu indiskret gewesen sein könnte. Schließlich ging es sie ja überhaupt nichts an, wie ihr Stallmeister sein Leben gestaltete.

Peer Stellbrink winkte jedoch nur lächelnd ab und schüttelte den Kopf. Er schien nicht unangenehm berührt zu sein, und Gerlinde war erleichtert.

»Ich weiß, dass das für Vera wahrscheinlich das Beste wäre,

aber nein, Frau Baronin. Ich bin sehr zufrieden mit meinem Leben und meiner Arbeit hier. Wenn meine Tochter eine Frau als Vorbild brauchen sollte, darf sie sich gerne an Ihnen orientieren«, sagte er lächelnd. »Ein besseres Vorbild kann es kaum geben.«

Als der Stallmeister sich von ihr verabschiedete, wusste Gerlinde, dass sie ihn auch in Zukunft als verlässlichen Freund an ihrer Seite haben würde. Das ließ sie etwas hoffnungsvoller nach vorn schauen.

6. Kapitel

Gut Lerchengrund, Anfang August 1906

Die Gedanken an Heinrich begleiteten Gerlinde durch jeden einzelnen Tag. Obwohl er bereits über ein Jahr tot war, dachte sie, kurz bevor sie abends in den Schlaf fiel, an ihn, und als Erstes am Morgen, sobald sie die Augen wieder öffnete. Wenn sie Entscheidungen treffen musste, fragte sie sich stets zuerst, wie *er* wohl in diesem Fall entscheiden würde. Es war ihr wichtig, das Gut in seinem Sinne weiterzuführen, um es irgendwann unbeschadet an ihren Sohn übergeben zu können.

Gerlinde war kein besonders gläubiger Mensch. Sie war davon überzeugt, dass nach dem Tod einfach alles vorbei war, doch wenn sie etwas Schönes erlebte, wünschte, nein, *hoffte* sie dennoch, Heinrich könnte es sehen und sich mit ihr daran erfreuen.

So erging es ihr auch jedes Mal, wenn sie die Kinder beobachtete. Im ganzen Haus spürte man noch immer die Trauer, doch die kleine Vera Stellbrink hatte wieder mehr Leben und Lachen hineingebracht. An jedem neuen Morgen, wenn der Stallmeister seine Tochter zu ihr brachte, schien das Haus ein Stückchen heller und fröhlicher zu werden.

Alle im Haus liebten die Kleine. Auch wenn Vera ein gutes

Jahr jünger war als Jonas, hatte sich doch unerwartet schnell nach ihrer Ankunft eine tiefe Vertrautheit zwischen ihm und dem Mädchen entwickelt. Eines Abends hatte Gerlinde Jonas gefragt, warum er Vera so gernhabe.

»Sie hat keine Mama, und ich habe keinen Vater mehr«, sagte er, und als wäre damit alles gesagt, gab er ihr einen Kuss und wünschte ihr eine gute Nacht. Ihr Sohn war wirklich erstaunlich reif für sein Alter.

Am nächsten Morgen erzählte sie Peer Stellbrink davon.

Heinrich war jeden Morgen zuerst zu den Ställen gegangen, um nach dem Rechten zu schauen und mit seinem Stallmeister zu sprechen. Sie und Stellbrink sprachen nun jeden Morgen, manchmal kurz, manchmal etwas länger, im Arbeitszimmer bei einer Tasse Kaffee miteinander. Er kam ja sowieso vorbei, um seine Tochter zu bringen, sodass sich rasch diese neue Gewohnheit entwickelte.

»Das ist sehr bewegend«, sagte er und musste schlucken.

»Ja, das finde ich auch.« Sie bemühte sich um ein Lächeln. »Aber es ist doch schön, oder? Ich meine, es hätte ja auch passieren können, dass die Kinder sich nicht leiden können.«

»Da haben Sie recht, Frau Baronin. Aber wie ich Sie einschätze, haben Sie Ihren Jungen auch gut auf meine Vera vorbereitet, nicht wahr?«

Er hob einen Mundwinkel, so wie er es häufig tat, wenn er einen Scherz oder eine humorvolle Bemerkung machte. Inzwischen war ihr Peer Stellbrink sehr vertraut geworden.

»Fühlen Sie sich im Jagdhaus wohl?«

»Oh ja, es ist großartig geworden. Vera liebt ihr kleines behagliches Zimmer. Und Sie hatten recht, wenn der Winter kommt, werden wir das ganze Haus gut heizen können. Vera hat hier so viele neue Eindrücke zu verarbeiten und so viel Liebe erfahren, dass sie ihre Großmutter kaum vermisst. Ich bin Ihnen noch immer jeden Tag dankbar.«

Gerlinde lächelte ihn bewusst strahlend an. »Mir ist es eine ebenso große Freude, Sie und Vera gut versorgt zu wissen. Außerdem weiß ich sehr genau, dass Sie Ihre Arbeitsbereiche deutlich ausgeweitet haben, mein lieber Stellbrink. Wenn hier jemand dankbar sein sollte, dann wohl besser ich. Ich habe schließlich ein paar Monate gebraucht, bis ich mich richtig zurechtgefunden habe. Ohne Sie wäre mir das ungleich schwerer gefallen.« Sie schenkte ihnen Kaffee ein und wechselte das Thema. »Gibt es etwas Neues zu berichten?«

»Wir haben vier neue Fohlen. Es ist ein kleiner Hengst dabei.«

»Von Aramis?

»So ist es.«

»Oh, das ist wunderbar. Die nächste Auktion ist im September in Altona. Wir könnten vielleicht schon einen der Dreijährigen anbieten, was meinen Sie?«

»Mir wäre es lieber, die Jungpferde blieben noch ein Jahr länger bei uns. Man weiß nie, wie die Leute mit ihnen umgehen. Die meisten wollen doch sofort losreiten, sobald sie ein Pferd erstanden haben. Das habe ich oft genug erlebt. Sie wissen doch, dass ich nichts davon halte, wenn zu früh auf den Jungtieren geritten wird.«

»Ja, Heinrich war auch dieser Meinung. Ich habe niemals den Hintergrund verstanden. Die Tiere sehen dann doch schon so … fertig aus.«

»Nun, wenn Sie bedenken, dass ein Pferd ungefähr sieben Jahre braucht, um erwachsen zu werden, wird sich Ihnen der

Grund erschließen, Frau Baronin.« Er nahm einen Schluck von seinem Kaffee, bevor er weitersprach. »Die Knochen, Sehnen und Muskeln, besonders am Rücken, müssen sich erst ausreichend kräftigen. Ich habe Tiere gesehen, deren Rückgrat durchhängt wie eine alte Seilbrücke. Das liegt oft nur daran, dass sie zu früh beritten worden sind. Ich führe jedes Jungpferd langsam an den Sattel heran, erlange vorab ihr Vertrauen, und dann, wenn es ungefähr vier oder fünf Jahre alt ist, kann irgendwann jemand auf seinen Rücken steigen, und es wird ihn gerne tragen, weil es gelernt hat, den Menschen zu vertrauen. Das eine Pferd ist früher bereit, das andere später. Sie sind verschieden, so wie wir Menschen.«

»Sie sind ein kluger Mann, Stellbrink. Ich glaube, ich habe zum ersten Mal verstanden, warum es so wichtig ist, jedes Pferd in Ruhe aufwachsen zu lassen.«

Er nickte. »Und bis es so weit ist, dass es geritten werden kann, sollte sich jedes Jungpferd so oft wie möglich auf der Weide austoben können, um seinen Körper stark zu machen.«

»Das sagte Heinrich auch oft. Deshalb war er auch so überzeugt von der offenen Stallhaltung.«

»Ich weiß. Der Baron und ich hatten die gleiche Einstellung, wenn es um die Pferde ging. Wir waren uns immer einig, und ich fand es gut, dass er nicht nur an den Verkaufserlös gedacht hat, sobald ein Hengstfohlen auf die Welt kam.«

»Wenn es um den Verkauf eines Pferdes geht, werde ich mich nach wie vor voll und ganz auf Ihr Urteil verlassen.«

»Das freut mich und die Tiere.« Er lachte leise. »Nicht dass Sie mich falsch verstehen ... Sie machen das alles richtig gut, Frau Baronin. Das wollte ich Ihnen schon längst sagen. Alle hier wissen das und arbeiten gerne für Sie.«

»Ich danke Ihnen. Es tut gut, das zu hören.«

»Das ist keine leere Floskel, sondern eine Tatsache.« Er trank seinen Kaffee aus und erhob sich. Für einen Moment sah er sich schweigend um, bevor er weitersprach. »Ich weiß, es geht mich eigentlich nichts an, aber ich finde, Sie sollten hier mal Ihren eigenen ... hm ... Geschmack reinbringen, Frau Baronin. Dieses Arbeitszimmer ist doch sehr düster und so ganz anders als die anderen Räume, die ich bisher im Haus gesehen habe.«

Auch sie stand jetzt auf und ließ ihren Blick umherschweifen. Heinrichs Arbeitszimmer war tatsächlich einer der Räume, an dem sie nichts verändert hatte, seit sie damals nach Lerchengrund gekommen war. Vielleicht lag es daran, dass sie es immer als Heinrichs ureigenes Refugium empfunden hatte.

»Da ich in Ihnen inzwischen einen guten Freund sehe, dürfen Sie sich gerne einmischen, und es ist tatsächlich so, dass ich es hier auch immer etwas bedrückend finde. Trotzdem konnte ich mich einfach noch nicht dazu durchringen, das Zimmer des Barons zu verändern. Ich denke, ich hätte ein schlechtes Gewissen deshalb.«

»Verzeihen Sie, aber das ist doch Unsinn. Sie verbringen hier jetzt jede Menge Zeit. Ehrlich gesagt, wirken Sie irgendwie eingemauert zwischen all den hohen dunklen Schränken, dem klobigen Schreibtisch und schweren Portieren, durch die kaum ein Sonnenstrahl hereinfallen kann. So wie ich den Herrn Baron kannte, würde er das ganz genauso sehen. Wissen Sie, Sie sind eine kluge junge Frau und sollten Ihren eigenen Weg beschreiten. Sie können es, das haben Sie bereits bewiesen. Das Andenken Ihres verstorbenen Gatten geht doch nicht verloren, nur weil Sie etwas anders oder sogar besser machen.

Der Baron hat Ihnen vertraut, indem er Ihnen die Verantwortung für den Besitz schon zu seinen Lebzeiten mit übertrug. Ich weiß, dass ihm Ihre Meinung immer wichtig war. Er kannte Sie gut und wusste genau, was er Ihnen abverlangen konnte. Jetzt ist es an der Zeit, dass Sie sich selbst ebenso vertrauen.«

Gerlinde seufzte. Stellbrinks Worte leuchteten ihr durchaus ein, und mehr noch ...

»Vielleicht haben Sie recht ...«

Plötzlich schien sich etwas in ihrer Brust zu lösen. Ihr Herz wurde leichter und ihr Kopf klarer. Es dauerte nur wenige Sekunden, einen Entschluss zu fassen.

»Könnten Sie es einrichten, mich morgen Vormittag nach Hamburg zu begleiten, Peer? Ich würde gerne nach ein paar neuen Möbeln für mein Arbeitszimmer Ausschau halten, und es tut immer gut, einen Freund um Rat fragen zu können.«

Erst als der Satz heraus war, wurde ihr bewusst, dass sie ihn bei seinem Vornamen genannt hatte, aber es fühlte sich durchaus richtig an.

»Sehr gerne«, antwortete er. Ein sanftes Lächeln umspielte seine Lippen, dann räusperte er sich. »Für heute sollte ich aber endlich an meine Arbeit gehen.«

»Haben Sie einen schönen Tag«, rief sie ihm noch nach, als er ging.

Sie mochte diesen Mann sehr – seine ruhige Art, die Stärke und Loyalität, die er ihr vermittelte, vor allem aber das Vertrauen, das er in ihre Fähigkeiten aufbrachte. All das gab ihr Kraft und Zuversicht.

Es war eine logische Folge, dass der gemeinsame Besuch in Hamburg ihre neue Verbindung noch vertiefte. Peer Stellbrink stand ihr einmal mehr mit Rat und Tat zur Seite, und so suchte sie wunderschöne und deutlich zierlichere Möbel für ihr Arbeitszimmer aus. Anschließend gab sie bei ihrer Schneiderin farbenfrohe und luftig wirkende Vorhänge in Auftrag. Peer freute sich mit ihr und teilte ihre Begeisterung.

Als sie am Abend zurück auf Lerchengrund waren, lud sie ihn und seine Tochter zum Abendessen ins Gutshaus ein, und es wurde ein unterhaltsamer Abend, an dem sie zum ersten Mal wieder herzhaft lachen konnte, ohne dass sofort das schlechte Gewissen quälte.

Die Kinder spielten noch eine Weile, wurden dann aber müde, und so beschlossen sie gemeinsam, Vera im Gutshaus übernachten zu lassen, sodass Peer und sie noch in Ruhe ein Glas Wein genießen konnten. Nachdem die Kinder im Bett waren und ihnen eines der Dienstmädchen eine Karaffe mit Rotwein im kleinen Salon serviert hatte, schickte Gerlinde das Personal in den wohlverdienten Feierabend.

Zum wiederholten Mal bemerkte sie, wie gut Peer Stellbrink aussah, auch wenn er, so wie heute Abend, einen dunklen Anzug trug und nicht die üblichen lederbesetzten Reiterhosen mit einem karierten Baumwollhemd und einer der jeweiligen Jahreszeit entsprechenden Weste oder Jacke.

Ihr gefiel vieles an ihm. Die hellblauen Augen, in denen oft der Schalk aufblitzte. Sein feiner Humor und die Verlässlichkeit, die er allein durch seine Anwesenheit ausstrahlte. Ja sogar das ungewöhnlich klingende Geräusch seiner Schritte – bedingt durch ein versteiftes Kniegelenk – war zu einem vertrauten Geräusch geworden, das sie nicht mehr missen wollte.

Ohne Frage, Heinrich fehlte ihr noch immer sehr, doch von Tag zu Tag gewann sie mehr von ihrer alten Leichtigkeit zurück. Sie gestaltete sich ihr Leben neu, und Peer Stellbrink hatte einen nicht unerheblichen Anteil daran. Die neue Einrichtung des Arbeitszimmers war erst der Anfang, das wurde ihr schnell klar. Sie war noch jung genug, um neu zu beginnen – mit allem. Zudem wusste sie, dass Heinrich ihr in dieser Hinsicht voll und ganz zustimmen würde, denn er hatte immer nur ihr Bestes im Sinn gehabt.

Schon vor ihrer Ehe war Gerlinde insgeheim klar gewesen, dass sie eine sehr leidenschaftliche Frau war. Natürlich war sie unberührt in ihre Ehe gegangen, doch kaum, dass sie entdeckt hatte, wie sehr sie begehren konnte und wie sehr sie es liebte und brauchte, begehrt zu werden, war die körperliche Liebe für sie zu einem unverzichtbaren Teil ihres Lebens geworden. Das Zusammensein mit Heinrich war stets besonders liebevoll, aber auch leidenschaftlich gewesen, und er fehlte ihr auch auf dieser Ebene besonders.

Ja, sie vermisste die Erfüllung, den körperlichen Akt mit einem Mann, die Wärme und die besondere Vertrautheit, die entstand, wenn man anschließend tief befriedigt nebeneinanderlag und süße Zärtlichkeiten austauschte, bis man erschöpft, aber glücklich einschlummerte. Oh ja, sie vermisste das alles sehr, und ihre Anspannung schien ständig zu wachsen.

So empfand sie es auf eine gewisse Art als Linderung, als sie feststellte, dass die Blicke von Peer Stellbrink sich mit der Zeit veränderten. Wenn er sie ansah, fühlte sie sein Begehren fast körperlich, aber sie wusste auch, dass er niemals den ersten Schritt machen würde. Sie war die Baronin, die Gutsherrin, und er arbeitete für sie. Er war ihr Stallmeister, auch wenn er inzwischen ihr engster Vertrauter und ihre rechte

Hand auf dem Gut war. Peer kannte die gesellschaftlichen Unterschiede und Konventionen sehr genau, schließlich war er mit ihnen aufgewachsen, denn schon sein Vater war Stallmeister auf dem Gut gewesen, das hatte er ihr erst vor einigen Wochen erzählt.

Es würde ihr also nichts anderes übrig bleiben, als über ihren Schatten zu springen und die Initiative zu ergreifen. In ihren Augen war ein Standesunterschied ohnehin nicht weiter von Bedeutung. Sie selbst entstammte einer bürgerlichen, wenn auch wohlhabenden Fabrikantenfamilie. Am Beispiel ihres Vaters hatte sie jedoch früh gelernt, was es bedeutete, seinen Lebensunterhalt mit den eigenen Händen verdienen zu müssen.

»Sie wirken nachdenklich, gnädige Frau. Ist alles in Ordnung?«, unterbrach Peer ihre Gedanken.

Sie nickte und lächelte ihn an. Es tat doch immer wieder gut, wenn sich jemand Gedanken um einen machte.

»Ja, mir geht es gut, und ich freue mich jetzt doch sehr auf die neue Einrichtung für das Arbeitszimmer. Sie können sich kaum vorstellen, wie dankbar ich Ihnen für Ihre offenen Worte und die Unterstützung bin, Peer. Ich bin wirklich froh, dass Sie für mich arbeiten.«

Auch er lächelte, und seine hellen Augen blitzten. »Wie ich schon einmal sagte, Gut Lerchengrund ist auch mein Zuhause, Frau Baronin. Es ist mir eine Ehre, Ihnen zur Seite zu stehen.«

»Würden Sie uns noch einmal einschenken?«, bat sie ihn, ohne weiter auf seine Bemerkung einzugehen.

»Natürlich. Sehr gerne.«

Er erhob sich, um die Weinkaraffe zu holen. Das Mädchen

hatte sie vorhin auf einem der zwei kleinen Beistelltische abgestellt, unweit von ihnen neben dem Kamin.

Gerlinde hatte auf diesen Moment gewartet. Kaum dass er ihr den Rücken zugewandt hatte, stand auch sie auf. Sie fand, dass es viel leichter war, mutig zu sein, wenn man dem anderen aufrecht gegenüberstand und in die Augen sehen konnte.

Wie erwartet, stutzte Peer kurz, als sie auf ihn zukam, schien die Situation dann aber schneller zu erfassen, als sie es erwartet hatte. Sogleich stellte er die Karaffe zurück auf den kleinen Tisch und erwiderte ihren Blick – eindringlich und erwartungsvoll.

»Frau Baronin?«

»Ich heiße Gerlinde«, flüsterte sie, als sie dicht vor ihm stand und zu ihm aufsah. Bereits in dieser Sekunde kribbelte ihr Unterleib.

»Ich weiß. Ich flüstere diesen Namen in manch einsamer Nacht, nur für mich allein und einfach, um ihn auszusprechen.«

Langsam hob er eine Hand und schob ihr eine Haarsträhne aus der Stirn.

»Hilf mir«, bat sie ihn. »Ich weiß nicht recht, wie ich den nächsten Schritt tun soll. Ich möchte nicht vor dir stehen und …«

Er deutete ein Lächeln an und zog sie an sich. »Es ist ganz einfach, wenn der andere schon darauf wartet.«

Dankbar schmiegte sie sich in seine Arme. »Oh, Peer.«

»Ich begehre dich schon lange«, flüsterte er. »Monat um Monat, Woche für Woche und in jeder einsamen Nacht.«

»So ergeht es mir auch.«

»Ich habe so darauf gehofft. So sehr, Gerlinde.«

Sein Atem strich über ihr Gesicht, dann küsste er sie, und es war genauso, wie sie es sich erträumt hatte: heiß, feucht und voller Leidenschaft. Ihr Körper jubilierte, wollte mehr.

»Lass uns nach oben gehen«, flüsterte sie schließlich an seinen Lippen.

Sie löste sich aus seiner festen Umarmung, griff nach seiner Hand und zog ihn mit sich, froh darüber, dass das ganze Haus bereits in tiefem Schlummer lag.

Es war wie ein Rausch. Genauso hatte sie es halb erwartet und halb gehofft. Sie liebten sich mehrmals in dieser Nacht, gaben sich alles, und Gerlinde spürte von Anfang an eine tiefe Verbundenheit zwischen ihnen. Das Gefühl war überraschend und einzigartig neu.

Gerlinde verspürte tiefe Demut, weil sie noch einmal in ihrem Leben so tief empfinden durfte und sie gleichzeitig fühlte, dass Heinrich diese Verbindung gutheißen würde.

Als der Morgen graute, lag sie noch immer in Peers starken Armen, spürte seine Wärme und die unbändige Kraft, die von diesem Mann ausging.

»Ich danke dir für diese wunderschöne Nacht, meine Liebste«, flüsterte er in ihr Haar. »Noch nie habe ich so tief empfunden.«

»Du bedeutest mir unendlich viel«, gab sie zurück und meinte es von Herzen so. Dann löste sie sich etwas von ihm und setzte sich auf. »Du musst nur eines wissen ...«

»Du wirst niemals meine Frau werden, richtig?«

Erstaunt darüber, dass er einmal mehr ihre Gedanken gelesen hatte, nickte sie. »So ist es. Ich muss an Jonas denken ... und an Lerchengrund.«

»Das sehe ich genauso«, sagte er. Auch er setzte sich auf, küsste sie auf die Schläfe. »Ich verstehe das, und du musst es mir nicht weiter erklären.«

»Wir wohnen nicht in der Stadt, das macht es uns sicherlich leichter, mit den Konventionen zu brechen. Auf Lerchengrund leben wir viel unbeobachteter. Außerdem wird hier kaum jemand meine Entscheidungen infrage stellen.«

»Das sehe ich auch so.«

»Auch ohne die Urkunde werde ich von nun an zu dir gehören«, versicherte sie ihm.

»Und ich zu dir, für immer.«

TEIL 2

Liebe und Hass

7. Kapitel

Norddeutschland, im Mai 1921

Der späte Nachmittag ging langsam in den frühen Abend über, doch die Sonne wärmte noch immer. Jonas ließ das Pferd im Schritt gehen. Er hatte es nicht eilig. Die Arbeit war für heute getan, und zu Hause wartete niemand auf ihn. Seine Mutter, Peer und Vera waren zusammen in Hamburg und blieben nach einem Theaterbesuch über Nacht dort.

Er hatte die Gelegenheit genutzt, um zu Doris Fender zu reiten. Seit Lars Fender kurz vor dem Ende des Krieges gefallen war, leitete sie das Vorwerk allein. Jonas war froh darüber, dass seine Mutter damit einverstanden gewesen war, der Witwe das notwendige Vertrauen auszusprechen, denn schon während des Krieges hatte Doris Fender das Vorwerk allein leiten müssen. Bisher gab es noch keinen Grund, die Entscheidung zu bereuen. Doris war erfahren und fleißig. In kurzer Zeit hatte sie sich unter den Landarbeitern, Knechten und Mägden den nötigen Respekt erarbeitet. Zum Glück waren ihr einige Schafe geblieben, und das Haus hatte den Krieg unbeschadet überstanden, so konnte der Alltag auf dem Vorwerk schnell wieder Einzug halten.

Der Krieg war gerade einmal ein halbes Jahr vorbei gewesen, als Jonas zum ersten Mal mit Doris Fender geschlafen hatte.

Seine Mutter hatte ihn damals mit einigen Papieren zum Vorwerk geschickt, um sie von der Witwe unterschreiben zu lassen und nebenbei nach dem Rechten zu sehen, die Anzahl der Tiere festzuhalten und den allgemeinen Zustand des Hofs zu beurteilen. Doris Fender hatte ihn ins Haus gebeten, die Papiere unterzeichnet, und nach seiner Inspektion hatten sie noch eine Weile zusammen am Küchentisch gesessen und Tee getrunken. Wenn er heute an diesen Tag zurückdachte, hatte er sofort alles wieder vor Augen, als wäre es erst gestern gewesen …

»Ich danke Ihnen, Herr Baron. Das ist alles so …«

Sie brach ab, erhob sich plötzlich und machte ein paar ziellose Schritte durch die Küche.

Wenn er sich nicht täuschte und ihre Miene richtig deutete, versuchte sie, sich zusammenzureißen und aufkeimende Tränen zu unterdrücken.

»Verzeihen Sie mir, aber ich bin gerade etwas rührselig. Ich bin noch immer so froh, dass ich mein Zuhause nicht aufgeben muss. Das wäre furchtbar in diesen Zeiten. Und andererseits …« Sie ließ ein lautes Schluchzen hören. »Ich vermisse meinen Mann wirklich sehr«, brachte sie noch hervor, bevor sie die Fassung verlor und zu weinen begann.

Er erschrak etwas über die Heftigkeit ihres Ausbruchs und wusste zunächst nicht, was er tun sollte. Dann versuchte er es mit tröstenden Worten, doch weil diese sie nicht zu erreichen schienen, stand er ebenfalls auf, ging um den Tisch herum und nahm sie in den Arm.

In diesem Moment dachte er nicht darüber nach, ob diese Handlung angemessen und schicklich war, die Frau tat ihm einfach leid. Sie brauchte Trost, nichts anderes war wichtig. Allmählich beruhigte sich Doris.

Einige stille Momente standen sie einfach so da, doch dann, ohne Vorwarnung, veränderte sich etwas zwischen ihnen. Jonas wurde sich plötzlich der Wärme und Weichheit ihres sehr weiblichen Körpers bewusst. Er spürte ihren wogenden Busen an seinem Herzen und hörte, wie sich ihr Atem beschleunigte.

Wenige Sekunden später lag sein Mund auf ihren Lippen, und ihre Finger machten sich ungeduldig an den Knöpfen seiner Hose zu schaffen. Er war unglaublich erregt, während er ihre vollen Brüste knetete, und ihr schien es nicht anders zu ergehen.

Schließlich schob sie keuchend das Geschirr auf dem Küchentisch beiseite, setzte sich auf die Kante und spreizte ihre Beine. Für einen winzigen Moment kehrte die Vernunft zurück, und Jonas schüttelte den Kopf.

»Das geht so nicht. Ich darf nicht …«

»Mach schon, wir brauchen das beide.«

»Ich werde nicht …«

»Ich kann sowieso keine Kinder kriegen, aber wenn es dir dabei besser geht, kannst du ihn rechtzeitig rausziehen. Ich werde dir alles beibringen.«

»Oh Gott, hilf mir.«

Und dann war er in ihr gewesen und hatte sich kurz darauf auf ihrem weichen Bauch ergossen.

Seitdem hatten sie jedes Mal miteinander geschlafen, wenn er dort gewesen war.

Doris war eine einfache Frau und machte kein großes Aufheben um diese Sache. Sie sah es pragmatisch: Sie brauchte die körperliche Befriedigung und er auch, mehr war ihr nicht wichtig. Von Anfang an hatte sie ihm klar zu verstehen gegeben, dass er es nur zu sagen brauchte, wenn er es nicht mehr wollte. Sie war gut zwanzig Jahre älter als er und wusste, dass ihre eigenartige Beziehung keine Zukunft hatte, daraus machte sie kein Geheimnis. Doris Fender war eine lebenskluge und leidenschaftliche Frau. Sie wusste genau, was sie tat, und er lernte Dinge bei ihr, von denen er nicht einmal geahnt hatte, dass es sie überhaupt gab. Er fühlte sich wohl bei ihr, selbst dann, wenn sie einfach nur über Alltägliches miteinander sprachen.

Dennoch hatte er heute die intime Seite ihrer Beziehung beendet. Irgendwann hatte er diesen Schritt machen müssen, und der Zeitpunkt war genau richtig gewesen. Seine Verlobung mit Vera würde nun sicherlich nicht mehr lange auf sich warten lassen.

Eigentlich fühlte er sich noch zu jung zum Heiraten, doch als seine Mutter ein Jahr für die offizielle Verlobungszeit vorgeschlagen hatte, war er schließlich einverstanden gewesen.

Vera würde eine wunderbare Ehefrau und Gutsherrin abgeben, davon war er überzeugt. Sie und er waren zusammen aufgewachsen und verstanden sich blind. Das Gut war auch Veras Zuhause, und sie liebte es ebenso wie er. Was konnte da also schiefgehen? Vera war die beste Wahl. Er fand sie schön, und sie liebte ihn von ganzem Herzen. Das waren doch die besten Voraussetzungen für eine lange Ehe.

Manchmal, wenn er abends allein in seinem Bett lag, kamen ihm Zweifel, die er nicht genau benennen konnte, und doch fiel es ihm leicht, diese unbequemen Gedanken wieder beiseitezuschieben. Die Argumente für eine Ehe mit Vera waren enorm überzeugend.

Wie auch immer: Jetzt war er froh, dass er das Gespräch

mit Doris hinter sich gebracht hatte. Nun konnte er befreit in die Zukunft sehen. Frei für seine Zukunft mit Vera.

Befreit … frei … Fühlte er sich wirklich so?

Jonas verdrängte die unliebsamen Gedanken und konzentrierte sich wieder auf den Heimweg. Inzwischen ritt er am kleinen Bach, einem schmalen Ausläufer der Elbe, entlang. Vor ihm lag bereits die vertraute Weggabelung. Rechts ging es zum Gut der Familie Brodersen. Der linke Arm der Straße führte direkt nach Gut Lerchengrund.

Als er näher kam, sah er ein Pferd am Flussufer grasen, eine kurzbeinige rotbraune Stute. Kaum drei Schritte von dem Tier entfernt, saß eine Frau lesend auf einem kleinen Findling. Offenbar war sie so sehr in ihre Lektüre vertieft, dass sie erst aufsah, als er unmittelbar neben ihr sein Pferd zügelte.

Das Erste, das ihm ins Auge sprang, war die wahre Flut ihrer honigblonden Locken, die ihr bis zur Taille reichten und nur durch einen schmalen goldfarbenen Haarreifen halbwegs gebändigt wurden. Er liebte langes Haar bei Frauen und bedauerte es sehr, dass seine Mutter und Vera inzwischen diese, wie er fand, fürchterlichen Kurzhaarfrisuren trugen, wie sie seit einiger Zeit modern waren, und die sie Bubikopf nannten.

»Guten Tag«, sagte er schließlich.

Sie blinzelte zu ihm auf und deutete ein Lächeln an. »Guten Tag.«

Er wusste nicht genau, warum er nach dem kurzen Gruß nicht einfach weiterritt, aber er stieg vom Pferd und machte ein paar Schritte auf sie zu.

»Ich hoffe, ich habe Sie nicht erschreckt. Sie wirkten sehr versunken in Ihre Lektüre.«

Ihr Lächeln vertiefte sich, und diese kleine Veränderung in ihrer Mimik rief ein eigenartiges Zittern in seiner Magengegend hervor.

Dieses Mädchen war bezaubernd.

»Keine Sorge«, antwortete sie. »Die Sonne steht schon ziemlich tief, ich sollte ohnehin langsam den Heimweg antreten.« Die junge Frau erhob sich, und er bemerkte, dass sie ihm kaum bis zur Brust reichte. »Wahrscheinlich haben Sie mir sogar einen Gefallen getan. Meine Mutter würde sich nur wieder unnötig sorgen, wo ich bleibe.«

Sie lachte leise, und das Kribbeln in seinem Magen verstärkte sich.

»Das kenne ich gut. Mütter halt …«

Noch nie in seinem Leben hatte er so wunderschöne goldbraune Augen gesehen. Doch plötzlich kam ihm ein Gedanke … Eigentlich stimmte das nicht so ganz. Er hatte diese Augen durchaus schon einmal gesehen. Vor langer Zeit.

»Jetzt erkenne ich dich! Du bist Elise, nicht wahr? Elise Brodersen.«

Er wusste, dass die jüngste Tochter der Brodersens die vergangenen Jahre in Wien bei ihrer Großmutter verbracht hatte.

»Stimmt. Und du bist der junge Baron von Grootenlohe. Ich habe dich übrigens gleich wiedererkannt, Jonas.«

»Als ich dich das letzte Mal gesehen habe, warst du noch ein kleines Mädchen.«

»Und du warst ein stummer Fisch.«

Er musste lachen. »Stummer Fisch? Was soll das denn heißen?«

»Na, du hast nie wirklich mit mir gesprochen, glaube ich.«

»Oh.«

»Du sagst es.«

Nun lachten sie beide. Sie brachte ihn in Verlegenheit, daher ließ er seinen Blick für einen Moment schweifen. Er musste sich kurz von diesen goldenen Augen losreißen, um wieder ein Stück seiner üblichen Selbstsicherheit zurückzuerlangen.

»Da hast du dir ein idyllisches Plätzchen zum Lesen ausgesucht.«

»Das war eher zufällig. Ich wollte einfach noch ein bisschen in Ruhe lesen, bevor ich mich wieder mit meiner Schwester und meiner Mutter befassen muss.« Wieder lachte sie. »Oh, das klingt schlimmer, als ich es meine«, schob sie schnell nach. »Ich liebe meine Familie.«

»Ich weiß genau, wie du das meinst«, winkte er ab. »Ich bin dann und wann auch sehr gerne allein. Ist Carl noch in Hamburg?«, fragte er.

Sie nickte. »Normalerweise ja. Er arbeitet inzwischen fest in der Reederei meines Onkels. Gerade ist er allerdings für die Firma auf irgendeiner Schiffsreise nach Übersee.«

»Das hört sich nach einem Abenteuer an.«

»Na ja, für mich wäre das nichts.«

»Ehrlich gesagt, für mich auch nicht.«

Langsam ging sie zu ihrem Pferd hinüber und schob das Buch in eine kleine Tasche, die am Sattel hing. Es widerstrebte ihm, die Unterhaltung mit ihr schon wieder zu beenden.

»Seit wann bist du wieder hier?«, fragte er, um sie noch ein wenig aufzuhalten.

»Erst seit einer Woche.«

»Vermisst du Wien?«

»Hm, das ist schwer zu beantworten. Manchmal ja,

manchmal nein. Die Stadt ist schön, und ich vermisse einige meiner Freunde, aber mit meiner Großmutter war es manchmal doch sehr anstrengend.« Sie machte eine ausladende Handbewegung. »Im Großen und Ganzen bin ich froh, wieder bei meiner Mutter und Rieke zu sein. Ich mag es hier sehr. Das Land und die Pferde, das habe ich in Wien vermisst. Das Leben auf dem Gut ist so verlässlich und … ruhig.«

Sie sah an sich herunter und strich sich den weiten Schoß ihrer hellbraunen Reitjacke glatt.

»Außerdem kann man hier fast jeden Tag Hosen tragen, das finde ich wunderbar. In Wien hat sich das noch nicht so sehr durchgesetzt – zumindest nicht in den Kreisen meiner Großmutter.«

»Wirst du hierbleiben oder bist du nur zu Besuch?«, fragte er, und als er spürte, wie wichtig ihm ihre Antwort war, brachte ihn das ein wenig aus dem Tritt. Er musste sich räuspern.

»Vorerst werde ich wohl hierbleiben.«

»Vorerst also?«

»Wer weiß, was das Leben noch bringt.«

»Da hast du recht.« Sein Innerstes war seltsam aufgewühlt. »Dann werden wir uns ja sicherlich bald wiedersehen.«

»Das könnte sein«, sagte sie und schenkte ihm erneut ein strahlendes Lächeln, das jede Faser seines Körpers erreichte und ein Gefühl auslöste, das völlig neu für ihn war. Plötzlich war es einfach da und nistete sich in seinem Herzen ein, vielleicht für immer. Seltsamerweise fühlte es sich an, als hätte es schon immer zu ihm gehört.

Nicht wenig erschüttert über diese neue Empfindung, stand er da und sah zu, wie sie auf die kleine Stute stieg.

»Es hat mich gefreut, dich wiederzusehen, Jonas«, sagte sie, dann ritt sie davon.

Er sah ihr nach und fragte sich, was da soeben mit ihm passiert war. Es dauerte noch eine ganze Weile, bis auch er wieder aufsaß, um endlich nach Hause zu reiten.

»Wo warst du denn heute den ganzen Nachmittag?«, fragte Rieke während des Abendessens. »Im Stall sagten sie mir, du hättest dir Brina satteln lassen und wärst erst einige Stunden später zurückgekommen.«

»Oho, werde ich jetzt etwa kontrolliert?« Manchmal ging Elise die Fürsorge ihrer großen Schwester auf die Nerven. »Ich bin kein kleines Mädchen mehr, Rieke, und ich glaube nicht, dass ich dir Rechenschaft darüber schuldig bin, wie ich meinen Tag verbringe.«

»Bitte keinen Streit beim Abendessen, Mädchen«, ermahnte ihre Mutter sie. »Ihr wisst, ich mag das nicht.«

»Entschuldige, Mama«, sagte Rieke. »Ich habe mir nur Sorgen gemacht. Es gefällt mir eben nicht, dass sie ständig allein durch die Gegend streift.«

»Ich weiß, aber ich gebe Elise recht. Die Zeit der Anstandsdamen ist zum Glück vorbei. Sie sitzt auf einem Pferd, wenn sie unterwegs ist, und sie kann reiten wie der Wind, wie wir alle sehr genau wissen. Ich bin früher allein in einer winzigen Chaise durch die Gegend gefahren, und das hat auch niemanden interessiert. Wir leben hier auf dem Land, und ich gönne es Elise von Herzen, dass sie ihre neuen Freiheiten genießt.«

»Danke, Mama«, sagte Elise und schenkte ihrer Mutter ein Lächeln. Sie war wirklich froh darüber, dass Therese sie verstand.

Als kurz darauf das Abendessen beendet war, wandte sich Elise an Rieke, um die Wogen ein wenig zu glätten. »Wenn es dich so brennend interessiert, liebste Schwester, ich war unten am Bach und habe gelesen. Das Wetter war so schön.«

»Lesen könntest du auch hier im Garten oder auf der Terrasse.«

»Ich weiß, aber am Bach ist es viel ruhiger. Ich mag es dort.« Sie sah wieder ihre Mutter an. »Ich habe übrigens Jonas getroffen. Wir haben einen Moment geplaudert.«

Thereses Augen begannen, zu strahlen. »Oh, du hast Jonas getroffen?«

»Ja, es war ziemlich lustig. Zuerst hat er mich gar nicht erkannt und war wohl etwas irritiert darüber, dass dort eine fremde Person am Bach saß. Aber dann klingelte es doch noch bei ihm. Er war wirklich freundlich.«

»Jonas ist so ein wunderbarer junger Mann«, sagte Therese.

»Nun ja, das ist wohl Ansichtssache«, warf Rieke ein.

»Was hast du denn gegen Jonas?«, fragte Elise.

»Im Gegensatz zu unserer Mutter kann ich denen da drüben generell nicht besonders viel abgewinnen«, erwiderte Rieke.

Sie stieß ein abfälliges Schnauben aus, das ihre Meinung über die Grootenlohes wohl noch unterstreichen sollte.

»Ich verstehe dich nicht, Rieke«, sagte Therese. »Gerlinde ist meine Freundin. Sie und ihre Familie sind wunderbare und verlässliche Nachbarn.«

»Ganz wie du meinst«, antwortete Rieke, dann erhob sie sich. »Entschuldigt mich, ich war heute schon früh auf den Beinen und bin todmüde.«

»Du willst jetzt schon ins Bett?«

Elise konnte sich kaum vorstellen, direkt nach dem Abendessen schlafen zu gehen. Sie liebte es, wenn die Tage im Frühling langsam länger wurden.

»Wie gesagt, ich bin schon seit dem Morgengrauen auf.«

»Dann schlaf gut, mein Kind«, sagte Therese.

»Wollen wir noch ein paar Schritte gehen?«, fragte Elise ihre Mutter, nachdem Rieke sich zurückgezogen hatte. »Die Luft ist noch herrlich warm.«

»Ja, das ist wirklich eine gute Idee. Lass uns aber vorsichtshalber noch eine leichte Jacke mitnehmen.«

Kurz darauf schlenderten sie nebeneinander her durch den Garten und folgten dann dem Weg zu den Ställen.

»Es ist schön, wieder hier zu sein«, stellte Elise nach einer Weile fest. »Ein Glück, dass der Krieg hier nicht allzu viel Schaden angerichtet hat.«

»Na ja, sie haben uns einige Tiere genommen, das war nicht schön«, erwiderte Therese. »Aber Gerlinde hatte dann die Idee, die wertvolleren Pferde zu verstecken. Das hat gut geklappt.«

»Warum haben wir uns eigentlich noch nie über diese schlimme Zeit unterhalten, Mama?«

»Ach, weißt du … Du warst nicht hier … und wir haben diese furchtbaren Jahre überstanden. Wir sind am Leben geblieben, das ist das Wichtigste.«

»Wo habt ihr sie denn versteckt?«

»Was?«

»Die Pferde, Mama.«

»Stellbrink und Meyer haben zusammen eine winterfeste Hütte mitten im Wald gebaut. Dort haben wir dann einige der wertvolleren Tiere untergebracht. Jeden Tag musste jemand dorthin, um sie zu versorgen, und nicht selten wurde sogar jemand abgestellt, der über Nacht dortblieb. Das war stets ziemlich anstrengend, und man musste sehr vorsichtig sein, dass einem niemand folgte.«

»Stellbrink und Meyer wurden also keine Soldaten?«

Therese schüttelte ihren Kopf. »Stellbrink hat seit einem Reitunfall ein steifes Bein und galt als versehrt. Ronald Meyer ... Nun, er hat es irgendwie geschafft, dass er weiterhin hierbleiben konnte, um das Gut zu leiten. Landwirtschaftliche Betriebe mussten am Laufen gehalten werden, um die Menschen einigermaßen zu versorgen. Besonders in den Städten wurde furchtbar gehungert, aber das weißt du ja. Außerdem waren zu der Zeit außer Rieke und mir nur noch zwei Dienstmädchen, Meyer und noch ein siebzigjähriger Knecht auf dem Hof, das hat wohl zu der Entscheidung geführt, uns unseren Verwalter zu lassen.«

»Ich finde es gut, dass ihr alle so zusammengehalten habt – vor allem Gerlinde und du.«

»Ja, ich bin auch froh darüber, Gerlinde als Freundin zu haben. Sie ist eine großartige und kluge Frau. Ich habe viel von ihr gelernt.«

»Du bist auch eine großartige Frau, Mama.« Elise hakte sich bei ihrer Mutter ein. »Ich finde, dass ihr beide wirklich Stärke bewiesen habt.«

»Ja, uns blieb aber auch nichts anderes übrig, als stark zu sein – für euch, für unsere Kinder und unseren Besitz.« Thereses Blick trübte sich ein wenig ein. Sie deutete auf eines der beiden Stallgebäude. »Es ist schon so lange her, dass dein Vater sich dort das Leben genommen hat, aber ich habe noch immer ein bedrückendes Gefühl, wenn ich hier vorbeikomme.«

»Das ist doch völlig normal.«

»Ja, vielleicht.«

»Nein, ganz bestimmt sogar. Du hast ihn sehr geliebt, nicht wahr?«

»Oh ja, das habe ich. Von ganzem Herzen. Auch wenn ich ihn niemals wirklich verstanden habe. Das macht mir oft zu schaffen. Manchmal denke ich, ich hätte ihn vielleicht retten können, wenn es anders gewesen wäre. Es ist schon eigenartig, dass ich nach all den Jahren noch darüber nachdenke.«

»Ich glaube, niemand hätte ihn retten können, Mama. Ich meine, bei allem, was ich jemals über meinen Vater gehört habe … Er war seelisch krank und ist mit dem Leben einfach nicht zurechtgekommen. Du hast keine Schuld und er auch nicht, so sehe ich das. Nein, du hättest rein gar nichts ändern können, und er war einfach Opfer seiner selbst.«

Ihre Mutter blieb stehen und sah ihr ins Gesicht. Ihr Blick war voller Liebe. »Du bist eine kluge junge Frau geworden, meine Kleine.«

»Ich bin halt deine Tochter«, antwortete Elise schlicht. Sie hatte schon erwartet, dass ihre Mutter verlegen lächeln würde, und das tat sie auch. Dabei strich Therese ihr sanft mit dem Zeigefinger über die Wange.

»Nun, das ist Rieke auch, aber sie hat eine viel … ernstere Natur als wir zwei. Sie kommt eher nach eurem Vater, denke ich.«

»Rieke macht sich immer viel zu viele Gedanken.« Elise dachte einen Moment nach. »Und ich weiß wirklich nicht, was sie gegen die Grootenlohes hat.«

»Vor allem, weil sie ja mitbekommen hat, was Gerlinde alles für uns getan hat. Ohne sie hätten wir den Krieg wahrscheinlich nicht so gut überstanden.«

»Das mag sein.«

»Ich werde übrigens morgen rüberfahren. Möchtest du nicht mitkommen? Gerlinde hat dich noch nicht gesehen, seit du wieder zu Hause bist, und sie mochte dich doch immer so gern.«

»Das ist eine gute Idee. Ich konnte sie auch immer gut leiden und würde mich wirklich freuen, sie wiederzusehen.«

»Jonas wird sicherlich auch dort sein«, sagte ihre Mutter schmunzelnd.

»Oh bitte, Mama, keine Kuppelversuche, in Ordnung?«.

»Du weißt, dass mir das niemals in den Sinn käme.«

»Natürlich.« Sie lachten beide. »Aber ich muss zugeben, dass er wirklich …« Elise suchte nach den richtigen Worten.

»Du meinst, er sieht sehr gut aus, nicht wahr?«

»Ja, das wollte ich sagen. Außergewöhnlich gut sogar.«

»Außergewöhnlich, ja, das stimmt. Er ist ein schöner Mann. Und wie ich dich kenne, gefällt dir das nicht unbedingt.«

Sie zuckte mit den Schultern. »Ich finde es ein bisschen … einschüchternd.«

»Ich kann dir versichern, dass Jonas durch und durch ein anständiger Kerl ist. Was das angeht, ist deine Schwester völlig auf dem Holzweg. Ich glaube, Jonas gehört zu den seltenen Exemplaren, deren Charakter keinerlei Schaden durch ihr gutes Aussehen genommen hat. Und dabei schließe ich auch Frauen mit ein. Gerlinde hat ihn erzogen, und sie ist auch eine auffallend schöne Person, aber sie hat sich niemals darüber definiert, falls du verstehst, was ich meine.« Ihre Mutter zwinkerte ihr zu. »Und du bist ebenfalls außerordentlich hübsch.«

»Ach, nein.« Elise winkte ab. Sie wusste natürlich, dass sie recht ansehnlich war, aber dieses Thema war ihr schon immer lästig gewesen. »Ich bin so, wie ich bin, und ich sehe aus, wie ich nun mal aussehe.«

»Da siehst du es … So ähnlich wird Jonas das auch empfinden, meinst du nicht?«

»Hm, ich muss zugeben, das ist ein einleuchtendes Argument.«

»Ich kenne den Jungen schon sein ganzes Leben lang. Er hat einen einwandfreien Charakter, und es wäre schändlich, das anzuzweifeln, nur weil er mit einem blendenden Aussehen gesegnet ist.«

»Oh Mama, es scheint mir, dass du mich doch verkuppeln möchtest.«

»Nun ja, der junge Baron von Grootenlohe wäre durchaus eine gute Partie, aber wie ich von Gerlinde hörte, ist er wohl leider nicht mehr zu haben.«

»Ach, wirklich? Wer ist denn seine Angebetete?«

Aus irgendeinem Grund fühlte Elise einen leisen Stich in ihrer Brust.

»Eigentlich gehen alle davon aus, dass er Vera Stellbrink heiraten wird, und zwar schon bald.«

»Vera ist seine Verlobte? Die beiden sind doch praktisch zusammen aufgewachsen, oder?«

»Das ist richtig. Sie waren auch schon als Kinder unzertrennlich. Offiziell verlobt sind sie allerdings noch nicht. Ich denke, eine entsprechende Ankündigung wird aber nicht mehr lange auf sich warten lassen.«

»Hm.«

»Was geht dir durch den Kopf?«, fragte ihre Mutter.

»Ich dachte gerade, dass es mir komisch vorkommen würde, meinen besten Freund zu heiraten, aber andererseits kann ich es gar nicht beurteilen, wie die beiden zueinander stehen. Wie auch immer, es geht mich ja auch überhaupt nichts an.«

Wenn sie sich nicht täuschte, sah ihre Mutter sie eine Weile mit diesem ganz bestimmten Blick an, den nur Mütter beherrschen. So, als würde sie direkt in sie hineinblicken.

»Komm«, sagte Elise schnell. »Lass uns zurückgehen. Es wird jetzt doch kühl.«

8. Kapitel

Gut Lerchengrund, am nächsten Tag

Jonas kam gerade aus dem vordersten Stallgebäude, als der kirschrote Mercedes von Therese Brodersen die Auffahrt entlangfuhr. Schon von Weitem sah er, dass sie nicht allein in ihrem Automobil saß. Er fühlte ein Kribbeln in der Magengegend, denn er ahnte bereits und hoffte zudem, dass es Elise war, die ihre Mutter begleitete.

Seit gestern Abend hatte er viel … nein, eigentlich ständig an seine Begegnung mit Elise Brodersen denken müssen. Im Hinblick auf seine bevorstehende Verlobung war das überhaupt nicht gut, da machte er sich nichts vor. Noch während er darüber nachdachte, ob es vielleicht besser wäre, Elise aus dem Weg zu gehen, zog es ihn bereits zum Haus.

Sein Herzschlag beschleunigte sich fühlbar, als er sah, dass Elise aus dem Auto stieg. Auf der Stelle war er hin- und hergerissen zwischen Faszination und einer seltsamen Panik, wenn er nur daran dachte, dass sie ihn gleich wieder mit ihren gold glänzenden Augen ansehen würde. Ihm wurde gleichermaßen heiß und kalt, und doch verlangte es ihn danach, in Elises Nähe zu sein.

Sie und ihre Mutter waren bereits im Haus verschwunden, als er die Stufen zur Eingangstür erreichte. In der Halle waren sie nicht mehr, und das ließ ihm Zeit für einen tiefen Atemzug, bevor er die Orangerie ansteuerte, denn er wusste, dass seine Mutter und Therese sich gerne dorthin zurückzogen, wenn sie miteinander plauderten.

»Jonas!«, rief seine Mutter erfreut aus, als er auf die drei Frauen zukam. »Wie schön. Schau, wer hier ist.«

»Ja«, sagte er. »Ich habe Thereses Automobil schon gesehen.«

Er begrüßte Therese herzlich mit einer Umarmung und einem Kuss auf die Wange, so wie er es seit jeher tat. Er mochte die Freundin seiner Mutter sehr.

Dann wandte er sich Elise zu und deutete eine leichte Verbeugung an.

»Elise, wie schön, dich so schnell wiederzusehen.«

Sie war noch genauso bezaubernd, wie er sie in Erinnerung hatte.

»Ich freue mich auch, Jonas«, erwiderte sie.

Jetzt, da ihr Blick ihn tatsächlich traf, hoffte er inständig, dass keine der drei Frauen bemerken würde, wie aufgewühlt er innerlich war.

»Ach, ihr seid euch schon über den Weg gelaufen?«, fragte seine Mutter.

»Ja, gestern.« Jonas räusperte sich. »Wir trafen uns am Bach. Elise hat gelesen. Ich kam gerade von einem Ausritt zurück und … Nun ja, da trafen wir uns.«

Er kam sich unbeholfen vor, das war ebenfalls ein neues Gefühl für ihn.

»Wir hatten eine kurze, aber sehr schöne Unterhaltung«, warf Elise ein. »Ich war froh darüber, dass er mich dabei unterbrochen hat, wieder einmal die Zeit zu vergessen.«

Sie sah lächelnd zu ihm auf, und er fühlte, wie seine Knie weich wurden.

Um Himmels willen, dachte er, was ist denn nur los mit mir?

»Komm, setz dich, Jon, und trink einen Tee mit uns.«

Seine Mutter nannte ihn seit einigen Jahren oft so. Ihm gefiel das.

»Wenn ich euch nicht störe ...«

»Ach was«, sagte Therese. »Setz dich.«

Er trank seinen Tee und hörte den Damen eine Weile zu. Hätte nicht Elise mit am Tisch gesessen, wäre er sich recht überflüssig vorgekommen. Sie zog ihn immer wieder ins Gespräch, und so entwickelte sich tatsächlich eine kurzweilige Unterhaltung. Zudem genoss er es, Elise gegenübersitzen zu dürfen, damit er sie in aller Ruhe betrachten konnte.

Ihre wilden Locken hatte sie heute im Nacken mit einem purpurfarbenen Band zusammengebunden. Sie trug eine weite dunkelgraue Stoffhose mit hohem Bund, in den sie eine schneeweiße Bluse gesteckt hatte. Selbst in einem aufwendigen Abendkleid hätte sie nicht zauberhafter aussehen können, davon war Jonas überzeugt.

»Gibt es Neuigkeiten aus dem Stall?«, fragte Gerlinde in seine schwärmerischen Gedanken hinein.

Er nickte und stellte seine leere Tasse ab. »Seit letzter Nacht sind alle drei Fohlen da. Alles ist gut gegangen, und sie sehen prächtig aus.«

»Dann sind sie doch allesamt in einer Nacht gekommen. Wie wunderbar. Ich werde sie mir später anschauen.«

»Oh, die würde ich auch gerne sehen«, sagte Elise, und er fühlte, wie sein Magen sich zusammenzog. »Wir haben schon seit Monaten kein Fohlen mehr gehabt, wie Rieke mir erst gestern berichtete.«

»Ich zeige sie dir gerne.« Der Satz war heraus, bevor er länger darüber nachdenken konnte.

»Das wäre schön.« Als sie sich erhob, fuhr ihm ein leiser Schrecken in die Glieder.

»Na, dann geht nur«, sagte Therese und nickte ihm zu. »Bei Jonas bist du in guten Händen.«

Sie, in meinen Händen! Jonas hatte das Gefühl, dass sein Gehirn für einige Minuten glattweg aussetzte. Erst als sie bereits draußen waren und nebeneinander hinüber zu den Ställen gingen, schaffte er es, wieder einen einigermaßen klaren Gedanken zu fassen.

»Du bist still heute«, stellte Elise fest. »Ist etwa der stumme Fisch zurück oder geht es dir nicht gut?«

»Oh …« Er hustete kurz, vielleicht auch, um Zeit zu gewinnen. »Verzeih, aber ich war fast die ganze Nacht auf. Wegen der Fohlen, du weißt schon. Wahrscheinlich fehlt mir nur eine Mütze voll Schlaf.«

»Ach, du warst dabei? Wie wundervoll.«

Aus ihren leuchtenden Augen strahlte echte Bewunderung. Er musste schlucken, denn er spürte, dass allein ihre Blicke imstande waren, seine Lenden zum Vibrieren zu bringen.

»Ja, ich … Das bin ich meistens, wenn ein Fohlen geboren wird. Unser Stallmeister hat die Anweisung, mir Bescheid zu geben, sobald es losgeht.«

»Das finde ich großartig. Es ist doch jedes Mal ein Wunder, oder?«

Er nickte und hielt ihr eine Seite der Stalltür auf. Als sie eintraten, bemerkte er als Erstes, dass außer ihnen niemand hier war. Die Erkenntnis, dass er nun ganz allein mit ihr war, verstärkte seinen inneren Aufruhr nur noch mehr.

»Wir müssen ganz nach hinten durch, da sind die Mutterstuten mit ihren Fohlen in einem abgetrennten Raum, damit sie Ruhe vor den anderen finden.«

Jonas konnte sich kaum an Elise sattsehen, als sie kurz darauf vollkommen hingerissen die Fohlen betrachtete. Ihm fiel auf, dass sie sehr kenntnisreiche Kommentare zu den einzelnen Tieren abgab. Besonders von dem einzigen männlichen Fohlen war sie sichtlich begeistert.

»Oh, sieh nur, er hat jetzt schon eine recht ausgebildete Kruppe. Und dieser Hals, wundervoll geschwungen. Schau, wie er den Kopf hält. Wenn sich der nicht zu sehr auswächst, wird das eines Tages ein feiner Zuchthengst mit enorm sportlicher Eignung.«

Jonas lachte, wenigstens lenkte ihn das Gespräch von seiner Begierde ab. »Du weißt schon, dass man das jetzt noch gar nicht wirklich beurteilen kann.«

»Natürlich weiß ich das, aber glaub mir, ich habe einen Blick dafür.« Wieder sah sie das Hengstfohlen an. »Ein wirklich schönes Tier. Schwarz wie die Nacht und dann diese entzückende kleine Blesse. Ah, die hat er von der Mama, wie ich sehe.« Sie seufzte. »Wie haltet ihr das? Wirst du beizeiten zufüttern?«

»Das hat noch Zeit«, erwiderte Jonas. »Die Jahreszeit ist ja ideal für Fohlen. Sobald sie sich an das Leben gewöhnt haben und nicht mehr ganz so wackelig auf den Beinen sind, dürfen sie zusammen mit den Stuten raus auf unsere beste Weide und bleiben dort in einer offenen Stallhaltung, bis es für sie zu kalt oder zu ungemütlich wird, auch die Nacht draußen zu verbringen. Für uns ist die Bewegung das Wichtigste bei der Aufzucht. Im Winter entscheiden wir dann neu.«

»Das gefällt mir. Ich bin ganz deiner Meinung.«

»Du warst so lange fort, und doch verstehst du eine Menge von Pferden«, stellte er fest.

»Danke für das Kompliment. Ja, ich habe Pferde schon immer sehr gemocht. Mein Onkel, also der Bruder meiner Mutter, ist Oberbereiter in der Spanischen Hofreitschule in Wien. Ich habe durch ihn viel mehr gelernt als auf unserem Gut.«

»Das klingt spannend.«

»Das war es auch. Er hat es mir sogar ermöglicht, einen der Lipizzaner zu reiten.«

»Als Mädchen?« Jonas grinste, denn Elise zog sofort eine Grimasse.

»Ja, stell dir vor. Natürlich nur in der leeren Reithalle, und er war dabei. Aber es war trotzdem ein wunderbares Erlebnis für mich. Es sind so wunderschöne und lernbegierige Tiere.«

Ihr Blick hielt den seinen fest, und für einen Moment fühlte er sich wie hypnotisiert. Innerhalb von wenigen Augenblicken veränderte sich etwas zwischen ihnen. Jonas war sich ihrer Nähe sehr bewusst und stand inzwischen direkt vor ihr. Sie sprachen beide nicht, sahen einander nur an.

»Du machst irgendwas mit mir«, flüsterte er und wunderte sich dabei über seine Offenheit. »Ich weiß noch nicht, ob mir das gefällt.«

Elise hielt seinem Blick stand. »Ich … mach was mit dir?«

»Ja, du … Wie soll ich es nur sagen?«

Er zögerte und fragte sich, ob er dieses Gespräch besser sofort abbrechen sollte, doch dann entschied er sich dagegen, weil er plötzlich spürte, dass sie ähnlich empfand.

»Ich finde es enorm aufwühlend, in deiner Nähe zu sein«, brachte er schließlich hervor, nachdem er eine ganze Weile nach den richtigen Worten gesucht hatte. »Schon gestern, als ich dich traf. Das klingt jetzt wahrscheinlich …«

Noch während er sprach, hob sie ihre Hand und legte sie sanft auf seine Brust.

»Ich weiß genau, was du meinst«, unterbrach sie ihn leise und bestätigte damit seine Vermutung.

Jonas fühlte sich so stark von ihr angezogen, dass es fast wehtat. Er sah auf ihre vollen weichen Lippen, wollte nichts mehr, als sie endlich zu küssen, und plötzlich war er ihr ganz nah.

»Nicht, Jonas. Egal, was du gerade tun willst, tu es lieber nicht. Du bist nicht frei, wie ich hörte.«

»Ich kläre das«, flüsterte er ungeduldig, und sein Mund berührte fast den ihren.

Er hörte sie aufseufzen, doch dann entzog sie sich ihm und machte einen Schritt rückwärts. Damit war der Bann gebrochen.

Jonas brauchte einige Sekunden, um wieder klar denken zu können. »Es tut mir leid«, sagte er. »Ich wollte dich nicht überrumpeln.«

In diesem Augenblick ging nur wenige Schritte von ihnen entfernt die hintere Tür des Stallgebäudes auf, und ein Bursche kam mit einer Schubkarre herein. Er grüßte und machte sich gleich daran, die Mutterstuten mit Kraftfutter zu versorgen.

»Komm«, sagte Jonas, fast froh über die Unterbrechung. »Ich möchte dir zeigen, wo ich gerade die Reithalle bauen lasse.«

Er ging zur hinteren Tür, die noch halb offen stand. Hinter sich hörte er Elises Schritte.

»Du willst eine Reithalle bauen?«, fragte sie mit hörbarer Begeisterung in der Stimme.

»Sie ist sogar schon fast fertig.«

»Ah, jetzt weiß ich auch, woher die Geräusche kamen. Das Hämmern und Klopfen habe ich schon die ganze Zeit gehört.«

Er nickte. »Nachdem die alte Halle kurz vor Kriegsende bis auf die Grundmauern abgebrannt ist, brauchen wir nun, so bald es geht, eine neue. Sie soll noch viel größer und schöner werden als die alte Halle, warte nur ab.«

»Ich kann mich gar nicht daran erinnern, dass ihr überhaupt eine hattet.«

Er lachte. »Ehrlich gesagt, war es auch nur ein kleiner flacher Holzbau, kaum von einer Scheune zu unterscheiden. Niemand weiß so genau, warum und wie sie Feuer fing. Meine Mutter nimmt an, dass es das Werk von einigen rauen Gesellen war, die hier während des Krieges dann und wann vorbeigekommen sind. Wir mussten jedes Mal höllisch aufpassen, doch das mit der Reithalle haben wir leider erst gemerkt, als sie schon in Flammen stand und nicht mehr zu retten war.«

Der intime Moment im Stall klang noch in Elise nach, und sie fühlte sich aufgewühlt. Daher war sie dankbar, dass er nun wieder so selbstverständlich von seinem Leben und seinen Plänen erzählte. Das brachte ihr Innerstes wieder etwas ins Gleichgewicht. Außerdem wusste sie nur aus den Briefen ihrer Mutter, wie das Leben in den Kriegsjahren hier in Norddeutschland ausgesehen hatte. Sie fand es schön, ihm zuzuhören.

Nur wenige Schritte von den Ställen entfernt, blieb Jonas schließlich stehen und zeigte ihr die Baustelle der neuen Reithalle. Schon jetzt war zu sehen, dass es ein mächtiger Bau werden würde. Zum Gutshaus hin wurde er von einem kleinen Pappelhain abgeschirmt, deshalb hatte sie ihn vorhin auch noch nicht entdeckt.

»Die beiden Reitplätze hier vorne werden erhalten bleiben«, erklärte er.

»Das ist ein großartiger Ort für eine Reithalle«, rief sie begeistert aus.

»Im Zentrum der Halle wird natürlich der übliche Reitplatz liegen, doch auf der linken Seite plane ich stufenweise angebrachte Sitzreihen, damit man den inneren Bereich von erhöhten Plätzen einsehen kann.«

»Oh, das klingt wunderbar«, sagte sie. »Du könntest hier Turniere und sogar Auktionen veranstalten.«

»Genau das habe ich auch vor.« Er strahlte über das ganze Gesicht, und sie sah ihm an, wie wichtig ihm der Bau der Halle war. »Es wird viele Fenster geben – und Oberlichter, damit alles hell und übersichtlich wird. Leider können wir noch nicht näher herangehen, das wäre im Augenblick zu gefährlich.«

Während sie weitergingen, winkte er einem Stallburschen zu, der auf dem größeren der beiden Reitplätze eine junge rotbraune Stute bewegte, indem er sie am Zügel hielt und langsam neben ihr herging.

»Du hast die Halle selbst entworfen, liege ich da richtig?«

Er nickte lächelnd. »Meine Mutter war zunächst nicht sehr angetan. Die Kosten sind immens.«

»Wie schafft ihr das nur, so kurz nach dem Krieg?«

Er zog eine seiner dunklen Augenbrauen in die Höhe und räusperte sich.

»Nun ja ...«, begann er zögernd. »Wir ... also, wir haben zum Glück ein paar Rücklagen. Meine Mutter ist eine fantastische Geschäftsfrau. Vor allem deshalb haben wir es geschafft, schon ein Jahr nach dem Krieg wieder schwarze Zahlen zu schreiben. Der Holzhandel hat uns einiges in die Kassen geschwemmt. Die Leute brauchten jede Menge Bauholz, zumindest diejenigen, die es sich leisten konnten. Dennoch bringt uns der Bau der Reithalle an unsere finanziellen Grenzen, und es war nicht leicht, meine Mutter davon zu überzeugen, dass die Halle eine gute Investition in die Zukunft ist.« Sein Lächeln vertiefte sich. »Ich habe die Pläne so lange überarbeitet, bis sie mir endlich ihre Zustimmung gegeben hat.«

Ein tiefes Seufzen löste sich aus ihrer Brust. »Wir haben nur einen Reitplatz und könnten uns noch nicht einmal eine kleine Halle leisten, wenn ich das richtig einschätze.«

Sie sah ihm an, dass ihn das Thema in Verlegenheit brachte. Seine Erklärung hatte fast wie eine Entschuldigung geklungen, das hatte sie sehr genau herausgehört. Sie selbst hatte noch nie verstanden, warum die Leute allesamt wortkarg wurden oder sich peinlich berührt fühlten, sobald es um ihre Finanzen ging. Sie sah es nicht als Schande an, weniger zu haben, und Neid war ihr ohnehin fremd. Ihre Bemerkung war eine Feststellung der Tatsachen gewesen, nicht mehr und auch nicht weniger.

»Ich finde es gut, dass du hier Auktionen und Turniere abhalten willst«, wechselte sie das Thema.

»Ja, das ist fest eingeplant. Sobald die Halle fertig ist, wird es hier ein Sommerfest geben, zu dem wir Geschäftsfreunde, auch frühere, und einige honorige Hamburger eingeladen haben. Auf Gut Lerchengrund wird sich einiges verändern. In Zukunft werden wir zum Beispiel Reitunterricht geben. Es gibt immer noch genug Hamburger, die ihr Vermögen vor dem Krieg retten konnten.«

»Und einige, die der Krieg erst reich gemacht hat«, warf sie ein.

»Ja, die auch. Jedenfalls suchen diese Leute jetzt Zerstreuung. Die Theater, Restaurants und Bars machen wieder ordentlich Gewinne. Die Menschen beginnen, Geld auszugeben, und ich will ihnen zeigen, wie sie das tun können, ohne alles zu vertrinken.«

»Sie werden vor allem ihre Kinder herbringen, nehme ich an.«

Er schüttelte den Kopf. »Nicht nur. Auch viele Erwachsene brauchen eine gute Anleitung. Mir ist es vor allem wichtig, ihnen zu zeigen, worauf es ankommt. Wenn du mich fragst, gibt es noch immer viel zu viele Reitpferde da draußen, die nicht ordentlich behandelt und gepflegt werden. Hier werden die Leute nicht nur die Möglichkeit finden, eigene Pferde zu kaufen, nein, sie können sie gleich hierlassen, damit sie fachgerecht versorgt werden. Dafür müssen sie natürlich bezahlen.«

»Oh ja, einen Mietstall mit Pflege. So was gab es in Wien auch.«

»Natürlich werden wir den Hamburger Pfeffersäcken und ihren Gemahlinnen auch beibringen, wie man vernünftig im Sattel sitzt. Stell dir vor, es gibt immer noch Frauen, die im althergebrachten Damensattel reiten«, sagte er grinsend.

Sie musste lachen, nicht nur über seine lässige Formulierung. »Du sprichst von meiner Mutter.«

»Tut sie das tatsächlich?« Er lachte ebenfalls kurz auf. »Nein, ich meinte nicht deine Mutter. Mir war gar nicht bewusst, dass sie überhaupt reitet.«

»Ehrlich gesagt, tut sie das auch kaum noch. Aber wenn, dann in ihrem geliebten Damensattel.« Sie winkte ab. »Was das angeht, lässt sie sich einfach nicht belehren.«

»Vielleicht sollte ich mal mit ihr reden.«

»Ja, unbedingt.«

Sie sah zu ihm auf und erwiderte sein Lächeln, während sie umkehrten und langsam zurückgingen. Am Reitplatz hielten sie noch einmal an. Elise zeigte auf die kleine Stute, die neben dem Stallburschen in gemäßigtem Tempo einen Schritt nach dem anderen tat.

»War sie verletzt?«

»Gut erkannt. Sie hat ein etwas übermütiges Temperament und ist auf der Weide ein bisschen zu wild herumgesprungen. Der Tierarzt hat zum Glück nur eine leichte Muskelverhärtung im Hüftgelenk festgestellt. Das wird wieder, und sie hat hoffentlich daraus gelernt. Wie man sieht, läuft sie schon fast wieder rund.«

Sie lehnten beide am Gatter und sahen dem Stallburschen und der jungen Stute eine Weile schweigend zu. Jonas stand genau neben ihr, und sein Unterarm berührte ihren.

Wieder waren sie sich näher, als es für sie beide gut war, das spürte Elise sehr genau. Oh ja, seine Nähe tat viel zu gut, aber sie machte sie auch schwach und rüttelte gefährlich am Schutzpanzer ihrer Prinzipien. Als er sie ansah, erwiderte sie dennoch seinen Blick, und sofort reagierte ihr Körper mit fühlbarer Aufregung. Ihr Herz schlug schneller, ja sogar das Atmen fiel ihr ungewohnt schwer.

Er hat so wunderschöne Augen, dachte sie. Plötzlich wünschte sie sich, sie wäre allein mit ihm auf der Welt. Der Gedanke erschreckte sie. Sie wusste nicht so recht, wo er hergekommen war. Sie kannte ihn kaum und doch …

»Ich möchte dich wiedersehen«, raunte er ihr zu, so als hätte er direkt in ihren Kopf geschaut. »Elise … du und ich, wir müssen in Ruhe miteinander reden. Das geht nicht anders.«

»Ja«, sagte sie nur. Mehr brachte sie nicht heraus.

»Nicht hier, wo uns jeder kennt.«

»Aber wo dann?«

»In Hamburg?«

»Ja, das ist gut.«

Er zog die Stirn kraus. »Wie kommst du dorthin?«

»Ich kann fahren. Seit ich wieder hier bin, fahre ich oft den Mercedes meiner Mutter.«

»Oh, das ist gut. Ich mag die neuen Zeiten. Sag wann und wo.« Seine hellgrauen Augen glitzerten silbern.

»Sag du.«

Er schien einen Augenblick lang zu überlegen. »Ich weiß nicht … vielleicht …«

»Ein Café«, schlug sie vor.

»Ja, das ginge. Sagen wir, wir treffen uns vor dem Rathaus. Direkt vor dem Eingang. Morgen Nachmittag. Dann sehen wir weiter.«

»Das klingt gut. Fünfzehn Uhr?«

»Ja, das passt bei mir.«

»Ach ja, mir fällt noch etwas ein. Falls einer von uns aus irgendeinem Grund nicht von zu Hause wegkommt, dann legt er einen Stein auf den Baumstumpf, wenn es irgendwie geht. Du weißt schon … der, auf dem du gesessen hast, als wir uns gestern begegnet sind.«

»Abgemacht.«

Zur gleichen Zeit auf Gut Brodersen

Niemand in Frederikes Familie wusste um den inneren Kampf, den sie Tag für Tag aufs Neue zu bewältigen hatte. Sie selbst hatte sich schon vor vielen Jahren dagegen entschieden, ihre Geschwister oder gar ihre Mutter in das dunkle Geheimnis ihres Vaters einzuweihen. Wahrscheinlich ahnte sie bereits damals, dass Therese die Wahrheit über ihren verstorbenen Mann niemals verwunden hätte.

Es war ein nebliger Herbsttag gewesen, als sie durch Zufall eine kurze Notiz hinter einem der losen Bretter im hinteren Teil des Pferdestalls fand. Damals war sie gerade vierzehn Jahre alt gewesen, und zunächst hatte sie gar nicht genau verstanden, was ihr Vater wem auch immer mit den wenigen Zeilen, die er kurz vor seinem Tod hier versteckt haben musste, eigentlich sagen wollte. Alles, was sie verstand, war, dass er die Schuld an seinem großen Unglück allein einem einzigen Menschen gab: Heinrich von Grootenlohe. Dennoch hatte sie aus einem Instinkt heraus die merkwürdige Notiz ihres Vaters vor dem Rest ihrer Familie versteckt, und später, als sie das wahre Geheimnis entschlüsselt hatte, war sie froh darüber gewesen, so entschieden zu haben.

Inzwischen kannte sie die Zeilen auswendig, und nun steckte sie schon seit Jahren in diesem Zwiespalt. Einerseits verabscheute sie ihren Vater für das, was er getan hatte. Dabei ging es ihr nicht so sehr um die Tatsache, dass die Liebe seines Lebens offenbar ein Mann gewesen war, nein, das Schlimmste für sie war, dass er sie und ihre Familie einfach so im Stich gelassen hatte. In ihren Augen zeugte das von einer ungeheuren Schwäche, und das war etwas, das sie wirklich wütend machte, denn sie hatte ihren Vater geliebt und verehrt. Er war stets ihr Held gewesen. Doch das gebrochene Gefühl, das sie heute ihrem Vater entgegenbrachte, war nur die eine Seite ihres inneren Kampfes.

Auf der anderen Seite nährte sie schon seit Jahren ihren Hass auf die Grootenlohes, allein weil sie das Gefühl hatte, es ihrem Vater und seinem persönlichen Unglück schuldig zu sein. Mittlerweile waren die Übergänge fließend, und sie wusste nicht mehr so genau, ob nun die Verbitterung ihres Vaters größer war oder ihre eigene brennende Abneigung gegen die Nachbarsfamilie. Sie hatte auch nichts dagegen tun können, dass sich dieses Gefühl auf die gesamte Familie von Heinrich von Grootenlohe ausweitete. Sie hasste sie allesamt aus tiefstem Herzen.

Rieke lehnte sich in ihrem Sessel zurück und schloss für einen Moment die Augen. Ja, der Text war verwirrend und erhellend zugleich gewesen. Auch heute noch, nach all den Jahren, dachte sie jeden Tag darüber nach, ob sich noch eine versteckte Botschaft in den wenigen Zeilen verbarg, die ihr Vater in seiner scharfkantigen Handschrift hinterlassen hatte.

Von nun an wird jeder weitere Tag für mich eine gnadenlose und schmerzvolle Hölle bedeuten. Mein Leben ist wertlos geworden.

Ohne dich, du mein Geliebter, ist alles dunkel, alles quälend
und leer.
Liebe meines Lebens, Licht in jeder dunklen Stunde meines
Daseins, du bist für alle Zeiten für mich verloren. Du wur-
dest mir genommen, ebenso wie meine Würde und mein
Stolz. Ich musste dich wegschicken, weil es keinen Ausweg für
uns gab.
Heinrich von Grootenlohe, bis in alle Ewigkeit werde ich
dich dafür hassen! Du hast mir all das angetan. Du hast
mein Leben für alle Zeiten zerstört, mich und meine Familie
beraubt. Du, nur du allein bist schuld an meinem Schmerz
und meinem furchtbaren Verlust.

Ja, sie kannte jedes einzelne Wort. Würde sie jemand danach
fragen, könnte sie es herunterbeten wie ein auswendig gelern-
tes Gedicht. Aber natürlich wurde sie nicht danach gefragt,
denn außer ihr wusste ja niemand, dass es diese letzten Zeilen
ihres Vaters überhaupt gab.

Sie verspürte ohnehin keine ausgeprägte Zuneigung zu
ihrer Mutter und nur bedingt zu ihren Geschwistern. Den
einzigen Menschen, den sie jemals geliebt hatte, war ihr Vater
gewesen.

In Frederikes Augen war die Trauer ihrer Mutter viel zu
oberflächlich, viel zu schnell vorbei gewesen. Therese behaup-
tete stets, ihren Mann aus tiefstem Herzen geliebt zu haben,
aber Rieke konnte das nicht richtig glauben. Praktisch innerhalb von wenigen Tagen war ihre Mutter damals wieder zur
Tagesordnung übergegangen.

Und Carl und Elise? Wenn Rieke ehrlich zu sich war,
musste sie zugeben, dass sie Carl regelrecht dafür gehasst

hatte, als er nach Hamburg gegangen war und sie hier mit dem Gut und ihrer Mutter alleingelassen hatte. Mit den Jahren hatte sich dieses Gefühl zwar etwas gelegt, aber echtes Verständnis brachte sie für ihren Bruder nicht auf.

Bei Elise verhielt es sich ähnlich. Ihre jüngere Schwester liebte jede Art von Literatur und befasste sich oft mit Themen, die ihr, Rieke, gänzlich fremd waren. Frederike schob das auf die Tatsache, dass Elise überwiegend in einer großen Stadt aufgewachsen war. Auch das war so ein Punkt, den sie nicht nachvollziehen konnte.

Ihrer Mutter war es unglaublich wichtig gewesen, dass Elise in Wien aufwuchs, um das kulturelle Leben der Stadt genießen zu können, anstatt – so wie ihr Vater es sich sicherlich gewünscht hätte – auch in ihr die Liebe zum Familienbesitz zu erwecken und zu vertiefen. Deshalb hatte ihre Mutter sogar die längeren Trennungen von Elise in Kauf genommen.

Offenbar war Therese bei ihrer älteren Tochter ein ähnlicher Gedanke niemals gekommen. Es war nicht etwa so, dass Rieke dies bedauerte. In ihr rief allein schon die Vorstellung, in einer Stadt leben zu müssen, ein umfassendes Gefühl von Abscheu hervor, denn sie liebte das Leben auf dem Gut. Dennoch verwunderte es sie, dass Therese ihre Töchter so unterschiedlich behandelte. Sie sah darin eine weitere Bestätigung für ihr Gefühl, dass die seltsame Distanz zu ihrer Mutter auf Gegenseitigkeit beruhte.

Frederike atmete tief durch und erhob sich aus ihrem Sessel. Die kleine Pause, die sie sich gegönnt hatte, war vorbei.

Inzwischen war sie die linke Hand von Ronald Meyer geworden. Sie mochte den klugen und meist etwas wortkargen Mann und hatte schon seit Jahren das Gefühl, dass er ihrer

Mutter mehr als nur bloße Zuneigung entgegenbrachte. Offenbar war Therese die einzige Person im Haus, die nicht bemerkte, dass der Verwalter in sie verliebt war. Frederike war es mehr oder weniger egal, deshalb hielt sie sich auch völlig aus der Sache raus.

Sollten die beiden doch weiter umeinander herumschleichen, dachte sie auf dem Weg zum Pferdestall. Das ist nicht mein Problem.

Ihr Gedankengang stockte, als sie auf einem der beiden großen Findlinge, die links und rechts vor der Tür zum Stall lagen, einen älteren Mann sitzen sah. Sie kannte ihn nicht, deshalb war sie leicht irritiert. Fremde verirrten sich nur äußerst selten hierher.

Als der Mann sie näher kommen sah, erhob er sich und nickte grüßend.

»Guten Tag«, sagte er. Er klang freundlich und lächelte leicht.

»Guten Tag.« Sie nickte ebenfalls.

Der Mann war groß, schlank, und sein aschblondes Haar war von silbrigen Strähnen durchzogen. Sie schätzte, dass er um die fünfzig sein musste.

»Kann ich Ihnen helfen? Suchen Sie jemanden?«

»Ja, ich …« Er hielt inne und zog die Stirn kraus. »Ich würde gerne den Gutsherrn sprechen, wenn es möglich ist.«

»Den … Gutsherrn?«

»Ja, Herrn Brodersen.«

»Oh, das ist leider nicht möglich, mein Bruder hält sich zurzeit in Übersee …«

»Ihren Bruder? Oh nein, das würde wohl altersmäßig nicht passen. Ich meine Herrn Wilhelm Brodersen.«

Für einen Moment war Rieke verwirrt. »Sie möchten zu meinem Vater?«, fragte sie ungläubig.

»Genau. Zu Wilhelm Brodersen.« Die Miene des Mannes war freundlich, und er wirkte insgesamt sehr höflich. »Könnte ich ihn sprechen, bitte!«

Rieke holte tief Luft. Erst jetzt wurde ihr bewusst, dass ihr der Mann bekannt vorkam, doch sie wusste nicht so richtig, woher.

»Entschuldigen Sie«, sagte er. »Ich habe mich noch gar nicht vorgestellt. Sie werden sich kaum noch an mich erinnern, Fräulein Brodersen.« Er räusperte sich. »Ich bin Jasper Hansen. Ich habe hier früher gearbeitet. Damals war ich hier Stallmeister.«

»Oh … Oh ja, Herr Hansen! Natürlich. Ihr Gesicht kam mir bekannt vor, jetzt weiß ich, woher ich Sie kenne.« Sie seufzte. »Leider muss ich Sie enttäuschen, Herr Hansen. Mein Vater lebt schon seit vielen Jahren nicht mehr.«

Die Miene des älteren Mannes veränderte sich schlagartig, und als wäre er plötzlich völlig kraftlos, setzte er sich zurück auf den Findling.

»Er ist tot?«

»Leider ja. Mein Vater starb bereits im Dezember 1899.«

Zu ihrer großen Verwunderung füllten sich die Augen des Mannes mit Tränen.

»So lange schon? Oh nein, das ist furchtbar«, brachte er hörbar erschüttert hervor.

»Es tut mir leid, dass Sie diese Mitteilung so … überwältigt«, sagte sie leise.

Ein Gefühl von Hilflosigkeit machte sich in ihr breit. Die Trauer des Mannes war offenbar immens, das berührte sie, aber sie war auch völlig überfordert und wusste nicht, was sie nun mit dem weinenden Jasper Hansen anfangen sollte. Am liebsten wäre sie einfach weggegangen, doch das kam natürlich nicht infrage.

»Kann ich irgendetwas für Sie tun, Herr Hansen?«, fragte sie schließlich.

Sie hatte die Frage kaum ausgesprochen, da kam ihr ein Gedanke, und mit einem Mal sah sie völlig klar: Vor ihr saß der Mann, den ihr Vater so sehr geliebt hatte.

Offensichtlich beruhten diese tiefen Gefühle auf Gegenseitigkeit, denn die Tränen von Jasper Hansen liefen unaufhörlich.

»Es tut mir leid, dass ich mich so vor Ihnen gehen lasse«, erwiderte er schließlich stockend. »Bitte verzeihen … Sie mir. Ich wollte keine … alten Wunden aufreißen. Das muss auch für Sie nicht … leicht sein, Fräulein Brodersen.«

Er zog ein sauberes Taschentuch aus seiner Jackentasche, trocknete sich die Tränen und schnäuzte sich, dann stand er wieder auf und hob ein wenig den Kopf.

»Ich arbeitete einige Jahre auf einem Hof in Braunschweig«, sagte er leise. »Dann kam der Krieg. Ich wurde eingezogen, und irgendwann landete ich in Frankreich. Ich kämpfte in der Schlacht um Verdun und verlor eine Hand.«

Seine Stimme war kaum wahrnehmbar, und sie bemerkte erst jetzt, dass ihm tatsächlich die linke Hand fehlte. Zudem fiel ihr auf, dass er sehr gut, vielleicht sogar teuer gekleidet war.

»Sie arbeiten nicht mehr als Stallmeister?«, fragte sie.

Er schüttelte den Kopf. »Nein, schon einige Jahre nicht mehr. Meine Familie besitzt bereits in vierter Generation ein

Gestüt in der Nähe von Flensburg. Ich wusste schon damals, dass ich es einmal übernehmen würde, habe aber nie darüber gesprochen, weil ich damals noch mit meinem Vater zerstritten war. Ein Jahr vor Kriegsende starb mein Vater, seitdem leite ich den Betrieb. Ich war ja bereits kriegsversehrt.« Er hustete und atmete hörbar durch. »Heute war ich zu Besuch in Hamburg, und ich dachte … Nun ja.« Er brach ab, hustete erneut, und sie sah, dass er heftig schluckte. »Ich bin nicht gesund. Ich … hätte ihn so gerne noch einmal gesehen.«

»Er hat Sie sehr geliebt«, sagte Rieke, ohne darüber nachzudenken. »Ich weiß das.«

Einige Momente sahen sie einander direkt in die Augen. Zwei Fremde, denen es trotzdem gelang, sich wortlos auszutauschen.

Schließlich nickte er. »Danke.«

»Ich würde gerne mehr für Sie tun, Herr Hansen.«

Er hob seine gesunde Hand und schüttelte den Kopf. »Mein Wagen wartet vorne an der Straße. Trotz allem war es gut zu sehen, dass sich hier kaum etwas verändert hat. Und bitte verzeihen Sie mir, dass ich einfach am Haus vorbei und gleich hierher zu den Ställen gegangen bin. Vorhin war es mir fast, als würde ich nach Hause kommen.« Er lächelte. »Ich danke Ihnen für Ihre Zeit, Fräulein Brodersen.«

Sie schüttelte die Hand, die er ihr reichte, und nickte. »Keine Sorge, Sie sind hier immer willkommen. Falls Sie sein Grab besuchen möchten, Herr Hansen … Mein Vater liegt auf dem Dorffriedhof hinter der kleinen Kirche. Wir haben auf dem Gut keinen eigenen …«

»Ich danke Ihnen«, unterbrach er sie. »Danke.«

Sie nickten sich noch einmal zu, dann wandte er sich ab

und machte ein paar Schritte, hielt kurz inne, bevor er sich noch einmal zu ihr umdrehte.

Fast wie selbstverständlich und in knappen Sätzen beantwortete er die Fragen, die zwischen ihnen in der Luft hingen und die sie nicht zu stellen wagte.

»Jemand hatte von uns erfahren, deshalb musste ich gehen. Wilhelm wollte seinen Besitz und die Familie schützen. Das war ihm das Wichtigste. Glauben Sie mir, ich habe ihn auch geliebt. Es hat niemals mehr einen Menschen gegeben, der mir so nahestand wie Ihr Vater. Ich hoffe so sehr, dass irgendwann einmal eine Zeit kommt, in der Menschen wie wir frei ihre Liebe leben dürfen, ohne sich verstecken zu müssen.«

Sie wusste nicht, was sie ihm noch sagen konnte, deshalb schwieg sie einfach.

Mit einem sanften Lächeln auf den Lippen setzte er seinen Weg fort.

Rieke sah ihm nach, und obwohl sie wusste, dass er es nicht sehen konnte, nickte sie erneut. Irgendwann war er hinter der Wegbiegung neben dem Gutshaus verschwunden, und kurz darauf hörte sie den startenden Motor eines Automobils. Kurz darauf wurde das Motorengeräusch leiser. Jasper Hansen war fort.

Sie war froh, dass außer ihr niemand in der Nähe gewesen war. Ihre Mutter war zusammen mit Elise auf Lerchengrund, und Meyer war vor ungefähr einer Stunde nach Hamburg gefahren.

Die Begegnung mit Jasper Hansen hatte sie aufgewühlt und schürte aufs Neue ihre Wut auf die Nachbarsfamilie. Es brodelte in ihr, und der brennende Zorn vernebelte für einen Moment jeden klaren Gedanken. Als sie wieder geordneter denken konnte, hatten sich ihre Fingernägel tief in ihre Hand-flächen gebohrt. Der Schmerz war beinahe eine Wohltat. Sie stieß einen kurzen Fluch aus.

Eines war klar: Alles, was sie bisher getan hatte, um die Familie von Grootenlohe zu bestrafen, war nicht genug, um das Leid ihres Vaters zu rächen. Nein, es war bei Weitem nicht genug. In ihrem Inneren hallte noch lange der stumme und verzweifelte Schrei nach Vergeltung nach.

9. Kapitel

Hamburg, im Mai 1921

Elise sah Jonas einige Schritte entfernt von dem riesigen Eingangsportal des Rathauses stehen. Offensichtlich hielt er Ausschau nach ihr. Sofort schlug ihr Herz schneller. Es war verwirrend, wie vertraut und doch fremd er ihr erschien, wie er dastand, in seinem dunkelgrauen und sehr modern geschnittenen Anzug.

Während sie in angemessenem Tempo auf ihn zuging, wartete sie darauf, dass er sie bemerkte, und als er es tat, hellte sich seine Miene sichtlich auf. Genauso hatte sie es sich vorgestellt. Dann stand sie direkt vor ihm, und sekundenlang sahen sie einander nur an. Endlich nahm er ihre Hand.

»Es ist schön, dich zu sehen«, sagte er mit strahlendem Blick. »Du siehst bezaubernd aus, Elise.«

»Ich danke dir«, entgegnete sie.

Sie war wirklich froh darüber, dass sie das bordeauxfarbene Kostüm für das Rendezvous mit ihm gewählt hatte. Es war neu, und sie wusste, dass die Farbe ihr schmeichelte. Er reichte ihr seinen Arm, und sie hakte sich bei ihm ein.

»Ich habe uns einen Tisch im Café Vaterland reserviert. Ich hoffe, das ist für dich in Ordnung.«

»Natürlich.«

Langsam überquerten sie den Rathausmarkt. Sie wählten den Weg am Fleet entlang und hielten dann auf den Alsterdamm zu, wo sich das Café direkt an der Ecke zur Bergstraße befand.

»Oder wäre dir der Alsterpavillon lieber gewesen?«, wollte er wissen.

»Nein, wirklich nicht.« Im Grunde war es ihr völlig egal, wo er sie hinführte, solange er nur bei ihr war. Es war fast erschreckend, wie umfassend seine Gegenwart auf sie wirkte.

Im Café angekommen, folgten sie einem höflichen Ober durch den großen Hauptraum in einen deutlich ruhigeren Nebenraum. Der Kellner führte sie an einen kleinen Tisch, der etwas abgelegen in einer Ecke stand. Er legte eine Karte auf das schneeweiße Tischtuch und teilte ihnen mit, dass er in Kürze zurück sei, um ihre Bestellung aufzunehmen.

»Ich habe darum gebeten, uns einen ruhigen Tisch zu geben, damit wir uns besser unterhalten können«, sagte Jonas. »Im Hauptraum ist um diese Zeit sehr viel los.«

»Das ist schön«, erwiderte sie. »Es stimmt, dort drüben war es wirklich sehr laut. Hier ist es viel gemütlicher.«

Elise fand es erstaunlich, dass sie auf der einen Seite aufgeregt war, hier mit ihm zu sitzen, es ihr andererseits aber überhaupt nicht schwerfiel, entspannt mit ihm zu plaudern.

Zu ihrem Kaffee genossen sie einen wunderbaren Schokoladenkuchen mit Schlagsahne, während sich ihr Gespräch zunächst um das Thema Pferde drehte. Schließlich befanden sie sich damit beide auf sicherem Terrain, sodass sich ihre Nervosität immer mehr verflüchtigte.

Erst nachdem der Kuchen aufgegessen und ihre Tassen leer waren, wechselte Elise das Thema. Zunächst suchte sie nach einer gescheiten Frage, doch dann stellte sie einfach die, die ihr ständig durch den Kopf ging.

»Warum sitzen wir eigentlich hier, Jonas?«

Offensichtlich irritiert, sah er sie an. Zumindest wirkte seine Miene erstaunt, und er schien tatsächlich über ihre Frage nachzudenken, bevor er antwortete.

»Ich wollte es unbedingt, und ich glaube, du auch.«

»Hm.« Sie sah ihm in die Augen. »Ich denke, normalerweise ist das wohl Grund genug, oder?«

»Ja, das finde ich auch. Ich wollte allein und in Ruhe mit dir reden können.«

»Ich wäre nicht hier, wenn ich es nicht genauso gewollt hätte. Trotzdem, Jonas … Ich weiß nicht, ob es richtig ist. Du bist so gut wie verlobt. Das hat mir zumindest meine Mutter erzählt. Und wenn das so ist …«

»Ich habe dir gestern schon gesagt, dass ich das klären werde, Elise.«

»Du hast Vera noch nicht wieder gesehen?«

»Nein, ich konnte noch nicht mit ihr sprechen. Dir ist ja gestern sicher schon aufgefallen, dass sie gar nicht da ist. Sie ist im Augenblick zu Besuch in Stuttgart. Ihre Tante, eine Schwester ihrer verstorbenen Mutter, lebt dort, und sie besucht sie alle paar Monate ziemlich regelmäßig.«

»Aber …« Elise suchte nach der richtigen Formulierung. In ihrem Kopf schien alles ins Stocken zu geraten. »Wir … also, wir kennen uns kaum und …«

»Das ist egal. Ich weiß einfach, dass ich mit dir zusammen sein will. Ich denke, ich wusste es sofort, als ich dich vorgestern wiedersah, und etwas sagt mir, dir geht es ebenso.«

Sein grauer Blick war eindringlich und gleichzeitig sanft.

Eine Weile sahen sie einander nur an, erzählten sich allein durch die Kraft ihrer Blicke, was in ihnen vorging. Elises Herz schlug ihr bis zum Hals, und alles um sie herum schien in einem watteweichen Nebel zu verschwinden.

Dann kam der Kellner erneut an ihren Tisch und brach den Bann. Der Nebel verschwand, und sie hörte Jonas einen tiefen und lang gezogenen Atemzug ausstoßen.

»Möchten die Herrschaften noch etwas bestellen?«

Jonas sah sie fragend an, und als sie den Kopf schüttelte, bat er um die Rechnung.

Wenig später verließen sie das Lokal. Die Sonne schien, und es war noch etwas wärmer geworden. Wortlos nahm Jonas ihre Hand. Sie gingen hinüber zum Alsteranleger und setzten sich dort auf eine Bank. Er ließ ihre Hand nicht los, aber sie entzog sie ihm auch nicht. Eine Weile blieben sie still, sahen auf die glitzernde Wasseroberfläche der Alster und hörten dem unvermeidlichen Geschrei der Möwen zu.

»Das habe ich vermisst«, durchbrach Elise das Schweigen. »Das leise Glucksen und Plätschern von Wasser, wenn es auf Mauern trifft, und die Schreie der Möwen. Diese Geräusche gehören so sehr zu Hamburg, nicht wahr?« Sie sah ihn an, und er nickte.

»Ich bin verrückt nach dir, Elise Brodersen«, sagte er, ohne eine Miene zu verziehen. »Völlig verrückt.«

»Ich werde nicht mit dir in irgendein Hotelzimmer gehen, Jonas.«

»Das weiß ich, und ich erwarte es auch nicht.« Er erhob sich und zog sie mit sich. »Komm, wir gehen noch ein paar Schritte, dann bringe ich dich zu deinem Automobil.«

»Gut.«

»Wann sehe ich dich wieder?«, fragte er nach einer Weile.

»Ich weiß nicht. Vielleicht wäre es besser, wir würden …«

»Das geht nicht. Ich *muss* dich wiedersehen.«

»Du unterbrichst mich ständig«, warf sie ein und musste lachen.

»Das tut mir leid. Das passiert sicherlich nur, weil du mich so durcheinanderbringst.«

Er machte eine kleine Bewegung, kaum wahrnehmbar, doch nur eine Sekunde später lag sie in seinen Armen, und er küsste sie. Schon die erste Berührung seiner Lippen war berauschend. Jonas' Kuss war anfangs zärtlich, fast verhalten, doch als er vorsichtig seine Zunge zwischen ihre Lippen schob, stieg ein neues, übermächtiges Gefühl in ihr auf. Unaufhaltsam brachte es ihre Welt ins Wanken. Der sanfte Kuss wandelte sich, wurde zu einer wilden und feuchten Verschmelzung ihrer Lippen und Zungen.

Elise vergaß, dass sie sich mitten auf einer belebten Straße befanden und andere Menschen an ihnen vorbeigingen. Sie spürte nur noch Jonas, wie er sie an sich presste, als würde er sie niemals wieder loslassen wollen. Ein wahrer Sturm der Gefühle tobte in ihr, und für einen Moment glaubte sie sogar, einer Ohnmacht nahe zu sein. Instinktiv klammerte sie sich an ihm fest, um nicht den Halt zu verlieren. Ihr Körper wurde weich und nachgiebig, und in ihr erwachte ein unersättlicher Hunger nach mehr von ihm.

Der Kuss schien eine Ewigkeit zu dauern, doch dann lösten sich Jonas' Lippen behutsam von ihren und gaben sie schließlich ganz frei. Schwer atmend, lehnte Jonas seine Stirn an ihre.

Ein älteres Paar ging an ihnen vorbei, und der Mann räusperte sich laut. Es klang tadelnd.

»Was sind das nur für Zeiten«, sagte er laut zu seiner Frau.

Elise nahm nur langsam ihre Arme von Jonas' Nacken. Sie sahen sich an, beide noch immer tief erschüttert von dem Gefühlstrudel, in den sie soeben geraten waren. Ihr Verstand konnte nicht fassen, was da soeben geschehen war, doch ihr Herz wusste es schon jetzt.

Sie lächelte zu ihm auf, und er lächelte zurück. Sein silbern schimmernder Blick schien sich tief in ihr zu verankern. Für immer.

»Ich glaube, wir haben soeben ein paar Leute schockiert«, sagte sie, überwältigt von ihrer Erkenntnis.

»Und ich denke, wir haben vor allem uns schockiert«, erwiderte er und lachte leise. »Das war ... beeindruckend. Ein anderes Wort will mir nicht einfallen.«

Dann wurde er wieder ernst, hob seine rechte Hand und strich ihr leicht mit dem Daumen über die Unterlippe. Ihr lief ein angenehmer, fast schon lustvoller Schauer über den Rücken.

»Was tun wir jetzt?«, fragte er.

»Du wolltest mich zu meinem Wagen bringen«, erinnerte sie ihn. Ihre Stimme klang ein bisschen heiser. Sein Kuss klang noch immer in ihr nach.

»Ich habe keine Ahnung, wie ich den Rest dieses Tages ohne dich überstehen soll.« Auch Jonas sprach etwas gepresst. »Nun denn.« Es klang, als wollte er sich selbst zur Raison rufen. »Wo hast du das Automobil abgestellt?«, fragte er und nahm ihre Hand.

»Dort drüben, auf dem Rondell.«

Das Parkrondell am Jungfernstieg lag nur wenige Schritte entfernt. Neben einigen Automobilen gab es hier auch immer noch die eine oder andere Pferdedroschke und einige private Kutschen.

Etwas unschlüssig standen sie zunächst da und sahen sich einfach nur an. Schließlich stellte sie sich auf die Zehenspitzen und hauchte ihm einen schnellen Kuss auf die Lippen.

»Komm gut nach Hause«, flüsterte sie ihm zu, bevor sie die Tür auf der Fahrerseite öffnete.

»Ich warte noch ein bisschen und gebe dir einen Vorsprung«, sagte er, dann legte er seine Hand auf ihren Arm und hielt sie zurück. Sie sah zu ihm auf. »Im Wald gibt es eine Hütte. Sie ist einfach, aber gut versteckt.«

Sie stutzte kurz, wusste erst nicht so wirklich, worauf er hinauswollte, doch dann ahnte sie es.

»Meine Mutter hat mir davon erzählt. Im Krieg habt ihr einige Pferde dort versteckt. Meinst du die?«

»Ja. Sie steht jetzt leer, niemand geht mehr dorthin. Bis ich mit Vera gesprochen habe, sollten wir zurückhaltend sein.«

»Wo ist die Hütte genau?«

»Wenn du direkt hinter euren Pferdeställen den schmalen Feldweg entlangreitest – ich meine den, der unsere Grundstücke voneinander trennt –, dann kommst du nach ungefähr zweihundert Metern an einen alten Grenzstein. Er ist länglich, fast weiß und in etwa so groß wie ein Schaf. Du müsstest ihn kennen, der liegt da schon ewig.«

»Ja.« Sie nickte. »Ich kenne den Stein.«

»Genau dort biegst du in den Wald ein und reitest einfach immer geradeaus. Sei vorsichtig, und lass das Pferd schön langsam im Schritt gehen, dort gibt es keinen Reitweg, und die Wurzeln der Bäume können tückisch sein, wenn man das Pferd zu sehr antreibt. Es dauert dann noch ungefähr eine

Viertelstunde. Du kannst die Hütte eigentlich nicht verfehlen, solange du geradeaus, also immer Richtung Süden, reitest.«

»Wann?«

»Wenn es mir möglich ist, werde ich ab morgen jeden Tag dort vorbeireiten. Immer am frühen Nachmittag, also so gegen zwei, und dann eine Stunde auf dich warten.«

»Gut, ich werde es ebenso machen. Ich reite jeden Tag aus, niemand wird sich darüber wundern.«

»So ist es bei mir auch. Es müsste also etwas wirklich Wichtiges dazwischenkommen, falls ich mal nicht erscheinen kann.«

»Wann kommt Vera zurück?«, fragte sie. »Ich möchte nicht …«

»Ich weiß«, erwiderte er. »Sie wird noch mindestens zwei Wochen weg sein, vielleicht sogar noch länger. Sie hat geschrieben, dass es ihrer Tante nicht besonders gut geht.«

»Aber dann wirst du mit ihr reden?«

»Sobald sie wieder auf dem Gut ist, ja. Schreiben möchte ich ihr das nicht. Ich würde ihr gerne von Angesicht zu Angesicht erklären, was mit uns passiert ist. Trotzdem ist es mir wichtig, dass sie es von mir erfährt und nicht durch den Tratsch auf dem Gut.«

»Das finde ich auch richtig.«

»Ich habe sie sehr gern, Elise, und möchte ihr nicht mehr wehtun, als es nötig ist.«

»Natürlich. Ich verstehe dich. Mach dir keine Sorgen.«

Sie verstand ihn wirklich. Schließlich war er mit Vera aufgewachsen. Neben seiner Mutter war sie bisher sicherlich seine engste Vertraute gewesen. Es war also kein Wunder, dass er sich Sorgen um sie machte.

»Du warst heute in Hamburg?«

Gerlinde reichte ihrem Sohn den Brotkorb. In den vergangenen Tagen kam es ihr so vor, als wäre er stiller als sonst. Ihr untrüglicher Mutterinstinkt sagte ihr, dass ihn etwas beschäftigte. Allerdings wirkte er nicht unglücklich und auch nicht sonderlich besorgt auf sie. Nein, sie spürte eher eine ungewohnte Unruhe, die von ihm ausging.

»Ja«, antwortete er und nahm sich eine Scheibe von dem kräftigen Roggenbrot. »Ich musste ein paar Besorgungen machen.«

»Ist alles in Ordnung, Jonas?«

»Ja, warum fragst du?«

»Hm, mir kommt es so vor, als würdest du über etwas nachdenken.«

Er schüttelte den Kopf und zog einen Mundwinkel nach oben. »Es ist alles in Ordnung, Mama, wirklich.«

»Du bist wie dein Vater. Der hat auch immer gedacht, ich merke nicht, wenn ihn etwas umtreibt.«

Sie sah zu, wie er eine Scheibe Schinken auf sein Brot legte und herzhaft hineinbiss. Wenn sie sich nicht täuschte, wirkte er amüsiert.

»Mach dich nur nicht über meine mütterliche Besorgnis lustig«, sagte sie. »Das wird sich niemals ändern.«

»Ich weiß«, erwiderte er kauend. »Das gehört wohl so.« Er nahm einen Schluck von seinem Pfefferminztee. »Ich liebe dich, Mama, und ich weiß deine Besorgnis sogar zu schätzen, ob du es glaubst oder nicht. Aber mir geht es blendend, also ist sie dieses Mal wirklich unangebracht.«

Gerlinde nickte. »Dann ist es ja gut.«

Sie beschloss, erst einmal nicht weiter nachzuhaken. Wenn

es etwas Wichtiges im Leben ihres Sohnes gäbe, würde sie es sicherlich bald erfahren. Sie hatten schon immer ein sehr vertrauensvolles Verhältnis gehabt, und er wusste, dass sie stets ein offenes Ohr für ihn hatte. Soeben hatte sie ihm signalisiert, dass sie sich um sein Befinden sorgte, mehr konnte sie im Augenblick nicht tun.

Als sich die Tür zum Esszimmer öffnete, sahen sie beide auf. Es war Peer. Er kam zu ihnen an den Tisch und gab Gerlinde einen Kuss auf die Wange, bevor er sich neben sie setzte. Sie sah sofort, dass er aufgebracht war.

»Entschuldigt meine Verspätung, aber es gab ein Problem mit ein paar Heuballen. Offenbar sind sie nass geworden. Der Wasserzulauf direkt neben der Scheune war leicht geöffnet, und die Tränke ist übergelaufen. Niemand weiß so wirklich, wie das passieren konnte. Das Wasser hat sich direkt den Weg in die Scheune gesucht.«

»Das darf doch nicht wahr sein, verdammt noch mal!«, fluchte Jonas. »Welcher Idiot war da denn am Werk?«

»Ist es viel?«, fragte Gerlinde.

»Vier große Ballen«, erwiderte Peer. »Einer der Burschen hatte sie gestern Abend schon mal in den unteren Bereich der Scheune gebracht. Er sagt, da waren sie noch absolut trocken, und dass der Wasserzulauf draußen offen war, hat er auch nicht bemerkt. So konnte sich das Wasser in aller Ruhe im unteren Bereich der Scheune verteilen. Hätten wir, wie geplant, das Heu gleich heute Morgen geholt, wäre es wohl nicht ganz so schlimm geworden, aber so haben sich die Ballen etliche Stunden lang vollgesaugt.«

»Können wir sie noch retten?«, wollte Jonas wissen.

»Wir haben das Heu schon auf der leeren Weide hinter

dem Reitplatz verteilt. Wenn es in den nächsten zwei Tagen nicht regnet, wird vielleicht einiges davon wieder trocknen, ohne zu verpilzen.«

»Na, wenigstens etwas.« Gerlinde nahm die Teekanne vom Stövchen und schenkte Peer ein. »Nun wird es aber Zeit, dass du etwas isst«, forderte sie ihn auf.

»Ich danke dir, mein Schatz.« Wie immer wirkte sein Blick warm, als er sie ansah. Gerlinde wusste, wie sehr dieser Mann sie liebte, und sie war froh, dass er an ihrer Seite war.

»Ich habe übrigens eine Postkarte von Vera bekommen«, teilte Peer ihnen mit, nachdem sie das Abendbrot beendet hatten und noch eine Weile zusammen im Salon saßen.

»Gibt es etwas Neues von deiner Schwägerin?«, fragte Gerlinde. »Geht es ihr schon besser?«

Peer schüttelte den Kopf. »Leider nein. So wie es aussieht, müssen wir noch ein paar Tage, wenn nicht sogar Wochen auf Vera warten.« Er zündete sich eine Zigarette an und lehnte sich im Sessel zurück.

Gerlinde fiel auf, dass Jonas still blieb und nicht weiter nachfragte. Sie fand das ungewöhnlich.

»Du vermisst sie sicherlich, oder?«, wandte sie sich an ihren Sohn.

»Natürlich«, antwortete Jonas knapp und nahm sich ebenfalls eine Zigarette, was er eigentlich nur selten tat. »Es wird Zeit, dass sie wieder nach Hause kommt.«

»Nun, ich hoffe, dass sie zumindest zum Sommerfest wieder hier ist.« Peer stand auf und schenkte sich am Bartisch einen zweiten Weinbrand ein. »Willst du auch noch einen?«, fragte er Jonas, doch der winkte ab.

»Danke, aber ich werde gleich nach oben gehen.«

Gerlinde fand sich damit in ihrer Annahme bestätigt, dass ihr Sohn irgendwie verändert war. Normalerweise war er derjenige, der abends kaum ein Ende fand. Als er sich tatsächlich kurz darauf erhob und ihnen eine gute Nacht wünschte, sah sie ihm nachdenklich hinterher.

»Was ist los?«, fragte Peer und riss sie damit aus ihren Gedanken. Er kannte sie zu gut.

»Irgendwas ist mit Jonas nicht in Ordnung, aber ich weiß noch nicht, was es ist.«

»Wahrscheinlich liegt es wirklich nur daran, dass er Vera vermisst, so wie wir alle.«

»Hm, kann sein.«

Gerlinde hätte nicht sagen können warum, aber sie glaubte nicht, dass das der Grund war.

Jonas ritt langsam durch den Wald. Er kannte den Weg zur Hütte genau, weil er schon während des Krieges etliche Male mit Peer dort gewesen war, um die Pferde zu versorgen. Oft hatten sie dort sogar übernachtet, auch wenn seine Mutter das nicht unbedingt gern gesehen hatte.

Er war kaum dort angekommen, als er aus der anderen Richtung Elise kommen sah. Sein Herz wurde weit, und er fühlte Erleichterung. Zu groß war die Sorge gewesen, sie würde vielleicht nicht kommen. Sie ritt wieder die kurzbeinige Stute, so wie beim ersten Mal, als sie sich zufällig am Bach getroffen hatten.

Elises Augen strahlten, als sie abstieg und zu ihm kam. Wie selbstverständlich zog er sie an sich, und ihre Arme legten sich um seine Mitte. So hielten sie sich eine Weile fest. Es fühlte sich an, als würden sie das schon seit einer Ewigkeit tun.

»Es tut so gut, dich zu sehen«, sagte er. »So verdammt gut.«

»Ich bin genauso froh«, gab sie zu. »Ich dachte schon, du würdest vielleicht nicht kommen können.«

»So ging es mir auch.« Jonas sah sich um. »Komm«, forderte er sie auf. »Wir können die Pferde mit reinnehmen.«

»Ach, das ist ja fast schon gemütlich hier«, stellte sie lachend fest, als sie im Inneren der Hütte waren. »Es gibt sogar einen Tisch und zwei Stühle und … ähm, eine Pritsche.«

»Ja, das liegt daran, dass hier während des Krieges meistens jemand übernachtet hat. Wir haben die Pferde nur selten allein gelassen.«

Jonas zeigte auf die halbe Holzwand, die den kleinen Raum für die Menschen vom deutlich größeren Stallbereich abtrennte.

»Deshalb haben wir das hier auch so eingerichtet. Entweder war jemand von eurem Gut hier oder von uns.«

Elise und er brachten die Pferde in den abgetrennten Bereich.

»Das wirkt alles viel größer, als es von draußen aussieht«, bemerkte sie.

»Wir hatten hier insgesamt acht Pferde untergebracht. Jeder sollte sich für die vermeintlich wertvollsten Tiere entscheiden. Übrigens kann man die hintere Tür sogar öffnen, da gibt es noch einen hoch abgezäunten Auslauf, um die Bewegung der Tiere zu gewährleisten.«

»Das ist wirklich gut durchdacht.«

»Na ja, jetzt wird die Hütte praktisch nicht mehr genutzt. Ist ja auch gut so. Sie hat ihren Zweck erfüllt.«

Es entstand eine kleine verlegene Pause. Dann ging Jonas hinüber zu einem kleinen Regal, das an der Wand hing, nahm einen Lappen heraus und befreite die beiden einfachen Holz-stühle vom Staub.

»Leider ist alles ziemlich dreckig, weil so lange niemand mehr hier war. Setz dich doch.«

»Danke«, sagte sie.

Wie am Tag zuvor drehten sich ihre Gespräche hauptsäch-lich um Pferde, doch dann sprachen sie auch über sich selbst und ihre Familien. Sie tauschten sich aus, sprachen darüber, wie es ist, ohne Vater aufwachsen zu müssen, und plötzlich waren zwei Stunden vergangen.

Jonas erschrak ein wenig, als er auf seine Taschenuhr sah. »Oh, ich denke, wir sollten langsam aufbrechen.«

Elise erhob sich. »Ja, du hast recht. Es wird Zeit.«

Plötzlich kehrte die Verlegenheit zwischen ihnen wieder zurück. Nahezu wortlos holten sie ihre Pferde und verließen die Hütte. Draußen hielten sie beide ihr Pferd am Zügel und sahen sich an.

»Morgen?«, fragte sie, und er konnte hören, dass ihre Stimme ein wenig zitterte.

Er nickte. »Morgen.«

Dann stieg er auf sein Pferd, und als auch sie auf ihrer Stute saß, hatte er das Gefühl, noch etwas sagen, sich erklären zu müssen.

»Ich hätte dich wirklich gerne noch einmal geküsst, Elise, aber ich … also, ich dachte, ich lasse es lieber, um nicht die Kontrolle zu verlieren.« Er atmete tief durch, weil er sah, dass ihre goldenen Augen sich weiteten und auch sie tief Luft holte. »Schon, als ich dich vorhin im Arm hielt, wurde mir das klar. Ich verlange so sehr nach dir, dass es wehtut.« Seine Kehle war mit einem Mal wie zugeschnürt, daher zog er am

Zügel seines Wallachs. »Bis Morgen«, rief er ihr noch zu, dann schlug er den Weg nach Lerchengrund ein.

Elises Welt stand vollkommen kopf, seit sie Jonas von Grootenlohe begegnet war. Jede Minute, die sie seither mit ihm verbracht hatte, ließ ihre Gefühle für ihn noch intensiver werden. Ihre Gespräche waren anders als alle anderen, die sie jemals mit einem Mann geführt hatte, und sie war fest davon überzeugt, dass sie noch nie zuvor auf jemanden getroffen war, der ihr so vollkommen erschien.

Natürlich wusste sie, dass Jonas nicht vollkommen war, das war niemand, aber in ihren Augen war er es. Sie fand ihn klug, feinsinnig und unfassbar anziehend. Als er sich von ihr verabschiedet hatte, hätte sie ihn am liebsten angefleht, sie doch noch zu küssen, sie zu halten und niemals wieder loszulassen. Doch sie wusste auch, dass er recht hatte. Es war wirklich besser und aufrichtiger, sich noch zurückzuhalten, bis er endlich mit Vera gesprochen hatte.

Allerdings mochte sie gar nicht darüber nachdenken, was das alles nach sich ziehen würde. Die Zeit, nachdem Jonas sich offiziell von Vera getrennt hatte, würde für alle Beteiligten nicht leicht werden, und im Augenblick konnte sie sich noch gar nicht recht vorstellen, was sie erwartete. Würde Vera Lerchengrund alsbald verlassen? Und was würde erst passieren, wenn Jonas und Elise ihre Liebe zeigen konnten? Würde das Leben mit ihm tatsächlich die reine Herrlichkeit sein, so wie sie es sich im Geheimen erträumte? Die Fragen türmten sich in ihrem Kopf zu einem unüberwindbaren Hindernis auf, aber es blieb ihr nichts anderes übrig, als abzuwarten, bis Vera endlich heimkehrte.

»Du grübelst, Kind«, stellte ihre Mutter fest und holte sie zurück in die Wirklichkeit. »Worüber denkst du so angestrengt nach?«

Elise winkte ab. »Ach, nichts Besonderes, Mama.«

»Machst du dir über irgendetwas Sorgen?«

»Nein, wirklich nicht.«

Sie schob ihren leeren Suppenteller beiseite und seufzte. Im Augenblick wäre sie gerne allein, obwohl bei dem Gedanken sofort der Anflug eines schlechten Gewissens erwachte. Ihre Mutter meinte es gut mit ihr, und sie war schon immer besonders feinfühlig gewesen, wenn es um das Seelenleben ihrer jüngsten Tochter ging. Daran hatten auch Elises Jahre in Wien nichts geändert.

Sie griff nach der Teekanne und schenkte sich und ihrer Mutter nach. »Sag mal, Mama, warum genau hast du mich damals eigentlich nach Wien geschickt?«

»Aber darüber haben wir doch schon so oft gesprochen, Lieschen.«

»Ja, aber jetzt bin ich erwachsen und würde es gerne noch einmal von dir hören.«

Therese gab einen Löffel Zucker in ihren Tee und rührte um. »Ist es das, worüber du so intensiv nachdenkst?«

»Nein, ich sage doch, es geht mir blendend. Es interessiert mich einfach.«

»Nun, du hast dich völlig anders entwickelt als deine Geschwister, das wurde mir früh klar. Ich dachte, dass du mehr wie ich bist, nur klüger.« Sie lachte leise und hob eine Hand, als Elise protestieren wollte. »Kaum, dass du lesen konntest, trat deine Liebe zu Büchern zutage«, fuhr sie fort. »Ich spürte einfach, dass du eine andere Umgebung brauchtest, um dich entfalten zu können. Kultur, Theater und vor allem Menschen, mit denen du dich darüber austauschen kannst – das war die Vorstellung, die ich für dich hatte. Hamburg war nah, doch dort gab es nicht die Möglichkeit, dich dauerhaft unterzubringen, außer bei wildfremden Menschen. Meine Heimatstadt bot einfach alles, sogar eine Universität, an der Frauen studieren können, wenn sie es denn wollen.«

Ihre Mutter nahm einen Schluck Tee, stellte ihre Tasse danach bedächtig zurück und sah ihr in die Augen.

»Die Trennung von dir war schlimm, aber die Vorstellung, dass deine Talente hier zugrunde gehen, konnte ich noch viel schlechter ertragen. Außerdem wusste ich, dass du bei meiner Mutter wunderbar aufgehoben sein würdest. Sie liebt dich fast so sehr, wie ich es tue.«

Elises Augen füllten sich mit Tränen. »Ich wollte dir schon lange sagen, dass du das vollkommen richtig entschieden hast, Mama. Und übrigens, ich liebe dich auch sehr.« Sie beugte sich über den Tisch und legte ihre Hand auf die ihrer Mutter.

In diesem Moment ging die Tür auf, und Rieke kam herein.

»Entschuldigt bitte, dass ich nicht rechtzeitig zum Abendessen hier war, aber ich hatte noch zu tun«, sagte sie und setzte sich auf ihren Platz.

»Ist schon in Ordnung. Du arbeitest hier wahrscheinlich mehr als wir alle zusammen.«

Therese nahm den Teller ihrer Ältesten und füllte ihn mit der Gemüsesuppe aus der Terrine, während Elise ihrer Schwester den Brotkorb reichte.

»Ich habe Spaß an der Arbeit, Mama.«

»Ja, das weiß ich. Trotzdem möchte ich dir mal sagen, wie dankbar wir dir alle sind. Dein Vater wäre sehr stolz auf dich, Frederike.«

Elise bemerkte, dass ein leichtes Lächeln um Riekes Lippen spielte. Ihrer Meinung nach passierte das viel zu selten. Ihre Schwester war durch und durch ein ernster Mensch. Sie bedauerte es manchmal, dass Rieke die Leichtigkeit des Lebens, die sie selbst oft beflügelte, so ganz und gar abging. Schon seit sie wieder zu Hause war, dachte sie darüber nach, wie man diesen seltsamen Panzer aufbrechen konnte, den Rieke um sich herum errichtet zu haben schien, aber ihr wollte nichts einfallen. Frederikes Interessen waren nicht so breit gefächert wie ihre eigenen.

»Demnächst findet doch das Sommerfest auf Lerchengrund statt«, versuchte sie sich an einem unterhaltsamen Thema. »Wollen wir uns dafür vielleicht ein paar neue Kleider gönnen, Rieke? Was sagst du dazu? Abends soll sogar getanzt werden, habe ich gehört.«

Sie hatte kaum ausgesprochen, da hörte sie ihre Schwester bereits aufstöhnen.

»Wenn du meinst, du müsstest für diesen Firlefanz auch noch Geld für ein neues Kleid ausgeben, bitte schön. Ich halte das für überflüssig.«

»Würdest du es denn nicht schön finden, dich mal wieder richtig hübsch zu machen?«, fragte Therese.

»Pah! Ist das etwa Kritik an meinem Aussehen, Mama?«

»Natürlich nicht, du bist auch so hübsch anzusehen, aber ...«

»Ich fühle mich wohl in meinen Reithosen, und ich habe ohnehin kein Interesse daran, auf dieses Fest zu gehen.«

»Schade«, seufzte Elise und meinte es auch so.

Auch wenn Rieke sich nicht für die gleichen Dinge begeistern konnte wie sie selbst, so liebte sie ihre Schwester doch von Herzen. Früher hatten sie oft miteinander geredet, oft stundenlang. Inzwischen kam es ihr so vor, als wäre das in einem anderen Leben gewesen.

»Ach, ich muss euch ja noch etwas sehr Wichtiges mitteilen«, wechselte Therese das Thema.

Sie schob ihre leere Teetasse beiseite und setzte eine feierliche Miene auf, was sie immer tat, wenn es etwas Besonderes zu berichten gab.

»Euer Bruder hat mir geschrieben. Er wird noch einige Zeit in Boston bleiben. Stellt euch vor, er hat dort ein Mädchen kennengelernt und sich verliebt.«

»Oh, wie wunderbar«, rief Elise aus. Sie freute sich für ihren Bruder. Er war ein guter Kerl und hatte es verdient, sein Glück zu finden.

»Was sagt denn Onkel Theo dazu?«, fragte Rieke, pragmatisch wie üblich.

»Theo will offenbar die Gelegenheit nutzen und dort eine Dependance der Reederei einrichten. Carl soll das Büro aufbauen und leiten, um zu sehen, ob sich die Idee auf Dauer rentiert.«

»Das heißt also, er wird nicht nur ein paar Wochen, sondern vielleicht sogar jahrelang nicht nach Hause kommen«, stellte Elise fest. »Das ist allerdings weniger schön.«

»Ja, das stimmt. Das ist auch der Punkt, der mir Kummer bereitet.« Therese seufzte tief auf. »Er möchte das Mädchen sehr bald heiraten, und wir können noch nicht einmal dabei sein. Das tut mir natürlich weh.«

»Es hat Carl noch nie interessiert, was andere denken, solange er nur seinen eigenen Ambitionen folgen konnte«, warf Rieke harsch ein. »Warum sollte er jetzt damit anfangen, Mama?«

»Ach, du bist nur immer noch sauer auf ihn, weil er kein Interesse an dem Gut aufbringen konnte.« Therese winkte ab. »Das sind alte Geschichten, und du weißt, wie wichtig es mir stets war, dass ihr im Leben glücklich werdet.« Ihr Blick glitt kurz zu Elise, dann wieder zurück zu Frederike. »Hätte ich ihm die Leitung des Guts aufgebürdet, wäre dein Bruder nur unglücklich geworden. Es hat ihn schon immer in die Stadt gezogen, und warum hätte ich ihm das verwehren sollen?«

»Weil unsere Familie hierhergehört, Mama. Das sind wir unserem Vater schuldig, meinst du nicht?«

»Nein, das meine ich nicht. Ein einzelner Mensch hat nicht das Recht, seiner ganzen Familie etwas überzustülpen, nur weil es ihm persönlich sehr wichtig ist.«

Rieke schnaufte unwillig und schob ihren Teller beiseite.

Elise hatte in den letzten Minuten nur zugehört, aber nun hatte sie doch das Gefühl, sich einbringen zu müssen.

»Ich sehe das wie Mama, Rieke. Außerdem solltest du froh darüber sein, dass es Carl von hier fortgezogen hat. Schließlich läuft damit alles darauf hinaus, dass du unseren Besitz leiten wirst. Das ist es doch, was *dich* glücklich macht, nicht wahr?«

Es entging Elise nicht, dass ihre Schwester das Kinn hob und ihre dunklen Augen Funken sprühten. »Dass so was von dir kommt, überrascht mich nicht. Dich hält hier doch auch nichts.«

»Das stimmt so nicht, und das weißt du auch. Ich liebe unseren Besitz, ich halte ihn nur nicht für den Nabel der Welt, und ich habe gelernt, dass ich durchaus auch woanders glücklich sein kann«, verteidigte sich Elise vehement. »Ich werfe dir andersherum auch nicht vor, dass du niemals von hier weggekommen bist und es noch nicht einmal in Betracht gezogen hast, woanders zu leben – nicht einmal für eine kurze Zeit. Du reagierst gerade sehr unfair, Rieke.«

Elise nutzte die Sprachlosigkeit ihrer Schwester und erhob sich.

»Im Übrigen möchte ich mich wirklich nicht mit dir streiten, deshalb werde ich noch einen Moment an die frische Luft gehen, bevor ich mich mit einem guten Buch nach oben verabschiede.«

Sie ging um den Tisch herum zu ihrer Mutter und gab ihr einen Kuss auf die Wange.

»Schlaf später gut, Mama.« Noch einmal wandte sie sich an ihre Schwester. »Du auch, Rieke.«

Wie so oft, wenn sie nach dem Abendessen noch einen kleinen Spaziergang machte, schlug sie den Weg zum Pferdestall ein. Sie öffnete die Tür und suchte den Raum ab, bis sie Brina sah, die kleine Stute, die ihr so sehr ans Herz gewachsen war, dass sie sich immer wieder für sie entschied, wenn sie ausreiten wollte.

Als hätte das Pferd ihre Gedanken gelesen, kam es sofort langsam auf sie zugetrottet. Elise streichelte die samtig weichen Nüstern und erfreute sich an den fast zärtlich anmutenden Nasenstübern, mit denen Brina auf die Liebkosungen antwortete.

»Ja, meine Kleine«, flüsterte sie dem Pferd zu. »Du bist einfach immer liebenswert und freundlich. Vielleicht habe ich dich deshalb so lieb.« Brina schnaufte leise, und Elise musste lachen. »Morgen gehen wir wieder in den Wald, meine Süße, aber nun hab eine gute Nacht.«

Sie lehnte ihre Stirn kurz an die schmale Blesse der Stute, dann wandte sie sich ab, verließ den Stall und schloss hinter sich die Tür.

Draußen stand Rieke. Ihre Schwester schien auf sie gewartet zu haben und versuchte sich nun sogar an einem freundlichen Gesichtsausdruck.

»Ich möchte mich auch nicht mit dir streiten«, sagte sie und klang dabei so reumütig, dass Elise sofort lächeln musste.

»Du gefällst mir viel besser, wenn du nicht so grimmig dreinschaust«, sagte sie. Dann ging sie auf ihre Schwester zu und nahm sie in den Arm. »Wenn Carl tatsächlich in Übersee bleiben sollte, haben wir nur noch uns, Rieke. Wir sollten wirklich zusammenhalten, auch Mama zuliebe, meinst du nicht?«

»Natürlich, du hast ja recht. Mir tut es leid, dass ich nicht immer so fröhlich aus der Wäsche gucken kann wie du und Mama.« Rieke löste sich aus Elises fester Umarmung und grinste schief. »Ich bin halt nicht so, aber ich habe dich trotzdem sehr gern, das musst du mir glauben.«

»Ach, Rieke, das weiß ich doch.« Sie hakte sich bei ihrer Schwester ein, und zusammen schlugen sie den Weg zurück zum Haus ein.

»Wie geht es dir, Kleine?«, wollte Frederike wissen. »Hast du dich schon wieder richtig eingelebt oder zieht es dich zurück zu Oma nach Wien?«

»Nein, im Moment fühle ich mich hier pudelwohl. Es tut gut, wieder bei euch zu sein.«

»Das höre ich gern. Schreibst du noch?«

Elise stutzte. »Ich dachte, du hättest noch nicht einmal bemerkt, dass ich mich für die Schriftstellerei interessiere«, gab sie lachend zu.

»Nun, du sprichst ja auch kaum darüber, aber ich weiß schon, dass du gerne etwas in deine vielen Notizbücher notierst. Schon früher hast du immer diese kleinen lustigen Geschichten geschrieben, um sie uns später zum Geburtstag zu schenken. Ich habe das immer sehr gemocht.«

»Ach, tatsächlich?«

»Ja, ich habe sie sogar alle aufgehoben.« Rieke lachte leise. »Ich würde so etwas nie zustande bringen. Es ist schön, dass du das so kannst.«

»Na ja, ich schreibe noch immer Kurzgeschichten.«

»Gut so. Vielleicht solltest du sie mal einer Zeitung oder so anbieten.«

Elise winkte ab. »Ich bin noch nicht so weit, denke ich, aber sobald ich das Gefühl habe, dass es eine Geschichte gibt, die ich der Öffentlichkeit zumuten will, werde ich mich darum kümmern.«

»Und wie geht es dir sonst? Wie war eigentlich dein Tag in Hamburg?«

Elise musste sofort an Jonas denken, und in ihrem Bauch fühlte sie das nun schon vertraute Kribbeln.

»Ähm … schön. Ich war lange nicht mehr dort. Die Stadt ist einfach wunderbar«, beeilte sie sich, zu sagen.

»Ja, das ist sie. Ich meine, du weißt ja, dass es mich eher selten dorthin zieht, aber wenn ich da bin, genieße ich es schon. Und wie war es drüben?«

Elise wusste zunächst nicht, was Rieke meinte, doch dann fiel der Groschen. »Du meinst, gestern auf Lerchengrund?«

»Ja, ich meine deinen Besuch bei unserem hochgelobten Landadel.«

Elise blieb stehen und sah ihre Schwester an. »Du wirst schon wieder zynisch, Rieke. Lass das doch, bitte.«

»Sag jetzt nicht, du hast dich tatsächlich in den adligen Spross verguckt?«

»Und wenn? Was wäre so schlimm daran?«

Der Satz war heraus, bevor Elise ihn zurückhalten konnte. Den Bruchteil einer Sekunde ärgerte sie sich darüber, doch dann dachte sie, dass es eigentlich völlig normal sein sollte, mit ihrer älteren Schwester darüber zu sprechen. Auch wenn Rieke einige Jahre älter war, so war sie früher ihre engste Vertraute gewesen, warum sollte sich daran etwas geändert haben, dachte Elise und schob ihre Bedenken beiseite.

Über Riekes Nasenwurzel bildeten sich allerdings zwei tiefe Falten.

»Das solltest du besser lassen. Der wird die Stellbrink heiraten. Übrigens ist das die einzig annehmbare Person da drüben.«

»Du hast Kontakt zu Vera?«, fragte Elise, und ihr Herz begann, schneller zu schlagen.

»Durchaus. In den vergangenen Jahren haben wir uns dann und wann getroffen. Natürlich nicht unbedingt auf Lerchengrund, aber vorgekommen ist auch das schon. Wenn man mal ihre Verbindung zu den Grootenlohes außen vor lässt, ist sie wirklich nett.«

»Was ist das nur mit dir und der Familie Grootenlohe?« Elise schüttelte ratlos den Kopf. »Ich habe dich schon häufiger gefragt, warum du sie so gar nicht magst, aber eine schlüssige Antwort hast du mir noch nie gegeben, Rieke.«

»Zum Beispiel haben sie uns den Wald weggenommen, Kleine. Du warst noch nicht auf der Welt, aber ...«

»Mama hat mir das alles mal erzählt. Ich kenne die Geschichte. Unser Vater hat damals den Wald verspielt. Es war seine Schuld, nicht die der Grootenlohes.«

»Das sehe ich anders.« Rieke ließ ihren Arm los und ging weiter.

Elise machte zwei schnelle Schritte und hakte sich erneut bei ihrer Schwester ein.

»Wir wollten uns nicht mehr streiten, erinnerst du dich?«

Rieke sah sie an und zog einen Mundwinkel nach oben. »Ist schon gut. Lass uns einfach nicht mehr über die da drüben reden. Und, Lieschen, schlag dir den jungen Baron aus dem Kopf. Du hättest nicht die geringste Chance bei dem. Du hast Vera lange nicht gesehen. Sie ist wirklich bildschön.« Noch einmal blieben die beiden stehen. »Und nimm das jetzt nicht persönlich, denn so meine ich das nicht, aber Vera hat Jonas in ihren Krallen. Sie wird ihn niemals aufgeben, das weiß ich.«

»Puh, du redest über die beiden, als würde Jonas' Meinung gar nicht zählen.«

»Tut sie in dem Fall auch nicht, Kleine. Die Alte und Vera haben das schon vor Jahren für ihn entschieden. Jonas von Grootenlohe hat nie eine echte Wahl gehabt, wenn du mich fragst. Andererseits wollte er sie wohl auch gar nicht haben. Vera ist alles, was der Kerl will, und Punkt. Ganz einfach, weil sie mit ihm aufgewachsen ist und somit auch in den Augen seiner geliebten Mutter die geborene Gutsherrin ist. Und Vera weiß das auch.«

Elise verspürte einen eindringlichen Schmerz in der Brust. »Ich glaube, du könntest dich irren.«

Riekes Augenbrauen schossen in die Höhe. »Hör mir gut zu, Lieschen. Halte dich ja von ihm fern. Ich habe mal läuten hören, dass der sogar eine Liaison mit einer Vorwerksbetreiberin hat. Im Dorfkrug war das mal eine Zeit lang *das* Gesprächsthema. Es ist dort ein offenes Geheimnis, dass der junge Baron regelmäßig die Fender aufsucht. Und jeder, der dort arbeitet, bekommt mit, warum er das tut. Der weiß doch genau, wie er aussieht, und nutzt das schamlos aus, glaub mir. Er verspricht dir das Blaue vom Himmel und raspelt jede Menge Süßholz, nur um dich rumzukriegen, so sieht das aus. Lass dich ja nicht von ihm um den Finger wickeln. Der will nur eins von dir, meine Kleine. Nicht mehr und auch nicht weniger. Sei ja vorsichtig, denn heiraten wird er nur Vera Stellbrink.«

»Ich bin kein kleines Kind mehr, Rieke.« Elise versuchte, sich gegen den nagenden Zweifel, den ihre Schwester in ihr Herz gepflanzt hatte, zu wehren, doch sie spürte schon jetzt, dass er sich hartnäckig eingenistet hatte.

»Dann sei auf der Hut, und bleib von ihm weg. Sag mal, hattest du nicht diesen Verehrer in Wien? In deinen Briefen hast du oft von ihm gesprochen.«

»Ludwig? Ja, der ist nett, mehr aber auch nicht. Und eigentlich ist er gar kein Verehrer, er ...«

»Vielleicht sollte er uns mal besuchen, was meinst du? Könnte doch sein, dass ihm das Leben hier gefällt.«

»Ach, Rieke, nein. Das mit Ludwig Felden ist etwas anderes. Er ist nur ein Freund, wenn auch ein sehr guter. Mehr ist da nicht zwischen uns. Außerdem würde er Wien und die Hofreitschule niemals verlassen, das weiß ich.«

»Ach, das würde man dann schon sehen. Die Aussicht, den

Gutsherren spielen zu können, hat schon so manchem Kerl den Kopf verdreht. Du hast mir doch geschrieben, dass dieser Ludwig bei Onkel Ferdi mit den Lipizzanern arbeitet, der muss also eine Menge für Pferde übrighaben und einiges darüber wissen. Denk mal darüber nach. Dein Ludwig wäre wirklich der passende Ehemann für dich, Lieschen.«

Elise konnte kaum glauben, mit welcher Sachlichkeit ihre Schwester über eine mögliche Ehe sprach, doch sie wollte sich nicht schon wieder mit ihr streiten.

»Was ist eigentlich mit dir?«, versuchte sie deshalb, von sich abzulenken.

»Wie meinst du das?«

»Willst du wirklich niemals heiraten?«

Rieke lachte kurz und trocken auf. »Nein, ganz sicher nicht. Ich denke, du und Carl werdet schon dafür sorgen, dass unsere Familie nicht aussterben wird. Das sollte reichen.«

»Aber es geht doch nicht nur darum, Frederike. Was ist mit der Liebe?«

»Liebe? Hör mir bloß damit auf. Ich glaube nicht, dass die Liebe uns Menschen wirklich guttut. Sie verkompliziert nur alles. Nein, mit mir nicht. Ich bleibe allein und schau mir an, wie ihr Erben in die Welt setzt. Ich will meine Ruhe haben, lieber alles allein entscheiden und meiner Arbeit auf dem Gut nachgehen, mehr brauche ich nicht. Carl und du, ihr seid da viel romantischer veranlagt, weil ihr mehr nach Mama kommt. Ich kann mit diesem ganzen Liebesgetue nicht viel anfangen.«

10. Kapitel

Die Fragen, die das Gespräch mit Frederike in Elise auslösten, nagten an ihr, doch als sie am nächsten Tag zur Hütte kam, lösten sie sich vorerst wieder in Luft auf. Jonas stand bereits in der offenen Tür und erwartete sie. Als sie ihn sah, schwoll ihr Herz vor lauter Liebe an, und sie konnte kaum schnell genug von Brina absteigen. Eine Welle des Glücks durchflutete sie, als er sie kurz darauf in seine Arme schloss und sie fest an sich drückte.

»Hallo, du goldener Engel«, flüsterte Jonas ihr zu. Er hielt sie eine Weile, dann hörte sie sein tiefes Seufzen, und er gab sie wieder frei.

»Ach, Jonas«, flüsterte sie. Nicht nur ihn brachte die körperliche Nähe an die Grenzen der Selbstbeherrschung. Sie begehrte ihn so sehr, und am liebsten hätte sie sich sofort wieder an ihn gekuschelt.

»Komm«, sagte er, nahm ihre Hand und zog sie in die Hütte hinein.

»Oh, wie schön«, rief sie aus, als sie drinnen waren.

Offenbar hatte Jonas inzwischen alles sauber gemacht. Es gab keine Spinnenweben mehr, und der Staub auf dem Boden und den wenigen Möbeln war auch verschwunden. Auf dem Tisch standen zwei einfache Gläser und ein Tonkrug, der mit einem Korken verschlossen war, daneben brannte eine kleine Bienenwachskerze. Über die einfache Strohmatratze der Pritsche hatte er eine saubere rot karierte Wolldecke ausgebreitet.

Der will nur eins von dir, meine Kleine. Riekes Mahnung kam ihr plötzlich wieder in den Sinn, als Elise auf die Wolldecke starrte.

»Ich war gestern Abend noch einmal hier und hab alles für uns sauber gemacht«, unterbrach Jonas ihre Gedanken.

Seine Stimme klang feierlich, fand sie. So, als wäre er stolz darauf, die Hütte hergerichtet zu haben. Das rührte sie.

Nein, dachte sie, Rieke irrt sich in ihm.

»Im Krug ist Wein, wenn du magst«, sagte er.

»Sehr gerne.« Sie setzte sich und sah zu, wie er ihnen etwas Wein in die Gläser schenkte, dann prosteten sie sich zu, tranken einen Schluck und sahen sich eine Weile nur an. Es war anders als beim letzten Mal, das spürte sie genau. Offenbar fiel es ihnen beiden schwer, sich über ein unverfängliches Thema zu unterhalten.

Sie erschrak fast, als Jonas plötzlich aufstand.

»Das ist die reinste Folter«, sagte er mit rauer Stimme. Im Stehen griff er nach seinem Glas und trank es in einem Zug aus.

Auch Elise erhob sich. Sie wusste nicht so recht, wie sie reagieren sollte.

»Das war eine dumme Idee«, fuhr er fort und stöhnte auf. »Ich meine, spätestens seit gestern hätte ich doch wissen müssen, dass es mir schwerfällt, hier mit dir allein zu sein, ohne ...« Hörbar entnervt, brach er ab.

»Du, mein Lieber«, flüsterte sie und machte instinktiv einen Schritt auf ihn zu. Als sie vor ihm stand, legte sie ihre Hand an seine Wange. Seine Haut war warm, und sie fühlte ein angenehmes Prickeln auf ihrem Rücken.

»Tu das nicht«, sagte er leise. »Wenn du mir so nah bist, kann ich gar nicht mehr vernünftig denken.«

Elise dachte noch einmal, dass Rieke ihn völlig falsch einschätzte. Ja, er wollte sie, aber sie wollte ihn auch, und dieses Gefühl beherrschte sie immer stärker.

Behutsam legte sie ihre Hände um seinen Nacken, stellte sich auf die Zehenspitzen und küsste ihn. Zunächst hielt er ganz still, doch schon in der nächsten Sekunde stöhnte er unter ihren Lippen. Seine Arme legten sich um sie, zögerlich zuerst, doch schließlich so fest, als wollte er sie niemals wieder loslassen.

Es dauerte nur wenige Minuten, bis sie schwer atmend und ungeduldig damit begannen, sich gegenseitig auszuziehen. Kurz darauf lagen sie nebeneinander auf der schmalen Pritsche. Das Gefühl seiner Hände auf ihrer Haut löste eine Sehnsucht in ihr aus, die stärker war als jede Empfindung, die sie jemals zuvor gehabt hatte. Ihr Körper wurde geradezu überschwemmt davon.

Jonas umfasste ihre Brüste. Er küsste die Spitzen und reizte sie mit der Zunge. Niemals zuvor hatte sie etwas Vergleichbares gefühlt. Als seine heiße Erektion ihre Scham berührte, glaubte sie fast, vor Lust zu zerspringen. Dann schob er sich in sie, langsam, doch ohne Zögern. Der kurze Schmerz verebbte schnell, und die wundervollsten Wellen der Lust hoben sie in Höhen, die sie sich niemals hätte vorstellen können. Es erschien ihr, als ob sie ihr ganzes Leben allein auf diesen einen Moment gewartet hatte.

Jonas war ihr Ziel, ihr Leben, das wusste sie jetzt. Und als sie dachte, es könnte kaum noch schöner werden, wurde sie von einer noch größeren, einer erlösenden Welle emporgehoben.

»Oh Jonas, Jonas, du …«, stöhnte sie auf diesem Höhepunkt ihrer Lust.

Sie umschlang ihn fest mit ihren Beinen, wollte ihm so nah wie nur möglich sein, und glaubte, sich jeden Moment vor lauter Wonne aufzulösen.

Er keuchte auf, dann fühlte sie, wie sich sein Körper versteifte und er sich in sie ergoss. In dieser Sekunde war wirklich alles vollkommen.

»Wir haben den größten Teil des Heus retten können«, teilte Peer ihnen während des Abendessens mit.

Jonas fühlte sofort das schlechte Gewissen in sich aufkeimen. Seine derzeit ziemlich desolate Gefühlswelt ließ kaum einen anderen Gedanken zu, der nicht mit Elise zu tun hatte. Das Heu, das in der Scheune nass geworden war, hatte er völlig vergessen.

»Da haben wir ja noch mal Glück gehabt«, hörte er seine Mutter sagen.

»Ja, das ist gut«, fügte Jonas schnell hinzu.

»Wir hatten Glück mit dem Wetter.« Peer sah ihn an. »Du bist viel unterwegs momentan.«

In Jonas' Ohren klang Peers Tonfall ein wenig anklagend, aber vielleicht sorgte sein Gewissen auch dafür, dass er sich das nur einbildete.

»Ja, tut mir leid, ich habe …« Plötzlich wusste er nicht so recht, wie er den Satz beenden sollte. »Im Augenblick brauche ich ein bisschen Zeit für mich«, sagte er schließlich. Irgendwie entsprach das ja der Wahrheit.

»Das ist schon in Ordnung.« Seine Mutter lächelte ihm zu. »Jeder von uns kennt doch diese Zeiten, in denen man gerne mal für sich allein ist.«

Er war froh, dass seine Mutter ihn offenbar verstand, auch wenn sie nicht die geringste Ahnung davon haben konnte, was ihn zurzeit so sehr beschäftigte.

»Vera kommt übrigens nächste Woche endlich nach Hause«, fügte sie noch hinzu. »Sie hat auch einen Brief für dich mitgeschickt. Ich habe ihn vorhin auf dein Zimmer bringen lassen.«

»Danke, Mama.« Er dachte schon wieder an Elise. Ich muss mich konzentrieren, rügte er sich in Gedanken.

In dem Moment klopfte es an der Tür, und eines der Mädchen kam herein.

»Herr Stellbrink, draußen steht einer der Stallburschen und würde Sie gerne sprechen. Wenn ich ihn richtig verstanden habe, ist es ziemlich wichtig.«

Peer legte sein Besteck ab und erhob sich sofort. Jonas und seine Mutter taten es ihm instinktiv nach. Zusammen gingen sie in die Halle, wo einer der Stallburschen stand und nervös seine Schirmmütze in den Händen hin und her drehte.

»Felix, was gibt es?«, fragte Peer.

Der junge Mann kam sofort auf den Punkt. »Eines der Fohlen ist verschwunden. Wir haben schon alles abgesucht, aber es ist tatsächlich nicht mehr da.«

»Wie kann das denn passieren?« Gerlinde trat einen Schritt nach vorn und stand jetzt neben Peer. »Ihr habt wirklich überall nachgesehen?«, hakte sie noch mal nach.

»Ja, gnädige Frau. Lucretia, also die Mutterstute, ist völlig aus dem Häuschen. Sie wiehert ständig, aber das Fohlen ist fort. Wir können uns auch nicht erklären, wie es dazu kommen konnte. Das ist alles sehr merkwürdig. Heute Morgen war eins der Tore offen, allerdings sind wir uns sicher, dass wir vorher alle verschlossen hatten, und das Schloss ist auch in Ordnung. Außerdem war Lucretia angebunden, und wir können uns nicht erklären, warum. Wir haben allesamt keine Ahnung, wie …

»Lucretia?«, sagte Jonas nachdenklich, ohne auf die weiteren Erklärungen des Burschen einzugehen. »Dann handelt es sich also um das Hengstfohlen.«

»So ist es, Herr Baron.«

Jonas fluchte. »Teufel noch mal, es ist erst ein paar Tage alt. Wieso entfernt es sich freiwillig von der Mutterstute? Das kapiere ich nicht. Ich ziehe mich kurz um, dann sollten wir noch mal gründlich suchen. Trommle die Leute zusammen, Felix. Wir treffen uns in zehn Minuten vor dem großen Stall. Ach ja, und bringt Lucretia raus auf den Hof, damit das Fohlen und sie sich hören oder wittern können, wenn es in der Nähe ist. Es kann nicht weit sein, dafür ist es noch viel zu jung.«

Peer nickte. »Der Baron hat recht. Wir sollten noch einmal alles genau absuchen.«

Der Bursche deutete in Gerlindes Richtung eine leichte Verbeugung an und machte sich auf den Weg.

Es sollte bis in den frühen Morgen dauern, doch dann fanden sie das Fohlen tatsächlich. Völlig entkräftet und erkennbar verängstigt, entdeckte Jonas es unter einem Fliederbusch, unweit vom Bach entfernt. Um ein Haar hätte er es übersehen. Offenbar hatte sich das Tier verirrt und sich dann vor lauter Angst hier verkrochen. Wäre es nur einige Tage älter gewesen, hätte es allein zum Stall zurückgefunden.

Während Peer zurückritt, um einen Wagen zu holen, blieb Jonas bei dem Fohlen. Er legte ihm eine Decke über den zitternden Körper, nahm den kleinen Kopf auf seinen Schoß und versuchte, es mit leiser Stimme und ausgiebigen Streicheleinheiten zu beruhigen.

»Meinst du, wir sollten den Tierarzt rufen?«, fragte Jonas später, als das Fohlen wieder sicher bei der Mutterstute im Stall lag und sich von seinem nächtlichen Ausflug erholte.

Peer schüttelte den Kopf. »Ich denke, das ist nicht nötig. Eine Mütze voll Schlaf und ein bisschen mütterliche Zuwendung werden das schon richten. Insgesamt ist seine Konstitution ja sehr gut, und ausgiebig gesäugt hat sie ihn auch. Der wird sich erholen.«

»Gut, wie du meinst.« Jonas atmete tief durch. »Wir sollten uns auch ein paar Stunden aufs Ohr hauen, Peer.«

Als er kurz darauf im Bett lag, dachte Jonas noch einmal an den Nachmittag zurück. Er hatte seinem immensen Begehren wirklich widerstehen wollen, doch Elise hatte mit ihrer bloßen Anwesenheit und nur wenigen Berührungen seinen festen Vorsatz einfach fortgewischt. Und dann war er nicht in der Lage gewesen, sich rechtzeitig aus ihr zurückzuziehen. Elises Leidenschaft und das Gefühl, wie ihre Beine ihn fest umschlungen hielten, hatten das Übrige dazu beigetragen. So war er in ihr geblieben, und es hatte sich großartig angefühlt. Trotzdem durfte es nicht wieder passieren, bis er endlich mit Vera gesprochen hatte, ermahnte er sich selbst. Auch wenn er solch heftige Gefühle noch nie zuvor erlebt hatte, war es viel zu riskant, sich dermaßen gehen zu lassen.

Dennoch, allein bei dem Gedanken daran, erwachte die

Begierde erneut, und so ließ er noch einmal jede Sekunde seines Zusammenseins mit Elise Revue passieren.

Es dauerte eine ganze Weile, bis er endlich einschlief, und als er wieder aufwachte, schreckte er regelrecht hoch. Die nächtliche Suche nach dem Fohlen hatte Spuren hinterlassen, sodass er ungewöhnlich tief geschlafen hatte – und viel zu lange.

Auf seinem Nachtschrank lag wie immer seine Taschenuhr. Jeden Abend, wenn er sich fürs Bett zurechtmachte, legte er sie dort ab. Irgendwie beunruhigt, warf er einen kurzen Blick darauf, und sofort entglitt ihm ein deftiger Fluch.

Es war schon später Nachmittag, und niemand im Haus hatte ihn geweckt. Offenbar hatte er geschlafen wie ein Toter und das Treffen mit Elise tatsächlich verschlafen.

»Das darf doch nicht wahr sein, du Idiot!«, beschimpfte er sich selbst.

Noch immer fluchend, schob er die Bettdecke beiseite, doch als er schließlich auf der Bettkante saß, konnte er etwas klarer denken. Er schüttelte den Kopf.

Ja, es war ärgerlich, aber nicht mehr zu ändern. Elise und er hatten schon in Hamburg darüber gesprochen, dass es leicht passieren konnte, dass einer von ihnen einmal nicht zum Treffen kommen konnte, damit musste man immer rechnen.

Der Gedanke an ihre Absprache beruhigte ihn etwas, linderte aber nicht die Sehnsucht nach ihr. Wie auch immer ... Er würde bis morgen warten müssen, bis er sie endlich wieder in den Armen halten konnte.

Für einen kurzen Moment überlegte er, ob er einfach im Bett bleiben sollte, doch da knurrte sein Magen vernehmlich, und er entschied sich anders. Also erhob er sich endgültig, machte sich kurz frisch und zog sich an, um nach unten zu gehen.

Elise bekam kaum etwas herunter. Um sich nichts anmerken zu lassen, schob sie sich trotzdem ab und zu etwas Gemüse oder ein Stück Kartoffel in den Mund.

Seit sie von ihrem Ausritt zurück war, versuchte sie, die verschiedenen Gefühle in ihrem Herzen und ihre Gedanken zu verarbeiten. Eine volle Stunde hatte sie auf Jonas gewartet. Immer wieder sagte sie sich, dass es viele Gründe dafür geben konnte, warum er heute Nachmittag nicht zur Hütte gekommen war, doch es half nichts. Die Enttäuschung und die quälenden Fragen, die damit einhergingen, waren übermächtig. Seit Stunden spielten ihre Gedanken verrückt. Sie fragte sich immer wieder, ob Rieke vielleicht doch recht hatte und Jonas nur daran interessiert gewesen war, mit ihr zu schlafen. Einerseits konnte und mochte sie nicht daran glauben, doch andererseits nagte der Zweifel an ihr und wollte nicht wieder verschwinden. Es tat so unglaublich weh, auch nur daran zu denken.

»Hast du keinen Hunger?«, fragte ihre Mutter in ihre Gedanken hinein.

»Keinen Appetit«, antwortete sie knapp.

»Na, hoffentlich wirst du uns nicht krank, Lieschen. Du siehst ziemlich blass aus.« Rieke legte das Besteck auf ihrem leeren Teller zusammen. »Soll ich dir eine heiße Milch mit Honig machen lassen oder hättest du gerne einen Kräutertee?«

»Nein, danke, Rieke. Das ist lieb, aber ich denke, ich bin

nur etwas erschöpft.« Sie erhob sich und versuchte sich an einem Lächeln. »Ich werde einfach ins Bett gehen, noch ein bisschen lesen und dann zeitig schlafen.«

»Ja, das ist eine gute Idee.« Auch Therese stand auf, kam zu ihr und nahm sie kurz in den Arm. »Leg dich hin, meine Kleine. Schlaf ist noch immer die beste Medizin.«

Auch Rieke wünschte ihr eine gute Nacht.

Elise war erleichtert, als sie endlich oben in ihrem Zimmer und allein war. Sie zog sich aus, machte sich fürs Bett zurecht und schlüpfte unter ihre Decke. Im Gegensatz zu sonst verspürte sie nicht die geringste Lust darauf, das Buch weiterzulesen, das auf ihrem Nachttisch lag. Viel lieber kuschelte sie sich ein und dachte an Jonas.

Warum war er nur nicht zu ihrem Treffen erschienen? Oh ja, sie wusste, dass auf einem Gut immer irgendetwas passieren konnte, das ihn abhalten konnte, doch gerade heute, einen Tag nachdem sie sich ihm hingegeben hatte, war die Sehnsucht nach seinen Zärtlichkeiten besonders stark gewesen. Sie hätte seine Umarmung so sehr gebraucht, auch um die nagenden Zweifel zu vertreiben, die in ihr wüteten, seit Rieke sie so eindringlich vor Jonas gewarnt hatte.

Wie konnte sie die Bedenken nur wieder loswerden? Das fragte sie sich seit Stunden. Sie wollte sie nicht, sie wollte gar nicht erst in Betracht ziehen, dass Jonas vielleicht doch nicht der Mann war, den sie so gerne in ihm sehen wollte. Allein der Gedanke war ihr schlicht unerträglich.

Am nächsten Morgen ging es Elise tatsächlich schlecht. Sie fühlte sich dermaßen krank und schwach, dass sie es lediglich kurz ins Badezimmer schaffte, nur um dann sofort wieder unter ihre Bettdecke zu kriechen. Ihr Hals tat weh, und in ihrem Kopf dröhnte es, als wäre dort ein Inferno ausgebrochen.

Es kam ihr fast so vor, als wäre die Besorgnis ihrer Schwester eine Prophezeiung gewesen, aber das war natürlich Unsinn. Sehr wahrscheinlich war ihre Gesundheit gestern Abend schon angeschlagen gewesen.

Als sie das nächste Mal aufwachte, saß ihre Mutter an ihrem Bett und sah sehr besorgt aus.

»Du bist krank, mein Lieschen. Doktor Winkler wird bald hier sein und nach dir sehen.«

Elise musste heftig husten. Sie schaffte es nur, zu nicken, dann fielen ihr auch schon wieder die Augen zu.

Nachdem Rieke sie an Elises Krankenbett abgelöst hatte, ging Therese hinüber in ihr eigenes Schlafzimmer. Es war spät geworden. Eigentlich war es schon Schlafenszeit, doch sie war viel zu aufgeregt und besorgt, um sich jetzt ins Bett legen zu können.

Daher verwarf sie ihr eigentliches Vorhaben, sich für die Nacht fertig zu machen, und verließ noch einmal ihr Zimmer, um nach unten zu gehen. Vielleicht würde ihr eine heiße Schokolade helfen, ein wenig zur Ruhe zu kommen, dachte sie.

Doch schon auf der Treppe sah sie, dass im Arbeitszimmer noch Licht brannte. Die Tür war nur angelehnt, und so ging sie hinein. Ronald Meyer saß am Schreibtisch. Er schloss gerade einen Aktendeckel und sah auf.

»Oh, kannst du nicht schlafen?«, fragte er.

Schon vor Jahren waren sie zum vertrauten Du übergegangen. Neben Gerlinde war Ronald zu einem ihrer engsten Vertrauten geworden, mehr noch, für sie gehörte er schon längst zur Familie.

»Nein«, antwortete sie. »Eigentlich wollte ich mir noch eine heiße Milch oder eine Schokolade machen, um meine Nerven zu beruhigen. Ich bin völlig erschöpft, aber trotzdem hellwach.«

»Das ist die Anspannung. Wie geht es ihr?«, wollte er wissen.

»Leider unverändert. Der Doktor meint, wir müssen abwarten. Im Augenblick können wir nur versuchen, das Fieber zu senken. Rieke ist jetzt bei ihr. Sie hat sich die Chaiselongue in Elises Zimmer direkt neben das Bett stellen lassen und übernimmt die Nachtwache.«

»Das ist gut.«

»Ja.« Ihr Blick fiel auf den Schreibtisch. »Du hast noch gearbeitet?«

»Ein wenig. Du weißt ja, ich habe gerne alles auf dem Laufenden, damit sich nichts anhäuft, und die letzten paar Tage waren hektisch, weil Rieke mir kaum helfen konnte.«

Er ist so verlässlich und so gut, dachte Therese. Es war nicht das erste Mal, dass ihr klar wurde, wie sehr sie Ronald mochte und wie vertraut und wichtig ihr seine Nähe war. Wenn sie ehrlich zu sich selbst war, war ihr sogar bewusst, dass sie wahrscheinlich schon seit vielen Jahren in ihn verliebt war.

Oft hatte sie nachts in ihrem Bett gelegen und darüber nachgedacht, wie es wäre, als Mann und Frau mit Ronald zusammenzuleben, doch dann hatte sie den Gedanken jedes Mal schnell beiseitegeschoben, denn er wühlte sie viel zu sehr auf und weckte Sehnsüchte, denen sie nicht nachgeben wollte. Selbst wenn ihr das Glück von Gerlinde und Peer ein wundervolles Beispiel bot, hatte sie die Gefühle für Ronald Jahr um Jahr verdrängt. Immer wieder waren Begründungen in ihrem Kopf aufgetaucht, die sie davon abgehalten hatten, den entscheidenden Schritt auf ihn zuzugehen. Therese konnte sich noch nicht einmal mehr an alle erinnern.

Zunächst war da der Gedanke an die Kinder gewesen, das wusste sie noch. Damals hatte sie sich eingeredet, dass sie nach dem großen Verlust, den die beiden zu verarbeiten hatten, Rücksicht auf sie nehmen und ihre eigenen Bedürfnisse zurückstellen musste. Als die Kinder schließlich fast erwachsen waren, sagte sie sich, dass sie die tiefe Freundschaft zu Ronald, die mit den Jahren entstanden war, nicht durch eine Romanze gefährden wollte.

In den letzten Jahren war es schließlich der Gedanke an ihr Alter gewesen, der Hemmungen und ein Schamgefühl hervorgerufen hatte. Das Älterwerden machte wohl jeder Frau zu schaffen, sobald sich die ersten körperlichen Veränderungen einstellten.

In den vergangenen Tagen jedoch hatten ihre Gedanken eine andere Richtung eingeschlagen. In den vielen Stunden, in denen sie allein mit ihren Gedanken und Ängsten am Krankenbett ihrer jüngsten Tochter gesessen hatte, war ihr endlich klar geworden, dass es nur ihre Feigheit gewesen war, die in all der Zeit das Heft in der Hand gehalten und sie von einem neuen Glück abgehalten hatte. Sie gestand sich ein, dass sie einfach Angst davor gehabt hatte, noch einmal von einem Mann so sehr enttäuscht zu werden, wie es bei Wilhelm der Fall gewesen war. Wenn sie noch einmal liebte, wollte sie auf die gleiche leidenschaftliche Weise zurückgeliebt werden, das wusste sie jetzt. Niemals wieder würde sie es zulassen, nur eine Art Platzhalter für die wahre Liebe im Leben eines Mannes zu sein. Nein, sie hatte es verdient, diesen Platz selbst einzunehmen.

Natürlich konnte sie höchstens ahnen, wie Ronald zu ihr stand, doch selbst wenn er sie so aufrichtig liebte, wie sie es insgeheim erhoffte, wusste Therese genau, dass er niemals von sich aus auf sie zugehen würde. Das passte nicht zu ihm. Sie kannte ihn gut. Er war durch und durch ein anständiger und zurückhaltender Mann, der ohne ein eindeutiges Zeichen von ihr niemals den ersten Schritt wagen würde. Und sie hatte stets darauf geachtet, ein derartiges Signal nicht auszusenden.

Damit musste endlich Schluss sein, sagte sie sich. Das Leben war vergänglich und viel zu kostbar, um es zu vergeuden. Sie wollte endlich herausfinden, ob sie für Ronald Meyer die einzige Liebe sein konnte, und wenn das so war, würde sie den Rest ihres Lebens nur zu gerne an seiner Seite verbringen.

»Habe ich dir diese Woche schon gesagt, wie dankbar ich dir bin?«, fragte sie und versuchte sich an einem Lächeln.

Ronald erhob sich und kam um den Schreibtisch herum zu ihr. »Das tust du doch alle paar Tage, und ich sage dir ebenso oft, dass dieser Ort hier inzwischen auch zu meinem Zuhause geworden ist.« Auch er lächelte. »Wie wäre es statt heißer Milch mit einem schönen Glas Portwein?«

»Das ist eine großartige Idee.«

»Gut.« Er deutete auf die kleine Sitzgruppe auf der gegenüberliegenden Seite des Raumes. »Dann setz dich dorthin und versuche, dich zu entspannen, ich kümmere mich um den Port.«

Dankbar nahm Therese seinen Vorschlag an. Als er kurz darauf mit zwei Gläsern und der Portweinkaraffe aus dem Salon zurückkam, fühlte sie sich schon etwas besser. Ronald schenkte ihnen ein, und sie prosteten einander zu.

»Warum bist du eigentlich damals geblieben?«, fragte sie nach einigen entspannenden stillen Momenten.

»Ich habe dir schon oft gesagt, dass ich mich hier von Anfang an wohlgefühlt habe«, erwiderte er, ohne zu zögern. »Das weißt du doch.«

»Du bist so klug und hättest Karriere in der Reederei machen können, aber du bist geblieben. Auch dann noch, als du hier schon alles in die richtigen Bahnen gelenkt und mich in die Verwaltung eingearbeitet hattest.«

»Ja.« Er beugte sich vor und stellte sein Glas ab. »Weißt du, Therese, ich habe niemals gezweifelt, dass meine Entscheidung richtig war. Damals, als dein Schwager mich bat, hier nach dem Rechten zu sehen, habe ich schon nach wenigen Tagen gewusst, dass ich so lange hierbleiben würde, wie es mir nur möglich ist.«

»Ich weiß, dass du dich darüber wunderst, dass ich dich danach frage, das passt zu dir, aber ich kann mir nur schwer vorstellen, warum ein Mann mit deinen Möglichkeiten praktisch sein ganzes Leben einem fremden Besitz widmet. Vielleicht gönnst du mir … nein, uns beiden, die ganze Wahrheit, mein Lieber.«

Er stutzte, als müsste er ihre Bemerkung erst einordnen. »Ich mag meine Arbeit hier, das ist die Wahrheit, aber es ging mir nie um das Gut«, sagte er nach einer Weile des gemeinsamen Schweigens. Seine Miene wurde ernst. »Ach, Therese, es ging mir doch nie um das Gut«, wiederholte er eindringlicher und holte hörbar Luft.

»Du …?«

»Du musst es doch schon lange wissen. Es ging mir immer nur um dich, Therese. Vom ersten Tag an ging es mir immer nur darum, in deiner Nähe bleiben zu können.« Er nahm einen weiteren Schluck, bevor er sich leise räusperte. »Ich liebe dich schon seit einer Ewigkeit. So, nun ist es raus.«

Auch sie musste tief durchatmen. »Ja«, sagte sie. »Nun ist es endlich raus.«

Als sie sich erhob, stand auch er sofort auf. Sie ging zu ihm, blieb direkt vor ihm stehen und sah zu ihm hoch. Sie hoffte, dass er all ihre aufgestauten Gefühle schon jetzt in ihren Augen lesen konnte.

»Ist es nicht verrückt, dass es so lange gedauert hat, bis es endlich einer von uns ausspricht?«, fragte sie lächelnd. »Gut, dass du den Mut dazu aufgebracht hast. Ich muss zugeben, ich habe mich sehr mit meiner Feigheit gequält.«

Nun war er es, der offenbar einen Augenaufschlag lang brauchte, um zu verstehen, was sie ihm damit sagen wollte. Doch dann wurde sein Blick strahlend vor Glück, und endlich zog er sie in seine Arme und küsste sie.

Es war der schönste, der leidenschaftlichste Kuss, den Therese jemals bekommen hatte, und sie wusste, dass sie von nun an wirklich und wahrhaftig glücklich mit einem Mann sein durfte.

»Übrigens«, flüsterte sie atemlos, als ihre Lippen sich nach einer kleinen Ewigkeit wieder voneinander lösten. »Ich liebe dich auch, Ronald.«

Seit vier Tagen und Nächten wechselte sich Frederike nun mit ihrer Mutter ab, um an Elises Krankenbett zu wachen. Vor allem hatten sie viele Stunden damit zugebracht, das Fieber der Kranken mit kühlen Wadenwickeln zu senken und ihr möglichst viel Hühnerbrühe einzuflößen, wann immer das möglich war. Doktor Winkler hatte ihnen klare Anweisungen erteilt.

Ihre Mutter hatte zunächst große Angst davor gehabt, dass es sich vielleicht um die spanische Grippe handeln könnte, an der in den vergangenen Jahren so unendlich viele Menschen auf dem europäischen Kontinent gestorben waren, aber der Arzt konnte sie beruhigen, dass seit ungefähr einem Jahr keine neuen Fälle mehr bekannt geworden waren. Dennoch zeigte sich Doktor Winkler besorgt, denn Elises Körper kämpfte mit einer heftigen Lungenentzündung, die ebenfalls lebensbedrohlich verlaufen konnte.

Im ganzen Haus war es viel stiller, seit Elise so krank war, doch heute war das Fieber endlich gesunken, und alle waren erleichtert darüber. Es gab jedoch etwas, dass Rieke noch immer Sorgen bereitete. Im Fieberwahn hatte Elise mehrere Male Jonas' Namen gemurmelt. Es hatte verzweifelt geklungen. So, als wollte sie nach ihm rufen, doch ihr fehlte die Kraft dazu.

Rieke war alarmiert, doch sie hatte gerade erfahren, dass Vera in der nächsten Woche zurückkommen würde. Wahrscheinlich würde sich diese ungute Schwärmerei ihrer Schwester dann ohnehin wieder in Luft auflösen. Es wurde Zeit, denn Rieke fand die Vorstellung, Elise und Jonas von Grootenlohe könnten tatsächlich ein Paar werden, einfach widerwärtig. Das wäre ein weiterer Verrat an ihrem Vater, und das durfte sie auf gar keinen Fall zulassen.

Sie dachte darüber nach, wie sie sich für den Notfall wappnen konnte. Ja, es wurde Zeit, einen Plan zu entwickeln, um
eine derartig katastrophale Entwicklung zu verhindern.

11. Kapitel

Gut Lerchengrund, eine Woche später

»Alles wird perfekt laufen«, teilte Jonas seiner Mutter mit.

Sie saßen beim Frühstück und unterhielten sich nun schon eine ganze Weile über das bevorstehende Sommerfest. Eigentlich hatten sie vorgehabt, es erst zum Ende des Sommers stattfinden zu lassen, doch die neue Reithalle würde viel früher fertig werden als ursprünglich geplant. Die Freude darüber war so groß, dass sie kurzerhand den nächstmöglichen Termin festgelegt und mit der Planung begonnen hatten – auch wenn dies eine weitere Herausforderung bedeutete.

»Davon gehe ich aus«, erwiderte seine Mutter lächelnd. »Ich kenne dich, mein Sohn. Wenn es um das Gut geht, überlässt du nichts dem Zufall. Ich finde das äußerst beruhigend. Ich weiß, ich habe das schon viel zu oft gesagt, aber du bist wirklich wie dein Vater.«

Er winkte ab. »Du weißt, dass es mich überhaupt nicht stört, wenn du das sagst. Aber zurück zum Thema. Es sind Einladungen an einige zahlungskräftige Hamburger gegangen. Ich hoffe, das Fest wird uns auch Kunden bringen, die nicht nur kaufen, sondern auch ihre Pferde bei uns unterstellen und pflegen lassen wollen.«

»Das wäre wunderbar.«

»Ist Peer schon draußen?« Er sah, dass seine Mutter kurz stutzte. Sie zog die Augenbrauen in die Höhe und schüttelte leicht den Kopf.

»Ähm … nein, er ist nach Hamburg gefahren, um Vera vom Bahnhof abzuholen. Du hast doch wohl nicht vergessen, dass sie heute zurückkommt?«

Er musste kurz husten, denn er hatte tatsächlich nicht mehr daran gedacht. Vielleicht hatte er es auch einfach verdrängt, denn natürlich kannte er den Termin schon seit Tagen.

»Verzeih, ich habe wohl für einen kurzen Moment einfach nicht daran gedacht. Heute ist ja schon Montag, natürlich.«

»Sie werden sicherlich bald hier sein.« Seine Mutter griff nach der großen Kaffeekanne und schenkte ihnen nach.

»Danke.«

»Da wir gerade noch allein sind …«, sagte sie und stellte die Kanne zurück an ihren Platz.

»Ja?«

»Ist mit dir wirklich alles in Ordnung, Jon?«

»Mir geht es gut. Warum fragst du?«

»Nun, ich bin deine Mutter und kenne dich besser, als du dich vielleicht selbst kennst.« Sie schmunzelte und goss sich ein wenig Sahne in ihren Kaffee. »Du weißt, dass ich immer frage, wenn mir etwas eigenartig vorkommt, und das tut es nun einmal. Ich finde, du bist schon seit Wochen verändert.«

»Ich bin verändert?«

Sein Herz begann, etwas schneller zu schlagen. Seiner Mutter konnte er nichts vormachen, egal wie alt er sein würde. Es ging ihm tatsächlich schlecht.

Seit fast zwei Wochen hatte er Elise nicht mehr gesehen,

und die Sehnsucht nach ihr, vor allem aber das ungute und bange Gefühl tief in seinem Herzen, machten ihn fast wahnsinnig. Seit Tagen versuchte er nun schon, so unauffällig wie nur möglich herauszufinden, ob irgendjemand etwas von Elise wusste, doch bisher ohne Erfolg. Therese war nicht mehr auf Lerchengrund gewesen, und soweit er es mitbekommen hatte, war auch seine Mutter seitdem nicht zum Nachbargut gefahren. Das war im Grunde nicht besonders ungewöhnlich. Normalerweise trafen sich die beiden Frauen selten häufiger als zweimal im Monat.

Die Ungewissheit war wirklich quälend und brachte ihn um den Schlaf. Da er jedoch nach wie vor verhindern wollte, dass viel zu früh das Gerede über eine mögliche Beziehung zwischen ihm und Elise die Runde machte, hatte er sich sehr beherrschen müssen, um sie nicht einfach zu Hause aufzusuchen.

Doch nun hielt er es einfach nicht mehr aus. Er brauchte endlich Klarheit darüber, warum sie sich nicht mehr zu ihren heimlichen Treffen einfand.

»Ja, du bist verändert. Sehr sogar, und falls du dich erinnerst, ich habe dich vor nicht allzu langer Zeit schon einmal gefragt, ob dir etwas Sorgen bereitet, oder ob du vielleicht Kummer hast.«

»Hast du dich in der letzten Zeit mit Therese getroffen?«

»Mit Therese? Wie kommst du denn jetzt auf sie?«

»Ist bei den Brodersens alles in Ordnung?«, fragte er freiheraus.

Er sah, dass sich der Gesichtsausdruck seiner Mutter veränderte. Zunächst sah sie ihn recht verständnislos an, doch dann kniff sie ein wenig die Augen zusammen.

»Therese macht sich große Sorgen. Elise ist wohl ziemlich krank.«

»Wie bitte?« Er sprang auf. In seinem Innern war plötzlich die Hölle los. »Was ist mit ihr?«

»Setz dich, Jon.« Seine Mutter blieb zunächst enervierend ruhig, aber das war für ihn nichts Neues. »Es scheint dem Mädchen inzwischen schon wieder besser zu gehen«, fuhr sie fort, doch dann fluchte sie leise, aber hörbar.

Es war neu für ihn, dass sie dazu überhaupt imstande war. Er hatte sie noch niemals zuvor unbeherrscht erlebt.

»Du hast dich doch nicht etwa mit Elise eingelassen?«, fragte sie, und er hörte sie tief einatmen, so als hätte sie diese Frage immense Kraft gekostet. »Meine Güte, Jonas, deine Verlobte kommt heute zurück.«

Er ließ sich zurück auf seinen Stuhl sinken. »Vera und ich sind noch nicht offiziell verlobt«, entgegnete er, doch selbst in seinen eigenen Ohren klang seine Erwiderung lahm. »Elise und ich … wir haben uns nur wenige Male gesehen, aber …«

Seine Mutter unterbrach ihn: »Sag mir bitte, dass das mit dem Brodersen-Mädchen nur ein Strohfeuer war und wir die Sache ganz schnell vergessen können.«

»Ich …« Er hatte einen Kloß im Hals, aber nun musste die Wahrheit heraus. »Ich denke, das ist kein Strohfeuer, ich bin … ernsthaft …«

»Nein, um Gottes willen!« Nun erhob sie sich. Er sah, wie aufgebracht sie war, als sie vor ihm auf und ab ging.

»Ich werde mit Vera sprechen, sobald sie wieder hier ist«, schob er nach. »Mama, ob du es jetzt hören willst oder nicht, ich liebe Elise Brodersen, und ich kann Vera nicht heiraten.«

Seine Mutter blieb stehen und sah ihn an, dann wurde ihr Blick weich. »Elise ist bezaubernd, Jon. Ohne Frage ist sie das. Ich könnte jetzt nicht behaupten, dass ich deine Faszination für dieses goldige Mädchen nicht verstehe, aber ich bitte dich dennoch inständig darum, dir noch ein paar Tage Zeit zu geben, bevor du mit Vera sprichst. Lass sie erst einmal wieder richtig zu Hause ankommen, und schau, was du für sie empfindest. Du solltest dir wirklich und wahrhaftig sicher sein, bevor du dein Leben unüberlegt in Bahnen lenkst, die dir langfristig vielleicht überhaupt nicht guttun.«

Sie seufzte laut auf, denn von draußen hörte sie das Motorengeräusch eines Automobils näher kommen. »Da sind sie bereits.«

»Mama, ich …«

»Noch etwas«, sagte sie, und ihre Stimme klang nun wieder vollkommen beherrscht. »Auch wenn ich zuerst ein wenig schroff reagiert habe, sollst du wissen, dass ich dich immer unterstützen werde, egal wie deine Entscheidung auch ausfallen wird.«

»Das weiß ich doch, Mama.«

»Dann ist ja gut. Dennoch bitte ich dich, dir alles noch einmal in Ruhe durch den Kopf gehen zu lassen. Ich meine, bevor du Porzellan zerschlägst, das du dann vielleicht nicht wieder kitten kannst.«

Er dachte einen Moment nach. Die Worte seiner Mutter leuchteten ihm ein, auch wenn sein Herz protestierte. Er durfte nicht vergessen, dass seine Entscheidung auch auf seine Lieben Auswirkungen haben würde, mit denen zu diesem Zeitpunkt noch niemand in seiner Familie rechnete.

»Es kommt jetzt auf ein paar Tage nicht mehr an«, sagte er

schließlich. »Ich werde zumindest versuchen, auf deinen Rat zu hören.«

»Na, das ist doch schon mal was.«

Sie hörten Vera und ihren Vater bereits in der Halle.

»Und Elise geht es wirklich besser?«, fragte er noch hastig.

»Ja, sie ist auf dem Weg der Besserung. Mach dir keine Sorgen.« Seine Mutter hatte kaum ausgesprochen, da ging auch schon die Tür auf.

Vera stürmte sofort auf ihn zu. »Hallo, mein Schatz!«, rief sie aus, schlang ihm die Arme um den Hals und küsste ihn kurz auf den Mund. »Ach, ich bin so froh, wieder hier zu sein. Endlich wieder zu Hause.«

Das Begrüßungsritual dauerte mehrere Minuten, und Jonas fühlte sich dabei wie ein Zuschauer, der nicht wirklich dazugehörte. Fast schon stoisch ließ er die Umarmungen und Küsse von Vera über sich ergehen. Wie fremdgesteuert reagierte er so, wie es von ihm erwartet wurde. Er hielt Vera kurz an sich gedrückt und setzte ein Lächeln für sie auf, wechselte dabei jedoch einen aussagekräftigen Blick mit seiner Mutter.

Er war erleichtert, als sie sich zusammen an den Tisch setzten, da Vera noch nicht gefrühstückt hatte und unbedingt einen Kaffee trinken und eine Kleinigkeit essen wollte, bevor sie ihre Sachen auspackte. Während sie sich ein Brot nahm und es mit Butter bestrich, betrachtete er sie.

Vera war schön wie immer und makellos zurechtgemacht, so wie er es von ihr kannte. Das kastanienbraune Haar war in den vergangenen Wochen ein wenig nachgewachsen und reichte ihr jetzt bis zum Kinn, was ihre klar geschnittenen Gesichtszüge wieder ein wenig weicher erscheinen ließ. Wie immer war sie recht stark geschminkt. Schwarze Wimperntusche umrandete die hellblauen Augen, und der tiefrote Lippenstift, den sie stets trug, ließ sie wie einen dieser modernen Stummfilmstars aussehen.

Nachdem sie ein kleines Stück Brot mit Butter und Marmelade gegessen hatte, schenkte sie sich Kaffee nach und begann, von ihrem Aufenthalt in Stuttgart und von ihrer Tante zu erzählen. Das schlechte Gewissen überrollte Jonas wie eine kalte Welle, als er sich eingestand, dass nichts von dem, was sie da erzählte, ihn wirklich interessierte.

Während sie noch immer über die Krankheit ihrer Tante sprach, ging ihm ein merkwürdiger und völlig unpassender Gedanke durch den Kopf. Zum ersten Mal war er froh darüber, dass er noch nicht mit Vera geschlafen hatte. Es war nicht etwa so, dass er es – zumindest bis vor wenigen Wochen – nicht gewollt hätte. Vielmehr war es Vera gewesen, die darauf bestanden hatte, bis nach der offiziellen Verkündigung ihrer Verlobung zu warten. Er hatte das albern gefunden, schließlich hatten sich die Zeiten verändert. Andererseits war er von Kindheit an daran gewöhnt, dass Vera dann und wann etwas exzentrisch war. Er hatte sich ihrem Wunsch gefügt, und wenn er jetzt darüber nachdachte, war es ihm noch nicht einmal schwergefallen. Gut, er war zu der Zeit noch regelmäßig zum Vorwerk von Doris Fender gefahren, aber das war nicht der einzige Grund gewesen, denn heute kannte er den Unterschied.

Auf Elise zu warten wäre ungleich schwerer gewesen. Das Begehren, dass er empfand, allein wenn er an Elise dachte, war so viel stärker und umfassender. Es beherrschte ihn und würde es wohl für alle Zeiten tun. Daran hatte auch ihr körperliches Zusammensein nicht das Geringste geändert. Er würde sie immer begehren, das wusste er einfach.

»Ja, leider ist sie hinter ihm her wie der Teufel hinter der armen Seele«, sagte Rieke und atmete hörbar durch.

Sie hoffte, dass ihr tiefer Seufzer theatralisch genug wirkte und so ihren Unmut über die Schwärmerei ihrer Schwester unterstrich.

Sie und Vera hatten sich mehr oder weniger regelmäßig geschrieben. Vera war seit gestern zurück, und Rieke war froh darüber, dass sie sich bereits vor der Ankunft ihrer Freundin für ein Treffen in einem Hamburger Café verabredet hatten. Das sparte vielleicht sogar kostbare Zeit.

Vera war zunächst nicht sehr begeistert darüber gewesen, so kurz nach ihrer Ankunft schon wieder nach Hamburg fahren zu müssen, doch ebenso wie Rieke fand auch Vera es für sie beide stets angenehmer, wenn sie sich nicht im Beisein ihrer Familien trafen. So konnten sie einfach offener miteinander reden.

Auf Gut Brodersen ging durch die Krankheit ihrer Schwester zurzeit sowieso alles drunter und drüber. Hinzu kam, dass Rieke sich ungern auf Lerchengrund aufhielt. Das hatte sie Vera schon vor langer Zeit wissen lassen, und Rieke war froh, dass Vera ihren Wunsch akzeptierte, also waren sie, wie schon oft, in die Stadt gefahren, um in Ruhe miteinander reden zu können, nachdem sie sich wochenlang nicht gesehen hatten.

»Natürlich weiß sie, dass ihr praktisch miteinander verlobt seid, aber … nun ja, sie hatte schon immer ihren eigenen Kopf«, fügte sie noch hinzu.

»Wenn sie sich in ihn verliebt hat, ist das allein ihr Problem«, entgegnete Vera. »Jonas ist ein gut aussehender Mann und dazu noch reich. Außerdem hat er einen Adelstitel. Das weckt nicht nur bei deiner kleinen Schwester Begehrlichkeiten, nehme ich an.« Sie zog die Stirn kraus und schüttelte den Kopf, dann griff sie nach dem Etui mit ihren Zigaretten und steckte eine davon in eine vergoldete Spitze, zündete sie an und machte ein paar Züge. »Am besten wird es sein, du sagst ihr noch einmal in aller Deutlichkeit, dass er kein Interesse an anderen Frauen hat, und die Sache ist erledigt.«

»Das habe ich natürlich schon getan. So einfach lässt sich meine Schwester jedoch nicht abschütteln. Glaub mir, Vera, ich kenne sie. Der lange Aufenthalt in Wien hat sie ziemlich verändert. Sie ist ... enervierend selbstbewusst.«

Rieke fand, dass Vera sehr mondän und auffallend arrogant wirkte, wenn sie rauchte und sich ihre tiefroten Lippen um das perlmuttfarbene Mundstück ihrer goldenen Zigarettenspitze schlossen.

»Ich würde das an deiner Stelle nicht so einfach hinnehmen, meine Liebe«, fuhr sie fort. »Wie ich hörte, hat Jonas bereits ... na, sagen wir mal, die Fährte aufgenommen.«

»Du meinst wirklich, sie könnte ... Ich meine, du denkst, sie könnte wirklich versuchen, ihn zu verführen?« Es klang, als wäre dieser Gedanke für Vera vollkommen abwegig.

»Leider ja. Elise gibt nicht so schnell auf und ... Nun ja, und du weißt, wie Männer so sind. Ein hübscher Augenaufschlag und ein Mädchen, das ihnen das Gefühl vermittelt, leichtes Spiel zu haben ...«

»Ja, ich weiß, was du meinst«, unterbrach Vera sie, und Rieke fand, dass ihre Freundin nun endlich besorgt genug wirkte, um den nächsten Zug zu tun.

»An deiner Stelle würde ich die Augen offen halten und

darauf drängen, möglichst schnell die Verlobung zu verkünden. Es warten doch eh schon alle darauf, dass es mit euch endlich offiziell wird.«

Vera nickte, legte den Kopf zurück und blies eine weitere Rauchwolke in die Luft.

»Das stimmt, ohne Zweifel. Meine zukünftige Schwiegermutter wird wahrscheinlich sofort einen Hochzeitstermin festlegen wollen«, sagte sie und schnalzte leise mit der Zunge. »Ehrlich gesagt, würde mir das auch gefallen. Bisher lag es nämlich allein an Jonas, die Verlobung hinauszuzögern. Er sagte immer, dass er sich noch nicht reif genug für die Ehe fühle. Ich halte das für albern, aber verärgern wollte ich ihn auch nicht. Nur deshalb habe ich im vergangenen Jahr noch fein die Füße stillgehalten. Das heißt aber nicht, dass ich an seiner Liebe zweifle. Jonas will nur mich. So war es schon immer, aber er ist eben auch ein Denker, falls du weißt, was ich meine. Dauernd muss er alles von vorne bis hinten durchdenken und dann noch einmal zurück. Das kenne ich schon. Glaub mir, Rieke, ich werde mir meinen süßen Baron sicherlich nicht vor der Nase wegschnappen lassen. Jonas gehört mir. Wie gesagt, das war noch niemals anders.« Sie machte eine Pause, hob ihr Kinn und zog erneut an ihrer Zigarettenspitze. »Aber im Grunde glaube ich nicht daran, dass dein gold gelocktes Schwesterchen mir gefährlich werden kann. Sie ist einfach nicht sein Typ.«

Ihre Arroganz ist wirklich imposant, dachte Rieke.

»Also, wenn du mich fragst, würde ich es zumindest nicht darauf ankommen lassen, Vera. Das Sommerfest böte doch den richtigen Rahmen für so eine wichtige Ankündigung, was meinst du? Im Moment kann Elise das Haus nicht verlassen. Weißt du, sie hatte eine Lungenentzündung und ist noch ziemlich angeschlagen, das arme Mädchen.«

»Hm ...«

»Übrigens ... Du könntest auch noch wie nebenbei erwähnen, dass Elise demnächst zurück nach Wien fahren wird, um sich mit ihrem langjährigen Verehrer Ludwig Felden zu verloben. Ich denke, das wird die Fronten endgültig klären.«

»Ja, stimmt das denn?«, fragte Vera. Sie wirkte ungehalten, als sie ihre Zigarette im Kristallaschenbecher ausdrückte und sofort eine neue aus dem roten Lederetui zog.

»Elise ist seit Jahren mit diesem Ludwig liiert. Es ist nur noch eine Frage der Zeit, wann sie zurück nach Wien geht, um ihn zu ehelichen.«

»Na, dann kann es ja tatsächlich nicht schaden, es Jonas unter die Nase zu reiben, damit er gar nicht erst auf dumme Gedanken kommt.«

»Das meine ich auch.« Rieke war sehr zufrieden mit sich.

Einige Stunden später, während des Abendessens, beschloss Rieke, dass es nun Zeit wurde, ihre Schwester auf den richtigen Weg zurückzubringen. Heute war der erste Tag, an dem Elise wieder ihr Bett verlassen hatte. Sie trug ihren blauen Morgenmantel und war noch immer auffallend blass. Auch wirkte sie viel zarter als ohnehin schon, doch sie hatte unbedingt zum Essen herunterkommen wollen.

»Übrigens habe ich mich heute Nachmittag mit Vera Stellbrink in der Stadt getroffen«, teilte sie ihrer Familie im Plauderton mit.

Wie erwartet, sah Elise sofort auf. »Ach, sie ist zurück?«

»Ja, seit gestern.«

»Oh.« Elise hustete und nahm einen Schluck von ihrem Tee.

»Hattet ihr einen netten Nachmittag zusammen?«, fragte ihre Mutter.

Rieke hatte gehofft, dass Therese nachhaken würde. »Ja, es war sehr schön. Und es gab sogar große Neuigkeiten.« Rieke schenkte sich Tee nach und hielt einen Moment inne, bevor sie weitersprach. »Stellt euch vor, Jonas und Vera werden auf dem Sommerfest endlich ihre Verlobung verkünden.«

Es entging ihr nicht, dass Elise hörbar durch die Nase einatmete. Rieke sah ihre Schwester an und bemerkte, dass sie nun endgültig so weiß wie die Wand hinter ihr war.

»Sie verl…« Elise hustete erneut.

»Ja, sie verloben sich endlich. Ihr könnt euch vorstellen, dass Vera vor lauter Freude ganz und gar aus dem Häuschen ist. Offenbar hat Jonas ihrer Rückkehr schon sehr entgegengefiebert.«

Es fiel Rieke nicht besonders schwer, die Geschichte fantasievoll auszuschmücken. Sie hatte nicht übertrieben, als sie Vera erzählte, dass man Elise nicht so leicht beeindrucken konnte. Es bedurfte schon ein paar überzeugender Details, um das Ziel zu erreichen.

»Er hat ihr offenbar sofort den erhofften Antrag gemacht, als sie zurück auf Lerchengrund war.«

»Wie schön«, ließ ihre Mutter ahnungslos verlauten. »Das freut mich für die Familie. Auch wenn jedem klar war, dass die beiden eines Tages heiraten werden, hat Gerlinde in den letzten Monaten doch sehr darauf gewartet, dass es endlich offiziell wird. Wir haben einige Male darüber gesprochen.«

»Na ja, nun wird es ja endlich dazu kommen. Der Hochzeitstermin wird dann sicherlich auch recht schnell festgesetzt werden. Vera möchte nämlich keine lange Verlobungszeit. Sie sagte mir, sie hätten beide schon viel zu lange darauf gewartet.« Rieke lachte kurz auf. »Wenn ich es recht überlege, könnte es sogar das erste Mal sein, dass ich eine Einladung der Grootenlohes annehme, denn die wird uns ja sicherlich bald ins Haus flattern. Schließlich ist Vera meine Freundin, da hat man Verpflichtungen. Wer weiß, vielleicht darf ich sogar ihre Trauzeugin sein.«

Es verwunderte sie nicht, dass Elise sich gleich nach dem Abendessen wieder auf ihr Zimmer zurückzog.

Elise fühlte sich, als wäre sie in eine dunkle und tiefe Höhle gestoßen worden. Wie in Trance machte sie sich für das Bett zurecht. In ihr war alles leer. Wenn sie an Jonas und ihr letztes Zusammensein zurückdachte, fiel es ihr schwer, zu glauben, dass er noch immer Vera Stellbrink heiraten wollte. Da war so viel Gefühl, so viel Zärtlichkeit zwischen ihnen und in seinen schönen Augen gewesen. Sollte sie sich das alles wirklich nur eingebildet haben, allein weil sie es sich viel zu sehr gewünscht hatte?

An dem Tag, bevor sie krank geworden war, war er nicht zu ihrem Treffen erschienen. Wieder überfiel sie der grausame Gedanke, dass er vielleicht doch nur das von ihr gewollt hatte, was sie ihm nur allzu gern und vielleicht viel zu schnell gegeben hatte.

Elise schlüpfte unter ihre Bettdecke, kämpfte gegen die Tränen an und schloss für einen Moment die Augen. Sie konnte und wollte einfach nicht glauben, dass sie sich all die tiefen Gefühle nur eingebildet haben sollte. Da war doch so viel mehr zwischen ihnen gewesen! All das Ungesagte, das doch so bedeutend und offensichtlich für sie beide gewesen war.

Noch einmal setzte sie sich in ihrem Bett auf und atmete tief ein und wieder aus. Natürlich folgte daraufhin ein heftiger Hustenanfall.

Vielleicht, dachte sie hoffnungsvoll, nachdem der Husten sich wieder gelegt hatte, vielleicht hat Vera ja nicht die Wahrheit gesagt. Vielleicht …

Sie musste unbedingt mit Jonas reden, um sich endlich Klarheit zu verschaffen. Sie musste ihm unbedingt sagen, wie sehr sie ihn liebte. Der Gedanke begleitete sie in den Schlaf.

Am nächsten Morgen war das Fieber zurück. Ein Rückfall, den man ernst nehmen müsse, wie der von ihrer Mutter eilig herbeigerufene Doktor ihnen mitteilte.

12. Kapitel

Die Vorbereitungen für das Sommerfest waren nahezu abgeschlossen. Jonas hätte zufrieden sein können. Er und seine Leute hatten gute Arbeit geleistet. Die neue Reithalle war gerade fertiggestellt und genauso großartig geworden, wie er sie geplant hatte. Sie war viel heller und größer als die alte Scheune und außerordentlich beeindruckend mit ihrer Zuschauertribüne und den riesigen Oberlichtern.

Ja, alles war gut gelaufen, und doch fühlte er sich miserabel. Es war nun schon einige Tage her, dass seine Mutter ihm erzählt hatte, Elise sei auf dem Weg der Besserung, doch bisher war sie noch nicht wieder zur Waldhütte gekommen. Natürlich war er jeden Tag dorthin geritten, hatte stets die vereinbarte Stunde auf sie gewartet, doch jedes Mal vergebens. Schon einige Male war er erneut kurz davor gewesen, einfach hinüber zum Nachbargut zu fahren und sie zur Rede zu stellen, aber letztlich hatte er das natürlich nicht getan. Sein männlicher Stolz, aber auch seine Vernunft hielten ihn davon ab.

Zudem fraß sich etwas, das Vera gestern Abend wie nebenbei erzählt hatte, immer tiefer in sein Herz. Zuerst hatte er es nicht glauben können, doch dann waren die Zweifel gekommen und hatten schließlich überhandgenommen. Sie waren wie Blutsauger über ihn hergefallen, und inzwischen fühlte er sich völlig leer und ausgelaugt.

Gab es in Wien tatsächlich einen Mann, der nur auf Elises Rückkehr wartete, um sie dann zu heiraten? Sie selbst hatte nie darüber gesprochen, aber das war natürlich nicht weiter verwunderlich. Allerdings erinnerte er sich gut an ihr allererstes Gespräch. Als er sie gefragt hatte, ob sie nun für immer hierbleiben würde, hatte sie ihm keine eindeutige Antwort gegeben. In seinem Kopf, aber auch in seinem Herzen herrschte inzwischen ein wildes Durcheinander, das ihn kaum noch klar denken ließ. Einerseits fragte er sich nun immer häufiger, ob alles nur ein großer, schöner und gleichsam grausamer Irrtum gewesen war. Ein wilder Ritt auf einem Glückspfeil aus Glas, der nun allzu schnell mitten im Pflug zerbrochen war und ihn am Ende haltlos in die Tiefe stürzen ließ.

Vielleicht war es gut gewesen, dass er den Rat seiner Mutter befolgt und noch nicht mit Vera gesprochen hatte. Doch kaum war der Gedanke da, wurde er sofort wieder verdrängt, und ein anderes Bild tauchte vor ihm auf. Dann sah er nur noch Elises wunderschöne Augen voller Hingabe, voller Liebe, und wieder spürte er das unendliche Verlangen in sich aufsteigen.

Elise, Elise ... Er musste ihr endlich sagen, dass er sie liebte. Egal, was auch passierte, sie würde für immer in seinem Herzen und in jeder Faser seines Körpers sein, das wusste er.

»Hallo du, wo bist du gerade mit deinen Gedanken?« Veras Stimme riss ihn aus seinem Tagtraum.

Er sah auf, versuchte, sich auf eine schlüssige Antwort zu konzentrieren. »Ich bin gerade noch einmal alles für morgen durchgegangen. Das Wetter wird voraussichtlich mitspielen, und wir scheinen tatsächlich an alles gedacht zu haben, oder?«

»Natürlich hast du an alles gedacht.« Vera nickte, ihre hellblauen Augen strahlten. »Du denkst doch immer an alles, mein Schatz.«

»Nun ja…« Er sah sich um. Auf der großen Wiese hinter den Ställen wurden gerade mehrere Gartentische und passende Stühle verteilt.

»Auch Papa sagt, dass nichts mehr schiefgehen kann.«

»Na, wenn er das sagt, wird es schon stimmen.«

Jonas musste schmunzeln. Ihre uneingeschränkte Liebe zu ihrem Vater rührte ihn immer wieder aufs Neue. Vera war ihm so vertraut, und er liebte sie wirklich, doch nicht, wie es sein sollte, wenn er sie heiraten wollte. Nein, er liebte sie wie eine Schwester, das war ihm unterdessen klar geworden.

Er musterte ihr Gesicht, und in dem Moment fasste er einen Entschluss. »Vera, ich muss etwas sehr Wichtiges mit dir besprechen.«

»Ich weiß schon, du wirst morgen unsere Verlobung verkünden, nicht wahr?« Für einen Moment war er sprachlos. »Nun schau nicht so, auf dem Gut scheint es ein offenes Geheimnis zu sein«, schob sie nach. Sie schenkte ihm einen bedeutungsvollen Blick und trat näher. »Ich will auch nicht mehr warten«, sagte sie leise, und es war klar, was sie damit meinte.

»Ähem… das war es eigentlich nicht, worüber ich mit dir sprechen wollte, obwohl…«

Er räusperte sich und sah sich um. Sie standen vor den Ställen, und hier herrschte nicht unbedingt die richtige Atmosphäre für ein so wichtiges Gespräch. Die letzten Vorbereitungen für morgen liefen nun überall auf Hochtouren. Werkzeuge klapperten, und ständig gingen Menschen an ihnen vorbei. Natürlich war das eine oder andere neugierige

Augenpaar auf sie gerichtet, das war offensichtlich. Lerchengrund glich zurzeit einem Ameisenhaufen. Und auch er sollte endlich wieder an seine Arbeit gehen.

»Lass uns heute Abend in Ruhe sprechen«, schlug er vor. »Wie wäre es mit einem Spaziergang nach dem Essen, was meinst du?«

»Eigentlich sehr gerne, mein Schatz«, sagte sie, beugte sich vor und hauchte ihm einen Kuss auf die Wange. »Aber ich denke, wir werden alle bis in den späten Abend hinein zu tun haben. Direkt nach dem Abendessen geht es auf keinen Fall. Da wollte deine Mutter mit mir noch einmal die Sitzordnung für die Festtische durchgehen, vor allem für die Tische, die direkt um die Bühne herum platziert werden. Dort werden einige Senatoren und ihre Gattinnen sitzen. Wir müssen also genau durchdenken, wen wir wohin setzen können.« Sie seufzte. »Den Spaziergang werden wir uns sicherlich nicht leisten können, Jonas.«

Damit hatte sie wahrscheinlich recht. Er fühlte sich überhaupt nicht wohl in seiner Haut.

»Ich werde mich mal für ein oder zwei Stunden wegschleichen und zu Therese rüberfahren.«

Gerlinde lächelte Peer über den Schreibtisch hinweg an. Vor knapp einer halben Stunde war er zu ihr ins Arbeitszimmer gekommen, um in Ruhe eine Tasse Kaffee trinken zu können.

»Bis zum Abendessen bin ich wieder hier.«

»Meinst du nicht, du wirst sie morgen sehen? Die Brodersens kommen doch bestimmt zum Fest.«

»Hm, da bin ich mir nicht so sicher, Peer. Therese macht sich nicht mehr allzu viel aus größeren Veranstaltungen. Wir haben schon darüber gesprochen, und ich nehme es ihr nicht übel, falls sie nicht erscheint, das weiß sie.«

Sie klappte das Zuchtbuch zu, in das sie soeben ein paar Eintragungen gemacht hatte, und erhob sich.

»In diesem Kleid siehst du aus wie ein junges Mädchen, meine Fee«, sagte er, als sie um den Tisch herum zu ihm kam und ihm einen Kuss auf die Lippen drückte.

Gerlinde musste lachen und sah an sich herunter. Sie trug ein schmal geschnittenes hellblaues Kleid und darüber eine locker sitzende kurze Jacke aus dunkelblauer Wolle.

»Übertreib es nicht mit deinen Schmeicheleien, Stallmeister. Ich gehe stark auf die fünfundvierzig zu, wie du sehr genau weißt.«

»Ich sag nur die Wahrheit.« Lachend gab er ihr einen kleinen Klaps auf den Po. »Na, dann ab mit dir, bevor Jonas dir noch mehr Schreibarbeit aufhalst.«

Sie war schon fast an der Tür, drehte sich aber noch einmal zu ihm um. »Ich mach das gerne, das weiß auch Jonas. Er hatte die letzten Wochen jede Menge um die Ohren, und heute kommt er gar nicht zum Durchschnaufen.«

»Ja, und es wird Zeit, dass dieses Fest endlich stattfindet, damit es vorbei ist.«

»Ach, du alter Griesgram. Dir widerstrebt es nur, dass hier zu viele fremde Menschen herumlaufen.«

»Du kennst mich. Ich werde die ganze Zeit unsere Tiere bewachen müssen, Herrgott noch mal.«

Sie musste lachen, vor allem weil er das sehr wahrscheinlich auch genauso meinte.

»Bis später«, flötete sie und hob im Gehen winkend die Hand.

Hinter sich hörte sie ihn leise lachen. Sie liebte sein dunkles Lachen.

Auf dem Weg zu ihrem Automobil traf sie Vera, die offenbar gerade ins Haus wollte.

»Du willst weg?«, fragte Peers Tochter.

»Ja, ich werde auf einen Sprung bei Therese vorbeifahren. Hier ist mir heute deutlich zu viel Hektik. Aber keine Sorge, zum Essen bin ich wieder hier, und dann können wir uns noch mal in aller Ruhe die Tischordnung der Hamburger Honoratioren ansehen. Aber jetzt muss ich wirklich mal raus aus dem Chaos.«

»Na, dann warte mal morgen ab, wenn es hier vor Leuten nur so wimmelt.«

»Dein Vater sitzt im Arbeitszimmer und trinkt noch seinen zweiten Kaffee aus, falls du ihn suchst.«

»Eigentlich wollte ich mir eine Jacke holen und in die Stadt fahren. Jonas möchte, dass jemand noch mal die Bestellung beim Bäcker überprüft und nachforscht, ob für morgen auch alles läuft.«

»Uh, mein Sohn überlässt nichts dem Zufall, was?«

»Nicht, wenn es um dieses Fest geht. Er verspricht sich viele neue Kunden davon, Gerlinde.«

»Ja, ich weiß, und er hat ja auch recht damit.« Sie öffnete die Tür ihres Wagens. »So, ich bin dann mal weg. Wir sehen uns nachher.«

Therese schien sich aufrichtig über ihren spontanen Besuch zu freuen.

»Oh, wie schön, Gerlinde!«, rief sie aus, als die Haushälterin sie anmeldete. »Komm rein, meine Liebe.«

Therese ließ Kaffee und Gebäck kommen, und sie setzten sich in den Salon. Im Gegensatz zu Lerchengrund gab es auf Gut Brodersen nur einen Salon. Das Haus war insgesamt deutlich kleiner, aber Gerlinde fand es in Thereses Heim immer außerordentlich gemütlich.

»Ich freue mich wirklich sehr, dich zu sehen, Gerlinde.«

»Ja, ich habe mir etwas Sorgen gemacht, weil wir uns eine Woche gar nicht gesehen haben. Ist bei dir alles in Ordnung, Therese?«

»Wir hatten eine ziemlich anstrengende Zeit, aber nun geht es langsam wieder bergauf. Elise hat einen heftigen Rückfall erlitten.«

»Oh nein, und wie geht es ihr jetzt?«

»Inzwischen deutlich besser. Über zwei Tage ging es ihr sehr schlecht. Es war anstrengend für uns alle, aber dann hat sie sich erstaunlich schnell wieder erholt. Der Doktor sagte, das verdanke sie ihrer ansonsten so guten Konstitution.«

»Ist das Mädchen denn schon wieder auf den Beinen?«

»Ja, zum Glück. Sie ist noch etwas mitgenommen, darf aber jetzt schon für den größten Teil des Tages das Bett verlassen. Seit sie wieder auf ist, scheint es ihr von Stunde zu Stunde besser zu gehen, das ist sehr beruhigend.« Therese hob ihren rechten Mundwinkel und legte den Kopf ein wenig schief. »Ehrlich gesagt, es wurde auch Zeit. Kaum war das Fieber runter, hat sie uns allesamt wahnsinnig gemacht, weil sie unbedingt wieder aufstehen wollte.«

»Das muss auch für dich furchtbar gewesen sein. Wir Mütter sind ja manchmal ziemliche Nervenbündel, wenn es um unsere Kinder geht.«

»Da hast du recht. Aber jetzt fällt so langsam die Besorgnis wieder von mir ab. Meine Kleine ist noch recht blass und hat einiges an Gewicht verloren, aber wir sind schon dabei, sie wieder aufzupäppeln. Zum Glück ist ihr Appetit zurück.« Der Kaffee wurde serviert, und Therese schenkte ihnen ein. »Manchmal liegen Glück und Leid sehr nah beieinander«, sagte sie und schmunzelte vielsagend.

»Glück und Leid?« Gerlinde hob ihre Augenbrauen. »Wie meinst du das?«

»Ronald und ich haben endlich zusammengefunden«, erwiderte Therese strahlend.

»Oh, das freut mich so sehr für euch beide.« Gerlinde neigte sich über den kleinen Kaffeetisch hinweg und legte ihre Hand auf die ihrer Freundin. »Das ist so eine schöne Nachricht. Ich habe dir von Herzen ein neues Glück gewünscht«, schob sie nach. »Ich weiß ja selbst, wie viel einfacher das Leben ist, wenn jemand an deiner Seite ist, der dich liebt.«

»Ja, es ist so wundervoll. Ich fühle mich wieder jung und auf eine angenehme Art sehr … weiblich.«

»Ich weiß genau, was du meinst.« Gerlinde musste plötzlich lachen. »Schau uns nur an … Wir werden beide viel zu jung Witwe, und dann finden wir eine neue Liebe direkt vor unserer Nase.«

»Das ist verrückt, nicht wahr? Allerdings seid du und Peer schon viel länger ein Paar.«

»Das stimmt. Peer ist deutlich länger an meiner Seite, als Heinrich es gewesen ist.«

Therese senkte kurz die Lider. »Denkst du noch oft an ihn? An Heinrich, meine ich.«

Für einen kurzen Augenblick hielt nun auch Gerlinde inne. Sie goss etwas Sahne in ihren Kaffee, dann nickte sie. »Ja natürlich, das tue ich täglich. Überwiegend allerdings wegen Jonas. In allem, was er tut, ist er Heinrich sehr ähnlich.«

»Das Gefühl kenne ich gut. Bei mir ist es Rieke, die mich oft an Wilhelm erinnert. Sie ist ebenso eigen, wie er es oft war. Manchmal ist sie wirklich nervtötend einsilbig und in sich gekehrt. Schon ihr Vater hat mit dieser Art an meinen Nerven gezerrt.«

»Aber ihr habt doch ein gutes Verhältnis, oder?«

»Ehrlich gesagt, kann ich das gar nicht eindeutig beantworten«, gab Therese zu. »Ich würde noch nicht einmal behaupten, dass ich meine ältere Tochter gut kenne. Ich sag ja, sie ist wie ihr Vater.« Therese nahm einen Schluck von ihrem Kaffee. »Bei ihm wusste ich auch nie wirklich, was eigentlich in seinem Kopf vorging, oder wie er tatsächlich zu mir stand. Meine Güte, ich hatte viel zu oft das Gefühl, mit einem Fremden verheiratet zu sein.«

Gerlinde nickte erneut. Seit so vielen Jahren rang sie nun schon mit sich. So gerne wollte sie ihrer Freundin endlich erzählen, was mit Wilhelm los gewesen war, doch bisher hatte sie es einfach noch nicht übers Herz gebracht. Vielleicht war die Angst auch einfach zu groß, ihre beste Freundin zu verlieren. Häufig hatte sie sich gefragt, ob Therese überhaupt mit der Wahrheit klarkommen würde, doch inzwischen sah sie das anders.

Plötzlich fühlte sie nicht nur die Gewissheit in sich aufsteigen, dass es für Therese nun wirklich an der Zeit war, die Wahrheit zu erfahren, sondern es wurde ihr gleichzeitig klar, warum sie im Grunde hatte herkommen wollen.

»Ich muss dir endlich etwas erzählen«, nahm sie schließlich all ihren Mut zusammen. »Und ich hoffe, du wirst mir als

Freundin verzeihen, dass ich es in all den Jahren noch nicht getan habe.« Sie musste sich räuspern. »Falls du es nicht kannst ... Ich meine, falls du mir nicht verzeihen kannst, dann sei bitte ehrlich mit mir.«

»Gerlinde?« Thereses Augen weiteten sich. »Du klingst sehr ernst.«

»Es ist mir auch ernst. Vor allem aber ist es eine Sache, über die ich eigentlich schon lange mit dir hätte reden müssen, aber aus den verschiedensten Gründen einfach nicht den Mut dazu fand.« Sie schluckte. »Ich möchte jetzt nicht schon vorher versuchen, dich zu besänftigen, aber es ist tatsächlich so, dass ich mir vor allem um dich Sorgen gemacht habe, das solltest du wissen. In den vergangenen Jahren war ich mir nicht sicher, ob die Wahrheit wirklich gut für dich gewesen wäre. Ja, ich habe mir Sorgen um dein Seelenheil gemacht, aber natürlich auch darum, dich als Freundin zu verlieren. So ehrlich sollte ich sein.«

»Nun sag schon, was du mir sagen willst. Immer raus damit. Wir haben uns doch immer alles erzählt. So schlimm kann es doch nicht sein, Gerlinde.«

»Doch, es ist schlimm, glaub mir.«

Und dann erzählte sie Therese all das, was sie selbst schon ihr Leben lang belastete. Zunächst kamen die Worte nur stockend über ihre Lippen, doch dann sprudelte plötzlich alles aus ihr heraus. Es fiel ihr schwer, den Blickkontakt zu Therese aufrechtzuerhalten, doch sie gab sich Mühe.

Nahezu reglos hörte ihre Freundin ihr zu. Ab und an schloss sie kurz ihre Lider, doch dann sah sie sie wieder an. Direkt, aufmerksam und vollkommen still. Schonungslos, auch gegen sich selbst und Heinrich, berichtete Gerlinde schließlich auch von den Forderungen, die Heinrich an Wilhelm gestellt hatte.

»Wir sind beide nicht gut damit zurechtgekommen, und als Wilhelm dann starb …« Kurz musste sie ihren Bericht unterbrechen, weil ihr die Tränen kamen.

Wortlos zog Therese ein sauber gefaltetes Stofftaschentuch aus ihrem Ärmel und reichte es ihr. Gerlinde nickte, nahm das Tuch und trocknete sich die Augen.

»Es tut mir so schrecklich leid, Therese. So schrecklich … leid«, endete sie schließlich.

Eine ganze Weile blieben sie beide stumm. Gerlinde sah zu, wie Therese sich in ihrem Sessel zurücklehnte, erneut die Augen schloss und eine Weile tief und hörbar ein- und wieder ausatmete.

»Möchtest du, dass ich gehe?«, fragte Gerlinde, als sie die Stille zwischen ihnen kaum noch ertragen konnte. »Ich würde es verstehen.«

Therese ging nicht auf ihre Frage ein. »Deshalb hast du mir also all die Jahre immer wieder geholfen.« Die Stimme ihrer Freundin klang belegt, doch ihr Blick war nun wieder direkt auf Gerlinde gerichtet.

»Nicht nur deshalb. Ich weiß, dass es dir jetzt schwerfallen muss, mir das zu glauben, aber ich war unendlich froh darüber, dass du mir damals deine Freundschaft angeboten hast. Froh und zutiefst dankbar. Ich habe dich immer gemocht, und in den vergangenen Jahren, nachdem wir beide Witwen geworden waren, bist du zu einem der wichtigsten Menschen in meinem Leben geworden, Therese.« Sie atmete tief durch, bevor sie weitersprach. »In meinem Kopf habe ich stets versucht, diese beiden Dinge voneinander zu trennen. Deine

Freundschaft war mir immer wichtig, aber natürlich habe ich auch versucht, den furchtbaren Fehler, den Heinrich und ich begangen haben, irgendwie an dir und deinen Kindern wiedergutzumachen, das kann ich nicht leugnen.«

Wieder blieb es eine Weile still.

»Du warst immer für mich da, Gerlinde. Im Grunde hast du mich und die Kinder durch den Krieg gebracht. Ich hätte noch nicht einmal mehr das Haus heizen können, geschweige denn das Holz für diese Schutzhütte im Wald bezahlen können.«

»Es war das Holz aus dem Wald, den Heinrich deinem Mann abverlangt hat«, erwiderte Gerlinde, ohne zu zögern. »Eigentlich hätte es dir gehört.«

»Es gab doch diese Spielschulden oder etwa nicht?«

»Doch, die gab es. Trotzdem hätten die Männer sich anders einigen können, und zumindest den Zuchthengst hätte er Wilhelm nicht nehmen dürfen. Für mich war es immer schwer, zu ertragen, dass ich ihn noch darin bestärkt habe. Vielleicht bin ich es sogar gewesen, die Heinrich erst auf den Gedanken gebracht hat. Heinrich wollte Land kaufen und ...«

»Weißt du, was bei alldem überwiegt?«, wurde sie von Therese unterbrochen.

»Ähm, nein.« Gerlinde war kurz verwirrt, weil der Gesichtsausdruck ihrer Freundin plötzlich völlig verändert war. Wenn sie sich nicht furchtbar täuschte, wirkte Therese mit einem Mal richtig zufrieden, und das wollte nicht mit dem zusammenpassen, was gerade zwischen ihnen passiert war.

»Ich weiß jetzt, dass ich keine Schuld am Zustand unserer Ehe trug«, fuhr Therese fort und lächelte sanft. »Egal, was ich auch tat, nichts davon hätte jemals ausgereicht, um Wilhelm glücklich zu machen.« Ihr Lächeln vertiefte sich. »Wahrscheinlich hat er mich sogar geliebt, aber es … nun, es erklärt im Nachhinein so unendlich viel für mich.« Sie sah Gerlinde an. »Ich glaube nämlich nicht, dass es in seiner Macht lag, etwas an seiner … Veranlagung zu ändern, denn so wie ich Wilhelm gekannt habe, hätte er in jedem Fall versucht, sie aus eigener Kraft zu bekämpfen. Ein normales und glückliches Leben mit mir zu führen wäre allein schon Grund genug für ihn gewesen, um es zu versuchen. Ich bin davon überzeugt, dass diese Männer machtlos gegen ihre Gefühle sind und ihnen auch kein Arzt helfen kann. Sie werden einfach so geboren, ja, da bin ich mir sicher. Sie suchen es sich nicht aus und können nicht das Geringste dafür.« Sie lächelte sanft. »Danke, meine Liebe, dass du es mir endlich erzählt hast. Mein Herz fühlt sich nun viel leichter an, denn ich sehe jetzt alles in einem anderen Licht.«

»Aber wir haben so viel Schuld auf uns geladen, Therese. Dir und deinen Kindern gegenüber …«

»Nein, das will ich gar nicht hören, Gerlinde. Niemand von uns macht immer alles richtig. Kein Mensch ist ohne Fehl und Tadel. Wie schon gesagt, du bist immer für mich da gewesen, all die Jahre. Und Heinrich … er hat mir das Hengstfohlen geschenkt, das später meine kleine, aber doch feine Zucht möglich gemacht hat.« Sie lachte kurz auf. »Natürlich hätte ich nie im Leben mit euch mithalten können, aber im Gegensatz zu Wilhelm war mir das auch nie wichtig, weißt du? Ich war nur darauf bedacht, dass wir ein Auskommen haben und dass ich weiterhin meine Kinder ernähren kann. Heinrich und du, und natürlich mein Ronald, ihr habt dafür gesorgt, dass das funktioniert hat.«

»Du hättest es sicherlich auch allein geschafft.«

»Es ist lieb, dass du das sagst, aber du weißt sehr genau, dass das nicht stimmt. Als Wilhelm starb, war ich ein ahnungsloses Mäuschen ohne Selbstvertrauen. Ich hatte nicht die geringste Ahnung von Pferden, geschweige denn davon, wie man einen Hof leitet.«

»Willst du mir damit sagen, dass ich dich nicht als Freundin verlieren werde, Therese?«

»Aber natürlich nicht. Wir haben so viel gemeinsam durchgestanden. Die vergangenen Jahre wiegen doch alles auf, Gerlinde. Warum sollte ich also einen der liebsten Menschen in meinem Leben einfach aufgeben? Als all das passierte, waren wir sehr jung, vielleicht sogar gute Nachbarn, aber noch keine echten Freundinnen. Das kam erst später.«

»Das stimmt, aber das macht es nicht besser. Vielleicht tragen Heinrich und ich sogar Schuld daran, dass Wilhelm sich das Leben nahm. Dieser Gedanke kam mir viel zu oft.«

Therese schüttelte vehement den Kopf. »Den Gedanken solltest du ganz schnell beiseiteschieben. Wilhelm hat ganz allein entschieden, dass er nicht mehr weiterleben wollte. Selbst wenn er damals die Schuld an seinem Unglück bei Heinrich gesucht haben sollte, so ändert das für mich nichts daran, dass er allein der Verursacher seiner Misere gewesen ist.« Sie seufzte tief auf. »Ich glaube noch nicht einmal daran, dass seine … Vorliebe für Männer ausschlaggebend für seine Lebensmüdigkeit war. Er hat immer wieder gespielt, und er war ein zutiefst unglücklicher, sicher auch seelisch kranker Mann, der es immer abgelehnt hat, deshalb einen Psychiater zu konsultieren. Immer wieder habe ich ihn darum gebeten. Nein, Gerlinde, Wilhelm allein trägt die Schuld an seinem Leben und an seinem Tod, niemand sonst.«

Als sie sich eine halbe Stunde später voneinander verabschiedeten, hielten sie sich für einige stille Sekunden fest im Arm.

»Wirst du morgen zum Fest kommen?«, fragte Gerlinde noch, bevor sie das Haus ihrer Freundin verließ.

»Ich weiß es noch nicht. Wir hätten ohnehin kaum Zeit füreinander und all die fremden Leute … Früher war ich gerne auf großen Gesellschaften, doch das hat sich verändert. Ich weiß auch nicht, warum mir das nicht mehr so liegt. Bist du mir sehr böse, wenn ich nicht erscheine?«

Gerlinde musste lachen. »Nein, natürlich nicht. Wir hatten ja schon mal darüber gesprochen, und ich habe mir bereits gedacht, dass das nicht unbedingt etwas für dich ist.«

»Dann ist es ja gut«, sagte Therese. »Du kennst mich wahrscheinlich besser als jeder andere Mensch.« Sie lächelte. »Allerdings komme ich natürlich sehr gerne, falls du noch bei irgendwas meine Hilfe brauchst. Jetzt, wo Elise fast gesund ist, habe ich ja wieder Zeit.«

»Nein, keine Sorge, alles läuft wie am Schnürchen. Jonas hat alles perfekt organisiert.«

13. Kapitel

Elise sah nachdenklich aus dem Fenster ihres Zimmers. Die Sonne schien von einem wolkenlosen Himmel. Es war das perfekte Wetter für ein Sommerfest, so viel stand fest. Nach einer Weile griff sie entschieden nach der leichten roséfarbenen Strickjacke, die sie sich schon gestern Abend vor dem Schlafengehen bereitgelegt hatte. Sie trug eine weite sandfarbene Hose und eine schneeweiße Hemdbluse. Ihr Haar war nur locker aufgesteckt, so, wie sie es am liebsten mochte, und weil sie noch immer ein wenig blass war, hatte sie sich etwas Rouge auf die Wangen getupft. Im hohen Spiegel ihres Schlafzimmers sah sie eine hübsche Frau mit blonden Locken, die nie so wirklich gebändigt werden konnten. Sie war zufrieden mit ihrem Aussehen, war es immer gewesen, doch sie war nicht dumm und schon gar nicht blind. Mit der sprichwörtlichen Schönheit und Eleganz von Vera Stellbrink würde sie niemals mithalten können. Doch sie wusste auch, wenn Jonas sie, Elise, und nicht Vera liebte, würde das niemals eine Rolle spielen.

Sie ließ sich Zeit, verabschiedete sich noch kurz von ihrer Mutter und Rieke, die zusammen im kleinen Rosengarten hinter dem Haus saßen und Tee tranken.

Ihre Mutter wünschte ihr ein paar schöne Stunden. »Streng dich aber nicht an, mein Lieschen«, mahnte sie dennoch besorgt. »Deine Kräfte sind noch nicht vollständig zurück. Das braucht seine Zeit.«

»Keine Sorge, Mama. Mir geht es gut«, beeilte sie sich, zu sagen.

Rieke zog jedoch die Augenbrauen in die Höhe und schüttelte leicht den Kopf. »Du kannst es dir wirklich sparen, Elise. Ich war vorhin dort, weil Vera mich darum gebeten hatte, wenigstens kurz vorbeizuschauen, da wollte ich ihr den Gefallen tun. Natürlich war ich auch ein bisschen neugierig, das muss ich zugeben. Aber es lohnt sich nicht. Wie ich es mir gedacht habe, ist dieses Sommerfest nicht viel mehr als ein Auflauf von hochnäsigen Hamburgern und Adligen. Da habe ich schnell wieder kehrtgemacht. Du willst dir das wirklich antun und rüberfahren?«

Elise nickte. Sie hatte keine große Lust dazu, sich noch einmal mit ihrer Schwester über Jonas zu unterhalten, deshalb ging sie nicht weiter auf Riekes bissige Bemerkung ein.

»Bis später«, sagte sie nur und machte sich auf den Weg zum Automobil ihrer Mutter. Doch Rieke kam ihr nach.

»Lieschen, warum tust du das? Ich wollte das nicht vor Mutter erwähnen, aber ich habe vorhin noch gehört, dass am Nachmittag die Verlobung verkündet werden soll. Vera hat es mir selbst erzählt. Bitte, Kleine, erspare dir das doch.«

»Ich möchte mich einfach selbst davon überzeugen, Rieke. Bitte, versteh mich.«

»An deiner Stelle würde ich für ein paar Wochen zurück nach Wien zu Großmutter fahren. Vielleicht sogar für ein paar Monate. Dort wirst du schnell zur Ruhe kommen und bald wieder ganz die Alte sein. Dann kannst du immer noch entscheiden, wo du in Zukunft wohnen willst.«

»Daran habe ich auch schon gedacht. Falls Jonas sich heute wirklich mit Vera verlobt, werde ich zurück zu Oma gehen, aber zuerst muss ich mit ihm sprechen.«

»Möchtest du, dass ich dich begleite?«

»Nein, da muss ich allein durch.«

»Ganz wie du willst, Schwesterherz.«

»Wenn du recht hast, bin ich bald zurück«, sagte sie, dann fuhr sie los.

Vor der Auffahrt zu Lerchengrund parkten bereits viele Automobile, doch Elise fand noch einen Platz in der Nähe des Elbausläufers, wo sie den Wagen stehen lassen konnte.

Es ist wichtig, dass ich endlich mit ihm spreche, sagte sie sich immer wieder, während sie fast zögerlich die Auffahrt entlangging.

Das gesamte Gut schien tatsächlich voller fremder Menschen zu sein. Ihre Mutter hatte ihr erzählt, dass viele honorige Kaufleute, Juristen und Bankleute, selbst einige Senatoren mit ihren Familien unter den Gästen sein würden. Therese meinte auch, dass Gerlinde und Jonas sogar fest mit dem Erscheinen von Bürgermeister Diestel rechneten. Elise sah kleine und größere Sitzgruppen auf dem freien Platz vor den Ställen und dem Gutshaus stehen, doch sie hielt nicht nach bekannten Persönlichkeiten der Hamburger Gesellschaft Ausschau, sie suchte allein nach Jonas zwischen all diesen elegant gekleideten Menschen.

Vor dem Gutshaus war eine Art Empore aufgebaut worden. Eine Bühne mit Holzpfosten, an denen bunte Bänder im Sommerwind flatterten und die später wahrscheinlich am Abend als Tanzfläche dienen würde.

Während Elise langsam weiterging und dabei nach Jonas suchte, sah sie, dass Gerlinde von Grootenlohe auf die Bühne stieg und in die Hände klatschte, um ein wenig Aufmerksamkeit zu erlangen. Gerlinde stellte sich nah an den Rand der Bühne, und die Menschen um sie herum sahen zu ihr auf. Elise war kurz beeindruckt von diesem beeindruckenden Anblick.

Jonas' Mutter stand da wie eine große Diva. Ihr modern geschnittenes Kleid aus dunkelgrüner Seide war mit schwarzen Perlenreihen bestickt und glänzte in der Sonne. Drei unterschiedlich lange schwarze Perlenketten betonten ihre immer noch schlanke Figur, und in ihrem Haar glitzerte ein Silberreif, der seitlich mit einer tiefgrünen Seidenschleife gekrönt war. Gerlinde sah tatsächlich wie eine Königin aus, und Elise war überzeugt, dass sie sich in diesem Augenblick auch so fühlte.

»Liebe Gäste«, hörte sie die Baronin mit kräftiger Stimme in die Menge rufen. »Ich möchte sie darauf vorbereiten, dass wir in weniger als einer Stunde eine Ankündigung machen werden, auf die unsere Familie schon lange wartet und die mich als Mutter meines geliebten Sohnes, Jonas Heinrich von Grootenlohe, sehr, sehr glücklich und stolz machen wird. Also, meine lieben Gäste, seien Sie gespannt. Heute Abend wird gefeiert, und ich hoffe, dass Sie alle Ihre Tanzschuhe anhaben.«

Während die Menge klatschte, breitete sich in Elises Brust ein tiefer und nachhaltiger Schmerz aus, der ihr für einige Sekunden den Atem raubte. Fast glaubte sie, ihr würde schwarz vor Augen werden, doch irgendwie schaffte sie es, nicht an Ort und Stelle zu Boden zu sinken. Für einen

Moment schloss sie die Augen und versuchte, gegen diesen unsäglichen Schmerz anzukämpfen, der tief in ihr wütete. Mit nur wenigen Worten hatte Gerlinde ihre letzte Hoffnung zerstört. Elise brauchte noch einige Sekunden, bis sie wieder etwas klarer denken konnte.

Ein weiteres Mal ließ sie ihren Blick über die Menge wandern, und dann entdeckte sie Jonas, und ihr Herz brach endgültig entzwei. Er stand mit dem Rücken zu ihr, halb verdeckt von einer alten Eiche und ein gutes Stück abseits der Menge. Seine Arme lagen um Vera Stellbrink. Eng umschlungen standen die beiden da. Es wirkte entrückt, der Platz neben der Eiche erschien Elise fast wie eine Insel, so als wären die zwei dort ganz allein auf der Welt. Mit einer Hand an ihrem Kopf hielt Jonas Vera an sich gedrückt, und wenn Elise sich aufgrund der Entfernung nicht täuschte, dann lächelte er.

Wie in Trance drehte sie sich um und verließ Lerchengrund, ohne sich noch ein einziges Mal umzudrehen. Sie stieg in den Wagen und fuhr zurück nach Hause. Als sie vorfuhr, war Rieke gerade dabei, vor dem Haus ein paar Rosen zu schneiden. Ihre Schwester hielt inne, legte die Rosenschere aus der Hand und sah ihr mit sichtbar bangem Blick entgegen. Als Elise näher kam, schien Rieke sofort zu verstehen, und in den Armen ihrer Schwester ließ Elise ihren Tränen endlich freien Lauf.

»Ich muss hier weg«, brachte sie schluchzend hervor. »Du hattest ja so recht, Rieke. Mit allem. Ich war nur ein Abenteuer für ihn. Ich muss hier weg. Ganz schnell. Möglichst heute noch.«

»Ja, Lieschen, ja.« Elise fühlte, wie ihre Schwester tief einatmete. »Komm, meine Kleine, geh schnell packen. Ich rede in der Zwischenzeit mit Mama, danach helfe ich dir, damit du in deinem Kummer auch nichts vergisst. Sobald wir fertig sind, fahre ich dich nach Hamburg zum Bahnhof. Dann sehen wir weiter. Vielleicht fährt heute noch ein Zug nach Wien.«

»Danke, Rieke. Oh, ich danke dir.«

Jonas löste sich aus der Umarmung, ließ die Arme sinken und trat einen Schritt zurück. Es war schwer gewesen, Vera die Wahrheit über seine Gefühle zu gestehen, aber nun hatte er es getan, bevor ihm die ganze Sache noch vollkommen entglitt. Es war sicherlich nicht gerade der passendste Zeitpunkt für ein derartiges Gespräch gewesen, aber er hatte schlicht keine andere Wahl gehabt, weil Vera seit zwei Tagen über nichts anderes mehr mit ihm sprach als über ihre bevorstehende Verlobung und er zugleich einfach nicht mehr dazugekommen war, in Ruhe mit ihr zu reden.

Als er sie dann vorhin beiseitegezogen hatte, weg von all den Menschen, und es regelrecht aus ihm herausgesprudelt war, hatte er in der nächsten Sekunde damit gerechnet, dass sie ihm eine unangenehme Szene machen würde, doch diese Befürchtung bestätigte sich zum Glück nicht. Wahrscheinlich würde er sich sein ganzes Leben lang an jedes Wort erinnern können …

»Ich … Vera, ich muss es dir endlich sagen. Ich kann dich nicht heiraten. Ich habe mich in eine andere Frau verliebt. Sehr sogar. Verzeih mir, bitte verzeih mir.«

Einige Sekunden lang sah sie ihn an, als käme er von einem fremden Stern, doch dann holte sie tief und hörbar Luft. »Kenne ich sie?«

»Es ist Elise«, antwortete er heiser. »Elise Brodersen.«

Zu seinem Erstaunen blieb Vera vollkommen ruhig und gefasst. Sie nickte, legte ihm die Arme um den Nacken und drückte ihn fest an sich. Es kam ihm vollkommen natürlich vor, ihre Umarmung zu erwidern. Also hielt er sie fest, denn es tat ihm unendlich leid, ihr so wehtun zu müssen.

»Du Armer«, flüsterte sie. »Das muss dich umgetrieben haben.«

»Ja ... ich ...« Er war verwirrt. Ihre Reaktion war viel zu nachsichtig. »Hast du verstanden, was ich dir gerade gesagt habe, Vera? Ich kann mich nicht mit dir verloben. Das geht einfach nicht.«

»Ach, mein armer Schatz. Elise wird doch nach Wien zurückgehen und dort jemanden heiraten, der schon auf sie wartet.«

»Ich weiß, dass Rieke dir das so gesagt hat, aber ich kann das nicht glauben.«

»Rieke wird ja wohl am besten wissen, wie es um ihre kleine Schwester steht.«

»Was das angeht, bin ich mir eben nicht so sicher.«

»Komm erst einmal zur Ruhe, mein Liebster, dann sprechen wir weiter. Du brauchst sicherlich nur ein bisschen Zeit, um deine Schwärmerei zu überwinden.«

»Das ist keine ... Ach, Vera ...«

»Es ist schon gut, Jonas. Ich werde warten, bis du das hinter dir gelassen hast.«

»Du irrst dich«, sagte er leise. »Auch ich war davon überzeugt, dass du und ich ... Aber dann bin ich Elise begegnet, und alles war plötzlich anders. Sie hat mein ganzes Leben auf den Kopf gestellt.« Er musste schlucken. »Ich kann einfach nicht anders. Und ich konnte nicht mehr länger warten und musste es dir sagen. Hier und jetzt.«

»Aber deine Mutter hat doch gerade ...«

»Mutter weiß bereits Bescheid«, unterbrach er sie. »Sie wird später ankündigen, dass sie mir die Leitung von Lerchengrund nun ganz offiziell übergeben wird. Das hatte sie ohnehin vor, und so bleibt uns wenigstens noch *ein* feierlicher Anlass für das Fest heute Abend. Es tut mir so leid, dass ich dich enttäuschen muss, Vera, das musst du mir glauben. Ich habe wirklich immer gedacht, dass wir beide ...«

Vera legte ihm einen Finger auf die Lippen und schüttelte leicht ihren Kopf. »Wie gesagt, es ist schon gut, Jonas. Danke, dass du es mir erzählt hast.« Ihre Augen schimmerten feucht. »Aber du sollst wissen, dass ich dich liebe und für dich da sein werde, wenn ... nun, wenn du dich in Elise Brodersen täuschst und sie wirklich diesem Mann in Wien verpflichtet ist.«

»Daran will ich noch nicht einmal denken. Als ich davon erfuhr, war ich zunächst aufgewühlt, doch nach einiger Überlegung bin ich nun fest davon überzeugt, dass Elise mir gesagt hätte, wenn tatsächlich ein anderer Mann in Wien auf sie wartet. Rieke muss sich irren oder sich irgendwie verhört haben, glaub mir. Du weißt, wie solche Dinge manchmal passieren.«

»Natürlich.« Sie küsste ihn auf die Wange und lächelte leicht. »Vergiss nicht, ich werde für dich da sein.«

»Ich muss noch heute mit Elise sprechen«, sagte er. »Vielleicht kommt sie ja zum Fest, und es ergibt sich eine Möglichkeit. Ansonsten werde ich heute Abend zu ihr fahren und mit ihr sprechen.«

»Jonas! Ich könnte deine Hilfe beim Springen brauchen«, hörte er Peers Stimme.

Er drehte sich um und sah den Stallmeister vor den Ställen stehen.

»Ja!«, rief er zurück. »Ich bin gleich da, geh ruhig schon mal vor.«

Noch einmal sah er Vera ins Gesicht. Sie hatte es tatsächlich geschafft, nicht in Tränen auszubrechen, und er bewunderte ihre Haltung. Auch sie braucht sicher Zeit, um alles zu verarbeiten, dachte er sich. Er verlangte viel von ihr und dem Rest seiner Familie, doch seine Liebe zu Elise änderte alles. Dennoch … wenn alles so lief, wie er es sich wünschte, würde Vera kaum auf Lerchengrund bleiben können. Auch wenn das nicht sofort entschieden werden musste, so war ihm doch bewusst, dass er ihr nicht nur die gemeinsame Zukunft mit ihm, sondern auch noch ihr Zuhause nehmen würde. Diese Gewissheit lag schwer auf seiner Brust.

»Ich werde dann mal zur Halle rübergehen, um deinem Vater beim Turnier zu helfen«, sagte er, so sanft es ihm möglich war.

»Ja.« Vera nickte und legte kurz ihre Hand auf seine Wange. »Geh nur, es gibt viel zu tun, und du hast dich jetzt schon viel zu lange ausgeklinkt.«

Sie benahm sich fast so, als wäre nicht das Geringste zwischen ihnen vorgefallen.

Einige Stunden später hatten die Angestellten ein großes Büfett neben dem Tanzboden aufgebaut, und die meisten Gäste saßen nun an den Tischen und genossen das Abendessen. Auch die Musiker hatten bereits ihre Plätze eingenommen und würden bald zum Tanz aufspielen. Auf dem Gut war es insgesamt ruhiger geworden. Jonas suchte seine Mutter, um ihr zu sagen, dass er eine Weile weg wäre.

»Wo willst du denn jetzt hin? Eigentlich wollte ich mit dir den Tanz eröffnen.«

»Ich weiß, Mama, aber das kannst du auch sehr gut mit Peer machen. Ich muss zu den Brodersens und endlich mit Elise sprechen. Den ganzen Tag bin ich nicht dazugekommen, und das hat mich jede Menge Nerven gekostet. Eigentlich habe ich damit gerechnet, dass sie rüberkommen würde. Ich habe ständig Ausschau gehalten, doch gesehen habe ich sie nirgends.«

»Ich auch nicht«, antwortete Gerlinde. »Aber bis vor Kurzem war sie ja auch noch ziemlich krank. Vielleicht waren ihr all die Menschen zu viel, und sie ist deshalb zu Hause geblieben, wer weiß.«

»Das kann sein. Ich bin so schnell wie möglich wieder hier, versprochen.«

Seine Mutter seufzte, schenkte ihm dann aber ein verständnisvolles Lächeln. »Na, dann los, Jon. Wenn Elise dein Glück ist, dann hol sie dir.«

Jonas sattelte seinen Wallach und saß auf. Da er vermeiden wollte, dass jemand von den Gästen mitbekam, dass er fortritt, nahm er den Weg hinter den Stallgebäuden entlang, denn hier war es unterdessen menschenleer. So konnte er Lerchengrund ungesehen verlassen.

Als er kurze Zeit später auf dem Nachbargut ankam, setzte bereits die Dämmerung ein. Vor dem Gutshaus saß er ab, band den Wallach fest und marschierte mit festem Schritt auf das Haus zu. Er betätigte den schweren Türklopfer und bereitete sich innerlich auf das Gespräch mit Elise vor, so wie er es eigentlich schon seit Stunden tat.

Doch dann wurde die Tür geöffnet, und er stand nicht wie erwartet einem Dienstmädchen gegenüber, sondern Rieke Brodersen.

»Hallo Rieke.«

»Jonas?«, fragte sie mit hörbarer Verwunderung in der Stimme. »Was verschafft uns denn die Ehre?«

Jonas gab sich Mühe, den deutlichen Sarkasmus in Riekes Stimme zu überhören. Er hatte die älteste Brodersentochter noch nie gemocht, aber darum ging es jetzt nicht.

»Ich würde gerne Elise sprechen«, sagte er rundheraus.

»Elise?« Sie lächelte schief. »Tut mir leid, aber sie ist nicht hier.«

»Sie ist nicht hier? Wo …?«

»Meine Schwester ist nach Wien abgereist.«

»Nach Wien?« Sein Magen begann, verrücktzuspielen, und eine leichte Übelkeit stieg in ihm auf.

Nein, dachte er. *Nein!*

»Ja, natürlich nach Wien. Sie ist auf dem Weg zu ihrem Verlobten Ludwig. Sie werden demnächst heiraten.«

»Zu ihrem Verlobten?«

Rieke musste ihn für völlig bekloppt halten, weil er nahezu jedes Wort, das sie sagte, wiederholte. Er straffte die Schultern und atmete gründlich durch, um nicht endgültig die Fassung zu verlieren.

»Das kann nicht sein …«

»Ich habe sie selbst zum Bahnhof gefahren, und sie war sehr aufgeregt, weil sie Ludwig endlich wiedersehen würde.«

Die Übelkeit wurde stärker, und er gab sich Mühe, gleichmäßig zu atmen, um sie zu bekämpfen. »Seit wann ist sie weg?«

Frederike hob eine Augenbraue, und ihr Lächeln vertiefte sich. »Meine Mutter und ich werden ebenfalls bald nach Wien reisen, um ihr bei den Hochzeitsvorbereitungen zu helfen.«

Sie hatte nicht direkt auf seine Frage geantwortet, aber sein Stolz verbot es ihm nachzuhaken. Ein gnadenloser Schmerz formierte sich in seiner Brust. Er fühlte sich leer, betrogen und grenzenlos einsam. Offenbar hatte er sich in Elise Brodersen getäuscht, furchtbar getäuscht. Sie war nicht der goldige Engel, den er in ihr gesehen hatte, sondern nur ein junges Mädchen, dass noch kurz vor ihrer Hochzeit ein Abenteuer gesucht und auch gefunden hatte. Wie dumm er doch gewesen war!

Mit knappen Worten verabschiedete er sich von Frederike.

»Richte deiner Mutter bitte Grüße aus.« Hastig bestieg er sein Pferd und ritt zurück nach Lerchengrund.

Im Stall angekommen, bat er einen der Burschen, ihm eine Flasche Schnaps zu bringen. Von der anderen Seite der Ställe erklang Musik, und er hörte Menschen lachen und singen. Er selbst blieb im Stall. Dem Burschen gab er die Anweisung, niemandem zu sagen, wo er sich aufhielt, auch nicht seiner Mutter.

Schließlich setzte er sich auf einen Heuballen und betrank sich. Und während es auf dem Gut immer ruhiger wurde, ergriff eine Stille von ihm Besitz, die sich anfühlte, als wäre er bereits tot. Sein letzter Gedanke, bevor er in einen alkohol-geschwängerten Schlaf fiel, galt Elise.

»Ich hasse dich«, flüsterte er in die einsame Nacht hinein. »Ich hasse dich, Elise Brodersen.«

TEIL 3

Leidenschaft und Vergebung

14. Kapitel ·

Sinje machte sich Sorgen um ihren Vater. Jonas von Grootenlohe war nie ein Mann vieler Worte gewesen, doch in den letzten Monaten kam es ihr so vor, als wäre er noch wortkarger als sonst. Natürlich war er auf dem Gut fast ständig von Menschen umgeben. Er führte die normalen und alltäglichen Gespräche mit ihr und auch mit ihren Großeltern, doch im Grunde machte er ständig den Eindruck eines einsamen Mannes, der zurückgezogen lebte und am liebsten für sich allein blieb. Sie hatte so sehr gehofft, dass es ihm besser gehen würde, wenn ihre Mutter Gut Lerchengrund endlich für immer verlassen würde, doch offenbar war das nicht der Fall.

Ihre Eltern hatten nie eine gute Ehe geführt, das war Sinje schon während ihrer Kindheit bewusst geworden. Deshalb hatte sie sich auch nie darüber gewundert, dass sie das einzige Kind dieser Verbindung geblieben war. Schon vor Jahren hatten sich ihre Eltern offiziell getrennt, doch Vera war auf dem Gut geblieben und hatte nach der Scheidung das alte Jagdhaus am Waldrand bezogen, das sie zusammen mit ihrem Vater schon als Kind eine Zeit lang bewohnt hatte.

Obwohl Sinje ihre Mutter so weiterhin in ihrer Nähe gehabt hatte, fand sie diese Regelung alles andere als angenehm.

Ihre Eltern hatten sich nicht mehr viel zu sagen gehabt, das war an niemandem auf Lerchengrund vorbeigegangen. Vor allem für sie als Tochter war es eine Belastung gewesen, das täglich mit ansehen zu müssen.

Ihre Mutter hatte sich im Laufe der Jahre sehr verändert. Es war nicht leicht, mit ihr auszukommen, und es war kein Geheimnis, dass nicht nur sie das so empfand. Zwischen der natürlichen Liebe zu ihrer Mutter und der umfassenden, sehr innigen Liebe zu ihrem Vater lagen Welten. Sinje hatte schon immer das Gefühl gehabt, dass die Verbindung zu ihrem Vater viel stärker war als die zu ihrer Mutter. Selbst als kleines Mädchen hatte sie ihrem Vater viel näher gestanden.

Nun lebte Vera von Grootenlohe bereits seit zwei Monaten in Hamburg, und alle waren darüber erleichtert, denn auf Lerchengrund war es seitdem viel friedlicher geworden. Nur auf ihren Vater schien die Veränderung keinerlei Auswirkungen zu haben. Dabei glaubte Sinje nicht daran, dass er seine geschiedene Frau vermisste, nein, das war es sicherlich nicht. Es schien eher so, als würde es für ihn nicht den geringsten Unterschied machen, ob ihre Mutter nun in Hamburg lebte oder weiterhin auf dem Gut geblieben wäre. Offenbar war es ihm schlichtweg egal.

Sinje fand das traurig, denn sie wusste aus den Erzählungen ihrer Großmutter, dass ihre Eltern einst eine enge und sehr vertraute Beziehung gehabt hatten.

Sinje tätschelte den Hals von Kuno, dem alten Wallach, lehnte ihre Stirn an das warme dunkelgraue Fell und seufzte.

»Was kann ich nur tun, damit es ihm endlich besser geht und er wieder richtig zu leben beginnt?«, flüsterte sie.

»Der alte Gaul ist sicher weise, aber ich glaube kaum, dass

du von ihm eine Antwort erwarten kannst«, hörte sie hinter sich ihren Großvater, der verhalten lachte.

»Aber es tut gut, sich bei ihm auszuweinen«, erwiderte Sinje. Sie drehte sich zu ihm um und lächelte ihn an. »Geht es nur mir so, Opa? Hab nur ich das Gefühl, dass Papa ständig traurig ist und am liebsten ganz allein in seiner komischen kleinen Hütte im Wald wohnen würde?«

»Pass auf, was du sagst! Die komische kleine Hütte, wie du sie nennst, hat uns schon große Dienste geleistet.« Er zwinkerte ihr zu, aber sie wusste auch so, dass er nicht wirklich mit ihr schimpfte.

Sinje winkte ab, ging jedoch auf seine Neckerei ein. »Ja, ja, ich habe die Geschichte schon hundertmal gehört. Du hast sie mit deinen eigenen Händen gebaut, du großer Held.«

Sie musste lachen, als ihr Großvater ihr eine Grimasse zog. Er war ein humorvoller Mensch, und er mochte es sehr, wenn sie gemeinsam herumalberten, auch das wusste sie schon, seit sie ein kleines Mädchen war.

»Vergiss nur nicht meinen Freund Ronald Meyer. Er war schließlich tatkräftig dabei und wäre zu Recht beleidigt, wenn du seinen Einsatz einfach unterschlägst.« Auch er lachte, wurde dann jedoch ernst. »Aber mal Spaß beiseite, mein Kind, du wirst deinem Vater nicht helfen können. Das kann er nur selbst schaffen, glaub mir.« Peer seufzte laut. »Uns allen bereitet es Sorgen, dass er offensichtlich unglücklich ist. Auch deine Großmutter hat sich schon viele Tage und Nächte darüber den Kopf zerbrochen, aber wir sind allesamt machtlos, was das angeht. Niemand hier trägt die Schuld daran, dass deine Eltern kein Glück in ihrer Ehe gefunden haben. Vor allem du nicht, mein Mädchen. Du sicherlich am allerwenigsten.«

Sinje nickte. Sie wusste, dass ihr Großvater recht hatte. »Ich weiß, Opa, aber … Nun ja, ich wünsche ihm eben so sehr, dass er doch noch glücklich wird.«

»Das wünschen wir ihm alle.«

»Stimmt.«

»Und solange er gerne allein in den Wald reitet, lass ihn doch. Vielleicht findet er dort in dieser komischen kleinen Hütte ein bisschen Frieden.«

»Ja, vielleicht. Er ist übrigens schon wieder seit den frühen Morgenstunden unterwegs.« Sie schüttelte leicht den Kopf. »Seit er mir im letzten Monat völlig überraschend die Leitung des Guts übergeben hat, ist er noch viel häufiger fort, findest du nicht?«

»Das mag sein, aber er weiß eben auch, dass er sich vollkommen auf dich verlassen kann.«

»Ehrlich gesagt, habe ich überhaupt nicht verstanden, warum er das jetzt schon so entschieden hat, Opa. Paps ist gerade mal dreiundfünfzig Jahre alt. Das ist doch noch viel zu jung, um sich auf das Altenteil zurückzuziehen.«

»Ich denke, dein Vater weiß sehr genau, was er dir zumuten kann. Außerdem weiß er sowieso immer genau, was er tut. Er ist der klügste Mann, den ich kenne.«

»Was ihn betrifft, bist du genauso voreingenommen wie ich.« Sie lachte kurz auf, aber es klang bitter, wie sie selbst sofort bemerkte.

»Er war schon immer wie ein Sohn für mich. So ist es nun einmal.« Ihr Großvater strich leicht über ihre Wange. »Jeder von uns hat früher oder später mal mit seinen eigenen Dämonen zu kämpfen.«

»Ja, aber Papas Dämonen bleiben schon viel zu lange.«

»Du …«

Einer der Burschen kam in den Stall und unterbrach damit ihr Gespräch.

»Herr Stellbrink, Baroness, Romeo ist krank«, sagte er mit ernster Miene.

Ihr Großvater und sie wechselten sofort besorgte Blicke. Romeo war einer der Nachkommen des berühmten Aramis und zurzeit ihr wichtigster Zuchthengst.

»Was ist mit ihm?«, fragten sie wie aus einem Mund.

»Er schwitzt, hustet, und die Augen tränen. So wie es aussieht, hat er auch erhöhte Temperatur.«

»Hast du ihn schon separiert?«, hakte Sinje nach.

Der Bursche nickte. »Natürlich. Gleich als Erstes. Er steht jetzt allein, drüben im kleinen Stall neben der Halle.«

»Gut«, erwiderte ihr Großvater, während sie sich bereits in Bewegung setzten. »Dann lass uns den Burschen mal ansehen. Vielleicht ist es nur eine kleine Verkühlung. Gestern Abend ging es ihm noch blendend, soweit ich das mitbekommen habe.«

Sie gingen hinüber zum kleinen Stall. Schon von Weitem hörten sie das laute Schnauben und Husten des Hengstes. Das Tier wirkte sehr unruhig und ängstlich.

»Das hört sich gar nicht gut an«, stellte Sinje voller Sorge fest. »Seine Augen sind trübe, und er hat auch Nasenfluss.«

»Hm, ja … ich denke, wir sollten doch den Tierarzt rufen.« Ihr Großvater seufzte und strich sich nachdenklich übers Kinn.

»Den Ami?« Sinje verdrehte die Augen.

»Der *Ami* ist immerhin der Enkel von Therese Brodersen. Wir haben sowieso keine Wahl. Tim ist jetzt der einzige Tierarzt hier in der Nähe. Er ist noch recht jung, kennt sich aber gut aus. Du weißt sehr genau, dass wir auf ihn angewiesen sind, wenn so etwas passiert. Da können wir nicht selbst ran. Das Tier ist viel zu wertvoll.«

»Ist ja schon gut, Opa.«

»Als Tim letzte Woche Reggies Hinterhand eingerenkt hat, hat er perfekte Arbeit geleistet, das muss ich schon sagen. So tatkräftig habe ich den alten Dr. Steffens jedenfalls nie erlebt. Reggie ist wie neu. Der Junge hat mich schwer beeindruckt. Was mich angeht, bin ich jedenfalls froh, dass er direkt in unserer Nähe praktiziert.«

Sinje fühlte sich ein bisschen gemaßregelt, ließ sich aber nichts anmerken. Sie wandte sich an den Burschen. »Fahr besser gleich rüber zu den Brodersens, Hajo, und gib dem Doktor Bescheid, dass wir ihn hier dringend brauchen.«

Der Bursche nickte und machte sich sofort auf den Weg.

»Hoffen wir mal, dass Brodersen zu Hause ist, dann wird er sicherlich gleich herkommen«, sagte ihr Großvater.

Sinje nickte und tätschelte Romeos schwarzen Kopf.

»Ganz ruhig, mein Junge, dir wird sicher schnell geholfen, wenn der Doktor da ist«, flüsterte sie dem Pferd zu, dessen Ohren sich sofort bewegten.

»Er scheint sich etwas zu beruhigen. Du hast wirklich ein Händchen für Pferde.«

Sinje musste schmunzeln, weil ihr Großvater richtig stolz klang.

»In dir und Papa hatte ich ja auch die besten Lehrmeister«, sagte sie, machte einen Schritt auf ihn zu und gab ihm einen schmatzenden Kuss auf die glatt rasierte Wange.

»Hast du heute Morgen eigentlich schon einen Kaffee

gehabt?«, wollte er wissen. »Als deine Großmutter und ich vorhin nach unten kamen, warst du schon weg.«

Sie schüttelte den Kopf. »Noch nicht. Ich wollte gerade reingehen, als du zum Stall gekommen bist.«

»Na, dann solltest du jetzt endlich was in den Magen bekommen.«

Ein weiteres Mal gönnte sie dem kranken Hengst ein paar Streicheleinheiten. »Ja, du hast recht. Gut, dann gehe ich erst mal frühstücken und komme danach wieder her. Wer weiß, was heute noch passiert. Bis später.«

»Ja, bis dann. Ich bleibe hier und warte auf den Doktor.«

Tim Brodersen saß in seinem Büro, als der Stallbursche von Lerchengrund bei ihm ankam und ihn über die Erkrankung eines Hengstes auf dem Nachbargut informierte. Er griff nach seiner Tasche, überprüfte noch kurz den Inhalt und sprang in seinen grauen Opel Olympia Kastenwagen.

Wie immer, wenn er nach Lerchengrund fuhr, fühlte er sich etwas angespannt, denn jede Begegnung mit Sinje von Grootenlohe forderte ihn heraus. Aus irgendeinem Grund brachte diese Frau sein Innerstes aus dem Gleichgewicht. Bisher war er ihr nur zweimal über den Weg gelaufen und hatte dabei kaum ein Wort mit ihr gewechselt. Dennoch war ihm danach sofort klar, dass auch jede weitere Begegnung äußerst kompliziert und anstrengend für ihn sein würde. Es war wirklich schwierig, denn jedes Mal spürte er deutlich die Distanziertheit, wenn nicht sogar Abneigung, die sie ihm entgegenbrachte, während er selbst vollkommen fasziniert von dieser Frau war. Schon seit ihrer ersten Begegnung musste er sich mit dieser Krux auseinandersetzen.

Er fand sie wunderschön mit ihren haselnussbraunen Haaren und den ungewöhnlich großen rauchgrauen Augen. Sie rief ein Begehren in ihm hervor, das ihn völlig aus der Bahn warf. Allein diese Erkenntnis kostete ihn Nerven, denn sehr wahrscheinlich hatte er nicht die geringste Chance bei ihr. Auch jetzt, während er sich auf dem Weg zum Nachbargut befand, sagte er sich zum wiederholten Mal, dass es besser für ihn wäre, sich Sinje von Grootenlohe lieber gleich und für alle Zeiten aus dem Kopf zu schlagen.

Tim lenkte seinen Wagen direkt bis vor die Ställe. Einer der Stallburschen wies ihm den Weg zu dem erkrankten Pferd. Er verspürte Erleichterung, dass er dort offenbar nur mit Peer Stellbrink zu tun hatte. Tim untersuchte den Hengst eingehend und nahm ihm Blut ab.

»Im Augenblick könnten seine Symptome auf alle möglichen Infektionen hinweisen, ich nehme aber an, dass er sich einen Virus eingefangen hat. Er sollte auf jeden Fall von den anderen Tieren isoliert bleiben«, teilte er Stellbrink mit.

Der alte Stallmeister nickte. »So was in der Art haben wir uns schon gedacht.«

Als die Stalltür aufging und Sinje hereinkam, versuchte Tim, so unauffällig wie nur möglich tief durchzuatmen, um sich gegen die aufwallenden Gefühle zu wappnen, die sofort über ihn hereinbrachen.

»Guten Morgen, Tim.«

Er musste sich räuspern. »Morgen, Sinje.«

»Ist es ein Virus?«, wollte sie wissen.

»Auf den ersten Blick sieht es zumindest danach aus. Was mich beunruhigt, ist, dass ich erst vor ein paar Tagen ein Pferd gesehen habe, das praktisch dieselben Symptome zeigte, aber das war in der Nähe von Lüneburg. Für eine Übertragung eines Virus also viel zu weit weg.« Er legte seine Hand an den Hals des Pferdes.

»Wann war das?«, fragte Sinje.

»Vor drei Tagen. Ich war eher zufällig vor Ort und habe nur die erste Versorgung übernommen, weil der zuständige Tierarzt erst später kommen konnte.«

Sinje zog die Augenbrauen in die Höhe. »Du warst in der Zwischenzeit nicht hier, also können wir eine Ansteckung durch das kranke Pferd in Lüneburg wohl wirklich ausschließen.«

Tim versuchte, seinen aufkeimenden Zorn zu zügeln. Was sie ihm da unterstellte, war im Grunde genommen eine Frechheit.

»Selbst wenn ich zwischendurch hier gewesen wäre, Sinje, ich achte stets auf die notwendige Sterilisation meiner Ausrüstung.« Er konnte nicht verhindern, dass seine Stimme ziemlich barsch klang.

»Natürlich, so war das auch nicht gemeint.« Sie wirkte etwas erschrocken, das besänftigte ihn sofort.

Wahrscheinlich liegen wegen des kranken Pferdes ihre Nerven ziemlich blank, dachte er. Er wandte sich wieder dem Pferd zu.

»Ich werde ihm vorerst ein Stärkungsmittel verabreichen, und ein paar Vitamine, um seine Abwehrkräfte zu mobilisieren. Wir müssen abwarten, wie sich die Sache entwickelt. Die Lungen scheinen frei zu sein, das beruhigt mich zwar erst einmal, aber es ist noch zu früh, um Genaueres zu sagen.«

Stellbrink und Sinje nickten beide. »Ich verstehe«, sagte sie, ohne ihn anzusehen.

»Vielleicht wissen wir schon mehr, wenn ich sein Blut und den Sekretabstrich untersucht habe«, schob er nach. »Gebt ihm ruhig ein paar Möhren oder Äpfel, wenn er sie nimmt. Nur nicht zu viel, damit er nicht auch noch eine Kolik bekommt.« Er tätschelte den Hals des Pferdes. »Ich schaue später noch mal vorbei. Behaltet bis dahin seine Temperatur im Auge und natürlich auch die anderen Tiere.« Er seufzte. »Und ich muss euch wohl kaum daran erinnern, wie wichtig in so einem Fall die Hygiene in den Ställen ist.«

»Nein«, sagte Sinje. »Das musst du nicht. Auch wir kennen das Prozedere.«

»Gut.« Es gelang ihm, ihren Blick einzufangen. Wie immer fühlte er sich fast wie hypnotisiert, wenn das geschah.

»Ich weise die Leute entsprechend ein«, teilte Stellbrink ihnen mit und durchbrach damit den Bann.

Tim räusperte sich. »Mach das.«

Er gab dem Hengst die angekündigten Spritzen, packte dann seine Tasche und nahm sie auf.

»Bis wir mehr wissen, sollten hier wirklich nur Leute rein, die nicht mit den anderen Tieren in Berührung kommen. Bis später«, sagte er und nickte beiden zu.

Stellbrink folgte ihm aus dem Stall bis zum Außenwaschbecken, wo sich beide die Hände wuschen, und winkte ihm nach, als er schließlich in sein Auto stieg.

Tim atmete einige Mal tief durch. Die Anspannung, die ihn regelmäßig überfiel, sobald Sinje in seine Nähe kam, fiel nur langsam von ihm ab. Wieder einmal fragte er sich, warum sie sich ihm gegenüber nur so abweisend verhielt.

Seit über einem halben Jahr war er nun schon wieder in Deutschland. Eigentlich hatte er vorgehabt, direkt nach dem

Schulabschluss in die Heimat seines Vaters zu gehen, doch dann war der Krieg dazwischengekommen. Nur deshalb hatte er in seiner Heimatstadt Boston studiert und dort auch noch einige Jahre gelebt, bevor er endlich alles für seinen Umzug in die Wege leiten konnte. Es war einfach Glück gewesen, dass der alte Landtierarzt bereits seit zwei Jahren händeringend nach einem Nachfolger suchte, als er auf dem Gut seiner Großmutter eintraf.

Als Kind war er vor dem Krieg einige Male während der Schulferien hier gewesen und hatte sich jedes Mal sofort zu Hause gefühlt. Deshalb empfand er es als ein Privileg, dass alles für ihn so gut gelaufen war und er hier wohnen und arbeiten durfte. Seine Eltern, besonders sein Vater, würden sich darüber freuen, wenn sie es wüssten, dachte er, während er in die Zufahrt einbog, die am Wohnhaus seiner Großmutter vorbeiführte.

Direkt hinter dem großen Haus gab es ein kleineres, ein ehemaliges Gesindehaus, das er für sich hatte umbauen lassen. Seitdem lebte und arbeitete er dort. Auf der einen Seite des Hauses befand sich eine schöne kleine Wohnung, und in der anderen Hälfte hatte er seine Praxisräume eingerichtet.

Ja, es war gut, dass er nun hier lebte. Endlich gab es wieder Menschen, die zu ihm gehörten. Er fühlte sich nicht mehr so einsam wie nach dem frühen Tod seiner Eltern. Seine Mutter war gestorben, als er gerade einmal siebzehn Jahre alt gewesen war, und sein Vater war seiner geliebten Frau nur zwei Jahre später gefolgt. Auch wenn seine Eltern ihm mehr als genug hinterlassen hatten, um ein sorgenfreies Leben führen zu können, so war es für ihn doch eine Herausforderung gewesen, von da an allein durchs Leben gehen zu müssen. Zum ersten Mal in seinem Leben hatte er Geschwister vermisst. Viel zu oft hatte er sich einsam gefühlt, und auch seine eher kurzen Liebesbeziehungen hatten daran nichts ändern können.

Manchmal dachte er an den Abschluss seines Studiums zurück. Damals war er zwar stolz auf seine Leistung, aber gleichzeitig auch unendlich traurig darüber gewesen, dass niemand im Publikum saß, der an diesem ganz besonderen Tag eine Freudenträne für ihn vergoss.

Schon kurz nach seinem Abschluss hatte er sein Bostoner Elternhaus verkauft und war in einen kleinen Ort nach Texas umgezogen. Dort hatte er einige Jahre lang Erfahrung in einer Tierklinik sammeln können, bevor er den Entschluss fasste, endlich seinen eigentlichen Lebensplan in die Tat umzusetzen und nach Deutschland zu gehen. Sein damaliger Chef hatte ihm versichert, dass er jederzeit willkommen sei, wenn das Leben in der Heimat seines Vaters ihn enttäuschen würde.

Niemand in seinem damaligen Umfeld hatte sich vorstellen können, warum jemand freiwillig nach Deutschland auswanderte. Selbst dann nicht, wenn er eine zweite Staatsbürgerschaft innehatte, so wie es bei ihm der Fall war. Der Zweite Weltkrieg und seine Folgen waren in den Köpfen der Menschen verankert, und ihm ging es im Grunde nicht anders, dennoch hatte Tim sich stets mehr als Deutscher gefühlt. Deutschland befand sich noch immer im Wiederaufbau, doch er glaubte an eine gute Zukunft für dieses Land, das so unendlich viel leistete, um die furchtbaren Zeiten der Vergangenheit endgültig zu überwinden.

Warum er schon immer den Drang verspürt hatte, im Heimatland seines Vaters zu leben, hatte er selbst noch nicht ergründen können. Vielleicht lag es einfach daran, dass er zu seinem Vater ein deutlich engeres Verhältnis gehabt hatte als zu seiner Mutter, deren unvermittelte Wutanfälle nicht nur ihm das Leben schwer gemacht hatten.

Wie auch immer, nun war er endlich hier und fühlte sich großartig. Zumindest so lange, bis er wieder einmal, so wie heute, mit Sinje von Grootenlohe zusammentraf.

Er konnte sich sogar noch daran erinnern, dass er sie bereits vor vielen Jahren einmal gesehen hatte. Damals, kurz vor seiner Einschulung, war er nach einer langen und sehr aufregenden Seereise zusammen mit seinen Eltern auf dem Gut seiner Großmutter zu Besuch gewesen. Eines Nachmittags waren sie bei einem Familienspaziergang Gerlinde von Grootenlohe begegnet. Die Besitzerin des Nachbarguts hatte einen auffallend pompösen Kinderwagen vor sich hergeschoben und ihnen voller Stolz ihre Enkelin gezeigt. Auch er hatte einen Blick in den Kinderwagen geworfen. Sinje war damals erst einige Monate alt gewesen, doch schon damals hatte er, selbst noch ein Kind, den Blick aus ihren rauchgrauen Augen als besonders intensiv empfunden. Niemals zuvor hatte er so seltsame und doch so schöne Augen gesehen.

Das war bis heute so geblieben, und auch all diese Jahre später hatte er sie sofort wiedererkannt – allein an ihren unglaublichen Augen. Dass sie alles in allem auch noch eine so wunderschöne Frau geworden war, machte die Sache für ihn nicht leichter. Ja, er war vom ersten Moment an von ihr fasziniert gewesen. Vielleicht war er sogar verliebt, doch diesen Gedanken schob er lieber beiseite, denn er hatte das Gefühl, dass Sinje von Grootenlohe ihn nicht besonders mochte, ihn

vielleicht sogar ablehnte, auch wenn er sich nicht im Geringsten vorstellen konnte, warum das so war.

Sinje war froh, dass Tim Brodersen wieder weg war. Irgendwie brachte dieser Mann sie jedes Mal aus dem Takt. Eine
andere Bezeichnung wollte ihr für die Empfindungen nicht
einfallen, die sie stets überfielen, sobald sie in seiner Nähe
war. Seine Gegenwart allein reichte schon aus, um sie auf eine
Art zu irritieren, die ihr fremd war. Es störte sie gewaltig, dass
er ihre sonst so unerschütterliche Selbstbeherrschung ins
Wanken brachte.

Natürlich hatte sie sich schon gefragt, ob das mit seinem
attraktiven Aussehen zu tun hatte, doch diesen Gedanken
fand sie im Grunde lächerlich. Von Äußerlichkeiten ließ sie
sich eigentlich nicht so leicht beeindrucken. Sie war eher
sachlich veranlagt – auch in Bezug auf ihr eigenes Aussehen.
In der Regel war sie vollkommen uneitel. Schließlich hatte sie
die meiste Zeit ihres Lebens hier auf Lerchengrund zugebracht. Das bedeutete vor allem ein Leben in Reitstiefeln und
entsprechend praktischer Kleidung.

Nur ihre Zeit in der Schweiz war etwas anders verlaufen,
als sie es zuvor gewohnt gewesen war. Direkt nach dem Krieg
war sie dort für einige Jahre auf ein Internat gegangen. Ihre
Mutter hielt eine gute Bildung für unabdingbar, und in den
Kriegsjahren war es kaum möglich gewesen, eine Schule zu
besuchen. Dank ihrer Internatsfreundinnen hatte sie während dieser Zeit gelernt, dass sie auch in Kleidern gut aussehen konnte und ein schlichter Pferdeschwanz nicht die einzig mögliche Frisur für sie war. Wenn es damals allein nach
ihr gegangen wäre, hätte sie Lerchengrund wohl nie verlassen,

doch dann hatte sie nahezu mit Leichtigkeit ihr Abitur geschafft. Heute war sie dankbar dafür, dass ihre Mutter damals nicht lockergelassen hatte. Ihr Leben war sehr viel reicher an Erfahrungen geworden.

»So, mien Deern, ich habe drei der Burschen für die Nacht eingeteilt. Bis dahin können wir beide uns ablösen«, riss Peers Stimme sie aus ihren Gedanken, und sie zuckte zusammen. »Oh«, sagte er. »Habe ich dich erschreckt? Das wollte ich nicht.«

»Nein, alles ist gut.« Sinje atmete tief durch und schenkte ihrem Großvater ein Lächeln. »Ich mach mir nur Sorgen.«

Er nickte. »Ja, ich auch. Wenn es tatsächlich eine Virusinfektion ist, könnten wir arge Probleme bekommen.«

»Ich denke, wir sollten eine Pritsche hier reinstellen. Das macht es für denjenigen, der Wache hält, etwas leichter«, schlug sie vor.

»Gute Idee, ich kümmere mich darum.«

»Ich übernehme dann für die nächsten paar Stunden, in Ordnung?«

»Sag mal, soll ich vielleicht einen der Burschen zur Waldhütte schicken, um deinen Vater zu holen? Immerhin ist Romeo eines seiner Lieblingspferde.«

Sinje winkte ab. »Er nimmt nie viel Proviant mit. Ich denke also, er wird spätestens morgen früh wieder hier sein. Meinetwegen kann er die Nacht in seiner Hütte lieber noch in Ruhe genießen. Ändern könnte er doch sowieso nichts.«

»Du hast recht, vielleicht wissen wir morgen auch schon mehr«, stimmte Peer zu. »Gut, dann belassen wir es dabei.«

Kurz darauf brachten zwei der Stallburschen eine Holzpritsche, eine dünne Strohmatratze und einige Decken in den

Stall. Wenig später kam ihre Großmutter mit Kaffee und ein paar Stücken von dem Schokoladenkuchen, den Sinje so liebte. »Oh, danke, Omi.«

»Gerne.« Gerlinde deutete auf den Hengst. »Wie geht es ihm?«

»Unverändert. Wenigstens ist seine Temperatur nicht weiter gestiegen. Vielleicht ist das ein gutes Zeichen.«

»Hoffen wir mal das Beste.«

»Gut, dass du Cora nicht bei dir hast.« Sinje lächelte. Normalerweise folgte die alte Schäferhündin ihrer Großmutter auf Schritt und Tritt.

»Das ist eine reine Vorsichtsmaßnahme. Sie bleibt im Haus und darf höchstens in den Garten. Wir wissen ja noch nicht genau, was Romeo hat. Ich hatte ein bisschen Angst davor, dass das alte Mädchen sich auf ihre alten Tage noch irgendwas einfängt.«

»Das hätte ich auch so entschieden, Oma. Tim kommt nachher noch mal vorbei. Vielleicht sehen wir dann schon klarer.«

»Ich hoffe es. Romeo wird gebraucht.« Ihre Großmutter zwinkerte ihr zu. »Wenn du meine Hilfe benötigst, sag Bescheid.«

Sinje nickte und drückte ihrer Großmutter einen Kuss auf die Wange. »Wir kriegen das schon hin, Omi, keine Sorge.«

Kurz darauf war sie wieder allein mit dem kranken Pferd. Sinje trank ihren Kaffee und aß den Kuchen. Sie räumte gerade alles zusammen, als die Stalltür aufging und Tim hereinkam. Er schien kurz zu stutzen, als er sie sah, doch dann schloss er die Tür hinter sich und kam zu ihr.

»Willkommen zurück«, begrüßte sie ihn.

»Hallo Sinje.« Er stellte seine Tasche ab, öffnete sie und nahm sein Stethoskop und ein Otoskop heraus, bevor er zu Romeo ging. »Irgendwelche auffälligen Veränderungen in den letzten Stunden?«

»Eigentlich nicht«, antwortete sie. »Der Husten ist vielleicht noch etwas stärker geworden, aber vielleicht bilde ich mir das auch nur ein.«

Sinje beobachtete das übliche Prozedere des Arztes und wartete ab, bis er seine Untersuchung abgeschlossen hatte. Das Pferd zeigte noch immer heftige Symptome.

»Es deutet tatsächlich alles auf eine Influenza hin«, sagte er, als er sich ihr wieder zuwandte. »Das Blutbild und der Abstrich bestätigen meine Diagnose.«

»Influenza? Du meinst, er ist erkältet?«

Tim schüttelte den Kopf. »Nein, ich spreche tatsächlich von einer echten Influenza, einer viralen Pferdegrippe. Die Krankheit wird gerade erst erforscht, und es gibt einige Mutationen des Virus, also verschiedene Formen und Unterarten, die wir dazurechnen müssen. Da liegt noch so einiges im Unklaren, und die Behandlung ist äußerst schwierig.«

»Aber du glaubst, Romeo hat eine Form dieser Grippe?«

»Ja, ich bin mir sogar ziemlich sicher.«

»Ziemlich, also …« Sie stand neben ihm und sah zu ihm auf. Seine haselnussbraunen Augen wurden schmal, und er atmete hörbar ein. »Brustseuche kannst du ausschließen?«, hakte sie nach.

»Ja«, antwortete er knapp.

»Und was tun wir jetzt?«

»Viel bleibt uns nicht, das ist ja das Schlimme an der Sache. Eigentlich können wir nur weiterhin darauf achten, dass seine Abwehr stark bleibt und das Fieber nicht allzu hoch klettert.«

»Du wirst ihm also kein Antibiotikum verabreichen?« Sie unterstrich ihren Unmut mit einem zweifelnden Seufzen.

»Nein, das wäre bei einem Grippevirus nicht effektiv und würde seinen angeschlagenen Organismus nur zusätzlich belasten.«

»Hm, vorausgesetzt, du liegst richtig mit deiner ... Influenza.«

»Glaub mir, ich liege richtig.«

Es entging ihr nicht, dass ihre Fragerei ihm gehörig auf die Nerven ging. Vielleicht hatte sie ihn sogar wütend gemacht. Seltsamerweise gefiel ihr die Vorstellung, und bevor sie sich selbst zügeln konnte, setzte sie noch einen drauf.

»Wenn wir einen wertvollen Hengst verlieren, nur weil du dich vor lauter Selbstüberschätzung scheust, Penicillin zu verabreichen, dann ...« Sie hörte selbst, dass ihre Stimme schärfer wurde.

»Warum vertraust du mir eigentlich nicht?«, unterbrach er sie barsch.

Sein Blick schien sie zu durchbohren, und in seinen Augen loderte plötzlich ein Feuer, das einen Vorhang aus Funken zwischen ihnen entfachte, der sie dennoch nicht trennte, sondern eher das Gegenteil bewirkte. Gleichzeitig kribbelte es in ihrem Bauch, als wären dort ganze Ameisenvölker unterwegs.

Nahezu reglos blieben sie voreinander stehen, und genau in diesem Moment wurde sie sich zum ersten Mal seiner ungeheuren Anziehungskraft auf sie bewusst. Zugleich streifte sie die Erkenntnis, dass diese Empfindung keine Einbahnstraße sein könnte. Dieser Gedanke brachte sie für einen Wimpernschlag lang aus dem Gleichgewicht, denn nun wusste sie, warum seine Gegenwart ihr jedes Mal so zu schaffen machte.

»Das ... Ich ...« Ihr Gehirn war wie leer gefegt.

Er stieß ein Geräusch aus, das einem tiefen Brummen ähnelte, und schüttelte ganz leicht den Kopf, als wollte er unliebsame Gedanken verscheuchen.

»Vielleicht solltest du wenigstens mal *versuchen*, meiner Fachkenntnis zu vertrauen«, forderte er sie auf. Wenn sie sich nicht täuschte, klang seine Stimme heiser.

Während sie so einander gegenüberstanden und sich unverwandt anstarrten, veränderte sich etwas zwischen ihnen, und sie beobachtete, wie sein Blick weicher wurde. Ihre körperliche Reaktion darauf machte sie gleichzeitig wütend und auf eine seltsame Weise schwach. Ein Seufzen entschlüpfte ihr.

»Du bist wirklich ... sehr von dir überzeugt«, brachte sie endlich hervor.

»Und du bist schwierig«, erwiderte er. Sein Blick senkte sich, und wenn sie sich nicht täuschte, blieb er an ihrem Mund hängen.

Unweigerlich leckte sie sich über die Unterlippe.

»Verdammt schwierig«, fügte er hinzu und räusperte sich, dann wandte er sich ruckartig von ihr ab.

Sinje sah sich nun seinem breiten Rücken gegenüber. Sie bemerkte, dass er mehrere Male tief ein- und wieder ausatmete, und plötzlich machten sich Unsicherheit und der Anflug eines schlechten Gewissens in ihr breit. Wenn sie ehrlich war, konnte sie sogar verstehen, dass er sauer auf sie war. Schließlich war er hier der Tierarzt, und sie sollte wirklich auf sein Urteil vertrauen.

»Es tut mir leid«, sagte sie. Dieses Zugeständnis fiel ihr ganz und gar nicht leicht, und sie brachte es nur über die Lippen, weil sie ahnte, dass er mit ähnlichen Gefühlen kämpfte, wie sie es gerade tat. »Du hast recht, ich sollte dir vertrauen.«

»Na, dass ich das noch erleben darf.«

Er drehte sich wieder zu ihr um, lächelte sie schief an und zwinkerte ihr zu, wahrscheinlich um zu unterstreichen, dass er ihr nichts nachtrug, doch es entspannte die Situation tatsächlich. »Wenn es dich beruhigt, kann ich dir versichern, dass ich Romeo genau im Auge behalten werde. Sobald ich feststelle, dass auch noch Bakterien eine Rolle spielen – was nebenbei bemerkt durchaus passieren kann –, bekommt er zusätzlich ein Antibiotikum. Ich werde ihn und seine Werte ständig kontrollieren. Ist das so für dich okay, Baroness?«

»Wie geht es darüber hinaus weiter, Herr Doktor?«, fragte sie, ohne weiter auf seine entgegenkommende Erklärung einzugehen. »Ich meine hinsichtlich irgendwelcher Vorkehrungen?«

»Mit welchen anderen Tieren war er zusammen?«, wollte Tim wissen. Seine dunkle Stimme klang nun wieder vollkommen normal.

Sinje musste einen Moment überlegen. »Ähm ... bis gestern Morgen war er noch auf der kleinen Ostweide. Wir haben ihn nur in den Stall geholt, weil zwei der Stuten rossig sind und er heute und morgen eigentlich zu ihnen gebracht werden sollte. Welche Pferde auf der Weide bei ihm waren, müsste ich allerdings erst bei den Stallburschen nachfragen. Das weiß ich nicht genau.«

»Dann finde das schnell heraus. Wir müssen alle Tiere, die

mit ihm Kontakt hatten, isolieren. Das heißt, wir brauchen noch einen weiteren leeren Stall für die Pferde, die sich eventuell infiziert haben, aber noch keine Symptome zeigen.«

»Verstanden.« Sinje nickte.

»Ich werde mir alle anschauen, und wenn du damit einverstanden bist, schon vorab versuchen, ihre Immunsysteme zu stärken. Vielleicht haben wir Glück.«

»So machen wir es.«

»Sollten noch weitere Pferde krank werden, können sie ebenfalls in diesen Stall gebracht werden. Und, Sinje ... wenn das tatsächlich passieren sollte, muss alles möglichst schnell gehen. Hier haben grundsätzlich nur noch Leute Zutritt, die nicht zu den anderen Pferden müssen, und wir sollten das unbedingt auf höchstens zwei oder drei Personen beschränken, damit wir den Überblick behalten. Dasselbe Prozedere gilt natürlich auch für den Quarantänestall.«

Sie nickte. »Ich leite alles in die Wege. Den Stall hier kann ich übernehmen und mich von Peer ablösen lassen, falls es nötig sein sollte. Und wie machst du das, wenn du die anderen Tiere untersuchst?«

»Ich habe da meine Methoden, keine Bange. In meinem Wagen ist bereits alles vorhanden, was ich zur Desinfektion und zum Schutz der anderen Pferde benötige. Hoffen wir jetzt erst mal, dass ich nicht kurzfristig noch auf anderen Höfen gebraucht werde, damit ich genug Zeit für eure Pferde habe. Übrigens, ich brauche noch mindestens eine flache Wanne, um unsere Stiefel desinfizieren zu können. Zwei wären noch besser. Eine sollte auf jeden Fall vor diesem Stall stehen. Wahrscheinlich ist diese Vorsichtsmaßnahme gar nicht nötig, aber ich will jedes Risiko ausschließen.«

»Wir haben ein paar Hufwannen, die müssten gehen.«

»Sehr gut. Die nächsten Tage werden anstrengend werden. Wenn du nichts dagegen hast, bleibe ich heute Nacht mit hier, damit ich ihn im Auge behalten kann. Ist das möglich?«

»Natürlich. Wir können noch eine weitere Pritsche herbringen lassen.«

»Das würde helfen.« Er nahm seine Tasche. »Ich gehe jetzt raus, bereite alles vor und sorge dafür, dass ich keine anderen Tiere anstecken kann. Du findest in der Zeit heraus, welche Pferde wir noch isolieren müssen, und regelst das, in Ordnung?« Einen Moment sah er sehr nachdenklich aus. »Es wird am besten sein, wenn alle Pferde, die keinerlei Kontakt zu Romeo hatten, sofort raus auf die Weiden kommen und dortbleiben, bis der Spuk vorbei ist. Sie sollten nicht hier in der Nähe stehen. Die Ostweide sparen wir dabei aus, sobald die Tiere von dort im Quarantänestall sind.«

»Geht klar.«

»Ähm, ich habe noch eine persönliche Bitte. Könntest du jemanden rüberschicken, der meine Großmutter darüber informiert, dass ich über Nacht hierbleibe? Anrufen ginge auch. Sie erwartet mich eigentlich heute zum Abendessen und macht sich sicherlich Sorgen, wenn ich einfach wegbleibe.«

»Wird ebenfalls erledigt.«

»Dann bis gleich. Sag mir Bescheid, sobald ihr so weit seid. Du findest mich an meinem Wagen.« Er wandte sich ab und war bereits an der Tür, als sie ihn noch einmal zurückhielt.

»Tim?«

»Ja?«

»Wird Romeo das überleben?«

»Ich hoffe es, Sinje, aber wir brauchen auch ein bisschen

Glück. Vielleicht wissen wir im Laufe der Nacht schon mehr. Manchmal zeigt sich schon in den ersten Stunden, wohin die Reise geht.« Dann deutete er auf die Thermosflasche, die neben der Pritsche auf dem Boden stand. »Etwas später würde ich übrigens auch zu sehr viel Kaffee nicht Nein sagen.«

»Auch darum werde ich mich kümmern.«

Er nickte und lächelte ihr noch einmal zu, dann verließ er den Stall.

Sinje blieb zurück mit dem Gefühl, dass sich gerade etwas Entscheidendes in ihrem Leben verändert hatte. Was das genau war, hätte sie jedoch nicht sagen können.

15. Kapitel

Während Tim mit routinierten Handgriffen seine Schuhe, Hände und die notwendigen medizinischen Geräte sterilisierte, versuchte er, nicht an die wenigen Augenblicke zu denken, die sein Innerstes so nachhaltig erschüttert hatten, aber das wollte nicht so recht klappen.

Sinje hatte praktisch sein Fachwissen infrage gestellt. Das hatte ihn zunächst ziemlich wütend gemacht, doch er war sich sicher, dass sie nicht geahnt hatte, wie sehr und auf welche Weise sie ihn provoziert hatte. Es war jedoch allein sein Fehler gewesen, ihr in dieser Verfassung auch noch in die Augen zu sehen. Er hätte wissen müssen, was das mit ihm machen würde, wenn er nicht auf der Hut war, und in diesem Moment war seine gesamte Gefühlswelt besonders angreifbar gewesen. Mit dem Zweifel an seinen Fähigkeiten als Arzt hatte sie seinen Schutzschild tüchtig angekratzt und gleichzeitig seinen Stolz verletzt. Unter diesen Umständen war es ihm schwergefallen, all seine Sinne unter Kontrolle zu halten. Innerhalb von nur wenigen Sekunden war seine Wut dann in Begehren umgeschlagen. Die Anziehung war so heftig, so unnachgiebig gewesen, dass er sie nur mit dem lächerlichen Rest seiner Selbstbeherrschung in den Griff bekommen hatte. Im letzten Moment hatte er es geschafft, sich von ihr abzuwenden. Das war verdammt knapp gewesen, das wusste er. Um ein Haar ...

»Doktor!« Sinjes Stimme unterbrach seine Gedanken. »Wir wären so weit.«

Offenbar hatte er das geschäftige Treiben, das um ihn herum stattfand, kaum registriert.

»Ich bin sofort da«, antwortete er.

Konzentriert atmete er einige Male tief durch, dann griff er nach dem Kanister mit dem Desinfektionsmittel für die Wannen und schloss die Heckklappe seines Autos.

Eine Stunde später hatte Tim alle Pferde untersucht, die mit Romeo in Kontakt gekommen waren. Die Tiere waren nach seinen Vorschlägen aufgeteilt worden, doch Romeo war leider nicht allein geblieben. Irina, eine kleine einjährige Stute, zeigte inzwischen ebenfalls Symptome.

Tim war gerade damit fertig geworden, die Stute zu versorgen, als Peer Stellbrink zu ihnen in den Stall kam.

»Ich übernehme mal für eine Stunde«, teilte er Sinje und ihm mit. »Geht ihr mal rüber und esst was Vernünftiges, damit ihr gut durch die Nacht kommt.«

Der Vorschlag war Tim mehr als willkommen, denn sein knurrender Magen verlangte schon seit einiger Zeit nach Nahrung. Sinje und er gingen wortlos nebeneinander her zum Gutshaus. Kurzerhand ließen sie ihre Stiefel vor der Eingangstür stehen, und er folgte ihr auf Socken ins Esszimmer. Gerlinde von Grootenlohe war nicht da, aber das schien Sinje nicht weiter zu wundern.

Der riesige Tisch war für zwei Personen gedeckt. Es gab kräftiges Brot, gebratenes Hühnchen und Schinken, der in fingerdicke Scheiben geschnitten war. Auch Sinje aß mit großem Appetit, wie er bemerkte. Sie sprachen nicht viel miteinander, erledigten die gemeinsame Mahlzeit eher wie eine Notwendigkeit, die sie irgendwie hinter sich bringen mussten.

Kaum hatten sie beide aufgegessen, erhob sich Sinje, und er tat es ihr nach. In der Halle stand direkt vor der Eingangstür ein Korb für sie bereit. Der Inhalt war mit einem sauberen Küchentuch abgedeckt worden, doch an der Seite lugte der Deckel einer großen Thermoskanne hervor.

»Ah, da ist auch unser Kaffee«, sagte Sinje und lächelte ihm kurz zu.

Er nickte und versuchte sich ebenfalls an einem Lächeln. Als sie sich bücken wollte, um nach dem Korb zu greifen, war er schneller.

»Lass nur, ich nehme ihn.« Draußen schlüpften sie in ihre Stiefel und gingen über den großen Platz zurück zu den Ställen. »Euer Besitz ist wirklich beeindruckend«, stellte er fest. »Allein schon das Gutshaus. Wahrscheinlich würde das Haus meiner Großmutter dreimal dort hineinpassen.«

Sie lachte leise. »Du übertreibst, Doktor.«

»Du weißt, dass ich recht habe.«

»Ich finde euer Haus wunderschön. Es sieht ein bisschen aus wie diese Landhäuser in England und Schottland. Du weißt schon, die aus diesem grauen Stein, nur dass es weiß ist.«

Er dachte einen Moment nach. »Ja, du hast recht. Tatsächlich. Das ist mir noch nie aufgefallen.« Dann stutzte er. »Du warst schon mal auf der britischen Insel?«

»Ja, vor ein paar Jahren. Weißt du, ich habe auf einem Schweizer Internat Abitur gemacht. Auf so einer Schule treffen junge Leute aus vielen unterschiedlichen Ecken der Erde aufeinander. Wenn du mich fragst, ist das eine der besten Methoden, um andere Länder und deren Menschen besser zu verstehen. Meine engste Freundin im Internat kam zum Beispiel aus Schottland. Als wir uns kennenlernten, war der Krieg gerade vorbei, aber wir verstanden uns sofort. Seit unserem Abschluss haben wir uns gegenseitig schon mehrere Male besucht, und ich finde Schottland und seine Menschen einfach zauberhaft. Ein wunderschönes und sehr beeindruckendes Land.«

Er dachte, dass er dieses Gespräch mit ihr gerne während des Essens geführt hätte. Wahrscheinlich wäre es dann deutlich entspannter gewesen, und er hätte darauf reagieren können, was ihm jetzt nicht möglich war, weil sie in diesem Moment den Stall erreichten.

Sie stellten sich kurz in die Wanne mit dem Desinfektionsmittel und lösten Peer wieder ab, der ihnen eine angenehme Nachtwache wünschte, bevor er verschwand. Tim sah, dass unterdessen eine zweite Pritsche gebracht worden war. Er stellte den Korb zwischen den beiden Schlafstellen ab und schaute kurz nach den Pferden. Wenn er sich nicht täuschte, hustete Romeo nicht mehr ganz so häufig wie noch am Vormittag. Seine Temperatur war zwar noch nicht gesunken, doch dass sie nicht weiter stieg, war immerhin etwas.

»Er hat weiterhin Fieber«, sagte Sinje, als hätte sie seine Gedanken gelesen. Ihre Miene wirkte nach wie vor besorgt, als sie sich ebenso wie er auf eine Pritsche setzte.

»Ja, aber das muss nicht verkehrt sein.«

»Wie meinst du das?«

»Mithilfe des Fiebers bekämpft der Körper die Ursache der Erkrankung, in diesem Fall also das Virus.«

»Oh, das ist interessant.«

»Ja, wir wissen inzwischen, dass eine erhöhte Temperatur

im Grunde nichts Schlimmes ist, sondern mit der Abwehr zu tun hat. Bei uns Menschen läuft das übrigens genauso ab. Bestimmte Botenstoffe teilen dem Gehirn mit, dass es gut wäre, die Temperatur zu erhöhen, um die krank machenden Bakterien oder Viren besser bekämpfen zu können. Alle Abläufe im Körper werden auf diese Weise beschleunigt, so können die Abwehrzellen im Blut viel effektiver arbeiten.«

»Das wusste ich noch nicht. Danke.«

»Gern geschehen.« Er nickte, als sie auf den Korb mit der Thermoskanne zeigte und ihn fragend ansah. »Natürlich muss man trotzdem aufpassen, dass das Fieber nicht zu hoch ansteigt«, fuhr er fort. »Manchmal übertreibt das Gehirn nämlich ganz gerne, wenn die Abwehrzellen nicht schnell genug Erfolge aufweisen können.«

»Soso.« Sinje hatte unterdessen Kaffee eingeschenkt und reichte ihm einen Becher. »Schwarz, nehme ich an.«

»Richtig.«

»So mag ich ihn auch am liebsten.«

Eine Weile blieben sie still, tranken ihren Kaffee und beobachteten dabei die beiden Pferde. Schließlich stellte Sinje ihren Becher beiseite und zog sich eine wärmere Jacke über, die bereits vorhin auf ihrer Pritsche gelegen hatte.

»Ist dir kalt?«, fragte er besorgt.

»Nein, das ist sozusagen nur vorsorglich. Wenn mir nämlich erst einmal richtig kalt ist, lässt sich das nur schwer bekämpfen.«

»Hm.« Sofort stellte er sich vor, auf welche Weise er ihr nur allzu gerne einheizen würde. Es war gar nicht gut, dass seine Gedanken schon wieder in diese Richtung wollten, und er rief sich innerlich zur Ordnung.

»Hast du dich eigentlich schon richtig in Deutschland eingelebt?«, fragte sie.

»Es hat ein paar Wochen gedauert, das muss ich zugeben, aber jetzt ist es in Ordnung.«

»Nur in Ordnung? Das klingt nicht gerade begeistert.«

»Doch, absolut«, widersprach er sofort. »Ich wollte schon immer hier leben.«

»Und warum war dir das so wichtig?«, wollte sie wissen.

Er dachte einen Moment nach, denn das war ja genau die Frage, die er sich selbst auch schon mehr als einmal gestellt hatte.

»Eigentlich kann ich das gar nicht schlüssig beantworten«, sagte er schließlich. »Ich hatte schon immer eine starke emotionale Verbindung zu Deutschland. Es war, als würde mir mein Unterbewusstsein mitteilen, dass ich nur hier allein mein Glück finden kann.«

»Das klingt ein bisschen verrückt.« Sie lachte leise.

Er mochte es sehr, wenn sie das tat, denn dann wirkte sie längst nicht so distanziert wie sonst.

»Vielleicht ist es das ja auch.« Tim sah sie an und spürte, wie sehr er das Gespräch und das Zusammensein mit ihr in diesem Moment genoss. »Es hat sich immer richtig angefühlt hierherzukommen, und ich würde für keinen Preis wieder fortgehen. Hier fühle ich mich zu Hause, nur darauf kommt es an.«

»Da hast du recht. Ich würde auch nie von hier fortgehen.«

»Nun, du hast als einzige Erbin ja auch eine gewisse Verpflichtung, oder?«

Sinje schüttelte den Kopf. »Nicht unbedingt. Mein Vater und meine Großmutter haben mir immer die Wahl gelassen.

Sie wollten beide, dass ich vollkommen allein über meine Zukunft entscheiden kann.«

»Aber du wolltest nie fort?«

»Nein, nie. Gut Lerchengrund ist mein Zuhause und wird es immer sein.« Sie lachte erneut und löste damit ein Kribbeln in seiner Magengegend aus. »Als ich das meiner Großmutter mitteilte, meinte sie, die Liebe zu diesem Besitz sei mir in die Wiege gelegt worden. Ehrlich gesagt, glaube ich nicht, dass meine Familie überhaupt jemals ernsthaft in Betracht gezogen hat, dass ich eines Tages Lerchengrund verlassen würde, aber wichtig ist allein, dass ich es hätte tun können, ohne ein schlechtes Gewissen haben zu müssen.«

Er nickte. »Stimmt.«

»Auch du wirst wohl irgendwann den Besitz deiner Familie übernehmen, oder? Rieke ist unverheiratet geblieben.«

»Ja, aber meine Tante Elise hat auch einen Sohn. Franz ist in meinem Alter.«

»Elise? Ich habe schon von ihr gehört. Sie ist doch Schriftstellerin und lebt in Wien, oder?«

»So ist es.«

»Meine Großmutter mag sie sehr. Sie hat einige Male sehr liebevoll von ihr gesprochen.«

»Das glaube ich gern. Elise ist eine wunderbare Person. Inzwischen kann man aber auch voller Ehrfurcht von ihr sprechen. Als Schriftstellerin ist sie außerordentlich erfolgreich, und außerdem hat sie eine Professur an der Wiener Universität.«

»Literatur, ja, auch davon habe ich gehört. Sehr beeindruckend, deine Tante.«

»Finde ich auch. Ich habe sie vor einigen Monaten besucht. Kurz bevor ich hier ankam. Ich wollte vor allem meinen Cousin Franz endlich kennenlernen. Wie sein verstorbener Vater ist er Bereiter in der Hofreitschule. Du siehst also, auch in meiner Familie spielen Pferde immer noch eine große Rolle. Im Grunde wäre eher Franz die ideale Besetzung, um Gut Brodersen zu übernehmen.«

»Na, irgendwann werdet ihr es ja beide erben. Ich hoffe, ihr könnt euch dann einigen.«

»Da wird es keinerlei Probleme geben. Wir haben sogar schon darüber gesprochen. Franz ist ein großartiger Kerl, und wir hatten nicht die geringsten Probleme miteinander.«

»Das klingt gut.« Das Husten der Stute wurde plötzlich heftiger und bellender. Sofort erhoben sie sich beide von den Pritschen und schauten nach ihr.

»Das Fieber steigt zu stark an«, stellte Tim fest. »Wir sollten handeln.«

»Zwei Eimer mit kaltem Wasser und ein Stapel Tücher stehen da hinten in der Ecke bereit.«

»Sehr gut. Du vorne, ich hinten«, sagte er.

»Alles klar.«

Die nächsten zwei Stunden wechselten sie alle paar Minuten die kühlenden Beinwickel. Die Stute wirkte apathisch, hustete immer wieder heftig und legte sich irgendwann auf die Seite. Einige Zeit ließen sie das schwer atmende Tier gewähren, doch dann schafften sie es, Irina dazu zu bewegen, wieder aufzustehen.

Tim war darüber ziemlich erleichtert, ließ es sich aber nicht allzu sehr anmerken, wie er hoffte. Nach kurzer Überlegung gab er der Stute ein fiebersenkendes Medikament und spritzte ihr außerdem ein Mittel, um den Kreislauf zu stabilisieren. Die kleine Stute litt, das war unübersehbar, aber wenigstens blieb sie jetzt stehen.

»Die Temperatur fällt, das ist gut«, teilte er Sinje mit, um etwas Zuversicht zu verbreiten.

»Hoffentlich wird es nicht wieder schlimmer. Ich hatte das Gefühl, das eben war knapp, nicht wahr? Du hattest ein bisschen Bedenken, dass sie liegen bleibt, oder?«

Er seufzte, weil er eigentlich gehofft hatte, ihre Besorgnis etwas zerstreuen zu können, doch offenbar war ihm das nicht so recht gelungen. Kurzerhand beschloss er, dass es am besten war, ihr die Wahrheit zu sagen.

»Ja, das war verdammt knapp. Sie hat nicht die gute Konstitution des Hengstes, und in so einem Zustand liegen sich Pferde gerne fest. Dann könnte es eng werden.«

Sinje legte eine Hand auf seinen Unterarm, was ihn kurz irritierte. »Sag mir bitte, dass sie es schaffen wird, Tim.«

Ihr rauchgrauer Blick hielt den seinen fest, und er musste sich kurz auf eine vernünftige Antwort konzentrieren.

»Bei ihm bin ich zuversichtlich, dass er es überstehen wird, aber bei der Stute ...«

»Du ziehst die Stirn kraus, das gefällt mir gar nicht.«

»Wir müssen einfach abwarten. Wenn sie die Nacht übersteht, könnte es klappen, aber eine Garantie kann ich dir auch dann nicht geben, Sinje. Die gibt es in so einem Fall überhaupt nicht.«

»Ach, das weiß ich doch«, gab sie zu und schenkte ihm ein bezauberndes Lächeln. »Du tust wirklich dein Bestes, und ich möchte mich noch einmal für meine dummen Bemerkungen heute Vormittag entschuldigen.«

»Nicht der Rede wert«, erwiderte er. Er sah ihr kurz nach,

als sie zurück zu den Pritschen ging, dann folgte er ihr. »Ist noch Kaffee da?«

»Ja, jede Menge.« Sie griff nach der Kanne, schenkte ein und reichte ihm seinen Becher.

Tim setzte sich ihr wieder gegenüber und sah zu, wie sie an ihrem Kaffee nippte.

»Er ist nicht mehr ganz so heiß, aber es geht noch«, sagte sie.

»Kein Problem. Ich trinke ihn auch kalt, wenn es nicht anders geht.«

»Ach, du auch? Das mache ich auch oft.« Wieder ließ sie ihr leises, etwas heiser klingendes Lachen hören.

»Schon immer. Während des Studiums, aber auch bei der Arbeit ist mir ständig der Kaffee kalt geworden. Irgendwann habe ich mich daran gewöhnt, ihn auch kalt zu trinken.«

»Geht mir ähnlich.«

Er musterte sie. Sie wirkte erschöpft, hatte nicht die geringste Spur von Make-up im Gesicht, und doch war sie bezaubernd schön, wie er fand.

Sie sah auf, und ihre Blicke trafen sich erneut. »Du bist unglaublich hübsch.« Der Satz war raus, bevor er ihn zurückhalten konnte.

Sinje starrte ihn sekundenlang an. »Danke.« Ihre Stimme klang belegt. »Es ist nett, dass du das sagst«, fügte sie noch hinzu.

»Es ist eine Tatsache.« Er räusperte sich, weil sie sichtbar errötete. »Entschuldige, ich wollte dich nicht in Verlegenheit bringen, und meine Bemerkung war auch … hm … irgendwie … Wie soll ich es sagen? Sie passte nicht hierher.«

»Ist schon gut.« Sie erhob sich und ging hinüber zu Romeo,

strich ihm langsam über die Nüstern. »Seine Nüstern sind trocken, und er hustet viel weniger.«

»Ja, aber er ist noch lange nicht über den Berg.« Tim stellte seinen Kaffeebecher beiseite, stand ebenfalls auf und ging zu ihr.

»Ich wollte dich nicht mögen«, gab sie zu. »Wirklich nicht. Aus tiefstem Herzen nicht.«

Er brauchte einen Moment, um zu verarbeiten, was sie da gerade gesagt hatte. »Warum denn nicht?«

»Wenn ich dir den Grund sage, lachst du mich aus.«

»Das würde ich niemals tun.«

»Wenn du es genau wissen willst … Du hast mir sofort viel zu gut gefallen, und das hat mich gestört. Aber natürlich konnte ich mir diesen Grund nicht sofort eingestehen. Es hat ein bisschen gedauert, ehe ich mich selbst durchschaut habe.«

Jetzt musste er sich tatsächlich Mühe geben, nicht zu lachen. »Das ist zumindest … nun, sagen wir mal, eine ungewöhnliche Erklärung für die erfrischende Abneigung, die du mir von Anfang an entgegengebracht hast.«

»So ist es aber. Ich habe dich gesehen und fand dich viel zu attraktiv, ohne es gleich zu bemerken. Ist schwierig zu verstehen, ich weiß. Du siehst überhaupt nicht wie ein Landtierarzt aus, Tim.«

»Aha.« Sie brachte ihn wirklich völlig durcheinander. Er fand sie einfach umwerfend. »Ich hatte keine Ahnung, dass Landtierärzte ein bestimmtes Aussehen benötigen, um kompetent sein zu können.«

»Ich war ja auch nicht logisch, sondern verwirrt.« Sie sah zu ihm auf und machte einen Schritt auf ihn zu, bis sie ihm ganz nah war. »*Du* verwirrst mich.«

Einen derartigen Vorstoß hatte er von ihr nicht erwartet, aber darauf kam es nicht mehr an. »Und du mich erst.«

Mit dem Zeigefinger strich er sanft über ihre Wange, und dann brauchte es nur noch ein wenig Mut, um sie in seine Arme zu ziehen. Als seine Lippen auf ihre trafen, erkannte er, dass es vollkommen unvermeidlich gewesen war, sie endlich zu küssen. Der Kuss löste eine wahre Flut von Empfindungen in ihm aus, vor allem aber schürte er sein Verlangen. Ihre Hände lagen zunächst auf seiner Brust, dann fühlte er sie in seinem Nacken, und schließlich gruben sich ihre Finger in sein Haar. Er vertiefte den Kuss, und ihre Zungen, ihre Körper schienen in diesen wenigen Sekunden miteinander zu verschmelzen. Das maßlose Begehren vernebelte seine Sinne, und instinktiv presste er sie an sich.

Sinje stöhnte leise auf. Das brachte ihn zwar fast um den Verstand, doch zugleich appellierte dieses kleine Geräusch auch an seine Vernunft. Es war eine seltsame Mischung aus Begierde und Verantwortungsgefühl, die in seinem Inneren herumwirbelte.

Schließlich schaffte er es, den Kuss behutsam ausklingen zu lassen, bis sich ihre Lippen wieder voneinander lösten. Er hielt sie weiterhin fest, eine Hand an ihrem Hinterkopf, die andere an ihrer Taille. Sie brauchten beide eine ganze Weile, bis sich ihr Atem wieder beruhigte.

Sinje sah zu ihm auf. »Das war …«

»Ja.« Er drückte seine Lippen auf ihre Stirn und atmete ein weiteres Mal tief durch.

»Wie geht es jetzt weiter?«, fragte sie heiser. Ihre Wangen glühten noch immer, und in ihren rauchgrauen Augen schien ein silbernes Feuer zu lodern.

»Ich würde sagen, wir werden das beizeiten wiederholen, wenn der Ort und die Zeit ... besser geeignet sind. Wir sollten zumindest herausfinden, ob es sich beim zweiten Mal genauso überwältigend anfühlt.« Sie lachten beide, und er entließ sie aus der Umarmung. »So, und nun wird es Zeit, sich Romeo noch einmal genauer anzuschauen. Mal sehen, wie seine Lunge jetzt klingt.«

Tim ging zur Pritsche zurück, weil dort seine Tasche stand.

In diesem Moment öffnete sich die hintere Stalltür, und Jonas von Grootenlohe kam herein. Er hatte den Baron erst zweimal gesehen, seit er in Deutschland war, und beide Male war er von dem ernsten und wortkargen Mann tief beeindruckt gewesen. Sinjes Vater wirkte nicht etwa einschüchternd oder gar arrogant, doch wenn man mit ihm zu tun hatte, empfand man sofort Respekt, vielleicht sogar einen Anflug von Ehrfurcht. Der große Mann mit den wenigen Silbersträhnen im noch vollen dunklen Haar hatte einfach eine aristokratische und äußerst souveräne Ausstrahlung.

»Doktor.« Sinjes Vater nickte ihm grüßend zu und trat näher.

»Herr Baron.« Tim war einfach nur froh, dass Sinjes Vater nicht schon einige Minuten früher hereingekommen war.

Sinje ging zu ihrem Vater, stellte sich auf die Zehenspitzen und küsste ihn auf die Wange. »Gut, dass du wieder da bist, Papa.«

»Ich bin schon seit einer knappen Stunde zurück, aber Peer hat mich eingehend über alles informiert, und das dauerte eine Weile, sonst wäre ich schon früher zu euch gekommen.«

Jonas von Grootenlohe musterte seine Tochter, und da fiel

Tim auf, dass Sinje ihre unglaublichen Augen von ihrem Vater geerbt hatte.

»Wenn du willst, löse ich dich für ein paar Stunden ab. Es ist schon fast Mitternacht, und du könntest etwas schlafen.«

Sinje schüttelte sofort den Kopf. »Das ist überhaupt nicht nötig, Papa. Tim und ich kriegen das hier sehr gut zusammen hin.«

Die grauen Augen des Barons wanderten zu ihm. »Ich bin sehr dankbar, dass du hier bist, Doktor.«

»Das gehört zu meiner Arbeit, und ich mache es gerne, Herr Baron.«

»Jonas«, sagte Sinjes Vater. »Am besten, du gewöhnst dich gar nicht erst an irgendwelche Förmlichkeiten. Die sind hier in der Regel überflüssig, mein Junge.«

Tim nickte. »Das nehme ich gerne an, Jonas.«

Er reichte dem älteren Mann die Hand, und dieser ergriff sie mit einem kräftigen Händedruck.

Jonas wandte sich dem Hengst zu, strich ihm kurz über die Stirn. »Wie geht es den beiden Patienten?«, fragte er.

»Ihm geht es besser, bei der Stute bin ich mir leider noch nicht sicher, ob sie die Infektion überstehen wird«, antwortete Tim wahrheitsgemäß. »Den Hengst wollte ich gerade noch einmal untersuchen, als Sie … als du hereinkamst.«

Der Baron trat einen Schritt zurück und stellte sich wieder neben Sinje.

»Gut, dann tu das.« Während Tim seiner Arbeit nachging, bekam er nebenbei mit, wie liebevoll Sinje und ihr Vater miteinander umgingen. Ihm gefiel das sehr.

»Wie geht es dir, mein Schatz?«, hörte er Jonas fragen.

»Mir geht es prächtig, Paps, aber ich habe dich vermisst.«

»Du vermisst mich schon, kaum dass ich mal ein paar Stunden fort bin.« Das leise Lachen von Jonas von Grooten-lohe glich dem seiner Tochter, auch wenn es natürlich viel dunkler klang.

»Du warst fast zwei ganze Tage weg.« Sinjes Stimme klang anklagend, und ihr Vater stieß daraufhin ein unwilliges Schnaufen aus.

»Ich brauche das ab und zu, das weißt du.«

»Ja, auch wenn ich nicht verstehe, warum.«

Tim war mit der Untersuchung fertig und wandte sich den beiden wieder zu. »Es scheint ihm tatsächlich deutlich besser zu gehen. Der Hengst hat eine auffallend gute Konstitution.«

»Das klingt gut, Doktor.« Jonas nickte ihm zu.

»Seine Temperatur ist auch weiter gefallen. Er wird noch ein paar Tage brauchen, um sich zu erholen, doch dann dürfte er wieder ganz der Alte sein.«

»Wunderbar!« Sinje strahlte ihn an. Sofort kribbelte es wieder in seiner Magengegend.

»Dann lass ich euch mal wieder allein und hau mich ein paar Stunden aufs Ohr«, sagte Jonas.

»Mach das, Paps.«

»Braucht ihr noch was? Soll ich euch frischen Kaffee oder etwas anderes bringen lassen?«

Tim wechselte einen Blick mit Sinje, und sie schüttelten beide gleichzeitig den Kopf.

»Es ist noch genug Kaffee da«, erwiderte sie. »Und zwei Flaschen Bier haben wir auch noch. Schlaf gut, Papa.« Ein weiteres Mal küsste sie ihren Vater auf die Wange.

»Wie alt ist dein Vater eigentlich?«, fragte Tim, nachdem sie wieder allein waren.

»Im April ist er dreiundfünfzig geworden.«

»Er sieht viel jünger aus.«

»Ja, das sagen alle. Wahrscheinlich liegt das daran, dass er so gut in Form ist und noch immer volles Haar hat.«

»Das mag sein. Ich finde, er ist ein beeindruckender Mann, und man sieht, wie sehr du ihn liebst.«

»Er ist der beste und liebste Vater auf der Welt.« Sie schmunzelte. »Aber natürlich habe ich auch keinerlei Vergleich.«

»Wenn es um meinen Vater geht, kann ich auch nicht klagen.«

Sie sah zu ihm auf. »Deine Eltern sind schon eine Weile tot, nicht wahr?«

»Ja, meine Mutter starb bereits vor über zehn Jahren an einer Blutvergiftung, die man viel zu spät erkannt hat. Mein Vater folgte ihr nur zwei Jahre später. Er hat sie sehr geliebt, und ich nehme an, er hat ein Leben ohne sie nicht mehr ertragen. Jedenfalls ist er eines Morgens einfach nicht mehr erwacht.«

»Das tut mir leid«, sagte sie.

»Nachdem mein Vater starb, habe ich zum ersten Mal in meinem Leben Geschwister vermisst.«

»Das kann ich mir gut vorstellen. Ich bin ja auch Einzelkind. Ich glaube allerdings, meine Eltern passten niemals wirklich zueinander, und es ist gut für uns alle, dass meine Mutter von hier fortgegangen ist. Das mag hart klingen, aber das Leben auf dem Gut verläuft jetzt viel harmonischer.«

»Ich verstehe, wie du das meinst. Siehst du deine Mutter noch regelmäßig?«

Sinje nickte. »Sie lebt inzwischen in der Stadt, sie ist also nicht weit weg. Seit einiger Zeit gibt es sogar einen neuen Mann in ihrem Leben. Ich besuche sie dann und wann, aber selbst das ist nicht nur die reinste Freude. Sie war schon immer eine sehr anstrengende Person. Eine von diesen kapriziösen Frauen, die allein auf Äußerlichkeiten achten und darauf, dass es ihnen selbst gut geht.«

»Meine Mutter war ebenfalls anstrengend, wenn auch auf eine andere Art und Weise«, warf er ein.

»Seit meine eine neue Liebe gefunden hat, ist es besser, aber uns verbindet leider kaum etwas, worüber wir uns wirklich gerne unterhalten. Das merke ich immer wieder. Wir leben in unterschiedlichen Welten, und heute glaube ich, dass genau das auch das Problem meiner Eltern gewesen ist. Ihre Liebe war einfach nicht groß genug, um die Unterschiede zu kompensieren.«

»Das ist eine gute Erklärung.«

»Wie war deine Mutter?«

Tim musste einen Moment nachdenken, bevor er antwortete. »Ihr Problem waren ihre schnell wechselnden Launen. Die haben uns oft das Leben schwer gemacht. Erst kurz vor ihrem Tod begriffen mein Vater und ich, dass diese unberechenbaren Gefühlsschwankungen offenbar mit einer Depression oder einer anderen psychischen Belastung zu tun haben mussten. Ein Arzt erklärte es uns, aber eine genauere Diagnose oder gar einen Auslöser konnten auch die Ärzte in der Klinik nicht feststellen.« Tim musste schlucken. »Sie selbst hat niemals über dieses Thema gesprochen, noch nicht einmal mit meinem Vater. Das hat ihn sehr verletzt, aber seiner Liebe für sie hat das niemals einen Abbruch getan.«

»Das ist rührend. Wenn sie länger gelebt hätte, wäre vielleicht noch alles gut geworden. Ich glaube, dass echte Liebe alles schaffen kann.«

»Davon bin auch ich überzeugt.«

»Und wenn man die wahre Liebe findet, sollte man daran festhalten und auf sie achtgeben, selbst wenn es mal schwierig wird.«

»Das sehe ich ganz genauso.«

Ihre Blicke hielten einander fest, und Tim vergaß die Welt um sich herum. Um Sinjes wunderschöne Lippen spielte ein leichtes Lächeln, und in ihren Augen leuchtete etwas auf, das ihn fast blendete. Trotzdem kam es ihm eine Sekunde lang so vor, als könnte er bis tief in ihre Seele schauen.

Es war dieser kleine Moment, der ihm klarmachte, dass er heute die Liebe seines Lebens gefunden hatte. Er konnte nur hoffen, dass Sinje ebenso empfand.

16. Kapitel

Die Sonne schien, das tat gut. Sinje blieb vor dem Stall stehen, schloss die Augen und hob ihr Gesicht den wärmenden Strahlen entgegen. Einige Male atmete sie tief durch, dann ging sie langsam den Weg entlang zum Gutshaus. Trotz ihrer Erschöpfung und Müdigkeit fühlte sie sich innerlich aufgewühlt. Die letzte Nacht hatte ihr Leben verändert und es in eine Richtung gelenkt, die sie niemals erwartet und sicherlich nicht herbeigesehnt hatte.

Sie war verliebt, unglaublich verliebt sogar. Tim Brodersen hatte in der vergangenen Nacht ihr Leben auf den Kopf gestellt und für alle Zeiten verändert. Das war ihr schon jetzt völlig klar. Sie wollte ihn in ihrem Leben, und sie wollte ihn für immer, das wusste sie mit absoluter Sicherheit.

Sinje hielt kurz inne, sah sich um und wunderte sich fast darüber, dass sich nichts, aber auch gar nichts an ihrer äußeren Welt verändert hatte, wo doch so etwas Umfassendes in ihrem Inneren geschehen war.

Sie nahm gerade die Stufen zur Eingangstür, als diese sich öffnete und ihr Vater ihr entgegenkam.

»Guten Morgen, mein Schatz«, begrüßte er sie.

»Morgen, Paps.«

»Wenn ich dich so anschaue, brauchst du dringend ein gutes Frühstück und dann ein paar Stunden Schlaf, mien Deern.«

Sinje winkte ab. »Mit dem Frühstück hast du recht, aber schlafen könnte ich jetzt sowieso nicht.«

»Ich glaube, da täuschst du dich. Iss was, dann leg dich hin, und dir werden im Nu die Augen zufallen. Du warst die ganze Nacht auf, da holt sich der Körper schon, was er braucht.«

»Na, wir werden sehen.«

»Wer ist jetzt bei Romeo und Irina?«

»Opa ist dort. Romeo scheint es von Stunde zu Stunde besser zu gehen. Er hustet noch, hat aber kein Fieber mehr. Tim meint, noch ein paar Tage, und er dürfte wieder der Alte sein. Bei Irina sind wir noch immer nicht sicher.«

»Ist der Doktor schon weg?«

»Ja, er ist vor einer guten halben Stunde gefahren, kommt aber heute Nachmittag wieder, wie er sagte. Wir waren die ganze Nacht wach, auch er braucht mal eine Mütze voll Schlaf.«

»Er ist ein guter Kerl, dieser Doktor. Hat einen ausgezeichneten Eindruck auf mich gemacht.«

»Ja.« Sie wusste nicht so recht, was sie darauf antworten sollte, fühlte aber, dass ihre Wangen heiß wurden. Das ärgerte sie, denn es war albern. Ihr Vater führte schließlich eine vollkommen normale Unterhaltung mit ihr.

»Ist mit dir sonst alles in Ordnung, Deern?«

»Ja, alles ist gut. Ich bin nur erschöpft, mehr nicht.«

»Gut, dann geh rein und sieh endlich zu, dass du etwas Vernünftiges in den Magen bekommst.« Er beugte sich leicht zu ihr und küsste sie auf die Wange. »Bis später.«

Sinje sah ihm noch eine Weile nach, vielleicht weil die Sonne so herrlich wärmte, aber sicherlich auch weil sie sich immer besonders wohlfühlte, sobald sie ihren Vater in ihrer Nähe wusste.

Kurz darauf zeigte sich, dass ihr Vater wie immer recht behielt. Sinje aß zwei Scheiben Brot und etwas Rührei mit Schinken, dann ging sie nach oben. Sie nahm ein entspannendes Bad, legte sich in ihrem Bademantel aufs Bett und schlief praktisch sofort ein.

Am Nachmittag verpasste sie Tims Visite, deshalb sattelte sie ihre Lieblingsstute Riva und ritt hinüber zum Nachbargut. Sinje wusste, dass Tim nicht zusammen mit seiner Familie im Gutshaus wohnte, sondern in einem kleineren Haus direkt dahinter, also schlug sie sofort den Weg am Gutshaus vorbei ein. Erleichtert nahm sie zur Kenntnis, dass neben dem Haus Tims Opel stand. Er war also zu Hause.

Als sie abstieg, entdeckte sie etwa zwanzig Schritte von Tims Haus entfernt Rieke Brodersen, die gerade aus einem der Ställe kam. Sinje winkte ihr freundlich zu, doch Rieke hob nur kurz den Kopf.

Sinje kannte das schon. Rieke Brodersen war eine wortkarge und wenig freundliche Person. Sie war noch dabei, Riva an einem Holm festzubinden, als Tim auch schon aus dem Haus kam.

»Du bist hier.« Es klang eher nach einer Feststellung als nach einer Frage.

»Ich habe dich vorhin verpasst«, erwiderte sie. Vor lauter Verlegenheit tätschelte sie noch einmal Rivas Hals, bevor sie sich ihm ganz zuwandte.

»Willst du …?« Er räusperte sich. »Willst du reinkommen?«

»Gerne.«

Tim führte sie in sein Wohnzimmer. Das Innere des Hauses erinnerte Sinje an die Räume im Jagdhaus, in dem ihre Mutter einige Jahre gelebt hatte. Fast auf jedem Gut gab es neben dem großen Gutshaus noch andere Wohnhäuser. Meist waren es Gesinde- oder Gästehäuser. Früher hatten viel mehr Menschen auf einem Gutshof gelebt als heute, das wusste sie von ihrer Großmutter. Tims Haus war recht schlicht, aber durchaus behaglich eingerichtet. Es gab einen gemauerten Kamin aus rotem Backstein, und davor stand ein großes bequemes Sofa aus dunkelbraunem Leder, zusammen mit zwei ausladenden, passenden Sesseln.

Tim deutete auf einen der Sessel und fragte sie: »Möchtest du einen Kaffee oder etwas anderes?«

»Nein, danke.«

Daraufhin nahm er ihr gegenüber in dem anderen Sessel Platz. »Was kann ich für dich tun, Sinje?«

Sie fand, dass Tim viel zu sachlich mit ihr redete. Seit ihr vorhin klar geworden war, dass sie ernsthaft in ihn verliebt war, wollte sie wissen, wie er zu ihr stand. Es lag ihr nicht, wichtige Dinge aufzuschieben oder gar zu verdrängen. Sie musste immer wissen, womit oder mit wem sie es zu tun hatte. So war sie nun einmal, und so war sie schon immer gewesen. Lieber stellte sie sich von Anfang an den Tatsachen – selbst wenn sie schmerzhaft für sie sein sollten –, als wochenlang zu hoffen, nur um dann seelisch in ein tiefes Loch zu fallen, aus dem man nur schwer wieder herausfand.

In vielen Bereichen war ihr Vater ihr großes Vorbild, doch sie wollte auf keinen Fall so schwermütig werden, wie er es war. Natürlich wusste sie noch immer nicht, was seine Seele so sehr belastete, dass er oft so wortkarg und ernst war, doch es musste irgendetwas Entscheidendes in seinem Leben passiert sein, um eine derartige Melancholie auszulösen. Da war sie sich sicher.

»Ich wollte mit dir über die letzte Nacht sprechen«, begann sie. Sie war furchtbar aufgeregt. Ihr Herz schlug ihr bis zum Hals, und ihre Stimme klang heiser.

Tim sah ihr unverwandt in die Augen, dann lächelte er. »Du willst also mit mir über die letzte Nacht sprechen. Wenn uns jemand hören würde, könnte er bei diesem Satz ins Grübeln kommen.«

»Bleib bitte ernst.«

»Ich bin absolut ernst.«

Sie sah, dass er ein Grinsen unterdrückte, aber sie wusste nicht so richtig, ob das ein gutes oder ein schlechtes Zeichen war. Dennoch bemühte sie sich darum, genug Mut aufzubringen, um fortzufahren. Es fiel ihr nicht so leicht, wie sie zuvor gedacht hatte.

»Ich möchte, dass du etwas weißt«, sagte sie, doch dann löste sich innerhalb eines Augenaufschlages der letzte Rest ihrer Courage in Luft auf, und sie saß einfach nur da und starrte ihn an. Sie fühlte sich schlecht und war beschämt.

»Sinje?« Sie sah, dass Tim die Stirn runzelte. »Was wolltest du mir sagen?«

In ihrer Not stand sie auf und ging hinüber zum Kamin, blieb vor dem Sims stehen und betrachtete die alte Öllampe, die darauf stand.

»Tut mir leid«, sagte sie. »Es ist wohl nicht so einfach. Vielleicht habe ich mich überschätzt.«

Als sie sich wieder umdrehte, stand er direkt vor ihr. Sie hatte gar nicht gehört, dass auch er sich aus seinem Sessel erhoben hatte. Sein Blick war voller Wärme.

»Ich weiß doch längst, warum du hier bist«, flüsterte er, zog sie an sich und hielt sie fest. Es war wundervoll.

Er versuchte nicht, sie wieder zu küssen, sondern hielt sie einfach an sich gedrückt. Eine Hand an ihrem Hinterkopf, eine Hand um ihre Taille geschlungen, genauso wie er es auch in der letzten Nacht getan hatte, als sie sich geküsst hatten.

Plötzlich ging ihr ein Gedanke durch den Kopf, der sie erschütterte, und wie es ihre Art war, sprach sie ihn aus. Sie löste sich ein wenig von ihm und sah ihm in die Augen.

»Wenn du glaubst, ich bin hier, um mit dir zu schlafen, irrst du dich gewaltig, Doktor«, sagte sie nachdrücklich.

Er lachte und küsste sie auf die Nasenspitze. »Auch wenn ich natürlich hoffe, dass du das bald tun willst, ist mir das schon klar, keine Sorge.«

Er holte tief Luft, bevor er weitersprach. Der Blick aus seinen braunen Augen glitt kurz über ihr Gesicht. Es fühlte sich an wie ein Streicheln, doch dann sah er ihr wieder direkt in die Augen.

»Ja, Sinje, auch ich habe mich in dich verliebt. Sehr, sehr, sehr und noch einmal sehr. Das ist es doch, was du wissen wolltest, oder?«

Ihr blieb fast die Luft weg. Wie konnte es sein, dass dieser Mann so tief in ihren Kopf, in ihre Seele schauen konnte?

»Woher …?« Doch dann überwog das Glücksgefühl, das sein Bekenntnis in ihr auslöste. »Ach, Tim!« Sie stellte sich auf die Zehenspitzen und küsste ihn.

Sofort zog er sie wieder an sich, und ihr Kuss wurde sehr schnell leidenschaftlicher und ungezügelter. Es brauchte eine berauschende Ewigkeit, bis sie es schafften, sich voneinander zu lösen. Sinjes Wangen glühten, und sie fühlte ein heftiges

Verlangen nach ihm. Das Begehren beherrschte ihren Körper, und sie stand kurz davor, jegliche Kontrolle zu verlieren. Jeder einzelne Nerv schien zu vibrieren, und es dauerte einige Sekunden, bis sie wieder klar denken konnte.

»Aber du bist dir sicher, dass du nicht …?«

»Ja«, unterbrach sie ihn schnell, und sie mussten beide lachen.

»Puh, dann gib mir ein paar Sekunden, damit ich wieder denken kann.« Tim trat einen Schritt zurück und atmete hörbar durch. »Du machst mich fertig, Sinje von Grootenlohe.« Er blies kurz die Wangen auf, sein Blick war eindringlich. »Gut, dann lass es uns richtig machen. Geh mit mir aus.«

»Was?« Ihr Herz klopfte noch immer wie wild in ihrer Brust.

»Lass uns in die Stadt fahren und fein essen gehen, tanzen vielleicht auch, ganz wie es dir gefällt. Samstagabend? Ich hole dich um sechs ab, in Ordnung?«

»Samstag?«

Das war noch vier Tage hin, aber das gab ihr genug Zeit, um sich an den Gedanken zu gewöhnen, dass sie mit ihm ausgehen würde.

»Ja. Wir haben also eine richtige Verabredung. Du und ich.«

Sie musste lachen, weil er so ernsthaft mit ihr sprach. »Ich warne dich, ich werde ein Kleid und hohe Schuhe tragen und dir restlos den Kopf verdrehen, Doktor.«

»Davon gehe ich aus, Baroness.« Er küsste sie noch einmal kurz auf die Lippen. »Ich würde vorschlagen, dass wir beide uns bis dahin ein wenig aus dem Weg gehen. Natürlich nur, soweit es die Situation zulässt. Wir sollten zumindest dafür sorgen, dass wir nicht miteinander allein sind. Ich weiß ja nicht, wie es dir geht, aber in mir ist gerade jede Menge los, und ich könnte mir vorstellen, dass es vielleicht ganz gut ist, wenn jeder für sich ein bisschen seine Gedanken und Gefühle sortiert. Was meinst du?«

Sie dachte einen Moment über seinen Vorschlag nach, dann nickte sie, denn im Grunde hatte er das ausgesprochen, was auch ihr soeben durch den Kopf gegangen war.

»Ja, ich glaube, das ist eine sehr gute Idee.«

»Das heißt jetzt nicht, dass ich dich nicht sehen möchte, aber ich kann einfach für nichts garantieren, wenn du bei mir bist und wir ...«

»Ich weiß schon, wie du das meinst, und ich gebe dir recht.«

»Da bin ich erleichtert.«

»Dann gehe ich jetzt besser. Bis Samstag, Doktor.«

»Bis Samstag, Baroness.« Er brachte sie zur Tür. »Vielleicht einen kleinen Kuss noch«, sagte er, bevor er die Tür öffnete, und zog sie noch einmal an sich.

Als sie kurz darauf in den Sattel stieg, schien ihr ganzer Körper in Flammen zu stehen.

»Und beiden Pferden geht es gut?«, fragte seine Großmutter, zwei Tage nachdem Sinje ihn besucht hatte. Sie biss von ihrem Rosinenbrot ab und sah ihn lächelnd an. Ihr kleines Gesicht war über und über mit Falten bedeckt, doch die hellen blauen Augen der alten Dame strahlten noch immer wie die eines jungen Mädchens.

Tim liebte seine Großmutter über alles, und er wusste, dass dieses Gefühl auf Gegenseitigkeit beruhte. Jeder Blick, den sie ihm schenkte, war voller Liebe, Verständnis und Stolz.

Sie wurde nicht müde, zu erwähnen, wie sehr sie es mochte, wenn er sich mehrmals die Woche zum Frühstück oder auch zum Abendessen im Gutshaus einfand.

»Ja, zumindest sind jetzt beide über den Berg«, antwortete er. »Zum Glück sind auch keine weiteren Pferde krank geworden. Es hätte leicht passieren können, dass sich die Influenza ausbreitet, doch so haben sie auf Lerchengrund kein einziges Pferd verloren«, antwortete er und schenkte sich Kaffee nach. »Es war gut, dass der kranke Hengst rechtzeitig entdeckt wurde und wir schnell handeln konnten.«

»Hat die Adelsbrut dich wenigstens gut bezahlt? Sinje von Grootenlohe war doch letztens bei dir, oder?«

Tim stöhnte in Gedanken auf, versuchte äußerlich aber, gleichmütig zu erscheinen. Die offene Abneigung, die seine Tante den Nachbarn entgegenbrachte, zerrte an seinen Nerven. Seit er hier war, verging kein einziger Tag, an dem sie nicht ihr Gift in Richtung Lerchengrund und seine Menschen verspritzte, doch er hatte noch immer nicht herausgefunden, was eigentlich der Grund für ihren Hass war. Wenn er sie direkt danach fragte, bekam er keine schlüssige Antwort. Rieke ließ sich nie tiefer auf eine Unterhaltung darüber ein, das hatte er bereits feststellen müssen. Sie wich sofort aus, wenn das Thema zur Sprache kam. Inzwischen hielt er sie schlicht für eine zwar patente und äußerst fleißige, aber ziemlich verbitterte ältere Frau, die nicht ertragen konnte, wenn andere Menschen glücklich und zufrieden ihr Leben meisterten. In der Regel ging er gar nicht mehr auf ihre bissigen Bemerkungen ein, und so hielt er es auch in diesem Fall. Zudem hatte er irgendwann festgestellt, dass seine Großmutter es genauso handhabe wie er.

»Ja, Sinje hat mich besucht. Wir verstehen uns gut. Ich mag sie sehr.«

»Ach ja? Na, dann viel Spaß mit der verwöhnten Göre.«

Tim holte tief Luft. Er hatte zwar keine große Lust, sich mit Rieke zu streiten, aber wenn es gegen Sinje ging, stieg Wut in ihm auf.

Als genau in diesem Moment die Tür zum Esszimmer aufging und Ronald Meyer, der zweite Ehemann seiner Großmutter, hereinkam, war er erleichtert, denn Ronalds Kommen unterbrach das Gespräch mit Rieke und ließ die angespannte Stimmung verpuffen.

»Moin, ihr Lieben«, begrüßte Ronald sie. Er trat an den Tisch und küsste seine Frau auf die Wange.

Tim mochte es sehr, die beiden alten Menschen zu beobachten, die sich jeden Tag aufs Neue so viel Zuneigung entgegenbrachten. Seit einem leichten Schlaganfall vor ein paar Jahren stützte sich Ronald schwer auf einen Gehstock, aber sein Lebenswille, die Liebe zu seiner Frau, vor allem aber sein besonderer Humor waren ihm trotz der angeschlagenen Gesundheit und seiner zweiundachtzig Lebensjahre geblieben. Tim bewunderte und schätzte den alten Mann sehr.

»Guten Morgen, Ronald«, erwiderte er.

»Hast du schon von Elise berichtet, mein Herz?«, fragte Ronald seine Frau, nachdem er sich auf seinen angestammten Platz gesetzt und Kaffee eingeschenkt hatte.

Therese schüttelte den Kopf.

»Was ist denn mit Elise?«, wollte Rieke wissen.

»Sie und Franz kommen uns besuchen.« Thereses Augen leuchteten.

»Oh, das freut mich aber«, sagte Tim sofort.

Die Tage in Wien, die er zusammen mit seiner Tante Elise und ihrem Sohn Franz verbracht hatte, waren ihm in guter Erinnerung geblieben. Mit seinem Cousin hatte er sich sofort verstanden, und zusammen hatten sie jede Menge Spaß gehabt. Außerdem freute er sich für seine Großmutter, denn er wusste, wie sehr diese ihre jüngste Tochter vermisste.

»Sie kommt her?« Rieke schien nicht ganz so begeistert über den Besuch ihrer jüngeren Schwester zu sein. Das verwunderte ihn, denn soweit er wusste, hatten die beiden stets ein gutes und sehr liebevolles Verhältnis zueinander gehabt.

»Ja, am Telefon sagte sie mir, ihr Heimweh würde schlimmer werden, je älter sie wird.«

»Heimweh? Elise?« Rieke schüttelte leicht den Kopf, als könnte sie sich das überhaupt nicht vorstellen. »*Sie* war es doch, die nie herkommen wollte. Noch nicht einmal zu Weihnachten. Wenn einer von uns sie sehen wollte, mussten immer *wir* uns in die Bahn setzen.«

Seine Großmutter nickte. »Das stimmt zwar, aber sie meinte, dass Franz endlich einmal herkommen wolle. Er hat sich für einige Zeit beurlauben lassen, und ich nehme an, er hat Elise dann auf den Gedanken gebracht, ihn zu begleiten. Na, und dann ist ihr halt schnell klar geworden, dass sie Heimweh hat. Das ist doch nichts Ungewöhnliches.« Therese lächelte, als Ronald ihr über den Arm strich, und hielt kurz inne. »Ich freue mich jedenfalls sehr, mein Kind und meinen anderen Enkel zu sehen«, fuhr sie schließlich fort. »Wir sind ja höchstens ein- oder zweimal im Jahr nach Wien gefahren. Es wird Zeit, dass Elise nach über dreißig Jahren endlich mal wieder nach Hause kommt.«

»Stell dich lieber gleich darauf ein, dass sie es hier nicht lange aushalten wird«, sagte Rieke. »Du wirst sehen, sie ist schneller wieder fort, als du denkst. Elise gehört nicht hierher, so war es schon immer.«

»Dann ist es eben so«, erwiderte seine Großmutter. Ihre Stimme hatte einen entschiedenen, fast schon strengen Tonfall angenommen, den er von ihr noch gar nicht kannte. »Wir werden ja sehen, ob sie sich wohlfühlt und wie lange sie hierbleibt.«

»Ja, das werden wir dann sehen.« Rieke erhob sich mit der Bemerkung, sie würde jetzt an die Arbeit gehen, und verschwand.

Seine Großmutter seufzte tief auf. »Ich glaube, sie hat mir nie verziehen, dass ich Elise damals zu meiner Mutter nach Wien geschickt hab.«

»Warum eigentlich?«, fragte Tim. »Ich meine, warum hast du Elise damals nach Wien geschickt?«

»Ach, weißt du, mein Junge … Elise war von Anfang an ganz anders als ihre Geschwister. Ich habe schon früh gemerkt, dass sie ein äußerst feinsinniger und kreativer Mensch ist. In meiner Mutterbrust ist damals die Angst gewachsen, dass ich ihr etwas vorenthalten könnte, wenn sie weiterhin hier auf dem Gut lebt. Sie brauchte eine Stadt, die ihr das geben konnte, was ihr hungriger Geist so dringend benötigte.«

»Hm, aber Hamburg ist doch …«

»Ja, ich weiß, Tim. Hamburg hätte all dies auch erfüllt, und sie wäre nicht so weit fort gewesen, aber dort hätte sie bei fremden Menschen leben müssen. Allein den Gedanken fand ich schrecklich. Der Bruder deines Großvaters hatte weder die Zeit noch die Möglichkeit, sich vernünftig um ein kleines Mädchen zu kümmern, aber in Wien gab es noch meine

Familie. Meine Mutter war eine angesehene Frau und dazu auch noch die Witwe eines honorigen Professors der Wiener Universität. Das eröffnete Elise gleichzeitig einen leichten Zugang zur Wiener Gesellschaft, und genau das war es, was sie so dringend brauchte. Außerdem boten die Wiener Bildungsstätten auch Mädchen schon damals wunderbare Möglichkeiten.«

Tim nickte. »Ja, ich habe irgendwo mal gelesen, dass die ersten europäischen Ärztinnen zum größten Teil in Wien studiert haben.«

»Das ist richtig, ja. Und Elise hat an der Universität Literatur und Geschichte studiert.«

»Nachdem ich Elise im letzten Herbst kennenlernen durfte, bin ich davon überzeugt, dass du damals absolut richtig gehandelt hast, Großmutter. Sie ist eine sehr kluge und beeindruckende Frau.«

»Meine Rede«, stimmte Ronald zu, bevor er sich eine Gabel mit Rührei in den Mund schob.

Wieder stieß Therese ein tiefes Seufzen aus. »Ich zweifle auch gar nicht daran, dass es richtig war, meine Kleine nach Wien zu schicken. Was mich wirklich umtreibt, ist, dass sie wieder von hier fortgegangen ist, um Ludwig zu heiraten, denn ich glaube nicht, dass sie ihren Mann wirklich geliebt hat. Noch kurz bevor sie nach Wien zurückging, hätte ich Stein und Bein geschworen, dass sie hier richtig glücklich war, doch dann wurde sie krank. Sie bekam eine Lungenentzündung, und kurz darauf war alles anders. Ja, ihre Krankheit hat irgendwie alles verändert. Kaum dass sie wieder völlig genesen war, packte sie plötzlich und für mich völlig unerwartet ihre Koffer und ließ sich von Rieke nach Hamburg zum

Hauptbahnhof fahren. Sie hat nicht mehr mit sich reden lassen.«

»Das klingt tatsächlich eigenartig. Vielleicht hast du dich zuvor geirrt, und sie war hier gar nicht so glücklich, wie du angenommen hast, Großmutter«, wandte Tim ein. »Das würde zumindest erklären, warum sie doch wieder fortging.«

»Nein, ich habe mich sicher nicht geirrt, mein Junge. Ich kenne meine Kleine. Sie *war* hier glücklich, sogar sehr. Damals hat sie ganz außergewöhnlich gestrahlt. Jeden Tag ist sie ausgeritten, konnte nach Hamburg fahren, wann immer sie wollte, und sie hatte hier auch die nötige Ruhe, um zu schreiben. Wenn ich ehrlich bin, habe ich sie später nie wieder so zufrieden und strahlend gesehen wie in dieser Zeit. Natürlich liebt sie ihren Sohn über alles, und sie hat später auch große Erfüllung in ihrer Arbeit gefunden, doch dieses besondere Strahlen von damals kam nie mehr zurück.«

Eine Weile blieb es still am Tisch, und jeder von ihnen hing seinen Gedanken nach.

»Ich werde wohl niemals verstehen, warum einige Menschen jemanden heiraten, den sie überhaupt nicht richtig lieben«, sagte Tim schließlich. »Da bleibt man doch lieber allein.«

»Manchmal nimmt das Leben seltsame Umwege. Wenn du Pech hast, stellt es dich vor Aufgaben, die du kaum allein bewältigen kannst.« Seine Großmutter lächelte sanft. »Menschen sind eigenartige Wesen, Tim. Nicht jeder kann zum Beispiel gut mit Niederlagen umgehen. Vielleicht wird man in seinem Stolz verletzt, oder man ist schlicht mit irgendetwas völlig überfordert. In derartigen Situationen macht man gerne Dinge, die einem nicht guttun. Wenn man dann merkt, was für einen gewaltigen Fehler man gemacht hat, ist es meist zu spät, um das Steuerrad des Lebens noch einmal herumzu-reißen.«

Das Gefühl, das in Rieke tobte, ging über normale Wut weit hinaus. Es brannte in ihr, versetzte sie in einen Zustand, der an Raserei grenzte, und drohte ihr die Luft zum Atmen zu nehmen. Sie stand mitten im Pferdestall und fluchte laut vor sich hin.

Die einzigen beiden Stallburschen, die noch für sie arbei-teten, kümmerten sich kaum darum, denn in den letzten Jah-ren hatten sie gelernt, dass es besser war, derartige Ausbrüche ihrer Chefin schlicht zu überhören. Nur nebenbei nahm Rieke wahr, dass beide Männer kurz von ihrer Arbeit aufsahen, sich aussagekräftige Blicke zuwarfen, um sich dann in einen ande-ren Bereich des Stalls zu verziehen, um dort ihre Arbeit fort-zusetzen.

Es war Rieke vollkommen gleichgültig, dass sie die Män-ner mit ihrem brachialen Auftritt einschüchterte. Solange es sich nicht um ihre Familie handelte, war es ihr schon immer vollkommen egal gewesen, was die Leute von ihr hielten.

Unentwegt stieß sie die wildesten Flüche aus, weil sie hoff-te, dass das Fluchen sie von dem Druck befreite, der sich in ihr aufgestaut hatte. Sie warf einen Rechen an die Stallwand, trat gegen einen Eimer und stand schließlich schwer atmend da. Die Hände in die Hüften gestützt und mit wutverzerrter Miene, wünschte sie sich fast, sie wäre eine menschliche Harpyie und könnte ihr nächstes Opfer sogleich in der Luft zerfetzen, nur um ein passendes Ventil zu finden.

Schließlich setzte dann doch der Prozess ein, der ihr immer

am schwersten fiel. Sie versuchte, sich zu beruhigen, indem sie sich innerlich zur Ordnung rief. *Ruhig! Du musst ruhig werden, Rieke, sonst kannst du nicht vernünftig denken.*

Es war nicht allein die Ankündigung gewesen, dass Elise nach Hause kommen würde, die sie so aufgebracht hatte. Natürlich war es nicht ganz ungefährlich, dass ihre Schwester wieder herkam. Vielleicht würde sie Jonas von Grootenlohe über den Weg laufen. Das konnte Rieke kaum verhindern. Doch seit dem letzten Treffen der beiden waren über dreißig Jahre und zwei Ehen ins Land gegangen. Rieke glaubte kaum, dass die beiden sich nach all der Zeit noch etwas zu sagen hatten oder überhaupt miteinander reden wollten – vor allem weil Elise damals enttäuscht und wütend regelrecht vor Jonas geflüchtet war.

Rieke musste grinsen. Sie legte den Kopf in den Nacken und starrte an das Dach des Stalls. Ja, dachte sie, das habe ich damals verdammt gut hinbekommen.

Natürlich würde sie ihre Schwester im Auge behalten müssen, so gut es eben möglich war, doch wenn sie es genau überlegte, konnte man ihr sowieso nichts vorwerfen. Schließlich hatte sie nur dafür gesorgt, dass ihre kleine Schwester sich nicht ins Unglück stürzte. Es hatte kaum ein Jahr gedauert, bis Jonas Vera geheiratet hatte. Das war wohl Bestätigung genug. Es war damals so verdammt einfach gewesen, die beiden zu beeinflussen. Nein, das mit Elise war nicht das Problem, das würde sie schon hinbekommen.

Aber was sie richtig wütend gemacht hatte, war das Leuchten in den Augen ihres Neffen gewesen, als er von Sinje von Grootenlohe gesprochen hatte. Rieke selbst hatte Männer zwar immer gemieden, aber sie war nicht dumm und konnte gewisse Signale sehr gut einordnen. Offensichtlich hatte sich Tim in die Enkelin des Mannes verliebt, der Riekes Vater auf dem Gewissen hatte. Das durfte sie nicht zulassen, so viel war klar.

Es war schlimm genug, dass ihre Mutter noch immer mit der alten Baronin befreundet war, doch Tim war der Erbe ihres Besitzes. Ihr anderer Neffe hatte sein Leben in Wien, also würde Tim hier eines Tages alles übernehmen. Es ging auf gar keinen Fall, dass er sich mit einer Grootenlohe einließ.

Das Spiel begann also von Neuem, nur wusste sie dieses Mal noch nicht, wie sie auf die Gewinnerstraße kommen sollte. Sie hatte ihre letzte Trumpfkarte ausgespielt und so viele Hoffnungen daraufgesetzt.

Die Wut kam schlagartig zurück – noch viel stärker als zuvor. Es war, als würde die brennende Rage den letzten Rest ihrer Seele verschlingen.

17. Kapitel

Sinje entschied sich für ein lavendelfarbenes Kleid, das sie sich erst vor Kurzem in Hamburg gekauft hatte. Sie schlüpfte in ihre dunkelblauen Pumps und drehte sich einige Male vor dem großen Spiegel in ihrem Schlafzimmer hin und her. Es war nicht unwichtig, zufrieden mit seinem Aussehen zu sein und sich in den Kleidern, die man trug, wohlzufühlen, das hatte sie nicht nur von ihren Freundinnen im Schweizer Internat, sondern auch von ihrer Großmutter gelernt. Gerlinde hatte ihr oft gesagt, wie sehr ein schönes und gut sitzendes Kleidungsstück das Selbstbewusstsein stärken und den Umgang mit anderen Menschen erleichtern konnte.

Noch einmal warf sie einen kontrollierenden Blick in den Spiegel. Das eng anliegende Oberteil und der weit schwingende Rock betonten ihre schmale Taille, und die zarte Farbe schmeichelte ihrem Teint. Um den Hals trug sie einen langen, aber sehr leichten Chiffonschal in Dunkelblau, der hervorragend zum Lavendelton des Kleids passte und einen wundervollen Kontrast bot.

Ihre braunen Haare fielen offen in großen Wellen über ihre Schultern, nur die seitlichen Partien hatte sie mit zwei schmalen silberfarbenen Klammern zurückgesteckt. Die aufwendigen, oft hochtoupierten Aufsteckfrisuren, die gerade äußerst modern waren, gefielen ihr nicht so sehr. Deshalb beschränkte sie sich auf die Wellen, die zurzeit ebenfalls der neuesten Mode entsprachen.

Sinje warf einen Blick auf ihre Armbanduhr, und genau in diesem Moment hörte sie das Motorengeräusch. Sie sah aus dem Fenster, und ihr Herz schlug höher. Tims dunkelgrauer Opel ratterte die Auffahrt entlang und fuhr auf das Haus zu. Eilig griff sie nach ihrer taillenkurzen, ebenfalls dunkelblauen Strickjacke. Sie wollte sie vorsorglich mitnehmen, um gegen die Kühle des Abends gewappnet zu sein.

Am liebsten wäre sie die Treppen nach unten gehüpft, so wie sie es als kleines Mädchen immer getan hatte, aber das ließen ihre hohen Schuhe nicht zu.

Genau in dem Augenblick, als die Türglocke erklang, kam sie unten an.

»Ich gehe schon«, rief sie dem Dienstmädchen zu, das gerade aus der Küche kam und die Tür öffnen wollte.

»Viel Spaß!«, hörte sie ihre Großmutter aus dem Wohnbereich rufen.

»Danke, Omi!«

Als sie die Tür öffnete, stand Tim ein paar Schritte von ihr entfernt. Seine Augen weiteten sich sichtbar, als er sie ansah.

Sie ging auf ihn zu, stellte sich auf die Zehenspitzen und hauchte ihm einen Kuss auf die glatt rasierte Wange.

»Hallo.«

»Hallo, du Schönste aller Frauen.« Er zog einen Mundwinkel in die Höhe. »Du hast mir nicht zu viel versprochen, Baroness. Du siehst umwerfend aus.«

»Danke dir«, erwiderte sie schmunzelnd. »Du aber auch. Der Anzug steht dir.«

Ohne weiter auf ihre Bemerkung einzugehen, reichte er ihr

seinen Arm und führte sie die wenigen Stufen hinab zu seinem Auto. Galant öffnete er ihr die Beifahrertür und ließ sie einsteigen.

Es dauerte noch eine ganze Weile, bis sich Sinjes Herzschlag wieder normalisierte. Während der Fahrt unterhielten sie sich angeregt. Er fragte nach Romeo und Irina und freute sich, dass es beiden Pferden viel besser ging.

»Ich werde sie morgen noch einmal gründlich untersuchen«, versprach er ihr. »So wie ich es sehe, können wir sie dann wieder mit den anderen Pferden zusammenbringen.«

Tim fuhr direkt in die Hamburger Innenstadt. Er hielt vor dem *Hotel Fürst Bismarck* in der Kirchenallee. Als er ihr die Autotür öffnete und sie ausstieg, sah sie an dem Gebäude empor. Es war beeindruckend.

»Ich habe uns im Restaurant des Hotels einen Tisch reserviert«, sagte er lächelnd.

»In einem Hotel?«, fragte Sinje.

»Oh … Oh nein, das darfst du jetzt nicht falsch verstehen. Meine Großmutter versicherte mir, dass man hier ganz wunderbar essen kann. Außerdem gehört das berühmte *Boccaccio* zum Hotel. Dort kann man nach dem Essen noch etwas trinken und tanzen, wenn man es denn möchte. Vor allem deshalb habe ich es ausgewählt.«

Sie musste lachen, weil sie ihn mit ihrer Frage offenbar in Verlegenheit gebracht hatte.

»Keine Sorge, Tim. Ich finde, du hast eine ganz wundervolle Wahl getroffen«, beeilte sie sich zu sagen.

Das Essen war tatsächlich ausgesprochen gut, und sie beide genossen es sehr.

»Das war wirklich ein guter Rat von meiner Großmutter«,

sagte Tim, als das Dessert, ein Vanillepudding mit Kirschen, serviert wurde.

»Ja, das muss ich auch sagen.« Sinje nahm einen Löffel von ihrem Pudding und ließ ihn auf der Zunge zergehen. »Ach, das schmeckt herrlich.«

»Und ob.« Auch Tim ließ sich den Nachtisch schmecken. »In Deutschland hat sich in den Jahren seit dem Krieg schon viel getan, findest du nicht? Hier in der Stadt wird das sehr deutlich. Überall wird gebaut, und es entstehen viele neue Unternehmen.«

»Ja«, erwiderte sie. »Ich habe vor einiger Zeit mal irgendwo gelesen, dass Bundeskanzler Adenauer sogar mit einem so gewaltigen wirtschaftlichen Aufschwung rechnet, der bisher in der Welt einmalig wäre.«

»Das stimmt wohl. Die Wirtschaft unseres Landes scheint stündlich zu wachsen, aber es geht auch sehr vielen Menschen noch nicht gut. So viele haben fast alles verloren und kämpfen immer noch darum, sich eine neue Existenz aufzubauen. Unsere Familien haben großes Glück gehabt. Wir hätten auch sehr viel mehr verlieren können.«

»Das stimmt. Viele Höfe und auch Gutshäuser sind von den Besatzungsmächten beschlagnahmt worden.« Sinje legte ihren Dessertlöffel ab und seufzte. »Direkt nach Kriegsende hat mal für zwei Jahre ein britischer Offizier bei uns gewohnt. Sein Fahrer war ebenfalls bei uns untergebracht, aber beide waren sehr nett und haben besonders meine Großmutter zuvorkommend behandelt. Sie haben sich durchweg wie Gäste benommen, nicht wie Besatzer. Andere Höfe hingegen wurden gleich ganz beschlagnahmt, und die Familien konnten sehen, wo sie bleiben. So viele von ihnen mussten ihre Häuser verlassen.«

»Davon habe ich auch gehört.«

»Es ist so gut, dass das jetzt alles vorbei ist, und ich hoffe, dass die Nazis in unserem Land niemals wieder an die Macht kommen werden.«

»Das hoffen wir alle, und ich gehe auch davon aus. Ich glaube sogar, wenn sich alles so weiterentwickelt, könnte unsere junge Bundesrepublik für die nächsten Generationen das beste Land der Erde werden. Ich habe mir jedenfalls vorgenommen, fest daran zu glauben.«

»Ja, das ist ein guter Vorsatz.«

Es gefiel Sinje sehr, dass man sich mit Tim über alle möglichen Themen unterhalten konnte. Er gehörte offenbar nicht zu den Männern, die am liebsten über sich selbst referierten. Das kam nicht oft vor, und sie fand es äußerst angenehm.

Die Themen gingen ihnen auch nicht aus, als sie wenig später an einem kleinen Tisch im *Boccaccio* saßen und sich mit einem Sektcocktail zuprosteten.

»Wie geht es deiner Großmutter?«, fragte Sinje nach einer Weile. »Ich habe sie schon längere Zeit nicht gesehen.«

»So weit geht es ihr gut. Natürlich bringt das Alter einige Veränderungen mit sich, mit denen sie nur schwer zurechtkommt, aber im Großen und Ganzen hält sie sich tapfer. Ich denke, das liegt vor allem an ihrer glücklichen Ehe. Ronald geht wunderbar mit ihr um, obwohl auch er schon weit über achtzig ist.«

»Das klingt ähnlich wie bei meinen Großeltern«, sagte Sinje und nickte. »Meine Oma ist auch schon fünfundsiebzig Jahre alt, doch wenn man sie so sieht, könnte man sie mindestens zehn Jahre jünger schätzen. Sie und mein Opa sind immer noch ein Liebespaar. Das ist erstaunlich und häufig sehr berührend.«

»So empfinde ich das auch. Ihre vielen gemeinsamen Jahre waren aber auch nicht leicht. Die Generation unserer Großeltern hat zwei Kriege erlebt. Vielleicht schweißt das auf eine besondere Art zusammen«, gab er zu bedenken.

»Ähnliche Gedanken hatte ich auch schon häufiger.« Sinje nahm die hübsche Kristallschale auf und nippte an ihrem erfrischenden Getränk, bevor sie fortfuhr. »Und deine Tante Rieke? Wie geht es ihr? Sie leitet doch euren Hof, nicht wahr?«

Tim trank ebenfalls einen Schluck von seinem Cocktail. »Ich würde sogar sagen, dass es den Hof ohne Rieke nicht mehr geben würde«, antwortete er, nachdem er sein Glas wieder abgestellt hatte. »Sie ist enorm fleißig und kompetent, aber ein eigenartiger, sehr distanzierter Mensch und dazu meistens schlecht gelaunt.« Er lachte kurz auf. »Ja, sie ist wirklich seltsam, wenn ich genauer darüber nachdenke.«

»Ich finde sie auch eigenartig. Übrigens sah ich sie von Weitem, als ich bei dir war, aber sie hat meinen Gruß kaum erwidert.«

»Das wundert mich nicht. Frag mich nicht warum, aber wenn man es vorsichtig ausdrückt, könnte man sagen, sie hat mit deiner Familie einfach nichts am Hut.« Tim schüttelte den Kopf. »Ich glaube, das hat mit den Kriegsjahren und den Folgen zu tun.«

»Wie meinst du das? Soweit ich es mitbekommen habe, haben beide Höfe wirtschaftlich gelitten. Und mein Opa erzählt mir oft davon, wie die Familien zusammengehalten und sich gegenseitig geholfen haben.«

»Ja, aber es gibt schon Unterschiede. Ich weiß zum Beispiel

von Ronald, dass Rieke sich einfach nicht damit abfinden kann, dass sie kaum nennenswerte Zuchterfolge vorweisen konnte, während es bei euch recht schnell wieder bergauf ging. Und ... na ja ... Schau dir unser Gutshaus an und dann eures. Unsere Fassade sieht grauenvoll aus. Überall blättert die Farbe ab, und es wirkt doch recht heruntergekommen.«

»Eigentlich ist euer Haus wunderschön, und es fehlt wirklich nur ein bisschen frische Farbe. Lasst es endlich streichen, dann erstrahlt es wieder in alter Pracht. Wir auf Lerchengrund haben einfach das Glück, dass unser Haus aus Backstein gebaut wurde. Da lassen sich kleinere Schäden leichter reparieren und sind vor allem nicht so deutlich zu sehen.«

»Das Geld für einen Anstrich der Fassade scheint allerdings noch immer nicht übrig zu sein, und von mir wollte meine Großmutter nichts annehmen. Da ist sie eigen.«

»Aber es fehlt euch doch sonst an nichts, oder?«

Bei Sinje regte sich das schlechte Gewissen, weil sie sich bisher noch nie Gedanken über das Auskommen der Nachbarsfamilie gemacht hatte.

»Sagen wir mal so: Der Hof ernährt alle, die davon leben müssen, erwirtschaftet aber keine nennenswerten Gewinne. Wie gesagt, blieben bislang wirkliche Zuchterfolge aus. Rieke sucht seit einiger Zeit nach einem geeigneten Hengst, der frisches Blut reinbringen kann, hat aber bisher noch kein passendes und vor allem bezahlbares Tier gefunden.«

Sinje schüttelte verständnislos den Kopf. »Das verstehe ich nicht. Warum redet sie denn nicht einfach mit uns? Es wäre doch ein Leichtes, euch einen Hengst für die Zucht auszuleihen.«

Tim legte den Kopf schief. »Sinje, du wunderst dich doch

nicht wirklich darüber, dass Rieke euch nicht um Hilfe bittet, oder? Ich denke, vorher würde sie sich lieber einen Arm abhacken, um es mal drastisch auszudrücken.«

»Aber unsere Großmütter sind eng miteinander befreundet, und meinen Opa verbindet eine lange Freundschaft mit Ronald Meyer. Es dürfte doch nicht so schwer sein, das an Rieke vorbeizuorganisieren.«

»Puh«, erwiderte Tim. »Stell dir das mal nicht so leicht vor. Seit Ronald sich aus dem Tagesgeschäft zurückgezogen hat, leitet Rieke das Gut praktisch in Eigenregie. Ich glaube, meine Großmutter und Ronald schauen sich nicht einmal mehr die Bücher an.«

In diesem Augenblick wurde die leise Tanzmusik etwas lauter gedreht, und einige Paare bevölkerten bereits die kleine Tanzfläche.

Tim sah sie an, erhob sich und reichte ihr seine Hand. »Darf ich bitten, Baroness?«

Lachend ergriff sie seine Hand und ließ sich von ihm zur Tanzfläche führen. Als er den Arm um sie legte und sich langsam im Rhythmus der Musik mit ihr bewegte, beschleunigte sich sofort ihr Herzschlag. Sie sah zu ihm auf.

»Du tanzt gut«, sagte sie.

»Danke, du auch.« Tim beugte sich leicht zu ihr hinunter und hauchte ihr einen Kuss auf die Schläfe, dann zog er sie fester an sich. »Merkst du, wie gut wir harmonieren, Sinje?«, raunte er dicht an ihrem Ohr.

Sinje nickte nur. Die körperliche Nähe war aufwühlend. Seine Hand lag an ihrem Rücken, und sie spürte, wie er die Finger spreizte und noch ein wenig mehr Druck ausübte. Die Wärme seines Körpers durchdrang sämtliche Stoffschichten und ging ihr sogar unter die Haut. In erregender Langsamkeit strömte sie in jede Faser von Sinjes Körper.

»Ich würde dich gerne küssen«, hörte sie ihn flüstern.

Sie sah sich kurz um. Die Tanzfläche war inzwischen voller Paare. Ihr wurde bewusst, wie eng sie miteinander tanzten, und sie rückte ein wenig von ihm ab.

»Ich glaube, unsere Tanzhaltung verstößt ohnehin schon gegen die guten Sitten, mein lieber Doktor.«

Er zog sie wieder fester an sich, und sie hörte ihn lachen, als sie leise protestierte.

»Lass es uns doch genießen, Baroness. Schau dich um, niemand nimmt von uns Notiz. Die sind allesamt mit sich selbst beschäftigt.«

»Aber der Kellner ...«

»Der denkt höchstens, dass wir ein sehr verliebtes Paar sind, und damit hat er schließlich auch recht.«

»Du bist unmöglich.«

»Wo waren wir gerade stehen geblieben? Ach ja, ich sagte, ich würde dich gerne küssen.« Tim legte seine Lippen an ihre Ohrmuschel, und sie spürte seinen heißen Atem, dann sogar ganz kurz seine Zungenspitze. »Überall.«

Obwohl Sinje versuchte, möglichst gleichmäßig zu atmen, entfuhr ihr ein leises Stöhnen. »Tim, bitte.«

»Du machst mich verrückt, Sinje. Völlig verrückt.«

»Und du machst mich schwach.«

»Das gefällt mir.«

»Tim, wir ...« Sie atmete tief durch und hielt in der Bewegung inne. Ihr ganzer Körper schien zu vibrieren. Niemals zuvor hatte sie eine so starke sexuelle Erregung empfunden. »Wir müssen jetzt damit aufhören.«

Einen endlosen Moment lang sah er sie an. In seinen Augen erkannte sie, dass es ihm ebenso erging wie ihr, aber das hatte sie auch schon während des Tanzes gespürt. Sein Brustkorb hob und senkte sich unter seinen schnellen Atemzügen. Er behielt ihre Hand in seiner und führte sie zurück zu ihrem Tisch. Sinje setzte sich, griff sofort nach ihrem Glas und trank es in einem Zug aus. Tim tat es ihr gleich. Offenbar versuchte auch er, sich wieder zu fangen. Es dauerte eine Weile, bis er sie erneut ansah.

»Ich wollte dich nicht in Verlegenheit bringen, es tut mir leid«, sagte er schließlich.

»Nein, darum geht es doch nicht. Ach, Tim …« Sie überlegte, wie sie ihm klarmachen konnte, was wirklich in ihr vorging. »Ich hätte … es nur nicht mehr länger ausgehalten, ohne dass wir … nun ja, ich würde ebenfalls gerne weiter gehen. Du hast mich sehr erregt.«

Sein Blick wurde weich. »Es tut verdammt gut, das zu hören«, erwiderte er.

Ihr Körper sehnte sich schmerzlich nach ihm. »Dies ist ein Hotel«, sagte sie mit möglichst ruhiger Stimme.

Er schien eine Weile zu brauchen, bis er sie verstand. Sein Blick war intensiv, voller Leidenschaft und Zuneigung, doch dann schüttelte er leicht den Kopf.

»Das willst du nicht wirklich, Sinje. Nicht so.«

Sie legte kurz den Kopf in den Nacken und schloss für einen Moment die Augen. Innerhalb von wenigen Sekunden wurde ihr klar, dass er mit seiner Einschätzung vollkommen richtig lag.

»Du hast recht. Eigentlich entspricht das überhaupt nicht meiner Vorstellung von unserem ersten Mal.«

Tim neigte sich ihr zu und griff nach ihrer Hand. »Lass uns fahren.« Er drehte ihre Handfläche nach oben und drückte seine Lippen darauf. Es war eine Geste, die ihr Herz berührte.

»Es war ein ganz wundervoller Abend«, sagte sie, als er ihr vor dem Gutshaus von Lerchengrund eine gute Nacht wünschte.

»Ja, das finde ich auch.« Er grinste. »Wahrscheinlich werde ich die ganze Nacht vor lauter Sehnsucht nicht schlafen können, aber ich möchte keinen einzigen Augenblick missen.«

»Ich auch nicht.«

»Wann sehen wir uns?«

»Wolltest du nicht morgen nach deinen Patienten sehen?«, erinnerte sie ihn.

»Ach ja, natürlich. Ich komme am frühen Mittag. Ist das in Ordnung?«

»Ich bin da.«

»Gut.«

Sie hatte das Gefühl, dass er etwas verunsichert war, deshalb ergriff sie die Initiative, legte ihre Arme um seinen Nacken und zog ihn zu sich herunter, um ihm einen schnellen Kuss auf die Lippen zu drücken. Nur nicht zu lang, nur nicht zu leidenschaftlich, ermahnte sie sich in Gedanken.

Er ließ den Kuss geschehen, und sie hörte ihn geräuschvoll einatmen, als sie wieder einen Schritt zurücktrat.

»Komm gut heim, Doktor«, flüsterte sie, dann drehte sie sich auf dem Absatz um und lief die Treppen zur Eingangstür empor.

»Sinje.«

Sie hatte den großen Türknauf schon in der Hand, wandte

sich aber noch einmal um. In der Dunkelheit konnte sie sein Gesicht kaum erkennen.

»Ja?«

»Ich bin wirklich sehr in dich verliebt, vergiss das nicht.«

Sie ahnte mehr, als dass sie sah, wie er ins Auto stieg. Die Fahrertür fiel zu. Gleich darauf startete der Motor, und die Scheinwerfer leuchteten auf. Sinje blieb an Ort und Stelle stehen und sah ihm nach, bis das Motorengeräusch immer leiser wurde und das Licht in der Dunkelheit verschwand.

Jonas war in der Küche, als Sinje nach Hause kam. Als er das Geräusch der schweren Haustür hörte, sah er auf, denn er rechnete damit, dass sie zu ihm kommen würde. Die Küchentür stand halb offen, und der Lichtschein fiel in die Halle, das konnte sie kaum übersehen.

»Papa, was machst du denn noch hier um diese Zeit?«

»Ich konnte nicht schlafen, da habe ich mir gedacht, ich mache mir eine heiße Milch mit ordentlich Honig. Willst du vielleicht auch eine Tasse, bevor du zu Bett gehst?«

»Oh ja, sehr gerne. Das ist eine fantastische Idee.«

Sie kam näher, legte ihr winziges Handtäschchen auf dem Küchentisch ab und setzte sich auf einen der einfachen Holzstühle.

»Hattest du einen schönen Abend?«

»Ja, es war toll. Tim und ich haben im *Hotel Bismarck* gegessen. Es war ein Genuss. Die müssen dort einen wirklich guten Koch haben.«

Er nickte, während er auf die Milch achtete. »Wir haben Glück, dass die Stadt so nah ist. Es tut gut, mal schön auszugehen.«

»Das stimmt.«

Als die Milch fertig war, brachte er beide Tassen an den Tisch und setzte sich ihr gegenüber.

»Gestattest du deinem alten Vater eine vielleicht etwas indiskrete Frage?«

»Aber natürlich, Papa. Du kannst mich alles fragen, das weißt du doch.«

»Läuft da was zwischen dir und dem Doktor oder seid ihr nur Freunde?«

Ihr verlegenes Lächeln war ihm eigentlich schon Antwort genug.

»Würde es dich stören, wenn da zwischen uns was liefe, wie du es ausdrückst?«

»Nicht im Geringsten. Der junge Mann imponiert mir, und ich mag ihn, das sagte ich ja schon. Ich bin nur ein äußerst neugieriger und besorgter Vater.«

Sie lachten beide und prosteten sich dann mit der Milch zu.

»Mhm, das schmeckt lecker«, seufzte sie. »Und es tut gut.«

»Ist auch tüchtig Honig drin.« Er stellte seine Tasse ab. »Ist es denn etwas Ernstes mit euch beiden?«

Offenbar musste sie noch nicht einmal über seine Frage nachdenken. Sie nickte sofort.

»Ja, Papa, das ist es. Ich bin sehr verliebt in Tim Brodersen ... und ...« Sie machte eine kleine Pause, bevor sie fortfuhr. »Tim erwidert meine Gefühle. Zuerst konnte ich es gar nicht fassen. Ich bin irrsinnig glücklich, aber auch sehr aufgeregt.«

»Habt ihr schon über eure Gefühle gesprochen? Ich meine ... habt ihr es ausgesprochen, es euch gesagt?«, hakte er nach.

Er freute sich für Sinje, aber er machte sich auch Sorgen, denn er wusste nur zu genau, was die Liebe einem antun konnte, wenn sie nicht auf die gleiche Weise erwidert wurde.

»Ja, wir haben darüber gesprochen, sogar ziemlich schnell, wenn ich es genau überlege.«

»Das ist gut. Dann ist also alles klar zwischen euch, und ihr wisst, wie ihr zueinander steht?«

»Genauso ist es. Es musste zwar erst ... man könnte sagen ... ein Knoten platzen, aber dann wurde uns beiden schnell bewusst, was mit uns passiert ist.«

»Das freut mich sehr für dich, mein Schatz.«

»Danke, Paps.« Sie trank ihre Milch aus und sah ihn prüfend an. »Ich erzähle dir immer alles von mir, aber du hältst dich zurück.«

»Ist das ein Vorwurf?«

»Wenn du es so verstehen willst, ist es wohl einer.« Über den Tisch hinweg legte sie ihre Hand auf seine. »Papa, ich hab dich wirklich lieb. Du bist einer der wichtigsten Menschen für mich, und ich wüsste so gerne, was dich all die Jahre so belastet, doch jedes Mal wenn ich dich danach frage, weichst du mir aus. Das ist nicht besonders fair, finde ich. Vertrauen sollte doch immer auf Gegenseitigkeit beruhen, meinst du nicht?« Sie lächelte leicht. »Betrachte es einfach als Frage von einer äußerst neugierigen und besorgten Tochter.«

Jonas musste grinsen, weil sie den Ball zu ihm zurückspielte. Sinje hatte schon oft versucht, in sein Innerstes vorzudringen, und er konnte es ihr nicht verübeln. Natürlich traf sie mit ihrem Argument den Nagel auf den Kopf, das musste er zugeben. Wenn er sich als Vater das Recht herausnahm, nach ihrem Liebesleben zu fragen, lag es nahe, dass sie als Tochter das gleiche Recht einforderte. Sie war kein Kind mehr, das änderte einiges in ihrer Beziehung.

Er dachte einen Moment nach, dann fasste er einen Entschluss. »Du bist inzwischen eine erwachsene Frau, ich denke, ich sollte mit dir über alles reden können, oder?«

»Ja, Papa, das kannst du.«

Er brauchte noch ein paar Sekunden und einige tiefe Atemzüge, bis er den Mut aufbrachte, das auszusprechen, was er all die Jahre mit sich herumgetragen hatte.

»Deine Mutter und ich sind zusammen aufgewachsen und waren uns jahrelang sehr nah«, begann er.

Fast rechnete er damit, dass Sinje ihn voller Ungeduld unterbrechen würde, weil er mit Informationen begann, die ihr durchaus bekannt waren, doch das tat sie nicht. Sie sah ihn nur an und wartete darauf, dass er weitersprach. In ihrem hübschen Gesicht erkannte er die Erwartung, aber auch die Freude darüber, dass er sich ihr endlich öffnete. Jonas konnte das sehr gut nachvollziehen, denn er wusste, dass sie sich schon sehr lange um sein Seelenheil sorgte.

»Als ich Anfang zwanzig war, ging ich davon aus, dass es eine Selbstverständlichkeit und vollkommen richtig wäre, deine Mutter zu heiraten. Alle hier haben damals darauf gewartet, dass wir uns endlich verloben.«

Eine Weile musste er nach den richtigen Worten suchen.

»Was ist passiert, Papa? Was ist mit euch passiert?«

Er stieß ein tiefes Seufzen aus, und noch während er den nächsten Satz aussprach, fühlte er sich bereits seltsam erleichtert.

»Wenige Wochen bevor unsere Verlobung offiziell bekannt gegeben werden sollte, habe ich mich in eine andere Frau verliebt, und mir wurde klar, dass die Gefühle, die ich deiner Mutter entgegenbrachte, anderer Natur waren. Ich liebte sie wohl eher wie eine Schwester.«

»Oh.«

»Diese andere Frau jedoch war die Liebe meines Lebens, wie man so schön sagt.« Plötzlich fiel ihm das Geständnis viel leichter. Es tat unendlich gut, all das endlich einmal auszusprechen. »Ich habe sie geliebt wie verrückt, aber sie ging fort von hier und von mir. Offenbar hat sie meine tiefen Gefühle nicht auf die gleiche Art erwidert.«

»Ach, Paps, das tut mir so leid.«

»Sie heiratete einen anderen Mann. Als ich davon erfuhr, willigte ich schließlich doch in die Ehe mit deiner Mutter ein, ohne zu ahnen, was ich Vera und mir damit antat.« Er schluckte. »Dann kamst du und brachtest so viel Glück in unser Leben, sodass ich dachte, alles könnte doch noch gut werden. Leider hat das eine mit dem anderen rein gar nichts zu tun. Verstehst du, mein Schatz, auch wenn du für mich noch immer das größte Wunder und der liebste Mensch auf Erden bist und für alle Zeiten sein wirst, war es nicht richtig, deine Mutter zu heiraten, denn ich liebte sie nicht, wie es sein sollte. Wir konnten einfach nicht miteinander glücklich werden. In meinem Kopf und in meinem Herzen war immer diese andere Frau. Sie blieb dort und wollte einfach nicht wieder verschwinden.« Er sah auf, umfasste ihre Hände. »Nur weil es dich gibt, habe ich all die Jahre durchgehalten. Es ist wirklich schwierig, meine Gefühle in Worte zu fassen.«

»Ich glaube, ich verstehe dich, Papa, und glaube mir, ich könnte niemals an deiner Liebe zu mir zweifeln. Du bist ein so wunderbarer Vater.«

Es tat so gut, in ihr sanft lächelndes Gesicht zu sehen und diese Worte aus ihrem Mund zu hören.

»Ich danke dir. Es ist mir unendlich wichtig, dass du das verstehst. Ich hatte wirklich Angst davor, dass du an meiner Liebe zu dir zweifeln könntest oder daran, wie wichtig du mir bist. Vor allem deshalb fiel es mir so schwer, mit dir darüber zu sprechen.«

»Hast du die Frau, in die du dich verliebt hattest, jemals wiedergesehen?«

Er schüttelte den Kopf. »Noch in derselben Nacht war der Impuls sehr stark, ihr auf der Stelle nachzureisen, alles stehen und liegen zu lassen und sie zur Rede zu stellen, doch letztlich verbot mir das mein männlicher Stolz. Offenbar gab es in Wien die ganze Zeit schon einen Mann, der nur darauf wartete, dass sie zu ihm zurückkehrte. Ihre Familie wusste davon und Vera auch.«

»In Wien?« Sinjes Augen wurden groß. »Die Frau, in die du dich verliebt hast … war das etwa Elise Brodersen?«

»Ja, es war Elise.« Vor seinem inneren Auge erschien das Mädchen mit den goldenen Augen. »Mein goldener Engel«, flüsterte er. Er räusperte sich verlegen, doch Sinjes Blick war warm und voller Verständnis.

»Ähm … du sagtest gerade, dass Mama auch von dem Mann in Wien wusste. Hast du ihr denn all das erzählt?«

»Ja, als sich endlich die Möglichkeit ergab, sprach ich mit deiner Mutter und gestand ihr, warum ich sie nicht heiraten konnte. Zu dem Zeitpunkt wusste ich nicht, dass Elise schon ihre Koffer packte. Das erfuhr ich erst später am Abend. Vera war damals mit Rieke Brodersen befreundet und hatte deshalb schon vorher von dem Mann in Wien gehört. Sie erzählte mir natürlich davon, als ich mit ihr sprach, aber zu dem Zeitpunkt habe ich ihr einfach nicht geglaubt. Ich war so verdammt sicher, dass Elise meine Gefühle erwiderte. So gottverdammt sicher ...«

Er machte einen tiefen Atemzug, weil auch jetzt nach all den Jahren seine Kehle noch eng wurde, wenn er an diesen Tag zurückdachte.

»Am gleichen Abend wollte ich mit Elise sprechen und ihr sagen, dass ich sie liebe und mein Leben mit ihr teilen möchte, doch als ich auf Gut Brodersen ankam, war sie schon abgereist. Rieke bestätigte mir dann, was ich bereits von Vera erfahren hatte, aber nicht glauben wollte, nämlich dass Elise nach Wien unterwegs war, um zu heiraten. Ich konnte kaum noch einen klaren Gedanken fassen, weil ich so verletzt, aber auch so wütend war.«

»Moment mal ... verstehe ich das richtig, Papa? Du bist Elise nicht nachgefahren, weil dir *andere* erzählt haben, dass es in Wien einen Mann gibt, der dort auf sie wartet?«

Einen Moment lang brachte ihr Einwand ihn aus dem Konzept, doch dann fing er sich wieder.

»Das war es doch nicht allein, Sinje. Seit unserer ersten Begegnung stauten sich zwischen Elise und mir die Gefühle auf, die wir jedoch nicht erkannten, nicht in Worte fassten, einfach weil es damals nicht üblich war. Als Mann wollte ich mir keine Blöße geben, doch später habe ich bereut, dass ich nicht sofort mit Elise über meine Absichten gesprochen hatte. Ich bin einfach davon ausgegangen, dass zwischen ihr und mir alles klar ist. Wahrscheinlich wäre mir viel erspart geblieben, wenn ich von Anfang an gewusst hätte, dass sie bereits vergeben war. Wie gesagt, es war eine andere Zeit.« Er schluckte hörbar. »Jedenfalls reiste Elise ab, ohne noch einmal mit mir zu sprechen. Sie war es, die mich ohne ein Wort der Erklärung verließ, und sie war auch diejenige, die zuerst heiratete. Ich weiß noch, als ich hörte, dass die Brodersens nach Wien zu Elises Hochzeit fahren würden. Das war kaum drei Wochen später. Es hat mir endgültig den Boden unter den Füßen weggezogen.«

»Und dann hast du irgendwann mit Mama gesprochen und ihr doch noch einen Antrag gemacht?«

»So ungefähr war es, ja. Das klingt jetzt wahrscheinlich sehr eigennützig, aber ich war damals in einem furchtbaren Zustand. Deine Mutter blieb auf Lerchengrund und stand mir die ganze Zeit zur Seite. Sie war immer für mich da. Irgendwann hatte ich das Gefühl, ich wäre es ihr schuldig, sie endlich zu heiraten, doch das war wirklich sehr egoistisch von mir.«

»Wie meinst du das denn? Mama hat dich doch geliebt.«

»Ja, das hat sie. Und ich habe ihre Liebe zu mir ausgenutzt, denn ich heiratete sie im Grunde nur, weil sie für mich da war, weil ich mich auf sie verlassen konnte, aber auch, weil ich mein Leben nicht ohne jemanden an meiner Seite verbringen wollte. Elise war für mich verloren, das wusste ich, da griff ich nach einem Strohhalm, um nicht gänzlich in meinem Leid zu ertrinken. Übrigens nahm ich, kurz nachdem Elise verschwand, deiner Großmutter, der ich mich damals anvertraut hatte, und deiner Mutter gleichermaßen das Versprechen ab, niemals irgendwem von meiner Liaison mit Elise zu erzählen, noch nicht einmal Therese. Ich wollte Elise ersparen, dass sie sich womöglich vor ihrer Familie oder ihrem Ehemann im Nachhinein erklären musste. Mir war es wichtig, Elise zu schützen, aber auch meinen Stolz zu bewahren. Deshalb wurde nie wieder über die Geschichte gesprochen. Deine Großmutter hat mir einmal versichert, dass sie sich stets an ihr Versprechen gehalten hat. Ich habe ihr das immer hoch angerechnet, denn schließlich ist Therese ihre engste Freundin.«

»Ich habe immer gespürt, dass du Mama nicht liebst«, sagte Sinje leise. »Es tat weh, denn ich sah, wie sie eine Zeit lang furchtbar darunter litt. Irgendwann veränderte sich das wieder, und ihr altes Selbstbewusstsein kehrte zurück.«

»Ja, ich weiß. Damals hatte sie ihre erste Affäre. Wir einigten uns darauf, für dich verheiratet zu bleiben, ansonsten aber getrennte Wege zu gehen. Das tat ihr gut.«

»Deshalb habt ihr euch erst scheiden lassen, als ich schon erwachsen war.«

»Wir liebten dich beide, Sinje. Es war uns wichtig, dass du zusammen mit uns, vor allem aber auf Lerchengrund aufwächst. Außerdem kam dann der Krieg, und wir dachten, dass es für uns alle hier sicherer war als in der Stadt. Wir wollten doch nur, dass du so glücklich und unbeschwert wie nur möglich aufwachsen kannst.«

»Dann bin ich froh, dass ihr das so entschieden habt.«

Eine Weile saßen sie noch still da, sahen sich an und hingen ihren Gedanken nach. Schließlich warf Jonas einen Blick auf seine Armbanduhr.

»Es ist schon fast zwei Uhr, Sinje. Wenn wir noch ein paar Stunden Schlaf kriegen wollen, sollten wir jetzt nach oben verschwinden.«

»Du hast recht, es wird Zeit, aber ich habe noch eine letzte Frage.«

»Was möchtest du noch wissen?«

»Warum hältst du dich so gerne in dieser Hütte im Wald auf, Papa? Hat sie etwas mit dir und Elise zu tun?«

Er versuchte sich an einem Lächeln, fühlte aber, dass es verkrampft wirken musste.

»Die Hütte ... ja. Elise und ich haben uns dort getroffen. Vera war zu der Zeit bei einer Tante in Stuttgart. Ich fand es einfach anständiger, wenn ich erst mit ihr rede, bevor jeder von der Beziehung zwischen Elise und mir erfährt. Elise hat mich verstanden, deshalb hielten wir unsere Treffen geheim. Ich ahnte ja damals nicht, dass es Elise überhaupt nicht wichtig war, dass ich mit Vera spreche und mich von ihr trenne. Ich bin einfach davon ausgegangen, dass Elise mich liebt und wir für immer zusammenbleiben würden.«

»Ihr wart also in der Hütte ... zusammen?«

Er nickte. »Es mag albern klingen, aber diese Waldhütte ist für mich das einzige gemeinsame Zuhause, das Elise und ich je hatten.«

»Das klingt überhaupt nicht albern, und ich verstehe dich jetzt viel besser, Papa.«

Sie standen auf, und Jonas stellte die Tassen neben das Abwaschbecken, dann verließen sie gemeinsam die Küche und gingen Hand in Hand nach oben. Vor seiner Schlafzimmertür nahm er sie in den Arm und drückte ihr einen Kuss auf den Scheitel.

»Ich bin so unendlich froh, dass du endlich mit mir gesprochen hast«, flüsterte sie.

»Das bin ich auch. Schlaf gut, meine Kleine.«

»Schlaf gut, Papa. Und ... übrigens, du bist überhaupt nicht alt.«

18. Kapitel

Ein seltsames Gefühl durchströmte Elise, als sie am Arm ihres Sohnes aus dem großen Gebäude des Hauptbahnhofs trat und nach Tim Ausschau hielt. Sie hörte die ersten Möwen schreien und nahm den typischen Geruch von Hafen, Fleet und weiter Welt wahr, den sie so sehr liebte, und der ihr nach all den Jahren noch immer ein Gefühl von Heimat vermittelte.

»Hamburg«, flüsterte sie leise. »Mein Hamburg.«

»Ist nicht eine Stadt wie die andere?«, fragte Franz.

Sie musste lachen. »Ach, mein Sohn, keine andere Stadt auf der Welt ist wie Hamburg, auch unser wunderbares Wien nicht. Das wirst du sehr schnell merken.«

Auch er lachte, und jedes Mal, wenn er das tat, liebte sie ihn noch ein bisschen mehr.

»Ach, Mama, du bist nur voreingenommen.«

»Das mag sein, aber es ist trotzdem die Wahrheit, glaub mir.«

»Tante Elise! Franz! Da seid ihr ja.«

Plötzlich stand ihr Neffe vor ihnen. Er schloss sie sofort in die Arme, dann schlug er seinem Cousin freundschaftlich auf die Schulter.

»Es ist schön, euch wiederzusehen.«

Tim nahm Franz einen der Koffer ab, und gemeinsam trugen sie das Gepäck zu seinem Wagen.

»Haben wir es sehr eilig?«, fragte Elise.

»Wenn man mal davon absieht, dass Großmutter zu Hause bestimmt schon auf heißen Kohlen sitzt, eigentlich nicht. Warum fragst du?«

»Ich würde so gerne vorher noch einen Blick auf die Alster werfen. Den Hafen kann ich Franz auch die nächsten Tage noch zeigen, aber ...«

»Kein Problem«, erwiderte Tim. »Ich fahre an der Alster entlang.«

»Oh, das ist schön. Danke, mein Lieber.«

Wenig später stieg Elise aus dem Auto aus. Tim hatte am Ballindamm gehalten, direkt vor dem Gebäude der weltbekannten Reederei *HAPAG*. Franz und Tim verließen den Wagen ebenfalls, blieben aber an Ort und Stelle stehen, während sie ein paar Schritte hin zum Wasser machte. Sie sah sich um, horchte auf das Schreien der Möwen und sog noch einmal bewusst den Geruch dieser Stadt ein.

Ihr Blick glitt hinüber zu der Stelle, an der gerade der Alsterpavillon neu erbaut wurde. Wenn sie es von hier aus richtig beurteilte, war das Gebäude bereits fast fertig. Sicher wird es schön werden, dachte sie. Im Krieg war das berühmteste Café Hamburgs vollkommen zerstört worden. Es hatte ihr wehgetan, davon zu hören. Nur wenige Schritte davon entfernt, hatte sie einst eng umschlungen mit dem Mann gestanden, der ihre große Liebe gewesen war. Dort hatten sie sich zum ersten Mal geküsst.

Jonas ... dachte sie und musste schlucken, denn jedes Mal, wenn sie seinen Namen auch nur dachte, kamen ihr die Tränen. Jonas von Grootenlohe hatte eine Wunde in ihrem Herzen hinterlassen, die niemals heilen konnte. Was auch immer sie all die Jahre versucht hatte, der Schmerz war nie verschwunden. *Jonas* war niemals aus ihrem Herzen verschwunden. Dieser grausame Schmerz war geblieben, ebenso wie der allgegenwärtige Gedanke an ihn, und hatte sie nicht einen einzigen Tag wieder verlassen.

Manchmal wunderte sie sich darüber, dass sie die vergangenen dreißig Jahre überhaupt überstanden hatte. Oft hatte sie nur irgendwie funktioniert, vor allem in den schlimmen Zeiten des Krieges, die hinter ihnen lagen. Für ihren Mann, der doch alles dafür getan hatte, dass es ihr an nichts fehlte, egal wie furchtbar die Zeiten auch waren. Und für Franz, den wichtigsten Menschen in ihrem Leben. Sein Glück war schon immer das Wichtigste für sie gewesen. Doch auch ihre Arbeit hatte ihr geholfen, all diese Jahre durchzustehen. Neben ihrem Sohn hatte vor allem das Schreiben ihrem Leben einen Sinn gegeben. Ja, sie hatte ihr Leben gelebt, weit weg von Jonas, und doch war er stets gegenwärtig gewesen.

Nach einem tiefen Seufzen drehte sie sich um. Franz stand neben ihrem Neffen. Zwei beeindruckend ansehnliche junge Männer, die sich angeregt miteinander unterhielten. Der eine dunkelblond, der andere mit dem fast schwarzen Haar seines Vaters. Nebeneinander lehnten sie an Tims Auto und winkten ihr fröhlich zu. Auch sie winkte, und nach einem letzten Blick auf das glitzernde Wasser der Alster ging sie zu ihnen zurück. Sie setzte sich wieder auf den Beifahrersitz, während Franz auf die Rückbank kletterte.

»Ich danke dir, Tim«, sagte sie, als sich das Auto in Bewegung setzte. »Das habe ich gebraucht.«

»Sehr gerne, Tante Elise.«

»Elise reicht«, erwiderte sie und lachte. »Dieses Wort Tante macht mich so alt.«

Auch Tim und Franz lachten. »Du wirst niemals alt sein«, sagte Franz.

»Da gebe ich meinem Cousin sofort recht.« Tim sah kurz zu ihr hinüber. »Du bist viel zu hübsch, um eine alte Tante zu sein.«

»Und du bist ein Schmeichler, Tim Brodersen.«

»Ich sage nur die Wahrheit.«

Je näher sie ihrem Heimatort kamen, desto unruhiger wurde Elise, und als sie an der Zufahrt zu Lerchengrund vorbeifuhren, klopfte ihr Herz wie wild.

Hamburg war mit den Jahren näher gerückt, und ihre Heimat gehörte bereits seit den Dreißigerjahren offiziell zum Stadtgebiet, doch hier schien sich kaum etwas verändert zu haben.

Als die schmale Straße einen kleinen Bogen machte, konnte sie in der Ferne kurz einen Blick auf das Gutshaus von Lerchengrund erhaschen. Es stand da wie eh und je: Groß und beeindruckend, fast schon majestätisch ragte die dunkelrote Backsteinfassade empor. Es wirkte irgendwie unangetastet, trotz der Kriege, die es überstanden hatte. Noch immer war es efeubewachsen, noch immer wunderschön. Sie spürte einen Kloß im Hals.

Dort lebt er noch immer, dachte sie.

Nach all den Jahren war es seltsam, ihn so nah zu wissen. Es war sehr wahrscheinlich, vielleicht sogar unvermeidlich, ihm wiederzubegegnen. Doch im Augenblick konnte sie sich noch nicht einmal im Ansatz vorstellen, wie sie das überstehen sollte. Doch der Drang in ihr war in den vergangenen Jahren immer stärker geworden. Sie *wollte* ihm begegnen, das war ihr mittlerweile klar geworden. Sie musste einfach wissen, wie es war, ihm wieder wahrhaftig und nicht nur im Traum in seine wunderschönen Augen zu sehen.

Der Anblick ihres Elternhauses war deutlich weniger beeindruckend als der von Gut Lerchengrund, wie sie sofort feststellen musste, nachdem sie aus Tims Auto ausgestiegen war. Das einst so herrlich weiße Gebäude sah erbärmlich aus. Überall blätterte die Farbe von der Fassade, den ehemals schönen Mauersäulen und den viergeteilten Fensterrahmen ab. Ein Fenster im Dachgeschoss war sogar mit Brettern zugenagelt worden, wie sie erschüttert registrierte. Alles in allem bot das Haus einen trostlosen Anblick.

»Was ist hier passiert?«, fragte sie Tim betroffen. Sie standen nebeneinander vor dem Haus. Offenbar hatte noch niemand ihre Ankunft bemerkt.

»Der Krieg ist passiert«, antwortete Tim.

»Aber der ist seit über sieben Jahren vorbei.«

»Das musst du mir nicht sagen. Rieke und Großmutter erklären mir immer wieder, dass kein Geld dafür übrig sei, und von mir wollen sie partout nichts annehmen. Glaub mir, ich habe es ihnen schon mehrmals angeboten, aber Rieke besteht darauf, dass das Gut selbst das nötige Kapital dafür erarbeiten muss. Ich finde das unlogisch, denn schließlich gehöre auch ich zur Familie, aber mir gehen langsam die Argumente aus. Vielleicht kannst du ja etwas bewirken, Elise.«

»Bewirken? Ich werde sofort morgen Handwerker suchen, die das Haus in Ordnung bringen. So darf das in keinem Fall bleiben.«

Ihr Neffe sah sie schmunzelnd und mit glitzernden Augen an. »Ich bin wirklich froh, dass du hier bist, Elise.«

Auch wenn sich die Unterhaltung mit seiner Familie während des gemeinsamen Abendessens durch die Anwesenheit von Elise und Franz deutlich unterhaltsamer gestaltete als sonst, konnte es Tim kaum erwarten, das Essen hinter sich zu bringen. Nach dem Nachtisch warf er einen möglichst unauffälligen Blick auf seine Armbanduhr. Gestern Nachmittag hatte er kurz mit Sinje gesprochen, und bei der Gelegenheit hatten sie sich für den Abend in seinem Haus verabredet. Es war noch knapp eine halbe Stunde Zeit bis zu ihrem Treffen, doch er konnte es kaum noch abwarten. Seit ihrem Abend in Hamburg würde er zum ersten Mal wieder mit ihr allein sein. Er hatte Sinje zwar vorsorglich einen Schlüssel für sein Haus überlassen, aber er wollte sie nicht warten lassen. Außerdem freute er sich wie verrückt auf den Abend mit ihr.

»Ihr Lieben«, nutzte er schließlich eine Gesprächspause aus. »Ich hoffe, ihr seid mir nicht allzu böse, aber ich habe noch eine Verabredung und muss mich für heute von euch verabschieden.«

»Oh, wie schade«, sagte Franz und schmunzelte. »Ich hoffe, sie ist es wert.« Sein Cousin zwinkerte ihm zu.

»Worauf du dich verlassen kannst«, gab Tim zur Antwort.

»Triffst du dich wieder mit der Adelsbrut?«, hörte er Rieke in gewohnt bissiger Manier fragen, doch er bemühte sich einmal mehr, ihre Beleidigung geflissentlich zu überhören, um den Familienfrieden nicht zu gefährden. Besonders jetzt nicht, wo Elise und Franz da waren.

»Du triffst dich mit einer Grootenlohe?«, hakte Elise nach.

»Sinje von Grootenlohe und ich … nun ja.« Er setzte ein Grinsen auf, damit sie ihn verstand.

Wie er es von Elise nicht anders erwartet hätte, lächelte sie ihn offen an und nickte. »Sinje? Ist das …?«

»Das ist Jonas' und Veras Tochter«, zischte Rieke. »Die Erbin von Gut Lerchengrund und wahrscheinlich die arroganteste Person, die ich kenne. Leider ist sie ganz und gar nach ihrem selbstverliebten Vater geraten.«

Tim kam es so vor, als würde Elise leicht zusammenzucken. Sie presste kurz die Lippen zusammen, als müsste sie sich zurückhalten, und schluckte sichtbar angestrengt. Wahrscheinlich ging ihr Riekes Art ebenfalls gehörig auf die Nerven, dachte Tim bei sich, denn auch seine Toleranzgrenze war soeben überschritten worden. Wütend erhob er sich. Doch bevor er sich von seiner Familie verabschiedete, richtete er seinen Blick auf Rieke.

»Deine Boshaftigkeit ist kaum noch zu überbieten, Rieke. Halte dich zukünftig in Bezug auf Sinje und ihre Familie zurück, sonst wirst du mich kennenlernen, das kann ich dir versprechen.« Aufgebracht atmete er tief durch. »Und das ist *keine* Bitte.«

Er war kaum in seinem Haus angekommen, da fuhr Sinje auch schon vor. Tim öffnete ihr die Tür, zog sie sofort in seine Arme und küsste sie.

»Schön, dass du da bist«, sagte er.

»Oh ja.« Sie schmiegte sich an ihn, und er sog ihren herrlich frischen Duft ein.

»Ich habe dich vermisst«, gab er zu.

»Du hast mich doch fast jeden Tag gesehen«, antwortete sie und lachte leise.

»Aber nicht allein, das ist ein mächtiger Unterschied.« Er

gab ihr einen weiteren Kuss, und sie gingen zusammen ins Wohnzimmer.

»Ist deine Tante gut angekommen?«, wollte Sinje wissen, als sie nebeneinander auf dem Sofa saßen und Tim ihnen ein Glas Weißwein eingeschenkt hatte.

Sein Arm lag locker auf der Rückenlehne, und Sinjes Kopf lehnte entspannt an seiner Schulter. Es war ein gutes Gefühl, hier so mit ihr zu sitzen. Seinetwegen konnte es ein Leben lang so weitergehen.

»Ja, ich habe sie heute Mittag vom Hauptbahnhof abgeholt. Sie ist toll, so ganz anders als ihre Schwester. Du wirst sie sicherlich genauso mögen wie ich.«

»Hm ...«

»Ist was?«, fragte er.

Sinjes Miene wirkte nachdenklich.

»Ehrlich gesagt, bin ich aus verschiedenen Gründen ziemlich neugierig auf sie, aber da gibt es etwas, über das ich gerne mit dir reden würde ... Allerdings weiß ich noch nicht so recht, ob ich es auch tun sollte.«

»Du klingst ernst«, stellte er fest.

Sie setzte sich aufrecht hin, griff nach ihrem Glas und nickte.

»Das ist durchaus ernst, denn wenn ich mit dir darüber rede, missbrauche ich vielleicht das Vertrauen meines Vaters. Ich bin ein bisschen hin- und hergerissen und habe noch nicht endgültig entschieden, ob es wirklich richtig ist, dir davon zu erzählen.«

»Ich würde dein Vertrauen niemals missbrauchen. Alles, was du mir jemals im Vertrauen erzählst, bleibt unter uns«, versuchte er, sie zu beruhigen.

Was es auch war, worüber sie mit ihm sprechen wollte, es musste sehr wichtig sein.

»Das weiß ich. Gib mir trotzdem noch ein paar Minuten Zeit, ja? Ich muss die Sache in meinem Kopf sozusagen noch einmal von links nach rechts wälzen.«

»Du hast alle Zeit der Welt.« Er sah zu, wie sie an ihrem Glas nippte, und wartete geduldig ab, bis sie eine Entscheidung traf.

»Hast du Elise jemals von meinem Vater sprechen hören?«, begann sie schließlich.

Er war kurz verwirrt. »Ähm … Elise über deinen Vater? Nein. Kennen die beiden sich denn überhaupt?«

»Oh ja. Und wie sie das tun.« Sie sah ihn an, und ihr Gesicht sprach Bände.

»Du willst sagen … Elise und dein Vater?«

Sinje nickte. »Als junger Mann war mein Vater sehr verliebt in deine Tante«, sagte sie. »Sie haben sich sogar einige Male allein getroffen, bis Elise zurück nach Wien ging. Offenbar wurde seine Liebe nicht auf die gleiche Weise erwidert.«

»Das ist traurig, aber auch interessant. Ich wusste nichts davon und habe innerhalb meiner Familie auch nie von einer Beziehung zwischen ihr und deinem Vater gehört.«

»Bei mir war es genauso. Niemand hat jemals ein Wort darüber verloren oder auch nur eine Anspielung gemacht.« Sie nahm einen Schluck von ihrem Wein und stellte das Glas zurück auf den Tisch. »Ich muss zugeben, dass ich ein bisschen voreingenommen bin und nicht so richtig weiß, ob ich Elise mögen werde. Ich meine, für den Fall, dass ich ihr begegnen sollte, solange sie hier ist.« Sinje schnaufte und schüttelte leicht ihren Kopf. »Mein Vater liebte sie wirklich und wollte sein Leben mit ihr verbringen, aber sie verschwand ohne ein Wort nach Wien, um ihren späteren Mann zu heiraten und dort ihr Leben aufzubauen. Sie hat ihm unendlich wehgetan.«

»Es fällt mir sehr schwer, das zu glauben, Sinje. So wie ich Elise kennengelernt habe, ist sie auf keinen Fall jemand, der andere hintergeht oder sich gar verstellt. Im Gegenteil. Sie ist ein äußerst zauberhafter, freundlicher und offener Charakter. Das wird nahezu mit jedem Wort deutlich, das sie von sich gibt. Ich glaube, sie kommt sehr nach meiner Großmutter. Meiner Meinung nach ist Elise ein durch und durch guter Mensch.«

»Das mag ja sein, ich kann ja auch nur wiedergeben, was mein Vater mir erzählt hat, und ich glaube ihm, dass es damals genauso ablief, wie er es mir beschrieben hat. Zumindest aus seiner Sicht. Mein Vater neigt generell nicht zu Übertreibungen und bleibt meist sehr sachlich, selbst wenn ihn mal etwas aufregen sollte. Dass Elise ihn damals verlassen hat, konnte er allerdings kaum verwinden. Das wurde überdeutlich, als er mir davon erzählte. Ich glaube, nichts und niemand sonst hat ihn bisher so sehr verletzt. Ich muss aber zugeben, dass ich insgesamt nur Gutes von Elise gehört habe. Auch wenn meine Großmutter mir gegenüber nie die Verbindung zwischen meinem Vater und Elise erwähnt hat, so sprach sie doch immer sehr liebevoll von ihr als Person. Wie auch immer … Wegen all dieser Dinge kam mir der Gedanke, ob da vielleicht einfach ein grausames Missverständnis Schicksal gespielt hat. Als ich darüber nachdachte, wollte ich am liebsten sofort mit dir darüber reden, weil mich deine Einschätzung interessiert. Was meinst du dazu?«

»Kennst du noch mehr Details? Wusste Elise von seiner Liebe? Ich meine, haben sie überhaupt über ihre Gefühle gesprochen?«

Sinjes Blick wirkte erstaunt, aber für ihn lag die Frage auf der Hand.

»Weißt du, wie oft derartige Missverständnisse auf der Welt geschehen, nur weil die Menschen nicht vernünftig und offen miteinander reden?«, fuhr er fort und strich ihr mit dem Zeigefinger kurz über die Wange. »Schau uns beide an. Wir haben von Anfang an, na ja, zumindest *fast* von Anfang an, unsere Karten auf den Tisch gelegt. Wir können vertrauensvoll miteinander umgehen, einfach weil wir wissen, wie der andere empfindet. Ich finde das gut. Wir zweifeln nicht an uns, sondern haben Vertrauen ineinander und zueinander. Das gibt uns eine ungeheure Sicherheit. Mein Vater sagte oft, dass Unwissenheit auch immer Unsicherheit mit sich bringen würde. Ich finde, er hatte damit vollkommen recht.«

Sie schwiegen, und Sinje sah sehr nachdenklich aus. Er gab ihr erneut die Zeit, die sie brauchte, schenkte Wein nach und lehnte sich zurück.

»Damit könntest du sogar recht haben, Tim. Papa und ich haben über uns, also über dich und mich, gesprochen, und bei der Gelegenheit fragte er mich auch, ob ich sicher bin, dass du meine Gefühle erwiderst. Ich sagte ihm, dass wir uns gegenseitig recht schnell unsere gegenseitige Zuneigung offenbart haben, und er wirkte richtig erleichtert, das von mir zu hören.«

»Möchtest du, dass wir dieser Sache auf den Grund gehen?«, fragte er vorsichtig. »Oder geht uns das eigentlich nichts an?«

»Im Grunde geht es uns wahrscheinlich nichts an, aber zugleich bin ich auch voller Zweifel.«

»Vielleicht sollten wir zumindest dafür sorgen, dass Elise und dein Vater sich noch einmal begegnen. Es könnte doch sein, dass sie sich nach all den Jahren endlich aussprechen. Das dürfte eigentlich für beide nur gut sein, meinst du nicht?«

Sinje nickte. »Mein Vater weiß noch nicht einmal, dass Elise hier ist. Du hast mir zwar schon vor mehreren Tagen von ihrem Besuch erzählt, aber ich habe einfach nicht den Mut aufgebracht, mit ihm darüber zu sprechen.«

»Warum nicht?«

»Er hat so unglaublich berührend von seiner Liebe zu ihr erzählt. Das ging mir wirklich unter die Haut. Sie war tatsächlich seine ganz große Liebe, und deshalb konnte er auch mit meiner Mutter nie richtig glücklich werden. Wenn ich ihn richtig verstanden habe, liebt er Elise sogar noch immer. Er sagte, sie blieb in seinem Herzen und wollte nicht wieder von dort verschwinden.«

»Das klingt tatsächlich bewegend.«

»Ja, sehr. Schließlich sind über dreißig Jahre vergangen seitdem.«

»Elise hat übrigens noch nicht entschieden, wie lange sie hierbleiben wird. Ihre Professur hat sie bereits im letzten Monat gekündigt, weil sie sich wieder mehr auf das Schreiben konzentrieren möchte. Das hat sie meiner Großmutter erzählt. Und mein Cousin Franz hat zumindest drei Wochen Urlaub bekommen.«

»Das dürfte genug Zeit sein.«

»Aber jetzt lass uns darüber nachdenken, wie es mit uns beiden weitergeht, Baroness.«

Er zog sie zurück in seine Arme, und sie schmiegte sich sofort wieder an ihn. Der Kuss war nur die logische Folge, und schon bald wurde er drängender. Er strich über ihre Seite abwärts und zog den Saum ihres Kleids nach oben. Als seine Fingerspitzen unter dem Kleid wieder aufwärtswanderten und schließlich den Rand ihrer Strümpfe und die nackte, sehr zarte Haut ihrer Oberschenkel erreichten, stöhnten sie gleichzeitig auf.

»Ich wünsche mir, dass das mit uns für immer ist«, flüsterte sie an seinen Lippen.

Auch sie ließ ihre Hände auf Wanderschaft gehen und öffnete seinen Gürtel.

»Wir wissen beide, dass es so sein wird. Ich liebe dich wahnsinnig, Sinje. Und ich begehre dich wie verrückt.«

»Ich liebe und begehre dich noch viel mehr, Tim.«

»Für immer«, raunte er ihr zu, als er kurz darauf in sie eindrang.

Es war, als würden sich die letzten und kleinsten Mosaiksteine in seinem Inneren genau in diesem Augenblick zusammenfinden, und während er mit Sinje verschmolz, fügte sich alles in ihm zu einem großen Ganzen zusammen. Ihre Liebe machte ihn stark, und er fühlte sich unbesiegbar.

Wie üblich, erwachte Sinje bereits in den frühen Morgenstunden. Einen winzigen Moment lang war sie verwirrt, weil sie nicht in ihrem eigenen Bett lag, doch dann wurde sie sich des warmen Männerkörpers an ihrem Rücken bewusst. Sie seufzte und schob sich noch ein wenig näher an ihn heran.

»Sei lieber vorsichtig, du weckst das Tier in mir.«

Ihr gefiel seine raue und sehr dunkle Morgenstimme.

»Daraus wird leider nichts. Ich muss aufstehen, wenn ich noch ungesehen nach Hause kommen will.«

»Du denkst doch nicht wirklich, dass deine Leute nichts gemerkt haben?«

»Hm, könnte doch sein.«

»*Never ever*«, sagte er und lachte in sich hinein. »Aber träum ruhig weiter, Baroness.«

Plötzlich ging ihr auf, dass er sonst nie ins Englische verfiel. »Fehlt dir eigentlich deine Sprache?«

»Ich fühle mich in der deutschen Sprache ausgesprochen wohl.«

»Du hast ja auch noch nicht einmal den kleinsten Akzent.«

»Das stimmt wahrscheinlich nicht, aber ich danke dir. Es liegt sicher daran, dass mein Vater von Anfang an ausschließlich Deutsch mit mir gesprochen hat. Die Sprache ist mir also ebenso vertraut wie das amerikanische Englisch. Mein Papa hat das gnadenlos durchgezogen, und heute bin ich ihm dankbar dafür.«

Er neigte leicht den Kopf und küsste sie auf die empfindliche Stelle direkt unter dem Ohrläppchen, sodass ihr ein Seufzen entglitt. Sein Atem schien ihre Schläfe zu streicheln. Es war ein wunderbares Gefühl, neben ihm aufzuwachen.

»Irgendwann musst du mir mehr davon erzählen. Ich meine, von deiner Kindheit und so. Ich will alles wissen.«

»Wir haben ein ganzes Leben lang dafür Zeit, Liebling.«

Er hatte sie noch nie zuvor so genannt. In ihrem Bauch kribbelte es. Es war nicht leicht, sich in diesem Augenblick von ihm zu lösen, doch auf Lerchengrund wartete ihre Arbeit.

Sie nahm seine Hand und drückte kurz ihre Lippen darauf, dann rückte sie von ihm ab, schob die Bettdecke beiseite und stand auf. Hinter sich hörte sie ihn unwillig schnaufen, und das brachte sie zum Lachen.

»Du hast auch zu tun, Doktor«, erinnerte sie ihn. »Zum Beispiel wolltest du heute noch ein paar Pferde impfen, schon vergessen?«

Noch ein Schnaufen, dieses Mal etwas lauter, doch dann erhob auch er sich.

»Du hast recht, es gibt viel zu tun. Du willst wahrscheinlich zuerst ins Bad, richtig?«

»Darauf kannst du wetten, aber ich werde mich beeilen.«

»Na, dann zeig mal, was du kannst.«

Als sie eine gute Viertelstunde später Tims Haus verließ und zu ihrem Auto ging, kamen eine Frau und ein junger Mann aus der Richtung des Gutshauses. Beide trugen sie Reitkleidung, deshalb nahm Sinje sofort an, dass sie auf dem Weg zu den Ställen waren.

Sie musste schlucken, denn praktisch in derselben Sekunde wurde ihr klar, wer die Frau war, die ihr da entgegenkam. Es wäre unhöflich gewesen, jetzt einfach ins Auto zu steigen und wegzufahren. Deshalb tat sie das, was ihre gute Erziehung ihr gebot. Sie blieb stehen, setzte eine freundliche Miene auf und sah Elise und ihrem Begleiter entgegen.

»Guten Morgen«, rief Sinje, als die beiden schon fast vor ihr standen.

»Guten Morgen«, erwiderten sie gleichzeitig ihren Gruß.

Sie reichte zuerst Elise die Hand, dann dem jungen Mann.

»Sinje von Grootenlohe«, stellte sie sich vor.

»Elise Brodersen-Felden«, antwortete die Frau. »Und der hübsche Mann hier an meiner Seite ist mein Sohn Franz.«

Auch Elises Sohn reichte ihr die Hand. Sein Lächeln war

sehr einnehmend, wie sie sofort bemerkte. Er war ausgesprochen attraktiv, hatte dunkles Haar und die hellbraunen Augen seiner Mutter. Etwas an ihm fand sie irritierend, doch sie hätte nicht sagen können, was es war.

»Franz Felden«, stellte er sich ihr noch einmal selbst vor, während sie sich die Hände schüttelten. Sie fühlte die typischen Schwielen eines Mannes an seinen Händen, der täglich im Sattel saß.

Sinje sah wieder die Frau an. Auf Anhieb ging eine Faszination von ihr aus, die nur schwer zu beschreiben war. Obwohl Elise Brodersen schon um die fünfzig Jahre alt sein musste, war ihr eine fast mädchenhafte Ausstrahlung geblieben. Sie war vielleicht einen Meter sechzig groß und schlank. Ihr lockiges Haar war aufgesteckt, jedoch nicht kunstvoll, sondern eher auf die praktische Art. Hier und da hatten sich einzelne blonde Locken gelöst und fielen ihr über die Ohren, in den Nacken und in die Stirn. Nur wenige und sehr zarte Fältchen umrandeten ihre bernsteinfarbenen Augen, doch das tat der zarten Schönheit dieser Frau keinen Abbruch.

»Sie haben die Augen Ihres Vaters«, sagte Elise in diesem Moment und durchbrach damit ihre Gedanken.

»Er würde sich sicherlich freuen, Sie wiederzusehen.«

Es war heraus, ohne dass sie lange darüber nachgedacht hatte. Doch Sinje entging leider Elise Brodersens Reaktion, weil sich hinter ihnen genau in diesem Moment die Haustür öffnete und Tim heraustrat.

»Oh, guten Morgen, allerseits«, rief er. Sein Blick huschte kurz zu Sinje, und wortlos tauschte sie sich mit ihm aus.

»Ich muss dann mal los«, sagte sie. »Es hat mich gefreut,

Sie kennenzulernen, Frau Brodersen-Felden.« Sie nickte auch Franz zu. »Herr Felden.«

»Franz«, sagte er und lächelte breit.

»Auf Wiedersehen, Franz.« Dann stieg sie in ihr Auto.

Im Rückspiegel warf sie noch einen Blick auf die drei Menschen, die ihr nachschauten. Elise winkte sogar.

»Das war eine äußerst seltsame Begegnung«, sagte sie laut zu sich selbst, doch dann musste sie lachen. »Ach Papa, ihr wärt ein traumhaft schönes Paar gewesen.«

19. Kapitel

Wie besprochen, erschien Tim am frühen Nachmittag. Sinje war gerade in einem der Ställe, in dem die Mieter standen, wie sie allgemein genannt wurden. Hier waren die Pferde untergebracht, die auf Lerchengrund zwar versorgt wurden, aber nicht im Besitz ihrer Familie waren.

In jungen Jahren hatte ihr Vater die wunderbare Idee gehabt, den Stadtbewohnern die Möglichkeit zu eröffnen, ihre Reitpferde in angenehmer Umgebung gut und professionell versorgt zu wissen. Natürlich hatte der Krieg diesen Geschäftszweig lahmgelegt, doch inzwischen versorgten sie wieder an die dreißig Pferde auf Lerchengrund, für die jeden Monat Unterhalt gezahlt wurde. Die Mietplätze trugen zu einem nicht unerheblichen Teil ihrer Einnahmen bei.

Sinje striegelte gerade den achtjährigen Wallach Rigoletto, der einem Hamburger Senator gehörte, als die Stalltür aufging und Tim hereinkam.

»Der Bursche draußen sagte mir, dass ich dich hier finde.«

»Hallo Doktor«, begrüßte sie ihn, und als er vor ihr stand, ging sie auf die Zehenspitzen und küsste ihn auf den Mund.

»Die Impfungen bei den Einjährigen sind erledigt.«

»Danke dir.« Sie legte den Striegel beiseite und tätschelte Rigolettos kräftigen Hals. Sie mochte den rotbraunen Wallach sehr, er war ein äußerst gutmütiger Mieter.

»Und, was sagst du?«

Sie wusste sofort, was er meinte. »Elise ist ... was soll ich sagen? Sie ist eine wirklich zauberhafte Person. Ich kenne sie noch nicht gut genug, aber ich glaube, du hattest vollkommen recht mit deiner Einschätzung.«

»Ich habe schon in Wien einige Tage mit ihr verbracht. An ihr ist nichts Unehrliches oder gar Verschlagenes.«

»Das kann ich auch nicht glauben.«

»Was tun wir jetzt?«

»Ich muss darüber nachdenken, obwohl ...«

»Was?«

»Ich sagte ihr vorhin, dass mein Vater sich sicherlich freuen würde, sie wiederzusehen. Mir ist das einfach so rausgerutscht.«

»Oha. Wie hat sie reagiert?«

»Kann ich leider nicht sagen, denn du bist genau in dem Moment aus dem Haus gekommen, und das hat mich abgelenkt.« Sie boxte ihn sanft in den Bauch.

»Auch wenn ich dich normalerweise nur allzu gerne ablenke – von was auch immer –, tut es mir dieses Mal wirklich leid.«

»Tja, zu spät.«

»Vielleicht solltest du deinem Vater endlich sagen, dass Elise hier ist.«

Sie nickte. »Irgendwie muss ich das wohl hinbekommen.«

Wie aufs Stichwort ging erneut die Stalltür auf, und Jonas kam herein.

»Ah, hallo, ihr zwei, da seid ihr ja«, sagte er.

»Hallo Papa.«

»Ich habe euch schon gesucht«, teilte Jonas ihnen mit. »Schaut euch mal an, was ich vorhin zufällig am Rand der

Ostweide gefunden habe. Um genau zu sein, lag es im Graben, der zwischen unserer Ostweide und der Straße verläuft.«

Er hielt Tim ein schmales Glasröhrchen hin. An einem Ende hatte es einen Schraubverschluss mit einer Art Wattestäbchen daran, das andere Ende des Röhrchens war zerbrochen.

»Kennst du das?«

Tim nahm ihrem Vater das Röhrchen aus der Hand und sah es sich genauer an. »Natürlich, ich benutze solche Röhrchen zum Beispiel für Abstriche.« Er zog die Stirn kraus. Sinje konnte direkt sehen, wie es dahinter arbeitete. »Das ist … merkwürdig«, sagte er schließlich.

»Das finde ich auch. Besonders wenn ich darüber nachdenke, dass Romeo und Irina beide auf der Ostweide standen, als sie sich die Influenza holten.«

»Papa!« Sinje wurde sofort zornig. »Du willst doch nicht sagen, dass Tim …?«

»Nein, um Gottes willen, das will ich nicht.« Jonas hob beide Hände. »Um es gleich vorwegzuschicken, ich beschuldige nicht *dich*, Doktor«, wandte er sich an Tim. »Du hast dir hier die Nacht um die Ohren geschlagen, um unsere kranken Tiere so gut wie nur möglich zu versorgen. Da stellt sich mir die Frage nicht, ob ich dir so etwas zutraue, denn das passt überhaupt nicht zu dir und wäre auch unlogisch. Ich würde aber schon gerne wissen, wer Zugang zu deinen Sachen hat oder sich verschaffen könnte.«

Tim hob die Augenbrauen. »Du kannst dich in jedem Fall darauf verlassen, dass ich mich darum kümmern werde.« Seine Stimme klang fest und überzeugend.

»Ich habe nichts anderes von dir erwartet, Brodersen.«

Jonas' Blick wanderte von Tim zu Sinje. »Ich nehme mal an, du wirst dem Doktor dabei helfen.«

»Das ist richtig«, bestätigte Sinje.

Ihr Vater nickte kurz, drehte sich um und verließ ohne ein weiteres Wort den Stall.

»Ich habe einen bestimmten Verdacht, der mir überhaupt nicht gefällt«, gab Tim zu, kaum dass Jonas gegangen war. Noch immer drehte er das Röhrchen in seiner Hand hin und her.

»Das habe ich mir schon gedacht.«

Sein Gesichtsausdruck wirkte angestrengt und sehr nachdenklich. Es dauerte einige Zeit, bis er den Gesprächsfaden wieder aufnahm.

»Ich habe dir doch von dem Pferd auf einem Hof in der Nähe von Lüneburg erzählt, das ich, einige Tage bevor eure beiden Pferde krank wurden, eher zufällig behandelt habe.«

»Ja, aber du hast wegen der Entfernung keinen Zusammenhang sehen können.«

»Das stimmt, aber habe ich dir auch erzählt, warum und mit wem ich zufällig auf diesem Hof war?«

»Nein, das hast du nicht. Es schien mir auch nicht weiter wichtig zu sein.«

»Mir zu dem Zeitpunkt auch nicht, doch jetzt sieht die Sache für mich etwas anders aus.«

Er schüttelte den Kopf, so als wäre es ihm lieber, er könnte die Schlussfolgerungen wieder verscheuchen, die sich in den letzten Minuten in seinem Kopf aneinandergereiht haben.

»Rieke sucht schon seit Monaten nach einem Hengst, den sie bezahlen kann. Deshalb waren wir auf diesem Hof.«

»Rieke war auch dort?«

»So ist es. Der Hof sollte nach dem Tod des Bauern aufgelöst werden, und Rieke wurde vom Nachlassverwalter ein bezahlbarer Hengst angeboten. Ich war überhaupt nur dort, weil sie mich gebeten hatte, sie zu begleiten und mir das betreffende Tier genau anzusehen.«

»Ich verstehe.«

»Der Hengst war allerdings krank, das sah man schon auf den ersten Blick. Er hustete, hatte Nasenfluss und Fieber. Es ging dem Tier sehr schlecht, aber ich gab mein Bestes, um ihm Erleichterung zu verschaffen. Während ich das Pferd untersuchte und ihm die nötigen Spritzen verabreichte, stand Rieke hinter mir.«

»Und in der Nähe befand sich auch deine Arzttasche, richtig?«

»Die Röhrchen für die Abstriche stecken in Gummihalterungen in einem Seitenfach, das von oben offen einsehbar ist. Später unterhielt ich mich draußen mit dem Verwalter. Rieke war für einige Minuten mit dem kranken Tier allein im Stall.«

»Und mit deiner Tasche.«

»Und mit meiner Tasche.«

»Oh Tim.«

Er schüttelte den Kopf. »Das ist überhaupt nicht gut, aber es kommt niemand sonst infrage. Hinzu kommt noch, dass sie nie ein Geheimnis aus ihrer Abneigung gemacht hat, wenn es um eure Familie geht.«

»Ich kann mir einfach nicht vorstellen, dass jemand, der selbst Pferde besitzt, einem Tier so etwas antun kann.«

»Ich genauso wenig, aber dieses Glasröhrchen spricht leider eine andere, sehr deutliche Sprache.«

»Aber wie ist sie dann weiter vorgegangen?«

»Sobald sie die Probe hatte – nehmen wir mal an vom Nasensekret –, war der Rest eigentlich kein Problem mehr. Auf dem Heimweg sprachen wir sogar noch über die Pferdeinfluenza und wie sie sich verbreitet. Wenn ich jetzt darüber nachdenke, fragte sie mich regelrecht aus. Ich erzählte ihr, dass man sehr vorsichtig sein müsse, weil das Virus sich über eine Tröpfcheninfektion ausbreitet, äußerst ansteckend ist und unter gewissen Umständen sogar außerhalb eines erkrankten Tieres über mehrere Stunden aktiv bleiben kann.«

»Ohne es zu wissen, hast du ihr also noch eine Anleitung gegeben.«

»Leider. Sie brauchte nur noch am selben Tag zu eurer Ostweide zu gehen und dem erstbesten Pferd den Abstrich in die Nüstern zu reiben oder irgendwas in der Art. Als sie den Hengst sah, hat sie sich sicherlich sofort für ihn entschieden.«

»Sie muss ihn gar nicht direkt ausgesucht haben. Romeo ist sehr neugierig. Sobald jemand an den Weidezaun kommt, schaut er nach, wer ihn da besuchen möchte.«

Sinje seufzte. Es war Tim anzusehen, wie sehr ihn die Sache mitnahm.

»Was wirst du jetzt tun?«, fragte sie.

»Die Indizien sprechen eine eindeutige Sprache. Was Rieke getan hat, ist kriminell, Sinje. Sie hat eiskalt den Tod eurer Pferde in Kauf genommen. Ich werde sie zunächst einmal zur Rede stellen, aber letztlich wird es wohl darauf hinauslaufen, dass wir sie anzeigen müssen. Ich, und ihr sowieso.«

Sinje nickte. Sie konnte sich gut vorstellen, wie es in ihm aussah. Rieke gehörte zu seiner Familie. Sie hatte nicht nur versucht, Lerchengrund zu schaden, sondern auch sein Vertrauen missbraucht. Das war absolut kein Kavaliersdelikt.

»Ich hätte dich gerne dabei, wenn ich mit ihr spreche«, sagte er. Sein Blick war eindringlich. »Bitte.«

»Gut.« Sie sah an sich herab. »Gib mir ein paar Minuten. Ich würde mich gerne umziehen.«

»Kein Problem.« Zusammen verließen sie den Stall. »Ich warte am Wagen. Du kannst mit mir fahren, und ich bringe dich später wieder zurück.«

»Alles klar.«

Sie wandte sich ab und war schon ein paar Schritte gegangen, doch dann war da plötzlich ein Gedanke, der sie nicht mehr losließ. Er kam aus dem Nichts, überraschte sie und ließ sie innehalten. Dieser Gedanke duldete keinen Widerspruch, also drehte sie auf dem Absatz um und ging zurück zu Tim, bis sie ganz dicht vor ihm stand. Sie legte ihre Handflächen auf seine Brust und sah zu ihm auf.

»Wir sollten meinen Vater mitnehmen.«

Einen Moment lang starrte er sie an, als hätte sie ihn gerade gebeten, mal eben kurz die Antarktis zu überqueren. Doch dann nickte er.

»Du hast recht, das sollten wir tun.«

»Ich sag ihm Bescheid.«

Er griff nach ihrem Arm. »Sinje, er weiß noch immer nicht, dass Elise da ist, oder?«

»Nein, aber das können wir jetzt auf die Schnelle nicht mehr ändern. Er wird damit klarkommen müssen. Ich sage es ihm, wenn wir unterwegs sind.«

»Wie du meinst.«

»Er schafft das, Tim. Ich kenne ihn.«

Tim stellte den Opel vor seinem Haus ab, und zusammen

gingen sie den kurzen Weg hinüber zum Gutshaus. Da es schon fast Zeit für das Abendessen war, vermutete Tim, dass sie die ganze Familie im Haus antreffen würden – zumindest hoffte er es.

Sinjes Vater hatte kein einziges Wort mehr gesprochen, nachdem seine Tochter ihm während der Fahrt von Elises und Franz' Besuch erzählt hatte. Tim wäre es lieber gewesen, Jonas hätte anders davon erfahren, aber im Grunde hatte Sinje recht. Ihr Vater war ein erwachsener Mann, und so war er wenigstens vorgewarnt und konnte sich einige Minuten lang auf die Begegnung mit Elise einstellen. Wenn Jonas ihr zufällig über den Weg gelaufen wäre, hätte die Sache für ihn deutlich nervenaufreibender verlaufen können, so viel war klar.

Wortlos ging Jonas von Grootenlohe neben ihm und Sinje her. Als sie vor dem Haus ankamen, hörte Tim den älteren Mann tief durchatmen. Er sah, dass Sinje ihrem Vater kurz die Hand drückte.

»Du kriegst das hin, Papa.«

Jonas nickte. »Geht schon in Ordnung, mein Schatz. Mir geht es gut.«

Tim öffnete die Tür, und sie durchquerten die kleine Eingangshalle. Die Tür zum Esszimmer stand halb offen, und die Stimmen der Familie Brodersen drangen nach draußen. Sie hatten also Glück, und alle waren bereits im Esszimmer versammelt.

Bevor sie hineingingen, drehte Tim sich noch einmal um und sah Sinje und ihrem Vater nacheinander ins Gesicht.

»Bereit?«, fragte er gedämpft.

»Das sind wir«, antwortete Jonas leise. »Lasst es uns hinter uns bringen.«

Man sah Elise an, dass sie glaubte, ihren Augen nicht trauen zu können, als sich die Tür ganz öffnete und ihr Blick auf Jonas fiel.

Zusammen mit Sinje ging Tim voraus. Jonas folgte ihnen und stellte sich sogleich neben seine Tochter.

»Jonas.« Elise keuchte hörbar auf.

»Guten Tag, Elise«, hörte er Jonas mit heiserer Stimme sagen.

»Was wollen *die* denn hier?« Rieke klang gewohnt feindselig.

»Oh, du bringst Besuch mit.« Therese Brodersen erhob sich lächelnd. »Jonas, schön dich zu sehen.« Sie deutete auf die freien Stühle am Tisch. »Sinje, meine Liebe, setzt euch doch, bitte. Was können wir für euch tun?« Dann stockte sie kurz und riss die Augen auf. »Oder ist etwas mit Gerlinde?«

»Keine Sorge, Therese, meine Mutter erfreut sich bester Gesundheit«, antwortete Jonas beruhigend.

»Na, Gott sei Dank.«

»Es gibt einen anderen Grund, weshalb wir hier sind, aber der ist leider nicht erfreulich.«

Tim räusperte sich, und er spürte, wie sein Pulsschlag beschleunigte.

»Ich denke, ich habe noch zu tun.« Rieke erhob sich und setzte eine angewidert Miene auf. »Mutter, entschuldige mich bitte.«

»Du bleibst.« Tim hob eine Hand und fixierte seine Tante. »Wir sind nämlich wegen dir hier, Frederike.«

»Wegen mir? Was soll das denn? Mit denen da …«, sie deutete auf Sinje und ihren Vater, »habe ich nichts zu tun.«

»Du weißt sehr genau, dass das nicht stimmt.«

Tim wandte sich an seine Großmutter und Ronald, der inzwischen neben seiner Frau stand und ihr einen Arm um die Schultern gelegt hatte.

»Es tut mir sehr leid, Großmutter.« Tim wandte sich an Ronald. »Das ist kein angenehmer Besuch. Ich möchte euch bitten, euch wieder zu setzen und euch anzuhören, was ich zu sagen habe.«

»Was ist hier los, zum Teufel?«, wollte Ronald wissen.

»Bitte setzt euch einfach. Steh deiner Frau bei und hör Tim zu«, sagte Jonas.

Hinter ihnen öffnete sich die Tür, und Franz kam herein. Tim hatte noch gar nicht bemerkt, dass Elises Sohn bisher gefehlt hatte, da seine Konzentration allein auf Rieke fokussiert gewesen war.

»Guten Abend, Franz.«

»Servus allerseits«, rief Franz in gewohnter Lockerheit.

Doch kaum hatte er es ausgesprochen, da schien er auch schon zu spüren, dass hier irgendwas nicht stimmte. Sein Gesichtsausdruck veränderte sich. Wahrscheinlich war die allgemeine Anspannung bereits deutlich spürbar.

Franz wechselte einen ernsten Blick mit seiner Mutter, und sie winkte ihn zu sich.

»Guten Abend«, grüßte er nun deutlich verhaltener, als er an Sinje und Jonas vorbei zu Elise ging.

Das ist gut, dachte Tim, dann kann er für seine Mutter da sein, wenn er gleich die schlimmen Vorwürfe gegen ihre Schwester erhob.

Als er noch einmal durchatmete, wurde es totenstill im Raum. Alle Augen waren auf ihn gerichtet.

»Rieke, jeder hier weiß, dass du die Familie Grootenlohe

hasst. Niemand von uns könnte genau sagen, warum du das so vehement tust, denn mit klaren Aussagen hältst du dich ja bedeckt«, begann Tim, bemerkte dann aber, dass er sich zu verzetteln drohte.

Er räusperte sich und rief sich innerlich zur Ordnung, dann zog er ein zusammengefaltetes Tuch aus der Hosentasche, öffnete es und hielt das Glasröhrchen hoch.

»Kannst du uns etwas darüber sagen?«

Es war offensichtlich, dass Rieke nervös wurde. Sie stieß ein Geräusch aus, das einem kurzen und abfälligen Lachen gleichkam. Es klang bitter, vielleicht sogar ein wenig bedrohlich. Dann fluchte sie laut und ziemlich derb.

Tim hatte eigentlich damit gerechnet, dass Rieke zunächst alles abstreiten würde, doch da hatte er sich offenbar geirrt.

»Na und? Was willst du von mir? Die verfluchten Gäule haben doch überlebt.«

»Frederike!« Seine Großmutter keuchte auf. »Was hast du getan, um Gottes willen?«

Da Rieke mit verschlossener Miene schwieg, erklärte Tim kurz, was er vermutete.

»Seit heute deutet alles darauf hin, dass Rieke für die Erkrankung der zwei Pferde auf Lerchengrund verantwortlich ist«, sagte er. »Es kommt zwar ohnehin niemand sonst infrage, doch wenn ich es richtig sehe, hat sie soeben selbst unseren Verdacht bestätigt.« Er wandte sich direkt an Rieke. »Du hast mein Vertrauen aufs Übelste missbraucht, Frederike. Mit deiner Tat bist du bewusst das Risiko eingegangen, dass ein wirklich wertvoller Hengst zu Tode kommt. Das alles ist unverzeihlich und kriminell.« Nach einem tiefen Atemzug fuhr er fort. »Um es noch einmal deutlich auszusprechen, damit hier jeder weiß, wovon ich spreche: Du, Rieke, hast das Abstrichröhrchen aus meiner Tasche gestohlen, als wir zusammen auf einem Hof in der Nähe von Lüneburg waren. In einem unbeobachteten Moment hast du die Probe von einem dort erkrankten Tier genommen und später den Hengst der Grootenlohes mit den Viren infiziert. Doch du warst nachlässig. Jonas fand heute das Röhrchen an der Ostweide, und dort stand vor Kurzem noch der betreffende Hengst.« Er sah wieder die anderen an. »Den Rest kennt ihr.«

Rieke hörte sich die Vorwürfe scheinbar ruhig an, doch ihre Blicke hätten töten können.

»Ich gebe denen nur das, was sie verdienen. Sie sind nicht viel mehr als ein Haufen von Schmarotzern und arroganten Arschlöchern.«

Tim sah aus dem Augenwinkel, dass Sinje ihrem Vater die Hand auf den Unterarm legte, um ihn zu beruhigen.

»Diese verdammte Adelsbrut hat doch unser ganzes Leben zerstört, Mutter«, rief Rieke empört aus.

Tim hörte Jonas fluchen.

»Aber wie kommst du denn nur darauf, Rieke? Die Grootenlohes sind unsere Freunde.«

Therese schob behutsam Ronalds Arm beiseite und erhob sich. Sie umrundete den großen Esstisch und blieb vor ihrer ältesten Tochter stehen.

»Wie kannst du nur so etwas sagen?«, fragte Ronald scharf, folgte seiner Frau wortlos und stellte sich direkt hinter sie. »Und wieso um Himmels willen lässt du unschuldige Tiere für deinen Hass leiden? Du … liebst doch Pferde, so wie wir alle.«

»Die Gäule von Lerchengrund sind mir vollkommen egal,

wenn du es genau wissen willst«, fuhr Rieke mit keifender Stimme fort.

Dann schob sie ihre Mutter zur Seite, trat einen Schritt nach vorn und nahm Jonas ins Visier.

»Heinrich von Grootenlohe hat meinen Vater auf dem Gewissen. Er war es, der alles zerstört hat.« Mit irrem Blick sah sie nun Elise an. »Er hat Vater in den Tod getrieben, indem er ihm sein Land genommen hat, nur weil er ... weil er ...«

»Dein Vater war ein kranker Mann, Rieke«, unterbrach Therese ihre Tochter harsch. »Es war allein seine Entscheidung, aus dem Leben zu scheiden und mich mit euch allein zurückzulassen. Heinrich von Grootenlohe hatte damit nichts zu tun.«

»Ach, du bist so ahnungslos, Mutter.« Rieke schnaufte. »Du bist so gottverdammt dumm und naiv.«

»Sprich nicht auf diese Weise mit deiner Mutter«, warnte Ronald seine Stieftochter.

»Ach, halt den Mund, alter Mann. Du hast mir gar nichts zu sagen.«

»Rieke!« Weil niemand sonst sprach, war Thereses schwerer Atem überdeutlich zu hören.

Tim begann, sich Sorgen zu machen, aber er wollte jetzt noch nicht dazwischengehen. Er nahm sich vor, seine Großmutter gut im Auge zu behalten, um einschreiten zu können, falls er das Gefühl bekam, dass es für die alte Dame zu viel wurde. Ihre Konstitution war in der letzten Zeit nicht mehr die beste gewesen. Auch wenn er kein Humanmediziner war, so erkannte er doch die ernsten Anzeichen ihrer Schwäche.

»Du, Mutter, du hast Vater doch nie verstanden«, schob

Rieke nach. »Und glücklich machen konntest du ihn sowieso nicht. Aber auch das hast du nie kapiert.«

»Bitte, Frederike, hör sofort auf«, flüsterte Therese. »Sei auf der Stelle still.« Sie drehte sich um und richtete ihren Blick auf Jonas. »Gerlinde sollte hier sein«, befand sie. »Ich möchte, dass sie herkommt. Jonas, ist deine Mutter zu Hause?«

Er nickte. »Ja, ist sie.«

»Ich kümmere mich darum.« Sinje bedachte Therese mit einem sanften Lächeln, und Tim registrierte erleichtert, dass sie wieder etwas ruhiger atmete.

»Das ist lieb von dir, mein Kind«, fuhr Therese fort. »Du kannst sie anrufen. Den Telefonapparat findest du in der Halle. Sag ihr einfach, dass ich sie hier dringend brauche. Sag ihr … sie soll, so schnell es geht, herkommen.«

»Jetzt willst du auch noch den alten Drachen herholen?«, rief Rieke aus, nachdem Sinje das Esszimmer verlassen hatte. »Na, vielen Dank auch!« Sie stieß ein unwilliges Schnauben aus.

Therese erwiderte den Blick ihrer Tochter und schüttelte sichtbar verständnislos den Kopf.

»Was ist nur mit dir passiert, mein Kind? Was geht da in dir vor? Woher kommt dieser sinnlose Hass?«

»Du bist wirklich erschreckend ignorant, Mutter, aber das warst du ja schon immer. Du hast niemals kapiert, was sich direkt vor deiner Nase abspielte.«

Tim beschloss, dass es nun doch an der Zeit war, einzuschreiten und Therese einen Moment der Erholung zu gönnen. Er wechselte einen aussagekräftigen Blick mit Ronald, der sofort zu verstehen schien.

»Komm, Resi. Setz dich doch, bis Gerlinde eintrifft.« Ronald führte seine Frau zurück zu ihrem Stuhl.

Tim nickte ihm dankbar zu, dann konzentrierte er sich wieder auf Rieke. Er musste diese Sache zu Ende bringen.

»Wir werden dich anzeigen müssen, Frederike. Du hast bewusst in Kauf genommen, dass wertvolle Pferde zu Tode kommen. Nach unserem Gespräch über die Influenza wusstest du sehr genau, dass das Virus sich leicht hätte weiter ausbreiten können.«

»Ja, schade, dass es nicht geklappt hat.«

Tim hörte, wie Sinje gerade in den Raum zurückkehrte und empört nach Luft schnappte. Doch offenbar fasste sie sich schnell wieder.

»Oma ist gleich hier, Therese«, sagte sie. »Ich habe sie am Telefon bereits über das Notwendigste informiert. Sie ist unterwegs.«

»Das ist gut.« Therese nickte.

Jonas war bisher erstaunlich ruhig geblieben, doch nun trat er einen Schritt vor. Direkt neben Tim blieb er stehen. Schulter an Schulter standen sie da. Auch Jonas' Blick konzentrierte sich allein auf Rieke.

»Was hast du noch getan, du widerliche Hexe?« Seine Stimme klang gefährlich leise, die Verachtung darin war nicht zu überhören. »Was zum Teufel hast du meiner Familie noch alles angetan?«

»Ha! Du hast nicht die geringste Ahnung, Herr Baron.« Es klang, als würde Rieke ihm die Anrede entgegenspucken. »Und du wirst es auch nie erfahren.«

In diesem Augenblick nahm Elise wahr, dass der Blick ihrer

Schwester für den Bruchteil einer Sekunde von Jonas zu ihr huschte. Ihre Augen hatten sie verraten – die Augen einer psychisch kranken Person, wie Elise bestürzt erkannte.

Warum hatte sie nur nie bemerkt, wie es um den Geisteszustand ihrer Schwester stand? Riekes Verhalten löste Angst und eine tiefe Besorgnis in Elise aus. Wie gelähmt, hatte sie sich in den letzten Minuten angehört, was hier direkt vor ihren Augen vonstattengegangen war, doch nun wurde sie regelrecht von Panik und Schrecken erfüllt.

In ihrem Kopf überschlugen sich die Gedanken, doch schon in der nächsten Sekunde war er plötzlich da, der furchtbare, kaum zu ertragende Verdacht. Es dauerte nur einen Wimpernschlag lang, um die beklemmende Ahnung als Möglichkeit zu betrachten, von der sie im Grunde bereits wusste, dass sie sogleich zur Gewissheit werden würde.

»Sag mir bitte auf der Stelle, dass du nichts mit …«

Sie stockte, suchte nach den richtigen Worten und sah Jonas an. Als sie seinen Blick auffing, musste sie schlucken, weil sie so unendlich viel Traurigkeit darin erkannte.

»Sag mir bitte, Rieke, dass du nichts mit meiner damaligen Abreise nach Wien zu tun hattest.«

Der Blick ihrer Schwester wirkte gehetzt. »Ich musste dich doch beschützen. Du warst drauf und dran …«

»Oh mein Gott, nein!«

Elise griff nach der Hand ihres Sohnes. Franz legte sofort einen Arm um ihre Schultern und gab ihr so den Halt, den sie soeben um ein Haar verloren hätte.

»Nein, Rieke, nein! Du bist doch meine Schwester. Ich habe dir vertraut!«

»Der Kerl hätte dich nur unglücklich gemacht.«

Elise hörte Jonas aufstöhnen. Ihre Blicke trafen sich erneut. In seinen Augen spiegelten sich ihre eigene Verzweiflung und die grauenvolle Wut, die auf die Erkenntnis folgte.

»Ich bringe dich um, du Miststück«, zischte er, dann stürmte er auch schon auf Rieke zu.

Tim und Franz reagierten schnell und gleichzeitig. Kurz bevor Jonas auf Rieke losgehen konnte, hielten sie ihn mit vereinten Kräften davon ab.

Rieke war zurückgewichen. Sie stand nun sprichwörtlich mit dem Rücken zur Wand und stieß ein irres Lachen aus.

»Idiot«, murmelte sie. »Idiot, Idiot.«

Therese und Ronald waren beide sehr blass. Man sah ihnen an, wie sehr sie diese Sache mitnahm.

»Das bringt doch nichts«, sagte Tim in ruhigem Ton zu Jonas, der noch immer außer sich war.

»Machen Sie sich nicht unglücklich, Mann.« Auch Franz' Stimme klang eindringlich.

»Jonas«, sagte Elise sanft.

Auf der Stelle wurde es still im Raum. Alle Augen waren auf sie gerichtet.

»Jonas, bitte nicht.«

Jonas schien sich tatsächlich zu beruhigen, das erleichterte sie. Sie ging zu ihm, nickte ihrem Sohn und ihrem Neffen zu und legte dem Mann, nach dem sie sich ihr ganzes Leben lang gesehnt hatte, eine Hand zärtlich an die Wange.

»Es ändert doch nichts mehr«, flüsterte sie ihm zu.

Er senkte den Kopf und ließ sich schwer atmend auf den nächstbesten Stuhl sinken, als hätte ihn soeben all seine Kraft verlassen.

Eine Zeit lang legte sich eine fast gespenstische Stille über den Raum. Offenbar war jeder auf seine eigene Weise damit beschäftigt, das bisher Gehörte irgendwie einzuordnen oder zu verdauen.

Rieke stand noch immer mit dem Rücken an der hinteren Wand des Esszimmers. Sie rührte sich nicht von der Stelle. Nur ihre unsteten Blicke flogen wie gehetzt von einer Person zur nächsten.

Elise fand es erschreckend, wie sehr sich der Gesichtsausdruck ihrer Schwester verändert hatte. Fast erwartete Elise jede Sekunde ein weiteres verrückt klingendes Lachen, doch die schweren Atemzüge ihrer Mutter blieben minutenlang die einzigen Geräusche.

Dann traf Gerlinde ein und löste den bedrückenden Bann. Sie ließ ihren Blick einmal durch das Zimmer schweifen und ging dann sofort zu Therese.

»Ich bin bei dir«, sagte sie leise zu ihrer alten Freundin.

Elise fand das berührend, und eigenartigerweise schien Gerlindes Anwesenheit alles wieder ein bisschen ins Lot zu bringen. Elise wusste, dass das eine Täuschung war, aber die Illusion sorgte trotzdem für eine Spur von Erleichterung.

»Danke, jetzt kann ich wieder klarer denken«, erwiderte Therese, bevor sie ihre Aufmerksamkeit auf ihre älteste Tochter richtete. »Wenn du glaubst, Frederike, dass ich nicht über deinen Vater und seine … Bedürfnisse Bescheid weiß, irrst du dich.« Als ihre Mutter sich erhob, blieb Gerlinde an ihrer Seite. »Du bist hier nämlich diejenige, die ahnungslos ist, mein Kind«, fuhr sie mit kräftiger Stimme fort.

Elise beobachtete, wie Therese nach der Hand ihrer Freundin griff. Die beiden älteren Frauen sahen einander an, lächelten sogar leicht und hielten sich an den Händen. Es sah aus, als würden sie damit ein Band aus Kraft und Zuversicht zwischen sich knüpfen.

»Gerlinde und ich haben uns schon vor Jahren ausgesprochen«, nahm Therese den Faden wieder auf. »Sie hat mir erzählt, warum dein Vater damals den Wald Heinrich überschrieb.«

»Wie ich bereits sagte: Du warst schon immer unfassbar naiv, Mutter.«

Therese schien die bösartige Bemerkung gar nicht gehört zu haben. »Dein Vater hatte hohe Spielschulden bei Heinrich, und die mussten beglichen werden. Das hatte er mir selbst erzählt. Heinrich mag durch sein Wissen über deinen Vater mit seiner Forderung damals übertrieben haben, aber das hat ihm sehr schnell leidgetan. Alles, was ihm über die Schulden hinaus nicht zustand, hat er uns zurückgezahlt. Er hat seinen Fehler viele Male an uns wiedergutgemacht.«

»Aber ...«

»Ach Rieke, sei doch endlich still. Wir alle machen mal Fehler, und ich habe Heinrich und Gerlinde diesen einzigen Fehltritt schon lange verziehen.«

»Aber ich habe einen Abschiedsbrief von Vater gefunden.« Rieke hob triumphierend ihr Kinn. »Darin gibt er allein Heinrich die Schuld an ... allem.«

»Wie gesagt, dein Vater war krank. Wenn er tatsächlich einen solchen Brief geschrieben hat, geschah das vor allem unter dem Einfluss seiner furchtbaren Depression, so sehe ich das. Dein Vater wäre früher oder später ohnehin am Leben verzweifelt. Er wollte sich nicht helfen lassen. Glaub mir, ich habe alles versucht, was in meiner Macht stand, um ihm

Wege aus seiner Trübseligkeit aufzuzeigen. Er hat sie allesamt in den Wind geschlagen.«

»Du willst mir also weismachen, du wusstest über ihn Bescheid?« Riekes Miene blieb starr. »Du wusstest tatsächlich, dass er … einen Geliebten hatte?«

»Therese hat es von mir erfahren«, meldete sich nun Gerlinde zu Wort. »Heinrich hatte es nur zufällig herausgefunden.« Noch immer hielten sich die beiden Frauen fest an den Händen. »Deine Mutter ist meine Freundin. Sie ist einer der wichtigsten Menschen in meinem Leben und wird es immer sein. Solange wir beide leben, wird sich daran nichts ändern.«

»Na, das kann ja nicht mehr lange dauern.« Wieder stieß Frederike das angsteinflößende Lachen aus.

»Rieke, es reicht jetzt wirklich!«, mischte sich nun Ronald noch einmal ein.

»Lass nur, mein Liebster.« Therese lächelte ihrem Mann zu, bevor sie sich noch einmal an Rieke wandte. »Du hast niemals erfahren, was es bedeutet, jemanden wirklich zu lieben, nicht wahr? Du weißt gar nicht, wozu jemand fähig ist, der aufrichtig liebt.« Therese holte hörbar Luft. »Du, mein Kind, du tust mir unendlich leid, weil du dir das Leben mit deinem Hass selbst vergiftet hast. Doch das hast du ganz allein zu verantworten, so wie dein Vater *seine* Taten zu verantworten hatte. Ich kann dir nun nicht mehr helfen … Meine Kraft reicht dafür einfach nicht aus.«

Tim räusperte sich vernehmlich. »Ich werde jetzt die Polizei informieren«, teilte er ihnen mit. »Passt bitte auf, dass Rieke sich nicht von der Stelle rührt.«

Elise beobachtete, wie Therese und Gerlinde sich zurück an den Tisch setzten. Sie fühlte sich völlig leer. Wieder und wieder tauschte sie Blicke mit Jonas, der noch immer auf seinem Stuhl saß und ebenfalls völlig erschöpft wirkte. Die letzten Minuten schienen nahezu an ihm vorbeigegangen zu sein, so als wäre er in seiner eigenen Gedankenwelt gefangen. Elise verstand ihn nur zu gut. Es war ihr einfach unbegreiflich, dass ihre eigene Schwester ihr Leben so stark beeinflusst hatte.

»Möchtest du dich nicht auch setzen, Mama?«

Ihr Sohn nahm ihren Arm. Er sprach leise, und seine Stimme klang besorgt.

Wahrscheinlich bin auch ich leichenblass, dachte sie.

»Komm, Mama.«

Franz führte sie zum Tisch, und sie ließ es geschehen. Als er ihr den Stuhl neben Jonas zurechtschob, nahm Elise darauf Platz. Sie konnte kaum fassen, dass sie jetzt, dreißig Jahre später, wieder direkt neben ihm saß.

Sie sah ihn an und gestand sich in diesem Moment ein weiteres Mal ein, dass sie nie aufgehört hatte, diesen Mann zu lieben.

Jonas' Blick war voller Fragen. Ihr erging es nicht anders. Wortlos griff sie nach seiner Hand, und sofort schlossen sich seine Finger fest um ihre. Hinter sich hörte sie Sinje aufschluchzen, aber Elise brachte es nicht fertig, Jonas' Tochter anzusehen. Sie wollte und konnte ihren Blick einfach nicht von ihm abwenden.

»Wir werden über alles reden«, flüsterte Jonas ihr kaum hörbar zu, und sie nickte nur.

20. Kapitel

Kurze Zeit später fuhr ein Polizeiwagen vor, und Rieke wurde abgeholt. Einer der Beamten bat Tim und Sinje darum, mit zur Polizeidirektion zu fahren, um ihre Aussagen zu Protokoll zu geben. Sie versprachen, in wenigen Minuten nachzukommen.

Jonas war erleichtert, dass diese seltsame Zusammenkunft damit endlich zu einem Ende kam. Niemand hier hätte beschreiben können, wie sie die Zeit bis zum Eintreffen der Polizei überstanden hatten, auch Jonas nicht.

Rieke war stumm geblieben und hatte die ganze Zeit vor sich hin gestarrt. Man sah ihr den Irrsinn jetzt deutlich an, der sie höchstwahrscheinlich bereits seit vielen Jahren im Griff hatte, ohne dass es irgendjemand bemerkt hatte.

Therese liefen Tränen übers Gesicht, seit die Polizisten ihre Tochter abgeführt hatten, aber sie gab keinen Laut von sich. Ronald hielt sie im Arm, als wäre sie ein kleines Kind. Aufrecht und mit stoischer Miene saß Gerlinde an Thereses anderer Seite.

Jonas war tief berührt von der innigen Freundschaft, die die beiden Frauen miteinander verband. Erst heute hatte er das wahre Ausmaß ihrer Verbindung erfasst. Er fühlte sich noch immer ausgelaugt, und es fiel ihm schwer, einigermaßen geordnete Gedanken zu fassen. Auch wenn er noch keine

Einzelheiten kannte, war ihm nun klar, dass Rieke starken Einfluss auf Elise, nein, auf sie alle ausgeübt haben musste. Natürlich wollte er wissen, wie sie es angestellt hatte, Elise dazu zu bringen, ihn für immer zu verlassen. Wer weiß, was sie in ihrem Wahnsinn noch alles getan hatte.

Tim und Sinje verabschiedeten sich schließlich, doch vorher beschlossen sie noch, sich zum Abendessen alle zusammen auf Lerchengrund einzufinden.

Plötzlich herrschte allgemeine Aufbruchstimmung.

»Ihr müsst alle kommen«, sagte Gerlinde, bevor sie sich ebenfalls verabschiedete. »An so einem Tag müssen wir alle zusammenhalten.«

Jonas sah Elise an, diese wundervolle Frau. In all den Jahren war kein Tag vergangen, an dem er nicht an sie gedacht hatte. Sie war immer in seinem Herzen gewesen. Nun saß sie neben ihm, und er hielt noch immer ihre Hand.

»Wollen wir einen Moment an die frische Luft gehen?«, fragte er sie leise.

Elise nickte. »Das ist eine gute Idee.« Sie drehte sich zu ihrem Sohn um. »Wir sehen uns dann nachher, Franz.«

Als sie kurz darauf in der Halle waren, bat Elise ihn, einen Augenblick auf sie zu warten.

»Ich möchte mir nur schnell eine Jacke holen«, sagte sie. »Nur vorsichtshalber.«

»Natürlich.«

Es fiel ihm schwer, ihre Hand loszulassen. Sein Blick folgte ihr, blieb am oberen Treppenabsatz hängen, bis sie wieder dort erschien und zu ihm nach unten kam. Sie verließen das Haus und schlugen den Weg die Auffahrt entlang ein, bis sie die Straße erreichten.

»Das war damals nur eine Sandpiste«, sagte Elise.

»Die Straße wurde schon vor Jahren verbreitert und geteert. Hamburg hat das gesamte Gebiet hier eingemeindet. Ich dachte immer, wir würden Niedersachsen werden, jetzt sind wir Hamburger, aber das finde ich schön.«

»Sonst hat sich hier kaum etwas verändert.«

»Das ist auch gut so.«

Er griff erneut nach ihrer Hand. Jonas dachte nicht weiter darüber nach, er folgte einfach seinen Gefühlen. Nach einigen Schritten blieb er stehen und sah ihr ins Gesicht.

»Früher oder später müssen wir darüber reden, Elise. Erzähle mir mit deinen eigenen Worten, warum du mich damals verlassen hast«, bat er sie.

Sie seufzte, schloss kurz die Augen und legte ihm dann, so wie vorhin, als sie ihn beruhigen wollte, ihre freie Hand auf die Wange.

»Dort hinten am Bach steht eine Bank. Wollen wir uns vielleicht lieber setzen?«

»Gerne.«

Hand in Hand gingen sie das kleine Stück und setzten sich auf die Bank. Elise begann sofort, zu erzählen. Sie stockte immer wieder, weil ihr die Tränen kamen, aber sie erzählte ihm alles, was sie in den Wochen vor ihrer Abreise erlebt und durchlitten hatte. Sie sprach über Riekes Warnungen und ihre Bedenken in Bezug auf seine Ehrlichkeit, und sie schilderte die feste Überzeugung ihrer Schwester, dass er Vera niemals verlassen würde. Elise sprach auch von der Zeit ihrer Krankheit und wie furchtbar sie darunter gelitten hatte, ihn nicht sehen zu können, nachdem sie sich ihm hingegeben hatte, dort in der alten Waldhütte.

»Ich war so entsetzlich traurig«, sagte sie. »Und ich habe mich so sehr nach dir gesehnt.«

»Wenn ich das doch nur gewusst hätte.« Auch Jonas kämpfte mit den Tränen. »Es dauerte ein paar Tage, bis ich überhaupt von deiner Krankheit erfuhr.« Ein bitteres Lachen löste sich aus seiner Kehle. »Ich war jung und so verdammt stolz. Als du nicht mehr bei unserem Treffpunkt erschienen bist, habe ich gedacht, dass ich nur ein Abenteuer für dich war.«

»So ein Unsinn!«, widersprach sie. »Du weißt doch sehr genau, dass ich noch … also, ich war doch noch Jungfrau.«

»Ja, aber die Informationen prasselten von allen Seiten auf mich ein. Wenn man in so einer Situation steckt, fahren die Gedanken gerne Karussell, bis man gar nicht mehr klar denken kann. Du weißt, wie so was manchmal läuft.«

Sie nickte. »Ja, ich weiß das. So erging es mir ebenfalls. Auch meine Mutter ging fest davon aus, dass du Vera heiraten wirst. Ich hörte das dauernd.«

Er nickte. »Mir ging alles Mögliche durch den Kopf. Bei unserem ersten Treffen hast du zum Beispiel nicht klar gesagt, ob du hierbleiben würdest. Als ich dann von deinem Verehrer in Wien erfuhr, habe ich dummerweise sofort gedacht, dass deine unklare Aussage mit ihm zu tun hatte.«

»Rieke war damals mit Vera befreundet, und sie trafen sich in Hamburg. Vorhin habe ich gleich daran denken müssen. Das Treffen passierte nämlich in der Zeit, als ich krank war und noch das Bett hüten musste. Bei der Gelegenheit hat sie Vera sicherlich einiges untergejubelt.«

»Ja, ich erinnere mich daran. Vera erzählte mir später, dass sie bei diesem Treffen von Rieke erfahren hatte, dass du zurück nach Wien gehen wirst, um deinen langjährigen Verehrer zu heiraten. Auch meine Mutter erfuhr durch Vera davon, das machte es nicht leichter. Zunächst war ich außer mir, doch trotzdem blieben starke Zweifel. Nach alldem, was zwischen uns passiert war, konnte ich einfach nicht glauben, dass du wirklich einen anderen Mann heiraten könntest.«

»Mir ging es ähnlich, Jonas. Rieke erzählte mir nach ihrem Treffen mit Vera, dass auf dem Sommerfest eure Verlobung verkündet werden sollte. Rieke sagte, Vera habe es ihr erzählt. Nach dieser Mitteilung war ich geschockt, mochte aber noch nicht so richtig daran glauben. Ich war fest davon überzeugt, dass Rieke sich entweder verhört hatte oder Vera noch nicht von dir wusste, was zwischen uns beiden passiert war.« Sie atmete hörbar aus. »Tja, und dann kam das Sommerfest …«

Jonas blieb fast die Luft weg, als sie beschrieb, wie sie diesen verhängnisvollen Moment auf dem Fest damals erlebt hatte.

»Das war alles ganz anders«, brachte er keuchend hervor. »Völlig anders.«

»Aber ich sah euch da hinter diesem Baum stehen, Jonas. Eng umschlungen. Und deine Mutter hatte gerade eine Rede gehalten und darauf hingewiesen, dass eine wichtige Ankündigung bevorstand und am Abend groß gefeiert werden sollte.«

»Natürlich. Sie wollte offiziell verkünden, dass sie mir die Leitung von Lerchengrund überträgt. Meine Mutter wusste schon lange vor Vera über dich und mich Bescheid. Ich hatte es ihr an dem Tag gestanden, als Vera zurück nach Hause kam.«

Elise starrte ihn fassungslos an. »Bei der Ankündigung ging

es um die Leitung von Lerchengrund? Wie konnte das nur alles so querlaufen?«

»Als du uns gesehen hast, dort hinter dem Baum, hatte ich Vera gerade erzählt, dass ich sie nicht heiraten kann, weil ich …« Er musste schlucken. »Weil ich eine andere Frau liebe. Ich hielt sie nur im Arm, um sie zu trösten, Elise, mehr war da nicht.«

»Oh.«

»Ich hatte auf dem Fest noch so wahnsinnig viele Verpflichtungen, aber am frühen Abend konnte ich mich endlich loseisen. Ich wollte nur noch zu dir, um dir endlich zu sagen, dass ich dich liebe, und natürlich auch, um dich zu fragen, ob du dir vorstellen könntest, dein Leben mit mir zu verbringen. Ich wollte endlich über all das mit dir reden.«

Elise kämpfte erneut mit den Tränen. Er zog ein sauber gefaltetes Taschentuch aus der Hosentasche und reichte es ihr.

»Danke.«

»Vorhin, in eurem Esszimmer, ist mir vor allem klar geworden, dass nicht allein Rieke die Schuld an unserem Desaster trägt, Elise. Ja, sie hat intrigiert, aber wir hätten viel eher und viel offener miteinander sprechen müssen, dann hätten wir ihr nie geglaubt. Vielleicht hätten wir ihre Machenschaften sogar schon viel früher aufgedeckt. Uns wäre so viel erspart geblieben.«

»Du hast recht«, sagte sie. »Hätten wir offen miteinander geredet, wären all ihre Intrigen an uns abgeprallt. Wir haben uns nicht genug vertraut, weil wir noch viel zu wenig voneinander wussten. Da waren nur unsere Gefühle, und die haben wir beide für uns behalten. Was für ein katastrophaler Fehler!«

»Ich verstehe jetzt besser, warum du mich verlassen hast.«

»Ich habe Ludwig geheiratet, weil er für mich da war, Jonas. Ich war furchtbar verletzt, einsam und habe grausam gelitten, weil ich mich so sehr nach dir gesehnt habe. Ludwig war immer an meiner Seite, immer. Er hat mich lieb gehabt und mich aufgefangen, als es mir schlecht ging.«

»So ähnlich ist es mir auch mit Vera gegangen. Als ich von deiner Heirat hörte, war mir alles egal, und ich machte ihr doch noch einen Antrag. Unerschütterlich war sie die ganze Zeit an meiner Seite geblieben, da fühlte ich mich verpflichtet. Ich wollte ihre Zuneigung und ihre Loyalität nicht noch länger ausnutzen.«

»Hast du eine gute Ehe gehabt, Jonas?«

»Hm … Anfangs haben wir es wirklich versucht, besonders nachdem Sinje auf die Welt kam, aber dann mussten wir beide einsehen, dass wir zusammen nicht glücklich werden konnten. Wir sind seit einigen Jahren geschieden.«

»Mein Mann ist seit zwei Jahren tot. Er starb an einem Herzinfarkt. Ludwig blieb mein guter Freund – bis zum Ende.«

»Dein Freund?«

»Ich glaube, mein Lieber, ich sollte dir jetzt etwas sehr Wichtiges erzählen.« Sie stöhnte leise auf. »Oh Himmel, das ist nicht leicht.«

»Elise?« In seinem Magen begann es, zu kribbeln.

»Schon kurz nachdem ich in Wien ankam, bemerkte ich, dass ich schwanger war, Jonas.«

Er brauchte einige Sekunden, um die Bedeutung ihres letzten Satzes richtig zu erfassen. »Schwanger?«

Sie nickte. »Ludwig war nicht nur mein Freund, sondern

auch ein Ausweg aus einer Situation, die ich mir nicht antun wollte. Dich hatte ich verloren, aber ich wollte nicht auch noch ... unser Kind verlieren.« Wieder begann sie, zu weinen. »Franz ist unser Sohn, Jonas.«

»Wir ... haben einen Sohn? Franz ... Franz ist *mein* Sohn?« Er starrte sie an und konnte kaum glauben, was sie ihm da soeben gesagt hatte. »Das hättest du mir mitteilen müssen, Elise.«

»Nun, ich habe anders entschieden, weil ich nicht wollte, dass du dich ... irgendwie verpflichtet fühltest. Das hätte ich nämlich nicht ertragen, dafür liebte ich dich viel zu sehr.«

»Wusste dein Mann, dass er nicht der Vater von Franz war?«

»Ich sagte vorhin, Ludwig war mein Freund, Jonas. Natürlich wusste er es. Er hat genauso von unserer Ehe profitiert wie ich.«

»Das verstehe ich jetzt nicht.«

»Wir waren nie ... intim miteinander. Ludwig hatte die gleiche Veranlagung, wie mein Vater sie offensichtlich hatte. Verstehst du, was ich sagen will?«

»Ähm ...«

»Ludwig war homosexuell, Jonas. Das wusste ich übrigens schon, bevor ich direkt nach meinem Studium Wien verließ und hierher zurückkam. Wir lernten uns an der Universität kennen, und ich wurde schnell zu seiner engsten Vertrauten. Von Anfang an schätzten wir uns sehr. Als ich dann voller Liebeskummer wieder nach Wien kam und feststellte, dass ich Mutter wurde, schlug er mir eine Heirat vor. So nahm er schließlich die Vaterrolle für mein Kind an, und ich wurde seine Ehefrau. Auf diese Weise waren wir beide auf der sicheren Seite. In der Nazizeit hat es ihm übrigens das Leben gerettet, dass er verheiratet war und einen Sohn vorzuweisen hatte, denn er wurde Opfer einer Denunziation. Es war eine schwierige Zeit für uns, aber wir haben es durchgestanden.«

»Ich verstehe.« In Jonas' Kopf ging alles drunter und drüber. »Was ist mit Franz? Weiß er, dass dein Mann nicht sein richtiger Vater war?«

»Franz weiß es seit ein paar Jahren. Ludwig und ich haben es ihm sofort gesagt, als wir beide der Meinung waren, dass er alt genug dafür wäre. Nachdem er den ersten Schock verdaut hatte, verkraftete er es ganz gut und war dankbar für unsere Offenheit. Franz hat einen starken Charakter, aber er ist auch ein sehr gefühlsbetonter Mensch. Seit er erfahren hat, wer sein richtiger Vater ist, bittet er mich darum, dich kennenzulernen.«

»Deshalb bist du also eigentlich hier, oder?«

»Ehrlich gesagt, ja. Franz wollte immer mehr wissen und ließ nicht locker. Irgendwann erzählte ich ihm dann endlich von dir … von uns. Später sagte er mir mal, dass es ihm sehr geholfen hat, unsere Geschichte zu erfahren.«

»Du wärst also in jedem Fall zu mir gekommen und hättest mir erzählt, dass wir einen Sohn haben? Ich meine, auch ohne die unerfreuliche Sache mit Rieke.«

»Ja, das hätte ich. Franz wollte dich unbedingt kennenlernen. Ich hatte mich innerlich sogar schon darauf eingestellt, dass ich irgendwie mit dir Kontakt aufnehmen muss.«

»Es tut gut, das zu wissen.« Jonas durchflutete plötzlich ein Gefühl der Wärme. »Ich habe einen Sohn, und soweit ich das bisher beurteilen kann, ist aus ihm ein großartiger junger Mann geworden.« Er lächelte vorsichtig.

»Franz ist in der Tat großartig«, bestätigte Elise und lächelte ebenfalls. »Er ist klug, fleißig, hat ein großes Herz und ist ein ehrlicher und durch und durch guter Mensch. Ich bin sehr stolz auf ihn.«

»Ich muss mit ihm sprechen, ihn besser kennenlernen«, befand er.

»Das habe ich mir gedacht. Franz wird sich darüber freuen.«

»Er hat deine Augen.«

»Und Sinje hat deine. Sie ist eine wundervolle junge Frau.«

»Ja, das ist sie. Ich liebe sie unendlich. Sie ist vielleicht das einzig Gute, das meine Ehe hervorgebracht hat.« Er räusperte sich. »Auch Sinje wird ihren Bruder lieben, da bin ich mir sicher.«

Plötzlich hielt es Jonas nicht mehr auf seinem Platz. Er erhob sich, sah eine Weile auf das seichte Wasser des Bachs und ließ seinen Gedanken freien Lauf. Das schnell fließende Gewässer plätscherte leise, weil es sich an einigen großen und kleinen Steinen brach.

So ist auch das Leben, dachte er. Immer wieder liegen Hindernisse im Weg, die man überwinden muss, und man weiß nie, wann sie einem vor die Nase gelegt werden. Lebensaufgaben, so hatte seine Mutter diese Hindernisse einmal genannt. Als sein Vater starb, hatte sie ihm gesagt, dass es nun ihre gemeinsame Lebensaufgabe sei, damit umzugehen. Er seufzte tief, während er die Steine im Bach betrachtete. Schließlich fasste er einen Entschluss.

»Wir haben, denke ich, heute beide gelernt, wie wichtig es ist, dass man miteinander spricht«, nahm er ihr Gespräch wieder auf und drehte sich zu ihr um.

Auch Elise hatte sich inzwischen erhoben. Sie stand nun direkt vor ihm und sah zu ihm auf.

»Das haben wir. Hätten wir uns damals geradeheraus gesagt, was wir füreinander empfinden, wäre unser Leben anders verlaufen.«

»Deshalb möchte ich dir jetzt sofort etwas sagen, bevor mich wieder der Mut verlässt«, fuhr er fort. »Ich habe niemals aufgehört, an dich zu denken. Du warst immer bei mir. An jedem einzelnen Tag.« Er legte sich eine Hand auf die Brust. »Du warst immer in meinem Herzen, Elise Brodersen.«

Als ihr eine einzelne Träne über die Wange lief, fing er sie mit dem Zeigefinger auf und verrieb den winzigen Tropfen zwischen Zeigefinger und Daumen.

»Ich habe niemals aufgehört, dich zu lieben, mein Engel.«

»Mir ging es ebenso«, erwiderte sie mit brüchiger Stimme, dann schluchzte sie leise auf. »Ich habe dich mein Leben lang geliebt, und so wird es immer sein.« Er schloss sie in die Arme. »Ich liebe dich, Jonas.«

»Du darfst mich niemals wieder verlassen«, flüsterte er in ihr wundervolles Haar hinein.

»Auch wenn es noch einiges zu erledigen gibt, werde ich das nie wieder tun. Wir haben schon viel zu viel Zeit verloren.«

Dann küssten sie sich, und es fühlte sich genauso wundervoll an wie vor dreißig Jahren.

Am Abend stand Gerlinde vor dem reichhaltig gedeckten Esstisch und überprüfte ein letztes Mal, ob alles vorhanden war. Erst vor wenigen Minuten hatte sie Peer alles berichtet, denn ihr Gefährte hatte einige Termine in der Stadt wahrgenommen und war deshalb den halben Tag in Hamburg unterwegs gewesen. Wie sie es von ihm gewohnt war, ließ er sich seine Erschütterung kaum anmerken. Er blieb gelassen und war vor wenigen Minuten nach oben gegangen, um sich zum Essen umzuziehen, bevor die anderen eintrafen.

Es war wichtig, dachte Gerlinde, dass die Freundschaft zwischen den beiden Familien neue Wege einschlug. Es war ihr nicht entgangen, dass Sinje und Tim ein Paar waren und dass es ihnen ernst mit ihrer Beziehung war.

Natürlich hatte sie auch ihren Sohn und Elise gesehen, wie sie vorhin Hand in Hand ins Haus gekommen und nach oben in Jonas' Räume verschwunden waren. Sie hoffte, dass nun die lange Leidenszeit für ihren Sohn der Vergangenheit angehörte. Jahrelang hatte sie sein Elend beobachten müssen, und schließlich war sie es gewesen, die Vera darum gebeten hatte, Lerchengrund endlich zu verlassen. Vera war wie ein Stachel in Jonas' Fleisch gewesen, denn sie hatte ihn täglich an den Verlust seiner großen Liebe erinnert.

Gerlinde hatte damals viel zu spät erkannt, wie tief die Liebe zwischen Elise Brodersen und Jonas gewesen war – und das war nur einer von vielen Fehlern, die in den vergangenen Jahren begangen worden waren. Was das anging, trug auch sie eine Verantwortung.

Sie hatte sich viel zu sehr gewünscht, dass Vera ihre Schwiegertochter wurde, und das war falsch und eigennützig gewesen. Sie hatte Peers Tochter aufwachsen sehen, hatte sie fast so sehr geliebt wie ihr eigenes Kind.

Und dann war da noch das Versprechen gewesen, dass sie ihrem Sohn gegeben hatte. Sie hatte sich daran gehalten und nie mit Therese über die Liebe zwischen Jonas und Elise gesprochen, doch nun war es zu spät, um all dies zu bereuen.

Auf der Treppe hörte sie die Stimmen von Jonas und Elise. Sie lächelten Gerlinde entgegen, als sie zu ihr ins große Esszimmer kamen.

»Oh, das sieht wundervoll aus«, rief Elise, als sie die große Tafel sah.

Gerlinde ging zu ihr und küsste sie auf beide Wangen.

»Ich bin froh, dass du da bist«, sagte sie. »Und wenn ich das richtig sehe, darf ich euch alles Glück der Welt wünschen.«

»Ich danke dir, Gerlinde.«

Auch Jonas nickte ihr zu. »Danke, Mutter.«

»Mir tut es unendlich leid, dass ihr so lange aufeinander warten musstet. Ich hoffe sehr, dass ihr jetzt glücklich werdet.«

»Daran gibt es für uns keinen Zweifel.« Jonas grinste. Es war ihm anzusehen, wie glücklich er bereits jetzt war.

Kurz darauf trafen auch die anderen ein. Sie aßen, plauderten und versuchten gemeinsam, Therese den Schmerz über den Verlust eines weiteren Kindes zu erleichtern, soweit das möglich war. Denn nichts anderes war heute geschehen: Therese hatte ihre älteste Tochter verloren. Gerlinde kannte ihre Freundin gut genug, um zu wissen, dass diese es genauso empfand.

Nach dem Essen erhob sich Tim, und alle sahen gespannt zu ihm auf. Er warf einen liebevollen Blick auf Sinje, die neben ihm saß und seinen gefühlvollen Blick erwiderte.

»Vielleicht ist es an der Zeit, dass unsere Familien heute auch noch eine gute Nachricht erhalten«, sagte er.

Gerlinde fand, dass Tims Stimme feierlich klang. Das gefiel ihr.

»Sinje und ich, wir gehören zusammen. Wir haben vor,

unsere Familien endlich offiziell zu vereinen.« Alle klatschten und beglückwünschten die beiden. »Sie hat bereits Ja gesagt«, fügte Thereses Enkel noch hinzu, und alle lachten. Sogar Thereses Miene hellte sich deutlich auf.

»Das ist wirklich eine wunderbare Nachricht«, sagte Gerlinde.

Dann ergriff Jonas das Wort. »Unsere Familien sind schon seit Jahren miteinander verbunden – durch Franz. Und bevor ihr fragt, ich habe es selbst erst heute von dieser wundervollen Frau an meiner Seite erfahren.«

Es dauerte eine ganze Weile, bis jeder am Tisch verstand, was Jonas damit gesagt hatte. Sinje sprang von ihrem Platz hoch. Mit weit aufgerissenen Augen sah sie von Franz zu ihrem Vater.

Jonas erhob sich ebenfalls. Er ging um den Tisch herum zu Franz und legte ihm beide Hände auf die Schultern.

»Ich bin sehr froh darüber, dass ich dich endlich kennenlernen darf, mein Sohn.«

»Ach, herrje«, rief Sinje aus. »Jetzt weiß ich auch, warum ich die ganze Zeit so irritiert war, wenn ich Franz angesehen habe. Ihr seht euch ähnlich! Warum ist mir das nicht gleich aufgefallen?«

Jonas und Franz lachten beide.

»Ich hoffe, du kannst mit einem großen Bruder leben«, sagte Franz.

»Aber ja …« Sinje zog ihm eine Grimasse. »Das heißt, wenn du mir noch ein bisschen Zeit gibst, um überhaupt zu begreifen, dass ich plötzlich einen habe.«

»Kein Problem«, antwortete Franz. »Ich hatte bis jetzt ja auch keine kleine Schwester.« Er sah Tim an. »Du weißt, was das bedeutet, mein Freund. Mach sie ja glücklich, sonst lernst du mich kennen.«

Wieder gab es allgemeines Gelächter.

Gerlinde ging ohne Umschweife zu ihm und zog ihn in ihre Arme. »Du darfst Oma zu mir sagen. Halleluja, Therese, wir haben einen gemeinsamen Enkel. Wie findest du das?«

Therese schmunzelte. »Sei ehrlich, am besten gefällt dir an der ganzen Sache, dass unser Enkel etwas von Pferden versteht.«

Wieder gab es großes Gelächter. Dann klopfte es plötzlich an der Tür, und eins der Dienstmädchen kam herein.

»Frau Baronin, entschuldigen Sie die Störung, aber hier sind zwei Herren von der Kriminalpolizei, die sie gerne sprechen würden.«

»Oh.« Gerlinde sah zuerst Therese an, dann Jonas und Tim. »Na, dann bitte sie doch herein.«

Das Dienstmädchen öffnete die Tür vollständig, und zwei Männer traten ein. Beide trugen graue Anzüge, dunkle Krawatten und sahen insgesamt sehr förmlich aus. Die Männer nickten in die Runde.

»Guten Tag«, sagten sie wie aus einem Mund. »Sie sind Gerlinde von Grootenlohe?«, fragte der Größere von den beiden.

Gerlinde nickte. »Die bin ich.«

»Ich bin Hauptkommissar Lorenz, und dies ist mein Kollege, Oberkommissar Müller. Wir würden gerne mit Ihnen sprechen.« Er sah sich um. »Ähm, vielleicht in einem diskreteren Rahmen, wenn es geht.«

»Was es auch immer ist, Herr Hauptkommissar, Sie können frei vor meiner Familie sprechen.«

»Nun denn …« Herr Lorenz wechselte einen aussagekräftigen Blick mit seinem Kollegen. »Wir haben heute Nachmittag etwas erfahren, worüber wir Sie in Kenntnis setzen müssen. Kollegen von uns haben Frederike Brodersen vernommen. Sie hat eine Aussage gemacht, woraufhin der Vorgang an unsere Abteilung weitergeleitet wurde.«

»Wir sind von der Mordkommission«, warf Oberkommissar Müller erklärend ein.

»Mord?«, fragte Gerlinde. Ihr Herz begann, schneller zu schlagen.

»Leider ja«, antwortete Lorenz.

»Um Gottes willen, nein«, hörte sie Therese flüstern. »Nein, nein. Das nicht auch noch.«

Gerlinde straffte ihre Schultern und drückte ihr Rückgrat durch. Der Hauch einer Ahnung nahm in ihrem Kopf Gestalt an. »Weshalb sind Sie hier, meine Herren?«

»Frederike Brodersen hat heute Nachmittag gestanden, Ihren Ehemann, Heinrich von Grootenlohe, ermordet zu haben.«

Ein kurzes Raunen ging durch den Raum, und sie hörte Therese laut aufschluchzen, doch dann wurde es wieder ganz still.

Gerlinde hatte gar nicht bemerkt, dass Jonas aufgestanden war. Plötzlich war er neben ihr und nahm ihren Arm. »Mama? Hast du das verstanden?«

»Ja.« Ihr Blick huschte zu ihrem Sohn, dann sah sie wieder Hauptkommissar Lorenz an.

»Wie hat sie …?«

Sie schüttelte verständnislos den Kopf, weil plötzlich ein Bild vor ihrem inneren Auge entstand, das sie seit vielen Jahren verdrängt hatte. Sie erkannte Heinrich, von drei Männern getragen, auf seiner Brust ein riesiger Blutfleck. Noch einmal spürte sie die grausame Gewissheit, ihn für immer verloren zu haben, als wäre es eben erst passiert.

»Frederike soll Heinrich erschossen haben? Sie war doch viel zu jung!«, sagte sie erschüttert.

»Ja, sie war noch ein halbes Kind, aber sie hat den Ablauf glaubhaft geschildert. Es besteht kein Zweifel an ihrer Schuld.« Über der Nasenwurzel des Kriminalbeamten erschienen zwei steile Falten. »Es tut mir sehr leid, gnädige Frau. Aus den Unterlagen der polizeilichen Untersuchung ging nur hervor, dass die Kollegen damals von einem Raubüberfall ausgingen. Offenbar wurde anschließend nicht weiter ermittelt, da sich in dem Fall keinerlei andere Indizien ergaben. Die Sachlage schien eindeutig zu sein.« Lorenz wechselte erneut einen Blick mit seinem Kollegen. »Frederike Brodersen hat den Mord jedenfalls gestanden. Sie sagte aus, dass sie Heinrich von Grootenlohe aufgelauert habe, um ihn alsdann mit einem Trick dazu zu bringen, vom Pferd zu steigen, damit es leichter für sie sei.«

»Leichter?« Gerlinde fühlte Ungeduld in sich aufsteigen. »Bitte kommen Sie doch zum Punkt, Herr Hauptkommissar.«

»Verzeihung, gnädige Frau. Ich weiß, das ist nicht leicht für Sie. Wie gesagt, Frederike Brodersen erklärte uns, dass ihre Schießkünste für ein bewegliches Ziel nicht ausgereicht hätten. So, wie sie uns den Tathergang beschrieb, täuschte sie einen Reitunfall vor, damit der Baron abstieg. Sie lag auf ihrem Gewehr, damit er es nicht sehen konnte. Kaum war er einige Schritte von seinem Pferd entfernt, bedrohte sie ihn und zwang ihn mithilfe ihrer Waffe dazu, sich hinzuknien, um ihn zu töten. Anschließend ließ sie es nach einem Raubüberfall aussehen, indem sie ihm seine Wertgegenstände abnahm. Es wurde bereits alles protokolliert, sodass wir Ihnen das hier geben können, gnädige Frau.«

Er reichte Gerlinde ein Taschentuch mit Heinrichs Initialen darauf. Sie selbst hatte das Tuch kurz nach ihrer Hochzeit bestickt. Etwas war darin eingeschlagen. Noch bevor sie es öffnete, wusste sie bereits, was es war. Langsam schlug sie die Enden des Taschentuchs zurück und hielt Heinrichs goldene Taschenuhr in der Hand.

»Können Sie uns bestätigen, dass das die Uhr Ihres verstorbenen Mannes ist?«, fragte Lorenz. »Frederike Brodersen trug diese Dinge in einer Brusttasche aus Leinen unter ihrer Bluse. Sie gab zu, sie habe beide Gegenstände seit damals stets bei sich getragen, um zu vermeiden, dass sie von irgendwem gefunden werden konnten. Diese Vorgehensweise verdeutlicht natürlich, wie angeschlagen die Psyche von Frau Brodersen bereits damals war und immer noch ist. Schließlich hätte sie die Gegenstände in all den Jahren auch einfach im Wald vergraben oder auf andere Weise verschwinden lassen können.«

Sie nickte. »Ja, das ist Heinrichs Taschenuhr. Er hatte sie von seinem Vater geerbt. Sie war ihm sehr wichtig. Er hätte sie niemals freiwillig aus der Hand gegeben.«

Gerlinde nahm wahr, dass Thereses Schluchzen wieder lauter wurde.

Lorenz sah sich um. »Es könnte sein, dass einigen Beteiligten in den nächsten Tagen eine Vorladung ins Haus flattert. Keine Sorge, wir benötigen lediglich Ihre Zeugenaussagen und wissen natürlich, wie schwierig es nach all den Jahren ist, sich an bestimmte Dinge zu erinnern.«

Gerlinde nickte, so wie einige ihrer Familienmitglieder auch. »Natürlich«, sagte sie.

Nun trat Oberkommissar Müller einen Schritt vor. Er zog einen Notizblock aus der Tasche und räusperte sich. »Sie sollten auch wissen, dass Frederike Brodersen außerdem noch weitere Taten zugegeben hat. Dabei handelt es sich zum Beispiel um Brandstiftung und noch einige andere Sachschäden. Sie sprach auch von einem Fohlen, das sie vor Jahren nachts aus Ihrem Stall entführte, um es etwas entfernt von Ihrem Besitz wieder auszusetzen.«

»Brandstiftung?«, hakte Jonas sofort nach. Dann sah er Peer an und schüttelte leicht den Kopf. »Die alte Reithalle? Das war Rieke. Und das mit dem Fohlen … Herrgott noch mal. Sie hat auf Lerchengrund wirklich Feuer gelegt?«

Müller nickte. »Richtig, hier steht etwas von einer Reithalle. Ferner wird noch ein Wasserschaden erwähnt, den sie ebenfalls herbeigeführt hat.«

»Da wird einem einiges klar«, kommentierte Peer.

»Sollten Sie noch Fragen haben, scheuen Sie sich bitte nicht, uns zu kontaktieren, Frau Baronin.« Er reichte ihr eine Karte.

Gerlinde nickte nur.

»Wir dürfen uns vorerst empfehlen.« Hauptkommissar Lorenz ergriff ihre Hand und schüttelte sie leicht. »Gnädige Frau.«

»Lassen Sie die gnädige Frau mal weg.« Gerlinde sah zu ihm auf. »Die Zeiten sind schon lange vorbei, Herr Hauptkommissar.«

21. Kapitel

Gut Lerchengrund, im Oktober 1952

Es brauchte einige Zeit, bis auf Lerchengrund alles wieder in normalen Bahnen verlief. Der Alltag zog irgendwann wieder ein, und doch hatte sich nach Riekes Verhaftung vieles verändert. Für sie alle.

Elise, Jonas und Franz waren schon bald nach Wien gereist, um alles für ihren endgültigen Umzug nach Norddeutschland in die Wege zu leiten. Elises Haus war unterdessen verkauft worden, und Franz hatte seine Kündigung bei der Hofreitschule eingereicht. Seit einigen Wochen leitete er nun schon den Gutshof der Brodersens. Tim half seinem Cousin dabei, so gut er konnte. Sie ließen das Haus instand setzen und kümmerten sich um die Modernisierung der Ställe.

Elise lebte zusammen mit Jonas auf Lerchengrund. So wie Tim und Sinje bereiteten auch Elise und Jonas ihre Hochzeit vor. Im nächsten Frühjahr würde es eine Doppelhochzeit geben, und Gerlinde freute sich sehr auf das Fest.

An diesem Morgen war es allerdings ziemlich still im Haus. Alle waren unterwegs, machten Besorgungen oder gingen ihrer täglichen Arbeit nach. Gerlinde saß allein in ihrem Wintergarten und las in einem Buch über die besondere Beziehung zwischen Pferd und Mensch. Sie erfuhr nicht viel

Neues, aber es war interessant genug geschrieben, um dabeizubleiben. Dann und wann warf sie einen Blick durch die großen Fenster hinaus in den weitläufigen Garten von Lerchengrund.

Schließlich ließ sie das Buch ganz sinken. Eine Weile beobachtete sie ein Eichhörnchen, das sich bereits fleißig auf den Winter vorbereitete, und sie seufzte tief auf, als sie das Laub fallen sah. Der Herbst hielt bereits Einzug, und in den letzten Tagen war es kalt geworden. Gerlinde zog die dicke Wolldecke noch ein wenig höher, die sie sich vorhin über die Beine gelegt hatte. Zu ihren Füßen schlief ihre alte Schäferhündin Cora, und sie war froh darüber, dass das Tier sie zusätzlich wärmte.

Wie viele Winter werde ich noch haben?, dachte sie beklommen. Die Jahre flogen nur so dahin. Wann hatte das nur angefangen?

Als die Tür aufging, sah sie hoch. Es war Peer, der Mann, ohne den sie die vergangenen Jahre ihres Lebens wohl nicht so schadlos überstanden hätte. Seine Liebe hatte sie durchs Leben getragen. Stark und voller Zuversicht war er immer da gewesen, wenn sie ihn gebraucht hatte.

Lächelnd kam er zu ihr und setzte sich in den Korbsessel ihr gegenüber. Wie immer streckte er sein steifes Bein dabei von sich. Der Anblick war ihr genauso vertraut wie der ihres eigenen Gesichts im Spiegel.

»Wusste ich es doch, dass ich dich hier finde«, sagte er schmunzelnd.

»Du kennst mich. Ich brauchte ein wenig Ruhe.« Sie legte ihr Buch beiseite, damit er gar nicht erst auf den Gedanken kam, er würde sie stören.

»Das verstehe ich nur zu gut.«

»Bist du mir eigentlich böse, Peer?«, fragte sie nach einer Weile des gemeinsamen Schweigens. »Hegst du einen heimlichen Groll gegen mich?«

»Wie bitte?« Seine dichten schneeweißen Augenbrauen schossen in die Höhe. »Warum sollte ich das denn tun, meine Fee?«

»Nun, vielleicht weil ich dich nie geheiratet habe.«

»Das ist ein sehr alberner Gedanke, Gerlinde. Du weißt sehr genau, dass mir diese Formalität niemals wichtig war.«

»Wirklich nicht?«

»Nein. Aber das haben wir doch schon vor vielen Jahren besprochen. Wie kommst du denn jetzt bloß auf solche Gedanken?«

»Ach, es ist nur ... hier heiraten im Augenblick alle.« Sie lachten beide. »Nein, im Ernst«, fuhr sie fort. »Eigentlich wollte ich nur noch einmal von dir hören, dass nichts zwischen uns beiden steht. Wir werden alt, Peer, da sollten solche Dinge geklärt sein.«

»Wir sind bereits alt, mein Liebes.« Sie liebte es, wenn sich die Falten um seine Augen wie Strahlenkränze noch ein wenig mehr vertieften. »Ich liebe dich. Es ist gut, wie es ist, und ich habe niemals etwas in unserem Leben vermisst. Gut so?«

»Wenn es die Wahrheit ist?«

»Es ist die reine Wahrheit.«

»Danke, Peer, du mein Ritter.« Wieder mussten sie beide lachen, doch dann wurde Gerlinde noch einmal ernst. »Ich wollte dir einfach nur sagen, wie froh ich bin, dich zu haben, und wie dankbar ich dir für deine Liebe bin.«

»Das war blanker Eigennutz.« Er zwinkerte ihr schelmisch

zu, so wie er es auch oft in ihren jungen Jahren getan hatte. »Ich wollte niemals ohne dich leben.«

Wieder ging die Tür zum Wintergarten auf. Es war Sinje.

»Oma, du solltest ...« Sie brach ab, und Gerlinde sah, dass die Augen ihrer Enkelin feucht wurden.

»Was ist los?«

»Therese«, erwiderte Sinje und schluckte hörbar. »Franz rief eben an. Es geht ihr gar nicht gut, und sie verlangt nach dir.«

Sofort stand Gerlinde auf. »Fährst du mich, Peer?«

»Natürlich.«

Franz ließ sie ins Haus und führte sie zunächst in den Salon. Dort saß Ronald in einem blau-weiß gemusterten Sessel vor dem Kamin. Er sah auf, als sie eintraten.

Gerlinde und Peer begrüßten ihn.

»Ist sie oben?«, fragte Gerlinde.

Ronald nickte nur.

»Der Arzt war vorhin hier. Er meinte, es sieht nicht gut aus. Ihr Herz, es ist wohl ... müde«, erklärte ihnen Franz.

Ihr Enkel setzte sich ein paar Schritte von Ronald entfernt auf ein Sofa.

»Dann gehe ich mal zu ihr«, erwiderte sie. An der Tür verharrte Gerlinde für einen Moment und warf noch einen Blick auf die drei Männer.

Peer setzte sich in den zweiten Sessel, dicht neben Ronald.

»Na, mein alter Freund«, sagte er. »Es ist kein guter Tag, oder?«

Ronald schüttelte den Kopf. »Ich habe Angst davor ... Ich habe Angst, dass sie mich allein zurücklässt«, gab er zu und schluchzte trocken auf.

»Ach, mein Guter, ich verstehe dich, aber du solltest es mal von der anderen Seite betrachten. Eigentlich hatten wir doch Glück«, sagte Peer leise.

Er sah Gerlinde an, die noch immer in der Tür stand. Aufmunternd nickte sie ihm zu.

»Schau uns beide doch mal an«, fuhr er fort. »Wir durften mit so wundervollen Frauen unser Leben verbringen, und dann sind uns auch noch so viel mehr gemeinsame Lebensjahre geschenkt worden als vielen anderen Menschen in unserer Generation.«

Gerlinde fühlte einen dumpfen Schmerz in ihrer Brust. Sie wandte sich ab und ließ die Männer allein.

Peer und Franz sind bei ihm, das ist gut, dachte sie, während sie langsam die Stufen nach oben stieg. Oben angekommen, blieb sie noch einen kurzen Augenblick vor Thereses Schlafzimmertür stehen. Sie sammelte ihre Kräfte, bevor sie klopfte und eintrat.

Therese lag in ihrem Bett und wurde von einem Berg von Kissen gestützt. Zwischen all den Rüschen der roséfarbenen Baumwollbettwäsche wirkte sie fast so klein wie ein Kind.

Als Gerlinde näher kam, öffnete ihre Freundin die Augen. »Da bist du ja. Das ist schön. Setz dich doch bitte ein wenig zu mir«, begrüßte Therese sie hörbar schwach.

»Wie geht es dir?« Gerlinde zog sich einen Stuhl ans Bett und ließ sich darauf nieder.

»Ich hatte schon bessere Zeiten.« Therese lächelte.

Das ist immerhin etwas, dachte Gerlinde. »Sag mir, wenn ich etwas für dich tun kann.«

»Ich wollte nicht von dieser Welt gehen, ohne dich vorher noch mal zu sehen und dir für deine Freundschaft zu danken.«

»Ach, Resi. Ich bin es doch, die dir danken sollte.« Gerlinde legte ihre Hand über die ihrer Freundin. »Du hast mir so viel verziehen.«

»Das mag sein, aber dabei habe ich nur an mich gedacht.« Therese lachte leise in sich hinein. »Ich brauchte deine Freundschaft … Ich brauchte *dich*, und das weißt du auch.«

»Ich habe dich doch genauso gebraucht.«

»Das stimmt nicht. Du warst immer so stark und mutig.«

»Ich? Stark und mutig? Meine Liebe, du warst es, die dafür gesorgt hat, dass ich Heinrichs Tod irgendwie überlebte. Ohne dich … Aber darüber haben wir schon so oft gesprochen. Du weißt doch sehr genau, wie lieb ich dich habe. Du bist für mich wie eine Schwester.« Sie nahm die Hand ihrer Freundin und drückte einen Kuss darauf. »Wir waren stets füreinander da, wenn das Leben uns mal wieder ein Bein gestellt hat, und so sollte es doch auch sein.«

»Ich gebe es zu … Es tut gut, das zu hören.«

»Tja, und jetzt sind wir alt und müssen uns darauf vorbereiten, das Spielfeld unseren Kindern und Enkeln zu überlassen. Das ist der Lauf der Zeit.«

»Schade, dass mein Carl nicht mehr erleben darf, wie wohl sein Sohn sich hier fühlt. Tim ist so ein guter Junge.«

»Ja, das ist er. Sinje und er werden ein glückliches Leben zusammen führen, da bin ich mir sicher. Und ich bin so unendlich froh für Jonas und deine Elise. Endlich können sie ihre Liebe leben. Ich hoffe so sehr für die beiden, dass ihnen noch ein langes gemeinsames Leben geschenkt wird.«

Therese seufzte. »Oh ja, das hoffe ich auch. Aber Rieke … Es tut mir so unendlich leid, was sie dir über all die Jahre angetan hat.«

»Du kannst doch nichts dafür, Resi. Wilhelms Tod scheint in Rieke etwas ausgelöst, etwas verändert zu haben. Sie ist darüber krank geworden. Ihre Seele hat großen Schaden genommen.«

»Aber wir haben es alle nicht bemerkt.«

»Ja, wie denn auch? Sie hat es gut verborgen, und einen etwas störrischen Charakter hatte sie doch bereits als Kind. Denk daran, wie häufig du dich über sie geärgert hast oder wie traurig du oft warst, weil du nicht zu ihr vordringen konntest.«

»Das stimmt allerdings. Von klein auf war sie anders als ihre Geschwister. Ich habe immer alles auf ihren speziellen Charakter geschoben, wenn sie wieder einmal so grimmig in die Welt sah.« Therese hielt kurz inne, offenbar musste sie Kraft sammeln.

»Strengt dich unser Gespräch zu sehr an?«, fragte Gerlinde besorgt.

»Nein, es geht schon. Es ist viel zu wichtig, dass wir uns das noch einmal sagen.« Wieder gelang Therese ein sanftes, ein gütiges Lächeln, so wie Gerlinde es von ihr gewohnt war.

»Rieke hat Heinrich umgebracht. Es fällt mir noch immer schwer, das zu begreifen«, nahm Therese den Faden wieder auf.

»Ja, und sie wird dafür den Rest ihres Lebens eingesperrt bleiben.«

»All die anderen Dinge, die sie noch gestanden hat ... Als ich davon hörte ...«

»Das waren überwiegend Kleinigkeiten, und letztlich sind wir gut damit zurechtgekommen«, unterbrach Gerlinde. »Sie hat mit ihren Versuchen, uns zu schaden, auch Veränderungen auf Lerchengrund herbeigeführt, die von Vorteil waren. Nachdem zum Beispiel damals das Fohlen verschwand, hat immer ein Stallbursche Nachtwache bei den Mutterstuten gehalten. So ist es bis heute geblieben. Zumindest die Ställe werden viel besser bewacht als früher. Jonas hat damals schon geahnt, dass da jemand nachgeholfen hatte. Kein Fohlen entfernt sich freiwillig so weit von der Mutterstute.«

»Die alte Reithalle, die sie in Brand gesteckt hat, und der überflutete Heuschober. Zuletzt hat sie sogar eure Pferde krank gemacht. Sie hat so schreckliche Dinge getan.«

»Es lohnt doch wirklich nicht mehr, sich darüber jetzt noch den Kopf zu zerbrechen, Resi. Das kostet nur Kraft, die wir nicht besitzen. Letztlich haben wir doch alles in den Griff bekommen, und es ist seitdem so viel Gutes passiert.«

»Da hast du recht.« Therese schwieg einen Moment gedankenversunken. »Manchmal kann ich es noch gar nicht glauben, dass wir sogar einen gemeinsamen Enkel haben.«

»Unser Franz ist wie ein unerwartetes Geschenk in unser Leben getreten. Ich habe ihn gleich lieb gewonnen.«

»Glaubst du, dass unsere Kinder und Enkel alles erhalten können?«

»Natürlich, da bin ich mir sogar sicher. Sie leben in besseren Zeiten und dürfen zuversichtlich in die Zukunft schauen. Das macht ihnen vieles leichter. Die Menschen in diesem Land haben hoffentlich aus der Vergangenheit gelernt und lassen niemals wieder einen Kriegstreiber an die Macht kommen.«

Gerlinde fiel plötzlich auf, dass Therese nun schwerer atmete und noch eine Spur blasser geworden war.

»Du solltest dich einen Moment ausruhen, Resi. Mach ein wenig die Augen zu.«

»Geh nicht weg«, flüsterte Therese schwach.

»Ich bin hier und pass auf dich auf.« Gerlinde atmete tief durch. »Alles wird gut, liebe Freundin. Ich lass dich nicht allein.«

Therese schlief ein, und Gerlinde blieb an ihrem Bett sitzen, wie sie es ihr versprochen hatte. Später am Abend gesellten sich Ronald, Peer und sogar Franz dazu. Sie brachten ihr eine Tasse starken Kaffee und etwas Brot mit Käse. Dankbar nahm sie die Stärkung entgegen. Während sie aß, setzte sich Ronald auf die andere Seite des Betts. Peer und Franz trugen Stühle ans Fußende und ließen sich darauf nieder.

Wir bilden einen Kreis der Liebe, dachte Gerlinde wehmütig. Ihr Herz war schon jetzt schwer vor Trauer. Sie ahnte, dass sie in den nächsten Stunden von ihrer liebsten, ihrer einzigen Freundin für immer Abschied nehmen musste. Still, ohne auch nur ein einziges Wort miteinander zu wechseln, saßen sie zusammen an Thereses Bett.

Irgendwann spät in der Nacht wachte Therese ein letztes Mal auf. Ronald erhob sich sofort. Er beugte sich über sie und gab ihr einen Kuss auf die Stirn.

»Danke, dass du mich wiedergeliebt hast, meine schöne Geliebte«, hörte Gerlinde ihn flüstern.

Sie weinten gemeinsam, als Therese in den frühen Morgenstunden schließlich ihren letzten Atemzug tat.

Epilog

Die Sonne schien durch die großen Fenster und tauchte den kleinen Raum in ein strahlend schönes Licht. Zusammen mit ihrer Enkelin saß Gerlinde im Wintergarten. Die Orangerie war noch immer ihr Lieblingsplatz, und inzwischen verbrachte sie hier die meisten Stunden des Tages. Nicht selten war jemand von ihrer Familie bei ihr. Auch ihre Schwiegertochter Elise fühlte sich hier sehr wohl. Bisweilen saßen sie viele Stunden beieinander und genossen gemeinsam diesen friedlichen Ort. Manchmal, wenn sie hier zusammensaßen, schrieb Elise lange Texte in eines ihrer vielen Notizbücher. Gerlinde las währenddessen oder sah einfach hinaus in den Garten, doch häufig unterhielten sie sich auch, und die Gespräche mit ihrer Schwiegertochter gestalteten sich stets interessant. Gerlinde hatte Elise überhaupt sehr lieb gewonnen, schon allein deshalb, weil diese wunderbare Frau es geschafft hatte, Jonas zum Strahlen zu bringen. Sie war unendlich froh darüber, dass die beiden so glücklich miteinander waren. Es war eine Freude, sie gemeinsam zu erleben.

Heute waren Jonas und Elise zusammen in die Innenstadt gefahren, um einzukaufen, deshalb saß sie nun mit Sinje hier. Es gab Tee und Kekse, so wie Gerlinde es gernhatte.

»Versprich mir, dass du diese hübsche Orangerie erhältst, mein Kind. Ich meine, auch wenn ich mal nicht mehr da sein sollte.«

»Ach, Oma, du wirst noch hundert Jahre alt werden. Und überhaupt … Warum sollte ich sie denn nicht erhalten? Auch ich finde unseren kleinen Wintergarten wunderschön. Wir lieben ihn doch alle. Ich würde ihn niemals hergeben.«

»Das höre ich gern.« Gerlinde nahm ihre Teetasse auf und musste lächeln. »Genau hier haben Therese und ich immer gesessen. Wir haben Tee getrunken, Kekse genascht und manchmal stundenlang miteinander geplaudert. Hier begann unsere Freundschaft. Der Ort bedeutet mir schon deshalb sehr viel.«

»Ich weiß, Oma.«

»Ja, ja, ich habe es dir schon oft erzählt.«

»Das macht doch nichts, Omi, ich höre immer gerne zu, wenn du mir etwas von früher erzählst, das solltest du wissen.« Sinjes Augen weiteten sich plötzlich. »Ach ja, ich muss dir auch noch berichten, dass wir beschlossen haben, eine Verbindungsstraße zu bauen.«

»Eine Straße? Äh …« Doch dann verstand sie. »Oh, du meinst eine Straße zwischen Lerchengrund und Brodersen.«

»Genau. Franz, Tim und ich haben die Idee gemeinsam ausgeheckt. Wie findest du sie?«

»Ich finde sie großartig. Dadurch wird alles viel schneller gehen. Der alte Weg ist wirklich umständlich und viel zu lang, das hat mich schon früher gestört. Eigentlich liegen die beiden Häuser doch gar nicht so weit voneinander entfernt.«

»Ja, wir müssen ständig die Begrenzungsgräben und Zäune umrunden und dann die Zufahrtstraße nehmen. Das ist wirklich umständlich. Die neue Verbindung wird das überflüssig machen und enorm viel Zeit einsparen. Tim meint, selbst zu Fuß würde es dann keine zehn Minuten mehr dauern, um von Haus zu Haus zu kommen. Ist das nicht wunderbar?«

Gerlinde musste lächeln. »Ihr habt vor, die beiden Höfe zu verbinden. Weißt du, dass ihr damit einen alten Traum deines Großvaters wahr macht? Also ich meine jetzt Heinrich.«

Sinje nickte, auch sie lächelte. »Du hast mir einmal davon erzählt. Aber jetzt ist es *unser* Traum, Omi. Tim, Franz und ich wollen auch zukünftig eng zusammenarbeiten. Das haben wir schon vor einiger Zeit beschlossen.«

»Ihr habt also noch mehr Pläne?«

»Natürlich. Wir werden viel moderner werden und arbeiten. Zum Beispiel wollen wir größere Maschinen und Anschaffungen zukünftig teilen. Das war Tims Idee.«

»Oh, der Gedanke gefällt mir. Es wird jede Menge Geld sparen, wenn die beiden Höfe an einem Strang ziehen.«

»Ja, und … Omi, wir haben noch etwas geplant, über das ich gerne mit dir reden würde.«

Gerlinde sah auf. »Ihr wollt doch nicht etwa Land verkaufen? Das wäre …«

Sinje hob ihre Hände. »Nein, ach, wie kommst du nur darauf? Ich werde unser Gut erhalten, so wie es ist, Oma. Es geht um etwas anderes.« Ihre Enkelin atmete tief durch. »Wir haben uns überlegt, auf dem Gelände des ehemaligen Vorwerks ein paar kleine Ferienhäuser zu bauen. Franz ist der Meinung, der Tourismus würde uns zusätzlich gutes Geld in die Kassen spülen. Er würde sich an dem Projekt beteiligen. Papa findet die Idee übrigens auch gut.«

»Hm ... Du sprichst vom ehemaligen Fender-Vorwerk, nehme ich an?«

»Genau. Das Wohnhaus dort verfällt immer mehr und muss ohnehin bald abgerissen werden. Unser Schäfer wandert sowieso von Verschlag zu Verschlag, dem wäre es also egal, wenn sein Winterquartier woanders hinkommt. Der gesamte Fender-Hof liegt schon seit dem Ende der Zwanzigerjahre praktisch brach. Tim und ich sind der Meinung, dass das Gelände endlich wieder einträglicher genutzt werden sollte, und ein kleiner Ferienhauspark wäre wirklich eine hervorragende und passende Investition. Wir könnten zunächst mit fünf Häusern beginnen, um zu sehen, wie es klappt. Natürlich brauchen sie alle eine eigene Küche und Bäder und sollten winterfest sein.« Sinje griff nach der Teekanne und schenkte ihnen nach. »Was hältst du davon, Oma?«

Gerlinde nahm ein Stück braunen Kandis aus der kleinen Porzellanschale und warf ihn in ihren Tee.

»Nun, ich finde es immer richtig, wenn man in die Zukunft investiert, das weißt du. Allerdings gibt es auch einiges zu bedenken. Solche Ferienhäuser müssen gut verwaltet und gepflegt werden. Doch das habt ihr bestimmt schon durchdacht.«

Sinje nickte. »Wir würden jemanden einstellen. Am besten ein Ehepaar, das sich gemeinsam um die Häuser, aber auch um den Papierkram kümmert.«

Gerlinde dachte eine Weile über die Idee nach. »Meinst du wirklich, dass es damit Geld zu verdienen gibt, Sinje? Ich meine, wollen die Leute nicht lieber ans Meer oder in die Berge? Ich habe gehört, dass inzwischen viele Leute nach Italien fahren. Die Konjunktur brummt. Den Menschen geht es von Jahr zu Jahr immer besser.«

Sinje nickte. »Genau das ist auch der Grund dafür, warum unsere Idee Früchte tragen könnte. Wir haben zwar kein Meer und keine Berge, aber wir haben unsere Pferde, Oma. Außerdem gibt es hier Schafe, Hunde und Katzen. Ja, sogar Hühner haben wir. Kinder lieben Tiere, so war es schon immer. Wir können Reitstunden geben, und alle hätten jede Menge Spaß und wären den ganzen Tag an der frischen Luft. Die Kinder sind glücklich und abends müde genug, um sofort einzuschlafen. Glaub mir, kluge Eltern werden schnell erkennen, welche Vorteile es mit sich bringt, hier Urlaub zu machen. Es ist doch viel entspannter, als mit den lieben Kleinen in irgendeinem ungemütlichen Zelt oder gar in einem Hotel zu wohnen, wo ihre Sprösslinge ständig leise sein müssen.«

»Das leuchtet wirklich ein.«

»Du bist also einverstanden?«

»*Du* leitest das Gut, Sinje-Schatz.«

»Aber deine Meinung ist mir wichtig, Oma.«

Gerlinde fühlte Wärme in sich aufsteigen. Es tat gut, dass ihre Enkelin noch immer Wert auf die Meinung ihrer Großmutter legte.

»Das ist sehr lieb von dir, aber mein Vertrauen in dich ist grenzenlos, wie du weißt.« Sie zwinkerte ihrer Enkelin zu. »Natürlich bin ich einverstanden, mien Deern.«

»Siehst du, jetzt geht es mir besser.« Sinje lachte. Sie hob ihre Tasse und trank den Tee aus.

»Wie geht es Ronald?«, wechselte Gerlinde das Thema. »Ich habe ihn nun schon einige Wochen nicht gesehen.«

»Hm, sagen wir mal so, er ist müde vom Leben und wird

von Tag zu Tag tüdeliger. Wenn er überhaupt spricht, dann von Therese. Er vermisst sie sehr.«

»Ja, das habe ich mir schon gedacht. Mir geht es ja ähnlich. Ich vermisse sie auch, aber ich habe euch alle und auch noch meinen Peer.« Sie blickte ihrer Enkelin in die Augen. »Peer und ich, wir haben solch ein Glück, dass es uns trotz unseres Alters noch ganz gut geht.«

»Ihr seid wunderbar, Oma. Alle beide. Allerdings bin ich doch froh, dass Peer nun aufs Reiten verzichtet.«

»Na, du musst dir ja sein Gemecker deshalb auch nicht jeden Tag anhören«, antwortete Gerlinde lachend. »Schau ihn dir nur an, noch immer verbringt er die meiste Zeit des Tages im Stall, der alte Mann.« Schmunzelnd schüttelte sie den Kopf. »Nein, im Ernst, ich bin auch froh, dass er nicht mehr aufs Pferd steigt.« Sie sah ihre schöne Enkelin an und verspürte unbändigen Stolz und tiefe Liebe. »Versprich mir, Deern, dass du glücklich wirst.«

»Ich bin es doch schon, Omi. Ich habe mit Tim den besten Mann der Welt, eine wunderbare Familie und Lerchengrund. Mein Leben ist das pure Glück.«

»Halte immer an deiner Liebe fest, Sinje. Sie ist das Wichtigste im Leben. Ohne die Liebe sind wir nichts. Wenn ich etwas vom Leben gelernt habe, dann das.«

»Versprochen, Oma.« Sinje erhob sich. »So, jetzt muss ich aber los. Mein Bruder und ich wollen eine gemeinsame Auktion planen.«

Als Gerlinde kurz darauf allein war, lehnte sie sich in ihrem alten Korbsessel zurück und schloss die Augen. Sie fühlte die Sonnenstrahlen auf ihrem Gesicht. Die Wärme war angenehm und machte sie ein wenig müde.

Halte immer an deiner Liebe fest!

Vor ihrem inneren Auge erschien Heinrich – stolz und groß und faszinierend attraktiv. Neben ihm stand ihr Peer – stark, gefühlvoll und voller Lebenslust. Ihr Leben war sicherlich nicht immer leicht gewesen, dachte sie. Der Abschied von ihrer ersten Liebe hatte ihr grausame Schmerzen beschert. Heinrichs gewaltsamer und viel zu früher Tod war so entsetzlich sinnlos gewesen. Doch Peer hatte das Glück zurück in ihr Leben gebracht. Ihre Familie war heute stärker denn je, erfüllt von Liebe und Zuversicht. Heinrich würde das gefallen, da war sie sich sicher.

Lerchengrund, mein Paradies … Lerchengrund …

Wie sie diesen Ort liebte! Ich sollte ein Schläfchen machen, dachte sie noch, dann schwebten ihre Gedanken davon.

Danksagung

Wie immer bedanke ich mich von ganzem Herzen bei den Menschen, die mir auf die eine oder andere Weise geholfen haben, dieses Buch zu schreiben. Ihr seid wichtig, ihr unterstützt mich, fordert mich heraus und gebt mir Rückhalt, wenn ich ihn nötig habe.

Zuallererst: danke, meine lieben Leser! Eure Freude an meiner Arbeit ist meine größte Motivation.

Ein Dankeschön geht auch an meine Agentur Langenbuch & Weiß. Ihr seid die Besten!

Lieben Dank an meine Lektorin Silja Maehl von Heyne für das Vertrauen und die verlässliche Betreuung. Ein dickes Dankeschön schicke ich meiner Zweitlektorin Christiane Wirtz, deren umsichtige Arbeit erneut für den letzten Schliff sorgte.

Bedanken möchte ich mich außerdem bei Angelo Winter und Lennart Graupner für die Erstellung und Betreuung meiner Webseite susannerubin.de.

Danke an meine Familie! Ohne euch wäre ich nichts. Wie immer geht dabei mein innigster Dank an meinen Peter.

Josie Silver

Zwei in einem Herzen

»Dieses Buch ist ein Geschenk –
wunderschön und gefühlvoll!« *Jodi Picoult*

»Fans von *P.S. Ich liebe Dich* werden diesen Roman lieben.« *Cosmopolitan*

978-3-453-42355-8